«Parte círculo mítico, parte historia ficticia de la ciudad natal de Moore, parte colección de historias de fantasmas, *La voz del fuego* es una novela tan inteligente y bien elaborada como otros experimentos de género a los que se ha asomado Moore. Un espacio de ambición literaria ilimitado que se extiende hacia formas nuevas y fascinantes.»

TASHA ROBINSON, *THE ONION AV CLUB*

«Lo importante aquí es el gran logro de Moore; ha conseguido diseñar una novela llena de coincidencias y conexiones, que dialoga con el pasado a través de una docena de voces, creando una pieza de ficción contemporánea aventurera e impresionantemente forjada.»

RUDI DORNEMANN, *RAIN TAXI REVIEW OF BOOKS*

«Esta impresionante novela es una carta de amor de Alan Moore al lugar que le vio nacer. Una visión impresionante que va desde un alcance cósmico hasta el detalle más microscópico. Psicodelia en toda su intensidad.»

MIKE WHYBARK, *TABLET MAGAZINE*

«*La voz del fuego* mezcla brujería, salvajismo, subjetividad y la oscuridad que se encuentra dentro de cada uno de nosotros. El resultado es una narración o meditación sobre los anales tortuosos de la historia, sobre el mundo sobrenatural entre la vida y la muerte y la delgada línea que existe entre realidad y fantasía.»

LLOYD BABBIT, *METRO PULSE*

«A lo largo de *La voz del fuego*, los elementos que conforman la naturaleza son evasivos pero constantemente radiantes, incluso brillantes. La prosa de Moore es a la vez rica y precisa. Moore es un apasionado del lenguaje, un artíf~~...~~ palabras.»

ISMO SANTALA,

La voz del fuego

La voz del fuego

Alan Moore

Traducción de
Eugenia Vázquez Nacarino

Rocaeditorial

Título original: *Voice of the Fire*

© 1996, 1997, 2003, 2009, Alan Moore

Publicado bajo licencia de Top Shelf Productions (EE. UU.), Idea and Design Works, LLC (EE. UU.) y Knockabout Limited (Reino Unido).

Primera edición: febrero de 2018

© de la traducción: 2018, Eugenia Vázquez Nacarino
© de esta edición: 2018, Roca Editorial de Libros, S.L.
Av. Marquès de l'Argentera 17, pral.
08003 Barcelona
actualidad@rocaeditorial.com
www.rocalibros.com

Impreso por EGEDSA
Roís de Corella 12-16, nave 1
Sabadell (Barcelona)

ISBN: 978-84-16867-95-0
Depósito legal: B-29355-2017
Código IBIC: FA; FM

RE67950

Para Sylve y Ern
sus calles fósiles:
una vena de grafito en el corazón

Índice

Puerco y cenizo

4000 a. C.

Atras de monte, lejos donde sol yace, cielo arde como fuego, y anda mí a riba por senda allá, corto de aliento, donde hierba es fría en pies y moja.

No hay hierba en cima de monte. No hay más que tierra en torno, y monte es como cabeza de hombre sin pelo. Pone mí de pie y vuelve cara al viento y huele, pero no viene olor de lejos. Tripa duele, en medio de mí. Aire de tripa sube a boca, y lamer aire es como lamer nada. Sangre seca vuelve negra en costra de bulto, y pica. Rasca mí, y más sangre mana.

En cima de mí hay muchas bestias de cielo, grandes y grises. Van lentas, como sin fuerza dentro. A caso quieren de comer, como mí quiere. Una de ellas está con tripa tan vacía a hora que cabeza suelta flota en frente, y cuerpo corre a tras, como para dar caza. A bajo de cielo, hierba y bosque van muy lejos, a donde ve mí monte, y más allá solo crecen árboles pequeños en torno a borde de mundo.

A hora mira mí hierba en pie de monte y ve cerdos a bajo. Cerdos grandes, y largos, y ve que uno monta por a tras a otra. Ver pone mí rabo duro. En tripa rumia mí que puede correr monte a bajo, y lanzar piedra para quitar vida a cerdo y comer todo. Rumia así. A hora hay que hacer.

De cima de tierra seca viene mí a través hierba fría, y corre rápido, para no dar tiempo a que cerdos cambian y mí no come a ellos, así como rata que mí a presa una vez y cambia en piedras pequeñas. Corre mí a por ellos, que son cerdos aún cuando mí a cerca. Rabo duro con hueso dentro sacude a un lado y otro, bajo mí tripa. Corre pero, ay, pies vuelan de hierba húmeda y cae mí, ay, y cae de culo monte a bajo.

Rápido de pie, para a presar cerdos. Caer hace mí lento, y ellos cambian, por que no huele a cerdo a hora. Entra miedo en tripa de mí, corre más y mira cerdos cuando a cerca, pero ay. Ay, uno cambia, patas de a tras no son más. Cara toda negra es vuelta a dentro, y es a hora hoyo oscuro. Corre mí más rápido para a presar otros cerdos, pero ay, no mueven, y huelen a podre. Son menos cerdos cuando más mí a cerca.

A hora viene ahí y no son más que troncos blancos, yacen uno en cima de otro. Ojos son hoyos en madera. Pata de cerdo es rama rota. Ah.

Sienta mí en tronco más a bajo, en hierba llana a pie de monte, y aguas calientes manan por mí cara.

Rabo está con hueso aún. Frota mí cara húmeda y pone de pie en tronco para hacer pis en cima, para que así rumia él que es más bueno quedar cerdo. Rabo viejo, a hora, saca hueso y luego yace entre pieles de él, y mí vuelve a sentar en tronco, donde rastro de pis levanta humo gris de agua.

Ay, vuelve oscuro y vuelve claro sin ver a mí gente, que a mí echa y queda solo. Ellos no quieren a mí y sienta solo en viejo tronco, con tripa vacía.

A hora mira a riba. Todo está lleno de bestias de cielo allá, y van todas en manada gris que corre de borde de mundo a borde de mundo. Pronto vuelve oscuro otra vez, por que a tras de mí no viene largo espíritu negro. Solo está mí.

Gente no quieren a mí con ellos, gruñen que mí no busca de comer pero busca de otra gente. En tripa de mí oye a madre decir, cuando está con vida aún, que mí es vago y no es bueno por que ella a todas horas busca de comer para mí. Ella dice que a gente no gusta cargar a mí y solo a guarda mientras madre está con vida, y después no más, y qué dice mí a eso, y así. Y mí no dice nada, y ella golpea a mí cabeza y patas, y gruñe. Ay, madre, no hay nada que hacer. En mí tripa no hay rumias buenas, como en tripa de otros.

Raro, a hora. Una vez rumia en mí a dentro, luego no rumia más y todo es quedo dentro de mí. Aun que otras veces rumia mí y viene otra rumia, y luego muchas rumias siguen en fila, como mí gente andando de bajo de árboles. Rumias vienen muchas y tan rápidas que no hay nada entre ellas. Una rumia vuelve en otra, como con cerdos y troncos.

Rumia cuando madre golpea patas de mí, pero a hora rumia mí una vez que yace a gusto con ella. Cabeza grande de mí yace en cima de grava y polvo, y pica mí cabeza a través de pelo de bebé, no más pelo que una baya. Mí boca está llena de leche de tetina y cae en hilos por mí lengua, y dentro mí no quiere correr lejos, no quiere ningún otro lugar.

Ahí, bajo manto de pieles junto a madre, olor tibio de madre con aliento a raíz amarga. Ella grande, mí pequeño como un orco.

A hora rumia otra vez donde mí es más grande y madre vuelve más pequeña. Nosotros están bajo árboles. Viene claro y mí abre ojos y ve a madre, que a cuesta contra árbol blanco. Luces pequeñas caen a hora en cara de madre a través de ramas en cima de nosotros, y en ojos de ella, pero madre está queda y no a parta cara de luz. Madre, dice mí, levanta, pero ella está queda, con ojos llenos de luz. Entra miedo a mí.

Va, madre, dice mí. Por qué hace burla. Gente están de pie y quieren seguir travesía. A riba, o van a quedar nosotros a tras. A garra mí a hora pata de madre para sacudir. Está más fría que piedra, y bichos saltan de ella.

Más fuerte dice mí, a riba, y a hora a gacha para levantar a madre. No puede mí con ella y cae. Luces mueven fuera de ojos de ella y cuelgan de árboles. Cabeza de ella yace en hoyo de lluvia, con pelo flotando.

Rumia mí cómo ayudar a madre. Salta en cima y quiere poner rabo dentro de ella, para dar calor y que ella mueve. Patas de madre están duras, juntas una con otra. No hay fuerza en mí para abrir patas de madre, y rabo no vuelve duro con hueso. Yace mí rabo flojo en pelo tripa de ella, y a prieta, a prieta. Cabeza de ella mueve en hoyo de lluvia. Pelo en tripa de ella es frío, y olor de ella es otro. A prieta, a prieta.

Luego viene hombre, de mí gente, y a parta a mí de ella. Dice él que mí es como mierda y quiere golpear a mí, y mí corre a bajo de árboles. A hora mucha gente viene en torno de madre. Levantan cabeza de ella de hoyo de lluvia y dicen, no hay calor en ella, no hay aliento en ella, y así. Ahora viene Hombre que Rumia de nosotros, y queda junto a mi madre, con correa de plumas que roza en culo, y él no para de rascar.

13

Dice él, madre no está viva más, y es por tanto bregar que ella queda así. Dice él, hay que poner a ella bajo tierra, y después gente parte en travesía.

Una mujer de boca ruda dice a hora que madre no está viva más por hijo vago, que hace bregar a ella a todas horas en busca de comer para él. Y muchos allí dicen, sí, mujer dice bien.

Más fuerte dice a hora mujer de boca ruda que para poner a madre bajo tierra, ella no va a cavar hoyo. Sí, dice hombre que antes a parta mí de madre. Chico cava y pone bajo tierra a madre, así brega una vez por ella. Hombre que Rumia dice, sí, rascando culo. Trae a chico, dice él.

Quiere mí ir por patas. Ay, ellos son hombres, con patas más largas, y mí corre con miedo hacia zarzas y cae a dentro. Ellos sacan a mí fuera, y rasca todo, y traen frente a Culo de Plumas, que a guarda junto a mí madre. Cabeza de ella moja y yace en tierra. Luces a rastran desde árbol, a través de hierba y vuelven a ojos de madre.

Rasca culo él y da a mí hacha de piedra que es de madre, aun que en manos de mí no hay fuerza y cae. Hombre que Rumia golpea y mana sangre de mí nariz. A garra piedra hacha, dice, y cava para poner a ella bajo tierra. Así malos espíritus no entran en ella y echan plaga sobre nosotros. Así no vienen aves de carroña, y no vienen perros de carroña. Así tierra toma a madre y tierra es buena con nosotros, y no vuelve dura en travesía. Así dice Hombre que Rumia a hora, y mí chupa sangre de nariz y cava tierra con fuerza.

A bajo de hierba es tierra fría, parda y floja. Cava mí en torno de raíz y piedra, y cava mí lento. Luces de sol vuelven a cara de madre, luego caen y abren sendas a través de hierba y flores. Levanta mí una piedra, y hay muchos gusanos de bajo. A hora hunde filo de piedra en medio y ellos vuelven muchos más aún. Mana mí sangre de dedos por cavar. Hay sangre en hacha de piedra, a hora. Hay sangre en hoyo de madre.

Gente a guarda en torno a hoyo, sobre un pie, luego sobre otro, solo quieren ir lejos de aquí y dar gran vuelta por borde de mundo de un tiempo de hielo a otro tiempo de hielo, en busca de rata de púa, y cerdo, y raíz de mascar.

Sol camina alto en cima de nosotros, con bestias de cielo corriendo en frente por miedo a quemar ellas y que no hay nada, solo cielo. Cava mí, y Hombre que Rumia enoja por que mí es lento, y dice a guarda a hora, y dice que hoyo así está bien, aun que no es más hondo que tripa. Dice a mí, va fuera y pon a madre dentro.

Va mí fuera, pardo de tierra hasta media pata, y mira a madre. Cuerpo blanco. Cuerpo desnudo, y rápido todo va fuera de ella. Da mí un paso, y a hora otro. Pelo de madre es pardo como tierra. Rápido, dice Culo de Plumas, va, a hora levanta a ella, y de más. Da mí otro paso, y así viene junto a ella.

A gacha mí, para a garrar pie de ella. Está más fría a hora, y no hay luz sobre ella. Mí levanta patas de madre, toda blanca por en cima, y de bajo cuerpo está oscuro, como lleno de sangre. Tirando mí a parta ella un poco de hoyo de lluvia, con pelo a rastras como hierba de agua a tras de ella, y suelta cuesco. Así vienen junto a hoyo, mí y madre. Echa dentro a ella, dice Culo de Plumas, y cubre con tierra.

Echa mí a madre dentro. Hoyo no es grande para ella. Una pata a soma de borde, que mí no puede poner a bajo. Cubre mí a madre, con manos pardas de tierra, cae tierra en ojos de ella, en boca, y en hoyo de tripa, y a hora no ve cara de ella, y a hora brazos y tetinas de ella no ven, y a hora ella solo es pie blanco que a soma, y mí a prieta tierra floja hasta cubrir dedos de ella. Luego pisa mí en cima, y Culo de Pluma pone piedra con filo junto a hoyo de madre, en frente de bulto que hay en torno a pie de madre como monte de bichos de pis.

Dice mí, a hora madre yace bajo tierra, y nosotros pueden seguir travesía en busca de rata de púa, y cerdo, y raíz de comer. Y a hora gente mira a otra parte, y a guarda queda. Y a hora viejo Culo de Plumas mira a mí con ojos grandes. Y sacude cabeza.

Y con seña dice no.

Queda mí solo junto a pie de madre. Mí gente no están cerca de mí, a hora están lejos, bajo árboles y a través de monte, y van, y no vuelven más. Tierra parda en manos y pies de mí es seca, dura, puede rascar y cae en granos. Tierra prieta en torno a pie de madre vuelve dura y cae. A soma dedos de ella, y a hora en tierra que cae hay huella vacía. Madre.

Viene otra rumia a mí a hora, en que vuelve oscuro y mí está junto a pie de madre sin lugar a donde ir. A guarda mí con madre y mí no quiere ir lejos de ella, aun que dolor en mí tripa dice a revés. Muchas horas mí pasa rumiando si ir o quedar.

Pone de pie, aleja mí y vuelve, a hora sienta, a hora de pie otra vez y anda. Salta mí en cima tierra, y golpea árbol y tira de hierba, y dice muchas cosas a pie de madre. Sienta mí y a guarda quedo, y lejos en oscuro hay ruido de perro con cola de fuego, y perros en manada a través de montes. Entra miedo en mí, y tripa duele más y hace mí caca junto a árbol, entre raíces, y caca es como agua.

Nace luz y mí tripa está vacía. Dice mí, pie, a guarda aquí. Mí va a buscar de comer para nosotros y volver. Pie a hora es quedo, como si rumia que oye a mí mucho decir pero poco hacer. A leja mí lento, y para en árboles más allá y vuelve a mirar, y pie está ahí. Levanta brazo de mí en señal de que todo está bien, y echa a andar.

Árboles vuelven más pocos y zarzas vuelven más. Sigue mí senda en torno a zarza, donde mira mí a tras y no ve pie, pero puede dar aún con pie por rastro de caca, y a mí no entra miedo. Camina a delante, a través de árboles, y zarzas, y así.

Como rumia en mí a hora, mientras viene mí a bayas de sangre es cuando echa llover, fuerte como si muchas bestias de cielo hacen pis juntas. A gacha mí en hueco entre zarza de bayas, y cobija dentro, en cueva de zarza. Sienta mí a secar ahí, y come muchas bayas de sangre. A fuera de cueva cae lluvia fuerte, mientras que dentro está quedo y con poca luz, y tripa de mí pone buena. Ahora frota mí cara sangre de bayas. Ojos cierran, lame mí mano y oye lluvia.

A hora hay tiempo en que no vienen rumias a mí, y luego vienen muchas juntas. No está mí más en cueva de zarzas. Está de bajo de árboles, y todo es oscuro salvo luz de madera blanca que luce en troncos. No rumia mí cómo vuelve oscuro tan rápido, ni cómo viene mí aquí. Entra miedo y mira en torno, y entre árboles ve bulto mover. Es madre. A garra ella árbol con mano y mira a mí. Va más cerca, y a hora ven patas de ella, y una a caba en hilo de sangre y nada de bajo de hueso que gira. Mira mí de pata a cara de madre, y está llena de enojo, sin gusto de ver a mí. Donde está mí pie, dice ella.

16

Y a hora gruñe con ruido tan fuerte que mí da un brinco y sale de oscuridad, y cae a tras en cueva de zarza, donde aún hay luz. Todo eso es muy rápido, y no rumia mí cómo viene. Lluvia no oye más, como si ella va lejos, y mí a rastra a fuera de maleza.

Todo está húmedo, y hay muchos hoyos de lluvia. Agua mana olor de tierra y hierba, olor bueno, y fuerte, y no viejo.

A hora no huele mí caca. Lluvia a rastra caca a hora y mí no huele, caca donde árbol está. Donde pie está.

Corre mí en torno a zarza por allí, a hora por allá, buscando hierba llana donde pisa y así dar con senda por que viene aquí. Ve a hora que lluvia cae fuerte, y a llana hierba en todas partes y mí no da con senda. De bajo de árboles corre mí, y solo huele hierba. A hora corre por un lado, a hora otro, junto a árbol y zarza, y grita a pie, grita a madre. Todo en torno a mí, a bajo por hoyo y en cima de loma con hierba de pelo que cubre piedras, y aquí cae mí a tierra y no rumia mí dónde está.

No ve más pie. Pie va, como zarza de bayas de sangre, y mí no da con ella. Por esta senda mí va de ahí, y camina bajo muchos oscuros y claros, y todo camina mí sin dar con ellos.

Anda mí campo a través y salta un río pequeño. Entre árboles anda, con pieles secas de ellos en torno a mí pie, y da con cerco de frutos de choza en hierba, oscuros en borde a bajo como es bueno para comer. Pasa mucho tiempo a hora y no da con nada, y mí sigue andando y no da con nada más, y claro, y oscuro, y claro, y oscuro.

Anda donde mí no ve más a riba de hierba, tan alta es, y da con ave que no está viva más. Tan vacía está mí tripa que come a ella, aun que está toda con gusanos. Luego baba mala sube a mí boca y caca cae patas a bajo. Claro, y oscuro, y andar.

A través de muchos tiempos de hielo a hora, dice gente de mí, hay poco de comer, y es duro para nosotros caminar, y más duro va a ser aún. Era de hielo tras era de hielo hay más gente que a sienta, y gente que anda como nosotros es menos, y a hora nosotros no son muchos. Así solo, uno es tripa vacía y no hay nada que hacer.

Una vez, mí da con gente que a sienta en chozas con punta a riba y pieles de bestia colgando en cima de ramas, en alto de monte. Chozas no son más que dedos de una mano. Huele mí

17

fuego de ellos, y carnes a fuego, que tripa de mí quiere a hora.

Camina monte a riba, y cerca ve mí hombre en cima, y ve él a mí, con rastros de baba mala y sangre en cara, y caca patas abajo. Dice que mí es como culo de cerdo, y qué busca mí ahí, y así, en una lengua rara, y no rumia mí qué dice. Otro hombre, más grande de tripa, viene a hora en cima de monte, para mirar a mí. A bajo de tripa cuelga rabo pequeño de hombre, más es como rabo de bebé.

A hora mí dice que madre no está más viva, y que mí gente echa y queda a tras. Solo quiere mí un poco de comer, que tripa no tiene nada dentro.

Hombres miran uno a otro a hora, y Rabo Corto a gacha y a garra lanza. A caso mí quiere lanza en tripa, dice él. Otro hombre a garra una piedra, y tira con fuerza a mí. Piedra da en pierna a mí, y filo rasca piel en bulto de mí pata y mana sangre. Gruñe mí y cae, con gran dolor en pata de mí. Hombre a garra otra piedra, y dice ve rápido, culo de caca, y dice que no quiere oler a mí cerca. Hombre de tripa grande levanta lanza, para tirar a mí.

Pone mí de pie rápido, con dolor en pata, y a rastra pata monte a bajo, como un perro malo. A tras de mí, hombre lanza otra piedra, aun que no da a mí, piedra cae queda en hierba. Anda mí tan rápido como puede, y no mira a tras, y eso es todo cuando mí da con gente que a sienta.

Camina lento mí, con pie a rastras. Vuelve oscuro y mí da con árboles de frutas de tetina. Aun que están duras, y poco puede comer de ellas. Mira mí pata herida y ve sangre seca con tierra parda y con caca, y que sangre no mana más, y eso es bueno. Sienta junto a árbol y cierra ojos para que nadie puede ver a mí. Rumia nada mí.

Vuelve claro, más caminar. A hora puede andar con pata herida, aun que arde de dolor. Camina a delante, así, y con sol alto viene a hora mí bajo árboles blancos y da a un claro, de hierba alta y negra, con árboles en torno. Entre hierba a soma piedra grande y vieja, con trazos como gusanos y redes que gente rasca en cima. Cierra ojos rápido, y entra miedo en mí y queda sin aliento.

Mí gente dicen que no hay nada bueno en eso, en hacer trazos. Trazo toma con torno de árbol y perro y de más, hace como si es árbol, como si es perro, aun que es trazo no más. A quien mira esos trazos, vienen rumias raras, y a caso junta eso que es mundo y eso que es trazo. Muchos trazos ven viejos como trazos de orcos y gente de grandes tiempos de hielo. Ahora orcos no están más en mundo, aun que muchos dicen que son criaturas de bajo de monte, en hondo de cuevas, y ocultan para a presar a nosotros de a riba. No es bueno, mirar trazos.

Con ojos prietos, toma mí otra senda y rodea claro con hierba y piedra. Cae con raíces, y rasca cara en zarzas, pero no abre ojos más que a hora que piedra queda lejos a tras de mí.

A fuera de árboles sigue mí monte a riba con sol como fuego a tras, y ve cerdos, y corre a hora a bajo y cerdos vuelven en troncos, y aquí a hora está mí, sienta en cima, con no más tiempos que rumiar.

Rasca mí costra de sangre en bulto y mira cielo. Vuelve oscuro mientras sienta mí rumiando y a hora no ven bestias de cielo, aun que ven ojos pequeños de ellas, claros allí en alto de cielo oscuro. Entra frío a mí, y echa a yacer de tras de tronco. Cierra ojos, y oscuro vuelve dentro de mí como oscuro vuelve en mundo.

19

A hora es oscuro, y mí está de pie junto a troncos y no rumia cómo mí levanta y ojos abren. Mirando en torno con miedo, a hora oye ruido a tras de mí, como pasos sobre pieles secas de árboles. Vuelve mí cabeza, y a hora miedo no es más pequeño.

Ahí está bestia parda, de pie en hierba, no más lejos de mí que un hombre y otro. Mira ella con ojos ardiendo más que fuego y grande como tronco de árbol. Cae pis a mí pata a bajo, que mana con calor, luego frío.

En torno a pies de bestia parda en oscuro mueven bultos pequeños, y dan tanto miedo de ver como ella. Son negros, y sin ojos, así rumio que son crías de bestia parda, todas a rastras bajo vientre de madre. Lengua de ellas es larga y blanca como gusano, y menean lengua en frente para lamer y husmear aire. No hacen ruido, y dan más miedo de ver que bestia parda que cobija a ellas.

Bestia parda mira, y no hay fuerza en mí para mover, como si vuelve mí en piedra. Rumia a hora en bestias pardas, como si rumiar puede ayudar. Mí gente dice que bestias pardas son como perros grandes que dan miedo, y están vivas en mundo en la gran era de hielo, como orcos, y a hora como orcos no viven más. A hora solo vagan espíritus de perros, vienen a mundo de nosotros y bajan a otro, y donde hay poca tierra entre mundos, como en cruce de sendas y puente de río, bestia parda viene.

Rumia así, aun que rumia no ayuda. Bestia parda de pie mira a bajo a mí con ojos como sol, y no puede mí apartar ojos. Crías lamen y husmean a rastras entre grandes pies y tripa de madre, pero mí no puede apartar ojos de ella, que vuelven más grandes y arden más, como si todo en torno está con fuego. Tanto arden que mí no puede mirar más, y cierra ojos ahora, y aún puedo ver ojos de ella ardiendo a través de piel de mí ojos.

A hora todo con funde.

No está mí más de pie, yace en tierra a tras de tronco, y ve aún luz de bestia parda a través de ojo cerrado. A hora ojos abren, despacio, con mucho miedo.

Luz no viene de ojos de bestia parda. Luz es luz de sol, que sigue a oscuro, y ahora mira mí y no ve más bestia parda cerca, ni crías de ella. De pie a ahora, con mí pata moja de pis, y va a donde ve bestia espíritu de ellos. A gacha para mirar. No hay huellas en tierra, no hay más rastro de ellos.

No rumia mí nada. Cruce de sendas no ve, puente de río no ve, aunque bestias pardas vienen a mí. Rumiando, a hora tripa ruge para decir que mí echa a andar y busca de comer.

Anda, y de lejos vuelve a mirar a tras. Ve troncos, y ellos cambian a cerdos a hora que no están más junto a mí. Cerdo en cima, monta a cerda de bajo, y ve mí que con gusto. Rumia mí que si corre de vuelta ellos cambian otra vez para enojar a mí. Escupe mí, y da vuelta, y sigue andando.

En cima, a través de ramas de árbol, sol va tras de mí. Andando a través de bosque, mí va hacia otro monte, que ve des de cima de tierra donde ve cerdos. De lejos ve monte pequeño, pero a hora vuelve grande, cuando más cerca está. Tierra bajo mí pie sube lenta a hora, y luego poco a poco más cuesta, y

20

largo tiempo va mí andando a riba bajo muchos árboles. Aliento duro de mí, y pata arde como fuego, y así viene mí en cima de monte.

Aquí fronda de árboles a caba, y no vienen más, y solo hay pie de troncos rotos. Tantos troncos rotos hay, por todo monte a bajo, que cielo vuelve más grande donde cima de mundo es rasa. Sienta mí a hora en tronco a mirar.

Ve de a riba valle grande, cuenca que va de aquí a borde de mundo. Hay un árbol allí y otro allá, aun que hay más troncos rotos, que abren claro grande y a mí da miedo. A bajo de valle corre río, y puente que cruza, y así es como bestia parda viene aquí. Entre mí y río hay otro monte, más bajo, que no ve antes.

Hay una labor en cima de monte, más grande que mí puede rumiar. Traza un cerco, y dentro hay cercos más pequeños, como gusano seco yace en hierba. Cercos son muros, y en torno ven muchos hoyos en tierra, más hondos que hoyo que cava mí para madre y otros así. Rumia mí que muros hacen con tierra prieta de hoyos.

En cerco dentro de otros hay muchas bestias, todas blancas. A hora viento vuelve y trae olor de ellas, a caca y de más, y rumia mí que son uros, aun que son tantos como mí gente ve de tiempo de hielo en tiempo de hielo. En medio de cerco más dentro hay choza de tronco, con uros en torno. A hora viene hombre a fuera de choza, con manto y fajos de pieles, y hace pis. Luego vuelve a dentro. A caso hombre a sienta en choza y guarda bestias.

En muro en torno a uros hay huecos para ir de fuera a dentro, con trancas de madera que cierran y así bestias no pueden marchar. En cerco más a fuera, en frente de uros, hay cerdos. Muchos, y aves que no vuelan y rascan tierra en torno a pies de cerdos. Tripa de mí ruge, y duele.

Tras muro de cerdos hay otro cerco más a fuera, pero con poco lugar donde mover, a parte de cerco de cerdos. Gente anda por allí, no tantos como bestias, y dicen unos con otros, poco más a bajo de mí. Rumia mí no mucha gente que puede hacer labor así, tan grande es.

Más allá, a bajo de loma, hay campo con chozas en punta, junto a río allí. Son tantas como dedos de manos y pies, y muchos humos suben de ellas. Rumia mí que gente a campa en chozas, así como guarda bestias, aun que cuesta rumiar que hay campo tan grande en mundo.

No rumia mí por qué ellos a sientan en campo junto a puente de río, donde tierra entre mundos es fina, cuando un bebé puede rumiar eso que no es bueno. Aun que a caso ellos no rumian en bestia parda y de más, por que mí gente dice que gente que a campa no rumia más que bebés. Mí gente dice muchas burlas de gente que a campa. Uno dice, cómo busca hembra un hombre que de campo, y otro dice, ah, él a guarda a que ella a presa cuernos en zarzas.

Duele mí pata, donde otros hombres de campo lanzan piedra, y mí no quiere más palos. Ve mí que puede ir por monte con labor en cima, pasar chozas en punta, y por esa senda venir a puente de río para poder seguir mí travesía.

Pone de pie y anda monte a bajo, entre muchos troncos rotos. Todos son en punta, y valle es como boca, y troncos como dientes de ella. A mí no gusta estar en claro a raso, donde ellos pasan árboles por filo de hacha. No hay nada bueno ahí.

Viene mí a hora a pie de pequeña loma, cerca de monte más grande, y oye bramar de uro de a riba. Monte mira a donde sol yace, así que mí camina a donde sol nace. Tierra en cuenca de valle es más blanda, y cuando más baja mí, más blanda vuelve aún, así que cubre media pata a mí, y caminar es lento. Troncos de árboles a hora no son tantos como a riba de monte, y hay podre en ellos, todos negros, y marcas de hierba con pelo y llenos de agua espesa como moco, donde hay muchos bichos que pican.

Lejos tras de mí, uro brama a hembra. Saca mí pie fuera de hoyo de agua y tierra que chupa, y sigue andando. A hora no ve puente de río, como ve des de a riba, por que corre de tras de árboles que hay en fronda en frente, pero mí va a donde pasa a través de río.

Lento, a través de hierba hueca y tierra que chupa. Duele mí tripa, tan vacía que dentro de mí todo es raro, y entra miedo de que cabeza va flotando, como con bestia de cielo. Tierra chupa mí pie. Vieja tierra, quiere a hora pie de madre que mí no cubre, y toma mí pie por pie de ella. Rumia así da mucho miedo a mí, y levanta pata a riba como ave de zancos, y va rápido hacia árboles que a sientan en tierra más seca.

LA VOZ DEL FUEGO

Junto a árboles a hora, mí puede andar sin hundir en tierra, aun que no hay en mí fuerza para andar más. Árboles están juntos en piña, y no rumia mí nada más que seguir en busca de puente. Pasando por bajo de árboles, a garra mí para tener en pie, y cae más que anda. Mí pata duele y arde con mal de fuego. Cae mí. De pie. Cae. De pie, y a hora viene a través de fronda de árboles, por otro borde de ellos y mira a fuera. Rumia en mí que eso es bueno, y hay más fuerza en mí. Cae.

No puede levantar. Yace mí boca arriba, y a cuesta cabeza en raíz de árbol. A riba de mí no hay nada, solo ramas de árboles, de donde caen todas pieles. Mira a bajo, más allá de tripa y patas y pies de mí, a tras de árboles hacia donde está río y aguas rugen con fuerza. No ve puente. No está ahí. A caso no da con senda que va a puente más allá de fronda de árboles. A hora bichos de caca vuelan en torno a costra de sangre de mí pata, que vuelve negra, y bichos de caca posan en cima, aun que no hay en mí fuerza para golpear con mí mano.

Mira mí hacia río, por que da más gusto que mirar mí pierna. Entre río y fronda de árboles hay una loma de tierra, y en torno crece hierba hueca. En loma…

En loma levanta con torno blanco todo, más alto que un hombre y otro, y a riba vuela pelo en viento, negro y largo. Es una mujer, toda blanca, aun que es tan grande que da miedo, como si no es de este mundo. Cierran ojos, para que ella no ve a mí.

A hora ojos abren, aun que poco, y ve a ella queda. Abren más ojos, por que es raro de mirar, y ve que ella cambia. No es más mujer a hora.

Choza. Es choza, con cuero de uro que cubre toda y así es blanca. Acaba en punta, donde cuelgan pieles largas, todas negras que vuelan en viento. No rumia mí si hay gente en choza, o cómo está choza aquí sola, lejos de otra gente que a campa a riba de monte.

Ojos no a partan de choza, por que no hay más donde mirar. En torno a mí, bichos de caca zumban, y a hora zumban más fuerte. Mira, y no ve más que con torno blanco donde está choza y en torno oscuro, y ahora blanco vuelve oscuro, y oscuro vuelve negro, y negro vuelve nada.

Υ

Ruido. Baba es con gusto malo en mí boca. Oye a hora gente, uno y otro que murmuran. Uno es grande y viejo, voz de hombre, y otro pequeño. Luego pequeño dice, sí, y dice tan quedo que mí no oye, y dice que va por agua. A hora entra poca luz a través de piel de mí ojos, y eso es bueno.

Flores, huele mí muchas flores, como si a hora no es tiempo de muda y es tiempo de flores. Abren ojos y ve choza. Piel de uro que cubre choza levanta a hora, y por hueco a gacha uno y viene a fuera, con pelo largo y claro que prende una correa en torno a cabeza, y con fajos de pieles que cubren hasta media pata. Es una chica, así ve, y no más grande que mí. Husmea mí, para olor de raja, pero huele no más que flores, aun que no ven flores, solo ve chica. Rumia mí si es flor con cuerpo de chica, o chica que huele a flor.

Entre una mano y otra chica trae labor pequeña de barro. Ella luego a parta de choza, y de mí, por loma de tierra que baja a río. Pasa entre hierbas huecas, aun que tierra no chupa a bajo, como si ella anda por senda de tierra seca. A hora va lejos y mí no ve a ella por en cima de hierba, y olor a flores deja solo rastro.

A hora bulto mueve junto a choza, y vuelve mí a mirar allá. Piel blanca levanta, y a fuera viene uno grande que a gacha, desnudo más que por correa y fajo que tapa rabo. Es un hombre. Hombre que da miedo.

De pie mira él en torno, aun que no mira a donde mí está. Hombre es más viejo que mí ve antes, con pelo largo blanco, con pelo en barba así, y uy, una cara… Una cara con marcas negras de fuego, donde ojos no más son blancos. Trae correa pequeña en torno de cabeza, donde salen palos con muchas puntas, como buey con astas de rama. Y en una mano trae flores y en otra mano trae palos. A hora él mira en torno otra vez, y tira un cuesco, y sienta luego en frente de choza de pieles blancas.

No puede mí ver qué hace, solo manos de él que mueven rápidas, y así largo tiempo. Humo. Olor de humo viene. Hombre prende fuego, y a hora echa más palos, para crecer fuego. Luego junta piedras que hay cerca y pone una con otra, en torno a fuego, para guardar lumbre.

Él sienta contra pieles de cabaña, y a hora a garra palo de madera con punta de piedra lisa y fina. A cerca hoja fina a otra piedra donde rasca a delante y a tras, como para dar más filo. A hora yace mí boca a riba, y oye ese ruido, y sol vuelve más bajo en cielo.

Con humo viene a hora más olor de flores, y levanta mí cabeza para mirar a senda de río. Chica vuelve a hora por loma con hierba hueca de bajo pies de ella y manto de pieles rozan patas de ella. Entre una mano y otra trae pequeña labor de barro, y andando vierte poco de agua, que cae por brazo de chica. Rumia mí que labor es como cuenca de valle pequeño, y que chica viene de río por agua. Camina ella lenta a hora cuesta a riba, donde hombre con astas toma agua de ella y pone en cima de hoyo con fuego.

Chica sienta junto fuego a hora cruzando patas, y a guarda queda. Sol viene más bajo, y luz que va de cielo viene a fuego, y espíritu negro de chica a larga tras de ella. Más largo aún es espíritu negro de hombre con astas, palos oscuros mueven como gusanos en cima de cabeza de hombre. A garra flores y echa en cuenca de agua, en cima de fuego, de donde sube humo gris de agua.

A luz de fuego mí ve a hora un muro bajo, de tierra prieta, más allá de choza. Antes no ve mí. A caso es para guardar bestias, como cerco más grande en cima de monte, aun que ve poco, y no rumia mí. Fuego crece alto. Espíritus negros mueven a tras y a delante sobre pieles de uros.

De cuenca en cima de fuego sube masa blanca y suave, como hielo en polvo, que vierte por borde, cae en fuego y sisea como gato. Hombre con astas cubre una mano con fajo de cuero para no arder. A garra él cuenca y a parta de fuego.

A hora hombre saca poco de masa blanca de cuenca, una mano llena y otra así. Chica sienta a gachas y a guarda queda. Vuelve oscuro cielo. Espíritus negros mueven en cima de choza. A hora hombre con astas pone masa blanca en cara de chica, aun que ella no mueve, y masa es densa bajo ojos de ella, y densa en boca de ella. Cae en trozos pequeños por fajo que cubre tetinas.

Chica no mueve. Hombre de cara negra a larga manos en torno a oscuro, como buscando, pero dentro de mí hay un peso grande y gris, y ojos cierran a hora. Huele humo.

Huelen flores y oye mí rascar otra vez, rascar va y viene, va y viene, va.

Y viene.

Oscuro. Rumias sueltas en mí. Frío. Pierna duele con fuego y ay. Ay, mí. Oscuro. Nada. Pierna duele, ay. Ay, madre, mí no vive más tiempos de hielo que dedos tienen una mano y otra. Oscuro. Oscuro, tripa arde y frío. Madre anda con mí de bajo de árboles, con paso raro y a garran nosotros uno de otro, ella anda con una pata solo, y mí con una pata así, pies de nosotros rotos con sangre. Oscuro. Oscuro, frío, y nada en tripa de mí. Flores. Oscuro.

Luz. Olor… Luz, a través de piel de ojos. Huelen flores y… abre. Abre ojos y… flores, y mira a riba a…

Mira ella a mí. Chica con olor a flores. A gacha a mí lado, y mí boca a riba yace en hierba en medio de árboles. Trae ella cuenca gris entre una mano y otra, como cuando va por agua a río. Pelo largo de ella roza con punta mí tripa, y quedan mirando nosotros así, y no rumia mí nada que decir.

Come, dice ella, y mí no dice nada, solo mira. A hora ella a cerca mí cuenca a boca, y cosa húmeda cae por barba, por lengua de mí, y es leche, y leche es tan buena. Come mí, y mira a ella por en cima de borde de cuenca. Cómo es, dice ella a hora, que viene mí aquí. Jerga de ella rara, como con lengua a revés, aun que mí rumia que ella dice. Con boca llena de leche mí no puede decir nada, pero leche baja y no está más, y ella a parta a mí cuenca de boca. Cómo es que viene mí aquí, chica dice otra vez.

A hora mí dice muchas cosas, una tras de otra. Dice de pie de madre, y de gente de mí que va lejos. Dice de ave con gusano de podre, y de hombres que lanzan piedra y hieren pata a mí. Chica pone cara buena, y dice que quita a mí podre de pata, y a hora rumia en mí que pata no duele, y mira allá.

No hay costra de sangre negra. A bajo de bulto no hay caca y tierra a hora, y cubren herida pieles de árbol, suaves y tibias. Mira mí a chica y dice, uy, cómo es, qué pasa, y así.

26

Ella dice que da con mí aquí cuando nace luz, y ella ve mí pata herida. A rastra a mí para ocultar entre fronda de árboles, y pone a mí pata buena.

Luego ella viene con más de comer. De bajo de manto saca un palo de carne seca y pone a hora en mí mano. Lleva palo de carne a boca de mí, y es duro de roer, aun que gusto es bueno. Di más de cómo vienes aquí, dice ella.

Con boca llena de carne seca, ella hace a mí decir muchas cosas otra vez, para rumiar mí jerga. Dice mí de caminar, y cerdos que cambian en troncos, y dice a hora de bestia parda. Ella menea cabeza a riba y a bajo, en señal que rumia. Cuenta mí que viene a valle, y ve monte grande con labor, y que va mí por borde a otro lado y así viene aquí.

Dice ella si hay hombres en cima, y dice mí, no, y dice ella, ah, bien. Por qué bien, dice mí. Oh, dice ella a hora, son hombres rudos que vienen de campo junto a río. Y dice que si ven a mí, pueden lanzar piedras. Mira mí pierna, y rumia mí que ella dice bien.

Mira mí en frente a hora, a través de hierba hueca donde está choza en cima de loma de tierra, y a senda de río, a tras de choza. En río hay bultos pequeños que mueven, y rumia mí que son ratas de cola llana, haciendo chozas de río para ellas. Cómo es que ella trae olor a flores, dice mí.

Hay un arte, dice ella, para sacar olor de flores y hacer agua de olor para poner en piel y pelo. A hora a parta ojos de mí y mira a senda de río. Y a guarda queda.

Hob quiere que ella huele a flores, dice, para seguir rastro a donde va ella cuando él no ve. No dice más, y mira lejos. A hora tira de tallo de hierba, y pone en boca de ella. Rumia mí quién es Hob, royendo carne seca. Ella no mira aún a mí, pero levanta una mano y señala con un dedo. Esa es choza de Hob, dice.

Ve mí a Hob, dice mí. Es hombre de cara negra con astas de rama.

Vuelve ella cara rápido y mira a mí. Cómo es que ve mí a Hob, dice, y pone cara mala. Dice mí a hora que ve a ella ir por agua de río, que Hob prende fuego y guarda fuego, donde una masa blanca viene. Dice mí ve a Hob poner masa blanca en cara de ella, y luego no ve más.

Lenta cae ella y yace en hierba, con un brazo a través de

27

ojos para cubrir de luz. Masa blanca es agua de olor, dice chica, así trae ella olor a flores. Rumia en mí que ve hombre con astas echando flores en agua, donde vuelve blanca, y chica dice bien.

Yacen mí y ella en hierba. En cielo a riba de nosotros bestias de cielo corren a hora tras de sol, y no a revés. Cazan a él y comen, donde sol no es más y claro va de cielo. Viejo río vuelve pardo a hora, y hierba hueca vuelve parda. Dice mí, cómo es que busca de comer para mí, y pone buena mí pata. A hora ella levanta un poco, a cuesta en un brazo y mira a mí. Pelo claro cae en ojos de ella, y chica echa a tras.

Ella está sola, con Hob nada más, dice. No hay otra gente con quien decir, con quien andar en tiempos buenos. Hob es viejo a hora, oscuro por dentro como cenizo, sin buenos tiempos en él y sin mucho que decir. Ella busca leche para mí y pone pata buena, y así mí puede decir muchas cosas que ve en mundo, y traer cosas buenas que ella luego rumia cuando queda sola con Hob.

Piel de cara de chica es suave, salvo por señal pequeña en un lado. Bicho con alas de trazos vuela en torno a pelo de chica, y a sienta a hora en correa blanca de piel en torno a cabeza de ella. Cómo es que ella viene con Hob, dice mí, si es oscuro como cenizo y no hay buenos tiempos en él.

Chica echa aliento como viento suave, y dice que viene de campo muy lejos, y ayuda a Hob. Hob tiene voz sobre gente que mora en campo, por que Hob es…

A hora no rumia mí jerga de ella, y dice mí, cómo es eso, y ella dice que Hob es como Hombre que Rumia, aun que más raro.

Hob no está más con hijo que brega para él en gran que hacer, dice ella ahora, y así es como ella viene a bregar para Hob, y asa de comer para él, va por leña, y de más. Chica no pone cara buena diciendo eso. A hora viene bramar de uro, de lejos, y hierba hueca en torno a cabaña es parda y mueve como humo en viento. Dónde está Hob a hora, dice mí.

Antes de que luz nace él pone en camino, dice ella, y marcha con gente que a campa río a bajo. Va con mucho que hacer allá, y luego vuelve aquí.

A mí entra mucho miedo. Rumia mí en cara negra de Hob,

en palos como astas de bestia, y dice que es bueno seguir mí camino para que él no da con mí aquí. Quiere poner mí de pie, pero hay poca fuerza en mí.

Chica pone mala cara aún, y dice que pata de mí no da tiempo de crecer fuerza aún, y que tripa de mí no llena aún, y ella dice bien. Puede ocultar mí donde Hob no ve, dice ella, donde solo ella da con mí. De tras de choza, dice chica, hay corral para cerdo con muro de tierra prieta. Hob no guarda más cerdo y corral queda vacío, y así puede mí ocultar dentro. Rumia mí que es muro que ve a luz de fuego.

Puede mí quedar ahí, dice ella, mientras pata pone bien, y ella busca de comer para mí. Si Hob ve menos de comer, ella dice a él que viene rata.

Eso es cosa más rara que mí puede rumiar. Rumia mí a hora, vuelve a rumiar, pero con funde. Cómo es, dice mí a hora, que mí cambia en rata.

Ella pone cara buena, y dice que mí no cambia en rata, solo que ella dice así a Hob. Mira mí a ella, aún sin rumiar que dice ella, y ella pone aún más cara buena. Por qué, dice ella, mí no rumia que uno puede decir una cosa aun que cosa no es.

Rumiar así no oye mí antes, decir que cosa es, aun que no es. Es rumia más grande que mí puede a presar. Mira mí a ella con boca colgando. Menea mí cabeza, y hace seña de no.

Cara buena de ella vuelve más ancha a hora, y dice qué bien dar con uno como mí, que rumia y dice cosas tan raras. Va, dice ella a hora, sin dar tiempo a mí de rumiar eso. Va mí a través de hierba hueca y junto a choza de pieles blancas para ocultar en corral allí, dice chica.

Pone de pie ella, y a garra mano de mí, y mano de ella es pequeña a hora, y tibia. Va, dice ella, y tira de mí, y así pone mí de pie. No hay fuerza en mí, y ella pone brazo en torno a mí, para que mí puede andar. Es como si anda con cara a ras de flores, olor tan cerca a hora.

Bajan nosotros lentos de fronda de árboles, y luego caminan por hierba hueca, donde hay una senda seca entre tierra húmeda que chupa. Senda va hacia loma donde está choza de pieles blancas, y ahora andan nosotros cuesta a riba, brazo de ella en torno a mí, y vienen junto a choza. Andan nosotros poco, pero fuerza va de mí, piernas todas flojas.

De aquí choza ve más grande que rumia mí antes, aun que solo a sientan un hombre y una chica. De golpe rumia mí cómo es para Hob tener voz sobre tanta gente. Tiempos son buenos para él. A caso tiempos pueden ser así buenos para mí. Chica tira de mí mano, y así abre camino para ir nosotros en torno a choza donde está corral de cerdo.

Muros de tierra de corral son altos como mí cuello, y tranca de madera cierra hueco de muro. A bajo tierra cubre toda hierba seca, blanda y tibia, y donde un muro junta con otro, como en codo de ellos, hay choza pequeña de ramas. A penas huele cerdo, por que mí huele más flores. Chica abre tranca de madera para nosotros entrar.

Hob no mira aquí dentro, dice ella, a hora que no hay cerdo. Dice ella, si mí oculta en hierba seca, ella tiene que bregar para Hob, y luego vuelve con oscuro y trae de comer para mí. Saca a hora ella otro palo de carne seca, para mí comer entre tanto, y luego abre tranca para ir fuera. Dentro mí quiere que ella queda más tiempo con mí. Rumia mí una cosa que puede decir para que ella a guarda aún.

Dice mí, cómo es que dice ella Hob no está más con hijo. A caso hijo va como va cerdo que antes guarda en corral donde mí a sienta.

Mira ella a bajo y cara vuelve oscura. Hijo de Hob no viene más aquí, dice ella, y dice que va ella a hora. Sale por hueco de muro, y cierra tranca de madera a tras. Camina en torno de choza y no ve mí más de ella, aun que huele rastro, como flores que caen de árbol.

A rastra mí a pequeña choza de ramas, y cubre bajo hierba seca. Mete palo de carne seca en mi boca para roer, y en tripa de mí es bueno. Andar de fronda de árboles saca fuerzas de mí, y mí yace a hora con cara sobre hierba que pica, y chupa carne, y ojos cierran.

A hora ojos abren. Todo es oscuro. En boca de mí hay algo. Ah, es carne seca. Una punta está blanda como caca, y gusto de carne es fuerte en lengua. Pica mucho cara a mí, y rumia mí dónde está, aun que a hora rumia de flores, y de chica, de choza junto a corral de cerdo, y rumia mí como viene a parar aquí.

Ahí frente corral de cerdo está choza de pieles blancas, donde oye mí a hora voz de hombre, y voz de chica, que murmuran. Rumia mí que Hob vuelve aquí luego de ir con gente de a siento.

A hora todo vuelve quedo. Sienta mí en hierba seca, y roe carne, y así pasa tiempo.

Oye mí ruido de tranca de madera mover en hueco, y huele mí a flores, y ah, es tan bueno. Chica viene a dentro de corral, y cruza a choza pequeña donde mí sienta. Quiere mí decir muchas cosas a ella, aun que ella cubre mí boca con mano, y hace seña de a guardar quedo. A hora dice ella en voz baja, más como murmura viento en hierba hueca.

Dice que ella busca de comer para mí. Saca a hora en vuelta carne a fuego y como una masa rara, dura por fuera pero blanda por dentro. A garra mí y pone a mascar, y dice mí, qué cosa es, dura y blanda a la vez.

Ella sisea como gato, en señal de que mí voz es de más fuerte. Dice ella que es masa que asa en fuego con polvo que toma de hierba de sol, que crece cerca de aquí, y junta con poco de agua. Come mí, y es bueno, y buena es carne a fuego a hora en boca de mí. Es buey, por gusto de él. Sienta ella a gachas junto a mí, y a guarda queda. Con boca vacía a hora, no rumia mí que decir a ella más de hijo de Hob, y cómo es que no está más aquí.

Mira ella a mí, y rata que vuela ronda por en cima de corral de cerdos. Pasa tiempo, y luego ella dice con oscuro, ah, es largo de decir, y no hay nada bueno en eso. A hora a guarda queda, y rumia mí que ella no va a decir más, aun que no es así.

Chica dice que antes Hob mora junto a río aquí con hijo, donde a sienta gente cerca y que Hob rumia por ellos, y que hace mucho por ellos. A cambio gente da a Hob pieles, y da de comer y de más.

De todo que hace Hob, dice ella, un que hacer es más grande que todos. Dice ella que hay muchos campos donde gente a sienta, a través de mundo de agua a agua grande, y en todos campos hay hombre con astas como Hob. Hombres con astas van todos a un lugar donde rumian y dicen unos con otros, y luego todos dicen de un gran que hacer, como rumian entre ellos. Da vuelta mí a hora en hierba, a gusto de oír eso.

31

Dice ella que hombres con astas rumian trazar una senda, más grande que senda hay aún, y senda va de borde de agua grande, por donde viento tibio viene, y corre hacia donde yacen bosques grandes, como va allí viento frío. Senda va a correr a través de monte y lugar alto, y por borde de valle.

Es más lejos que mí puede rumiar, por que mí no ve aguas grandes, solo oye decir de ellas. Qué bueno hay en trazar senda grande, dice mí a ella que sienta ahí en oscuro y enreda con pelo de ella. Dice ella que senda es para ir y venir de mucha gente, que hombres de un campo pueden hacer travesía a otro campo, lejos, y traer piedras y pieles con ellos, y volver a cambio con mantos y labores de otros campos. Así todos vienen con cosas que tiempo atrás no rumian, y vienen buenos tiempos para todos que a sientan cerca de esa senda.

A cuesta mí a hora boca a riba, con hierba seca que pica en mí rabo. Yace mí con culo y patas en pequeña choza de rama, mí cabeza y brazos a fuera. Vuelve cabeza para mirar cielo, donde bestias de cielo cierran ojos de ellas y mí no ve ninguna luz. Rumia mí en senda que dice chica, pero no rumia mí todo. Dice mí a chica, cómo hacen senda si no con muchos pies que andan por ahí. Pero cómo gente anda por senda si no rumian por dónde pasa.

A hora ella dice más raro, y duro de rumiar. Dice ella, hombre puede rumiar por dónde pasa senda si senda es tan larga que va en torno a mundo, y es así, dice ella. En todos campos que hay, hombres con astas hacen decir jerga, larga y rara, que dice de muchas cosas. Dice de campo donde está hombre con astas, y de montes y caminos cerca donde está campo, para que gente de otros lugares puede dar con senda que lleva a él. Luego juntan jergas que dicen hombres con astas, para hacer otra jerga aún más larga, que dice senda de borde de agua con viento tibio a bosques grandes con viento frío.

Por qué, cómo es eso, dice mí. Si jerga que dicen es tan larga, un hombre no puede rumiar toda. Ah, dice ella, de ahí que es raro. Hombres con astas en sartan jerga y dicen toda junta para que si hombre oye una vez y a hora una vez más, luego queda dentro. Hay que decir toda con un son que va y viene, que no es como otro, pero más bueno para guardar dentro y rumiar.

Chica no dice nada más, pero levanta cabeza y toma aliento. A hora, con voz suave hace un son, más bueno que oye mí antes a parte de pájaros, y a la vez dice ella así:

Ay, cómo dar a hora con hembra, dice chico que anda
en borde de valle, bosque oscuro y monte desnudo
para yacer con ella antes de estar seco y solo bajo tierra,
en borde de valle, bosque oscuro,
codo de río y monte desnudo,
y allá yacen, él y ella, bajo hierba juntos.

Entra frío en mí tripa solo de oír a ella. Luego chica a guarda queda, y no dice más, pero en mí aún oye voz de ella, que ronda y ronda como pájaro con ala rota aquí dentro de mí. «En borde de valle, bosque oscuro…»

A hora viene ruido de choza de pieles blancas, en frente de corral de cerdo, y es Hob. Grita él, dónde está chica, y si es chica que hace ruido de tras de choza, y así. Chica pone de pie rápido y dice, en voz baja, que ella va para que Hob no viene y ve a ella y a mí aquí. Echa a andar por hierba seca, con olor de flores que cubre a ella como manto. A guarda, dice mí quedo, por miedo a Hob. Dice mí, ella no dice más de hijo de Hob, no de cómo va lejos, y mí quiere oír.

Es largo de decir, dice ella, no puede ser todo de una vez. A primera luz Hob parte, y ella vuelve aquí para que mí oye más, y de hijo de Hob. A hora ella a gacha, y lame a mí en cara.

Pone de pie y huye, como buey con astas de rama por hueco de muro, en torno corral de cerdo, y a leja en oscuro y no ve más. Viento toma olor de flores, por que viento quiere olor solo para él. De bajo de mí tripa está rabo con hueso, donde hierba seca pincha. Baba de ella es fría a hora en mí cara.

Vienen voces bajas de choza de pieles blancas, hombre dice a chica y chica dice de vuelta a hombre, y luego son quedos. Olor de flores va lejos todo, y mí huele más a cerdo que antes. Huele a podre de árbol donde hay tronco hueco lleno de agua con babas, y huele río lento que mueve lejos. Pone mí a hora boca arriba, sobre hierba seca, mirando a cielo. No hay en cielo más que oscuro.

Rumia mí cómo es que uno puede decir de cosa, aun que

cosa no es, y más, en todo que hombre puede hacer con rumias así, tan grandes son. Rumia mí que decir jerga rara y larga es como senda, por donde hombre puede ir en torno a mundo todo. Chica mete muchas rumias grandes y raras en mí tripa, y no está quedo dentro de mí. Vuelve a un lado y a otro en hierba seca, y a hora mí quiere hacer un pis.

No puede mí hacer pis junto a choza de pieles blancas, donde Hob puede oler a mí. A rastra de choza de ramas, y luego pone de pie para cruzar corral de cerdo. Va fuera por hueco en muro, y a hora anda quedo en frente de choza, donde está un monte pequeño de ramas y zarzas, como si chica y Hob buscan leña y pone aquí cerca para hacer fuego. A hora mí va en torno a monte de palos, y por borde de cuesta de tierra viene mí.

Allá en cielo a riba de mí están bestias de cielo todas a parte una de otra, y a tras de ellas ve luna. Con luz de luna ve hierba hueca alta con puntas blancas, y ve hierba llana de pisar en cima, como senda por donde chica va a río, a por agua. Baja mí a hora cuesta, y viene a senda seca donde tierra no hunde y mí puede caminar.

No duele mí pata, fuerza vuelve a dentro de ella, y a gacha mí para ver de cerca. Pieles de árbol que chica pone bajo bulto están ahí aún, a garran a pierna de mí con tierra y agua. Eso es bueno, y mí sigue andando, y así viene a donde río lento y oscuro mueve entre árboles, como donde mí va. No rumia mí andar tan lejos para hacer pis, pero es bueno andar y no yacer en corral de cerdo.

Anda mí a hora junto a río y a través de árboles, y a hora ve de lejos en frente puente de río, que mí ve desde borde de valle. Es grande, todo de troncos, y rumia mí a hora por qué hay tantos árboles rotos cerca. Puente yace en cima de muchas chozas de río, como hacen ratas de cola llana, y río ruge más fuerte a bajo de puente. En frente, cruzando río, mí ve senda que va lejos, clara toda con luz blanca de luna.

Quiere mí. Quiere mí ir a través de puente, por senda blanca de luna y caminar lejos de valle y no volver más. Madre no hace a mí para a sentar en chozas junto a hombre con astas y chica con olor a flores y cosas raras así. Mí es uno de gente que anda, y hace mí para andar. Quiere mí caminar a riba fuera de tierras bajas, donde todo es húmedo y huele a podre. Donde hay gente en campo junto a río, donde ronda bestia parda. No hay nada bueno en eso.

Rumia mí a hora muchas cosas. Si mí camina todo solo y no da con nada de comer, mí tripa queda vacía, como en tiempos antes de venir aquí junto a choza de pieles blancas. Rumia en chica, con correa de piel de buey que a garra pelo largo y claro de ella, y olor a flores que en vuelve a ella y tantas cosas buenas que dice. Rumia a hora en hijo de Hob, por que mí quiere oír más de él, y mira a hora puente y senda blanca más allá, y oye rugir de río, cayendo ahí en oscuro.

Hace a hora pis contra árbol, y da vuelta y sigue por borde de río, y a través de hierba hueca, cuesta a riba y todo en torno a choza de pieles blancas, donde viene junto a corral de cerdo. Entra mí a rastras en choza de ramas, y de bajo de hierba seca. A prieta ojos a hora, así todo mundo va de mí.

Flores. Nace luz. Chica dice, va, Hob está en camino de campo junto a río. Va, levanta, y así. A garra mí por pelo de cola de rata y tira. Va, a riba, y dice que viene con comida para mí. A hora ojos abren, y mí pone de pie.

Ah, es bueno que mí no cruza puente por oscuro, y no ve más a ella. Sienta ella junto a mí con luz de sol en cima, piel de ella más blanca que correa de uro que en vuelve todo pelo de ella. Trae en una mano masa que hace con hierba de sol, mientras en otra mano tiene fruta de tetina.

Frutas de tetina son blandas y buenas para comer, con jugo que cae por mí barba. Pone ella buena cara, y dice que viene con otra cosa para mí, aunque no de comer. A hora mira mí, y junto a ella ve fajos para cubrir mí. Fajos que cubren piernas, fajos que cubren tripa, y cuero seco para cubrir pies.

Cómo viene con fajos, dice mí, y sin querer echa mí baba con fruta de tetina y cae en mano de ella. A hora ella levanta mano y saca lengua y lame trozo de fruta, mientras ella mira a mí. Entra picor en mí rabo.

Fajos son fajos de hijo de Hob, dice ella, y no dice más, y mira a río, a luz de sol, y ojos de ella en tornan. Dice mí, cómo es que hijo de Hob va lejos sin fajos para cubrir.

Mira ella más a río, y dice, él no quiere cubrir allí donde va.

A hora ella pone de pie y vuelve a mí. Dice va, cubre con fajos en cima para luego nosotros andar juntos por borde de río. Levanta mí, hace como dice ella, cubre con fajos patas de mí, tripa de mí y tras de mí, y a hora en pie de mí, y es raro cubrir mí con fajos.

De corral de cerdo van nosotros en torno a choza, donde monte de leña es en frente, más alto que mí cabeza. Por cuesta y a través de hierba hueca van junto a borde de río, donde antes mí viene y hace pis. Caminan nosotros por agua. Dice mí que ella dice a mí de hombres con astas y gran senda de jerga, pero ella no dice aún cómo eso es uno con hijo de Hob, o cómo es que él marcha lejos.

Dice ella, si mí sienta con ella bajo árboles junto a borde de río, ella dice allá todo a mí. Y a hora nosotros buscan árbol, y sientan ahí en hierba, ella con pies que cuelgan y mojan en agua, donde hacen aros que lucen.

Dice ella a hora de hombres con astas, y de senda de jerga que dicen ellos. Ellos hacen senda más rara y más grande que otra cosa que hace antes en mundo, más grande que piedras de pie en ronda que gente dice que hay en gran claro, lejos hacia donde sol nace. Dice ella, hacer esta senda que dicen hombres con astas quiere una fuerza y rumia rara que no está en otro tiempo antes dentro de ellos. Una fuerza que viene de otro mundo, de bajo de tierra, donde andan espíritus.

Hob y otros hombres con astas toman esa fuerza de mundo espíritu, dice chica, y espíritus toman así a cambio de hombres con astas. A hora a guarda queda. Cómo es que toman espíritus a cambio, dice mí.

A hora dice ella que espíritus toman eso que hombres con astas quieren más que nada en mundo, tanto como puede ser. Eso que más quieren hombres con astas pasan por hacha y quitan vida, y así espíritus toman a bajo a otro mundo. A cambio, espíritus ponen fuerza en hombre con astas, y ponen rumias raras de ellos para que hombre de astas dice bien senda de jerga.

Y qué es para Hob, dice mí, cosa que quiere más que nada en mundo, que espíritus hacen a él pasar por hacha. A parta ella a hora pie de río, blanco y frío, con ojos pequeños de agua en cima. Hijo, dice ella. Hijo es cosa que más quiere.

A través de río, aves de boca llana levantan, con mucho ruido, y vuelan lejos por en cima de agua y tierra húmeda, hacia borde de valle. Gusano de piel de árbol cae en mí pie, uno con pelos en cima. A garra mí entre dos dedos y tira, así parte en trozos, y entre tiene mí así con él, y luego lame mano. Chica a parta de río a hora, para mirar a mí. Es que gente que anda pasa hijos por hacha, dice ella.

No, dice mí. Ellos no pasan bestia ni ave, solo si ellos tienen dentro rumias malas. No oye mí antes una cosa que da tanto miedo y tan rara. Ay, pasar bebés por hacha es más malo que nadie puede rumiar. Dice mí más, y dice, es que Hob no gusta hijo, que hace así.

No es eso, dice chica. No es eso para nada. Hob gusta más hijo que hombre gusta hembra. Más que fuego gusta árbol seco. Hob no quiere quitar vida de hijo.

Dice mí, ah, y por qué no dice Hob así, y dice que no pasa por hacha a hijo, si tiene voz sobre tanta gente.

Gente quiere senda, dice ella. Gente quiere pieles y carne, y quiere tiempos buenos que senda va a traer aquí. Gente que a sienta busca de comer para Hob y mantos y de más, y a hora quiere que Hob hace senda para ellos, a cambio. Si no pasa por hacha a hijo y hace bien senda, no tiene más voz sobre ellos. Si no hace así a cambio para ellos, ay, ellos hacen que Hob con hijo van de aquí. Echan fuera, y hacen buscar de comer, y así a caso quedan sin vida.

Y qué rumia hijo de Hob, dice mí. Menea ella a hora cuello y brazos, en señal de que no rumia ella. Dice ella que si hijo de Hob hace una cosa o hace otra, no es bueno para él. Si huye lejos de campo queda sin comer, y no sigue vivo mucho tiempo. Si no huye, Hob pasa a él por hacha. Hijo de Hob puede hacer una cosa, y puede hacer otra, pero ninguna es buena para él.

Chica levanta brazos en alto, para es tirar. Tetinas de ella marcan prietas contra fajo que cubre tripa de ella. A hora ella pone de pie y dice a mí, va, a seguir más por borde de río. A larga mano ella y tira de mí para levantar, y mano de ella es tibia y húmeda.

Caminan nosotros a hora junto a río, y no dicen nada, pero

van a través de monte con pieles secas de árbol, y cuando pisan ellas levantan en torno. Por de bajo de árboles van nosotros, a donde lejos ve puente. Puente es más grande a luz de sol que mí ve cuando vuelve oscuro, y dice a chica así. Ella para y vuelve a mirar a mí.

Dice ella, cómo mí ve puente cuando vuelve oscuro, y dice mí que viene aquí a hacer pis, y luego vuelve mí a corral de cerdo. Ella mira a mí, como rumiando, y a hora pone cara buena. Ven, dice, y suben nosotros a riba de puente de río.

Andan nosotros por largo de senda, y puente de río vuelve más grande cuando más cerca van nosotros, que no rumia mí que tantos árboles caen para a parejar puente. Aquí junto a borde de puente troncos negros viejos levantan, por que puente cruza por en cima de borde de río. Chica a hora yace boca a bajo en cuesta de puente, y a prieta nariz en troncos negros para mirar entre ellos. Fajos que cubren a ella marcan culo bueno y rumia mí si levantar y mirar de bajo, pero ah, no hay que hacer. Ven, dice ella, a mirar aquí, entre troncos.

38 Echa a hora mí con ella y mira a bajo de puente donde dice ella, entre troncos negros a bajo de ellos. No ve nada, solo oscuro, pero luego ve más, y ve con torno blanco y fino, que yace en oscuro, y no mueve. No rumia mí si es hombre o mujer, aun que ve mí que vuelve todo huesos y piel seca, y nada más. En torno a huesos hay todo de fajos rotos, pero no hay pelo en cabeza de hueso, como si arranca de cuero. Cuencas de ojos están como mirando a nosotros, y a bajo de cabeza de hueso dientes ponen cara buena a mí.

Es mujer, dice chica. Ponen aquí a mujer viva, para hacer a espíritu de ella guardar puente y así puente es bueno, no cae, y no prende con fuego. A hora chica pone de pie y no dice más, y sube cuesta y cruza puente, donde mí va de tras. Camina a hora y dice otra vez jerga rara, son como de pájaros, pero no de borde de valle y árbol oscuro y de más. A hora dice ella más rápido, y gusta mí de oír, y es así…

> Allí yace ella de bajo de bosque,
> y hueso es, y hueso es ella,
> yace allí mí mujer buena,
> y junto a río gente queda.

Van nosotros a través de puente, pisando de tronco en tronco, lentos, para no caer con hierba de baba que crece ahí, y vienen nosotros en medio, donde un borde no está más lejos que otro. A hora viejo viento es fuerte, y río ruge tanto a bajo que nosotros no oyen que dice uno a otro. Chica dice cosa que mí no oye, y dice mí, cómo es, y di más fuerte, y así. A hora por en cima de rugir de río dice ella, mira a hora. Mira a otro borde, y con dedo ella hace señal a donde quiere que mira mí.

Allá a través de agua mí ve a hora a hombre de campo, en busca de bestia. Van con lanzas en mano, y a rastras ellos traen buey con astas de rama. Entra miedo en mí, por que rumia chica dice que pueden tirar piedra a mí, tan rudos son. Así mí dice a ella a hora, y mí va echar a correr, pero ella dice a guarda. Dice que ellos rumian de ella, y no van a hacer daño a mí con ella. Mira, dice a hora ella, hombres hacen una señal a nosotros. Haz señal a ellos, dice, señal de que todo está bien.

De lejos hombres levantan mano, y levanta mí mano a ellos. Chica no mueve. Dice ella es bueno que ellos ven a mí con ella. Por qué es bueno, dice mí, y dice ella que hombres ven a hora que ella rumia de mí, y que así no tiran más piedras a mí. Lejos en otro borde hombres andan a través de árboles, y nosotros no ven más a ellos. A hora va, dice chica, hay que volver a choza de pieles blancas antes de que Hob vuelve de campo río a bajo, donde va él.

Lentos caminan nosotros por bosque húmedo, de vuelta. Por cuesta de puente venimos a bajo, y mí rumia a hora en mujer de hueso que yace en oscuro bajo pies de nosotros, en todo que ella rumia, dentro de cabeza sin carne y hueca de ella.

Larga senda, a través de árboles en borde de río, por hierba hueca, y así vienen nosotros junto a corral de cerdo. Sol está alto en cielo, de donde luego solo cae. Espíritu negro de mí vuelve todo pequeño y con tanto miedo que oculta de bajo de mí pie.

Chica a cuesta contra muro de tierra y dice que va a hora a bregar para Hob. Ella rasca cuello, como si pica, y dice que a caso no puede venir a corral de cerdo cuando vuelve oscuro, por que Hob da a ella mucho que hacer. Vuelve a ver a mí

39

cuando todo oscuro va y vuelve claro otra vez. Dice ella que mí puede comer masa de hierba de sol, y así mí tripa no está vacía entre tanto.

Dice mí, sí, y bueno, y de más, aun que en mí voz hay oscuro, por que mí no quiere a ella tanto tiempo lejos de mí. Oh. Es como si ella oye oscuro en mí voz. A leja de mí y va hacia hueco de muro y tranca de madera, donde ella a guarda y vuelve cabeza. Pone buena cara a mí.

Dice que fajos van bien a mí. Dice ella que hacen ver bien a mí. A hora pasa por hueco de muro, y cierra tranca y a leja donde mí no ve a ella más, pero cerrando ojos aún ve mí cara buena de ella, y rumia dentro.

A bajo de hierba seca yace mí junto a choza de ramas, y saca a hora fajos que cubren piernas a mí, para mirar bulto. Piel de árbol que chica pone en pata vuelve más seca, y así son secas tierra y agua con que tiene a pata de mí. A garra piel de árbol entre dedos a hora, tirando hacia riba, y a bajo hay muda de piel tierna, y no está más en carne viva.

A hora cubre mí pata con fajos. Chica dice que mí ve bien con ellos, y rumia mí que es bueno así, aun que fajos rozan raro a mí. En frente de choza de pieles blancas oye mí a chica ir y venir, haciendo cosas que mí no ve, aunque olor a flores en vuelve todo. Mano dentro de fajo a hora rasca mí piel tierna que crece en bulto de pata, que pica. Come mí masa de hierba de sol, mientras muchas rumias vienen a mí.

Rumia mí que pata no duele más y que puede seguir mí travesía. Si queda mí más tiempo junto a corral de cerdo, uy, Hob va a dar con mí, y es más bueno para mí ir antes lejos de aquí. Aun que a hora rumia mí que caminando solo poco busca de comer, y así tripa vuelve vacía. Rumia mí a hora en chica, en pies pequeños de ella, y huesos finos de ella y pata de bajo de manto. Rumia en pelo de ella, tan claro y con correa blanca de uro. Mí quiere quitar correa y ver pelo claro de ella caer por brazos de ella, y rumia mí a hora que ir lejos de aquí es no ver más a ella.

Tantas rumias enojan en mí tripa, y ponen a hora a pegar y morder una a otra, como gatos. No está quedo en mí. Oye ruido junto a choza, voz de hombre, y rumia mí que Hob vuelve. A mí no gusta Hob, y rumias en mí rumian todas así. Vuelven que-

40

das en tripa de mí, donde yacen y rumian todas oscuras de Hob.

Come mí masa blanda y gris de hierba de sol y sol va más bajo en cielo. Mí espíritu negro, sin miedo a hora, a cuesta cabeza larga en frente de corral, y pone oreja en piel de uro, como para oír más cosas que dicen ahí.

A través de río, mana sangre de sol cuando va a yacer. Rumia mí que bestias de cielo a presan y hieren a él, por que sangre cae en ellas, que cielo todo vuelve como sangre. Es fuerza mí en oír a sol aúlla de dolor, aun que está tan lejos que mí no oye nada.

De tanto tiempo sin mover huesos duelen, así que mí a rastra fuera de choza de ramas y pone de pie. Anda mí a delante y a tras, para poner más buena pata de mí, y a hora mira a fuera, más allá de muro de corral de cerdo y, así, mundo más allá.

Lejos ve a Hob, y mí a gacha más tras de muro. A soma ojos por a riba de muro a hora para mirar. Hob va a través de hierba hueca hacia fronda de árboles, en otra senda que no va a río. Borde de mundo a tras vuelve todo con humo y sangre. Hob, con luz de tras, vuelve todo oscuro, como espíritu negro. Astas de él son como manos negras sin carne en cima, para rascar cielo y a presar todas rumias de cielo y que ellas no vuelan lejos.

A gacha Hob, luego levanta para andar, y a hora a gacha otra vez más. Rumia mí que va en busca de leña, por que a hora mí ve ramas bajo brazo de él. A caso son para monte de leña que hay en frente de choza de pieles de uro. Anda él como quien hace eso que rumia y rumia eso que hace, cosa que madre dice a todas horas, pero no de mí. A gacha a hora ahí, a hora más allá, y ramas bajo brazo de él son muchas más aún.

Vuelve Hob cabeza a hora, y luz cae en con torno de cara de él y da miedo, y sangre de sol moja astas de rama. Rumia mí que Hob no es de tierra, como mí es y es mí gente que anda, que nacen de tierra y viven en tierra y yacen en tierra y todo. Él es de fuego. Fuego es negro en torno a ojos de él. Fuego es sangre en astas de él.

Vuelve Hob andando por hierba hueca, y mí a gacha a hora más a bajo de tras de muro, y a rastra como cerdo a choza pequeña de ramas, aun que no va a dentro. Mí tira hierba seca en

41

cima para dar calor, y mira cielo, donde sangre de sol es seca y vuelve toda negra, como en mí pata herida.

Hay una senda, lejos y oscura, que hacen decir toda jerga rara. Va de un borde de mundo a otro borde de mundo, y muchos hijos pasan por hacha para hacer senda. A caso huesos de ellos yacen de bajo de senda, como huesos de mujeres yacen a bajo de puentes. Una senda de huesos, en torno a mundo todo, que cubre mundo de bajo de nosotros, donde bestias pardas pasan a través de oscuro, donde pequeños orcos yacen boca arriba y roen carne de huesos de hijos que cuelgan en cima.

Mundo vuelve grande y oscuro en torno a mí, y ve lejos muro de corral de cerdo. Mí tripa quiere chica, quiere que ella yace aquí junto a mí, como madre pero con olor más bueno. Mundo vuelve mí tan pequeño que con miedo no puede mover o hacer nada. Ojos cierran, y cielo va, y mundo va, pero oscuro no va, y queda aquí cerca. No hay cómo a tajar oscuro.

42

A hora todo vuelve raro otra vez. Mí oye ruido, y rumia que es madre, que anda con una pata a través de árboles en busca de mí, y ojos abren para mirar a ella, aunque mí no ve nada. Solo está corral de cerdo, quedo en oscuro, y ruido viene de tras muro donde está hueco con tranca de madera. Pone mí de pie, para ir junto a muro con luz de luna, que va alta en cielo mientas no rumia mí. Junto a muro, mira mí en frente.

En torno a loma de tierra, hierba hueca vuelve blanca y con filo como hielo de luna. Hob a gacha y camina por hierba, y anda un niño con él. Como luna y hierba hueca ellos son blancos, y todo es blanco, y cara de Hob a hora no ve negra, solo oscuro en cuencas de ojos de él, como si frota negro tan fuerte que no puede quitar más.

Niño anda con Hob, y pelo de niño es todo negro y corto. No ve pelo en cara o barba, y así rumia mí que no es más viejo. A fuera de hierba hueca a hora, con torno blanco de ellos va cuesta a riba a pequeño cerco de árboles, y Hob camina mano con mano de niño. Luna clara cae por a tras de ellos, y luego luz va hacia árboles y queda toda rota en negro de ramas, donde mí no ve más.

Largo tiempo mira mí sin ver nada, y a hora sienta de vuelta en hierba seca. Rumia mí que niño es hijo de Hob. Rumia mí en madre, que a garra árbol y dice dónde va mí pie. Cuando vuelve oscuro todo es raro. En oscuro podemos ver perros espíritus, y gente que no está viva más. Hierba seca es tibia. Oscuro a prieta en piel de ojos a hora, y no hay fuerza en mí para tener a riba. Y tibio. Y oscuro.

Frío a hora en pies, y frío en manos. Prueba abrir ojos, pero no, hay moco en ojos que cierra, y a hora mí rasca para abrir así. Vuelve claro, aun que gris. Bestias de cielo son tantas que hacen una sola bestia, tan grande que cuelga todo a través de cielo. Viejo viento es duro, y aúlla como perro por en cima de corral de cerdo aquí.

A hora mí huele carne de pez, que hace a fuego. A hora huele mí frutas. Huele mí flores.

Ven, dice ella, aquí hay de comer. A dónde mí quiere ir a hora que es claro, dice ella.

Come mí fruta y pescado, mientras ella sienta cerca, a gachas y queda. Levanta mí para hacer pis. Viejo viento es grande y fuerte y va a echar olor de pis lejos, así que mí puede hacer en muro de corral de cerdo sin miedo a que Hob huele rastro de mí. Rabo de mí es grande, aunque vuelve más pequeño cuando agua va a fuera. Vuelve mí dentro, y chica mira rabo de mí y pone buena cara.

A hora que es claro nosotros van por borde de valle, dice ella, a riba de cerco de guardar bestias en alto de monte. De allá, dice ella, ve a siento de río, y todo en torno.

Tapa mí rabo a hora con fajo de tripa. Sí, dice mí, está bien, aunque viene calor a cara de mí. Ella pone de pie y pasa por hueco de muro. Viento mueve pelo largo y claro de chica, así que ella a prieta más correa en torno a frente. Ve tan bueno, volando todo en viento. Va, en marcha, dice ella. A riba de borde de valle.

Entre hierba hueca y a través de fronda de árboles, y a hora a bajo con tierra húmeda y blanda, donde están troncos todos negros de podre. Chica anda por senda en frente de mí, mirando de no pisar en hoyos que chupan, o a mí que va de tras, y así vienen nosotros a monte grande por borde de valle. En torno a nosotros hay troncos rotos, y a riba de nosotros cielo abierto. De camino a donde sol yace hay monte con labor en cima, donde mí huele buey y cerdo, y oye a ellos, con viento que viene de allá.

Mientras mí y chica caminan monte a riba, viento hace muchas pieles de árbol secas correr a nosotros a través de hierba. De borde a borde vienen ellas, rápidas, como muchas bestias pequeñas corren en frente de árboles que arden.

Más y más a riba van nosotros a hora, y miran, y ven que vienen nosotros en cima de monte, de donde vamos más a riba aún. Hay uros que rumian, y cerdos yacen junto a muro de tierra, para ocultar de viento. Mí va de tras de chica, y no dicen nada, por que alientos cortan y viento a rastra voz de nosotros lejos. Anda a riba, más a riba, hacia hilera de árboles que levanta toda negra en cima de nosotros allá, junto a borde de valle. Chica va en frente de mí, y viento frota olor de flores de ella en mí cara a hora.

En hilera de árboles paran y sientan nosotros en tronco, y largo tiempo cuesta tomar aliento para poder decir nada. Mira mí labor en cima de monte a bajo de nosotros allá, donde hombre que guarda manada, pequeño, viene a fuera de choza de madera que hay en medio de cerco más a dentro. Hombre anda entre uros, a través de cerco, y pasa por hueco con tranca de madera junto a cerco donde está cerdo y pájaro que no vuela. Entre una mano y otra tiene una cuenca, que ve llena con granos de hierba de sol, y tira granos a pájaro que no vuela, para dar de comer. A hora vuelve hombre junto a choza de madera, y no ve más.

Vuelve mí a chica, mientras sienta en tronco. Cómo de viejo es Hob, dice mí.

Mira ella a mí, y a hora a parta mirada, para tirar de correa de uro en torno a pelo que vuela en viento. Dice ella, Hob es tan viejo como ella, y mí, y otro como mí. Es hombre más viejo de que ella oye. Mí dice a hora, qué raro es, y no es bueno que hombre sigue vivo tanto tiempo. Dice con oscuro en mí voz, para que ella rumia que a mí no gusta Hob. Mí quiere que a ella no gusta Hob, y así gusta más a mí. Pero ella solo pone cara buena, y mira a hora a través de valle, y no dice nada.

Dice mí, ve mí a Hob con hijo de él, a claro de luna.

Vuelve ella rápido a mí, y mira duro a mí, y voz de ella viene queda y pequeña. Cómo es eso, dice ella.

Dice mí todo que mí ve, y dice ella nada a mí. Dice mí, es raro, como cuando mí ve a bestia parda, y ve madre. Solo ve así cuando vuelve oscuro y ojos cierran. A hora menea ella cabeza, a delante, a tras, en señal de que mí dice bien.

Chica dice que cuando vuelve oscuro y ojos de nosotros cierran, van nosotros así a otro mundo, donde está bestia parda, y donde está gente que no está más viva, y más cosas raras así. Dice ella, es ese mundo que hace más raro aún en decir de Hob e hijo.

Por qué, cómo es eso, dice mí. Cómo va decir tan raro vuelve más raro aún. Chica mira a mí, y no pone cara buena. No pone cara nada. Mira mí a ella, pero ve que ella está lejos.

Dice ella, gente que a sienta hace a Hob pasar hijo de él por hacha, y si Hob no hace así, echan a Hob y a hijo fuera, y vuelven no más vivos. Pero Hob no quiere pasar por hacha a hijo de él. Aun que él rumia y rumia en eso, no hay nada que puede hacer, solo una cosa.

Dice mí, qué cosa es que puede hacer.

Dice ella, a hora es cuando todo vuelve más raro aún. Hob pasa por hacha a hijo, dice ella, y quita vida de hijo. Pero nadie puede decir si pasa por hacha a hijo en este mundo, o si pasa por hacha a hijo en otro mundo más allá. Ningún hombre más que Hob rumia a hora qué es, dice ella, si este mundo o otro. Mí no puede rumiar cosa así. Mira mí a ella y no dice nada.

A hora dice ella, si Hob pasa por hacha a hijo en otro mundo, bueno, hijo está vivo aún en este mundo aquí. Y si Hob pasa por hacha a hijo en este mundo, hijo aún está vivo en otro mundo, por donde mí ve a Hob con él a claro de luna, como mí dice a ella.

Eso es cosa más dura de rumiar que oye mí. Nada dice mí, pero mira lejos, donde está campo junto a río. Toda gente allá anda con mucho que hacer. Pieles claras cuelgan a riba de chozas, y fuegos echan humo, y gente va en torno con paso rápido, todos en ronda, a un lado y luego a otro. Rumia mí que son tiempos buenos para ellos, aun que por qué no rumia mí.

Chica pone de pie a hora en cima de tronco y anda, lenta y

45

en cercos pequeños, y pisa pieles secas de árbol que vuelan todas en torno. Traza luego cercos más grandes, y así va ella lejos y más lejos de mí, y viene a borde de árboles, en cuesta a tras de nosotros. Rumia mí que a hora ella vuelve, y viene junto a mí, pero oh. Oh, ella anda bajo de árbol grande oscuro, y mí no ve más. Solo queda mí, con troncos rotos de árbol en torno, con miedo bajo cielo grande y vacío.

Rápido mí pone de pie, y corre a árbol por senda donde va ella. Mí grita, vuelve aquí, y dónde está, pero ella no dice nada y mí viene a hora entre fronda de árboles altos, oscuros, y para ahí a mirar en torno. Tantos árboles hay, con más árboles a tras de ellos, y muchas sendas oscuras pasan por allí. Prueba mí oír a chica pisar en pieles de árbol, pero todo es quedo, no hace ella ningún ruido.

Huele a flores a hora, a través de árboles en frente de mí, y mí va con paso suave en busca de olor, y viene donde hay árbol que cae con podre, y no huele más a flores. Viento trae olor más cerca, y más fuerte, en senda que va a donde yace sol. Antes de poner mí pie en esa senda, oye a ella que dice, como de lejos:

> Ay, cómo dar a hora con hembra,
> dice chico que anda...

Olor viene más fuerte, y corre mí rápido por senda, y pieles secas de árboles crujen a mí paso. Por en cima oye voz de ella, flotando queda en fronda de bosque:

> En borde de valle, bosque oscuro,
> y monte desnudo...

Viene mí junto a zarza, donde vuelve para seguir rastro, como correr para a presar bestia de comer, y rumia mí así es raro y bueno en tripa, y sangre va rápida dentro de mí. Pieles de árbol vuelan en torno a donde pie cae como muchos pájaros secos.

> para yacer con ella antes de
> estar seco y solo bajo tierra...

A hora olor de flores en vuelve todo, y viene hueso a mí rabo, por tanto rozar con fajo que cubre tripa. Voz de ella viene más fuerte, como si no está lejos. «En borde de valle, bosque oscuro…»

En frente de mí ve luz de sol, por donde viene olor y viene más fuerte aún, y corre mí allá. «Y monte desnudo…»

En medio de árboles abre claro, donde cae luz de sol y viene voz de ella, donde viene olor a flores, y rumia mí que ella está cerca. «Y allá yacen, él y ella, bajo hierba juntos…»

A fuera de bosque oscuro mí va, rápido, y da a parar en claro, donde hay árboles en torno. Aliento mío es duro, y es fuerte, pero todo es quedo en torno. Chica no está aquí, aun que olor de flores está aquí, y no rumia mí cómo ella…

Mira mí a bajo. Todo en torno a mí pie y a través de claro hay flores, hay muchas flores con ojo de sangre que cubren mí a media pata, como si camina en sangre. No hay ruido. Chica no está. Cambia ella en flores.

Ruido. Miedo. Anda mí rápido a tras, y oh, y muchas pieles de flores con ojos de sangre vuelan a riba como muchos bichos con alas de trazos, y chica levanta de donde oculta entre ellas, y hace ruido bueno a mí.

Anda mí a través de flores a donde sienta ella, haciendo aún ruido a mí con mano en boca y tripa de ella mueve toda. Es tan bueno ver a ella, pero entra tanto miedo de no dar con ella que mí enojo. Dice mí, no es bueno que ella oculta y hace mí correr, a caso burla de mí como si mí es bebé, y así. Más dice mí, y más enoja mí, y dice con baba mala.

A hora ella pone mano en mí rabo, a través de pieles que cubren, y a garra pieles en torno a rabo duro, y así no dice mí nada más.

Ven aquí, dice ella, y tira de mí para que siente junto a ella en flores con ojo de sangre. Piernas vuelven flacas en mí, por que hueso va de ellas y a hora está en mí rabo. Es como si todo que rumia mí baja de mí tripa, y queda a hora entre dedos de ella ahí.

Cuero que tapa rabo de mí hace a hora choza pequeña. Ella quiere ver mí rabo y tira de fajos que cubren, como hombre tira a tras cuero de bestia que a presa y echa a tierra. Mí rabo está de pie en aire frío de este claro con árboles en torno, y rabo

47

pone oscuro y arde, y a ahora ella a garra con dedos, y dedos están más fríos aún, pero es bueno. Mano de ella va a riba, luego a bajo, y rabo dentro de piel va así, y oh, menea suave, y dedos de ella vuelven ahora más tibios.

Pone mí mano a hora bajo manto de chica, para meter dedo por raja de ella, pero ella cierra patas fuerte y a presa mí mano entre ellas, tan suaves y fuertes y húmedas de calor. No, dice ella, y dice que si no saca mí mano de raja, ella no menea más mí rabo.

Hace mí como dice ella, aun que quiere chupar tetinas de ella, y ella dice no otra vez y que ningún hombre puede poner mano en cima de ella. Dice que mí solo puede yacer en flores con ojo de sangre, mientras ella hace cosa buena con mí rabo. A tras yace mí, y flores con ojo de sangre son altas como árboles raros en torno a mí cabeza, así ve de abajo. Levanta mí cabeza, para mirar que hace ella.

Chica pone a gatas, y a cuesta cabeza, y pelo largo y claro de ella cuelga como cuerdas de árbol en cima de mí rabo. A hora a garra en una mano fronda de pelo de ella, y en vuelve dedos en torno a mí hueso que arde. Ah, frota ella con pelo, a riba y a bajo, tan rápido y fuerte que tira de pelo y puede hacer daño en cabeza de ella, pero ella no hace ruido de dolor, solo frota y frota, y da mucho gusto a mí, y rumiar es más bueno aún, pelo de ella tan suave y claro de sol, y sube fuerza por mí hueso, lenta como gusano con choza a cuestas, desde culo, a través de rabo prieto a punta donde da picor bueno, y a hora viene un poco de leche de tripa donde picor es bueno, como ojos de lluvia que viene en hierba con primera luz, y frota ella más rápido, más duro, y rumia mí que ella no a garra mí rabo con pelo de cabeza, pero que frota con pelo de raja de ella, y oh, rumia así baja rápido de mí tripa, y a riba por mí rabo, y oh, y chica a garra tan fuerte que duele pero es bueno, y a prieta más fuerte aún para parar leche de mí tripa, pero es a hora, y a hora, y a hora, un hilo de leche cae en cara de ella, en pelo, y moja correa de piel de uro en cabeza de ella, y más, y más, cae por patas a mí y por dedos a ella, y cae en hierba, y blanca en ojo de sangre de flores, y oh, y madre. Madre.

Υ

Quedo. En cima de nosotros y de claro en medio de árboles vuelan a hora muchos pájaros negros en manada, aquí y luego allá con viento, tan alto que vuelven más pequeños aún que bichos. Chica frota mano en hierba, para quitar leche de tripa. A hora a punta con dedo para mirar, y mí ve donde leche cuelga como un puente pequeño de soga entre flores con ojo de sangre, lejos. Va más lejos que rumia mí, y juntos mí y ella hacen ruido bueno.

Más quedo a hora. Viento trae de lejos ruido de gente de campo, que pasan tiempos buenos en torno a fuegos de ellos. Es ruido de muchas voces, y es ruido fuerte como de golpear cuero que tiende en cima de madera en ronda, y es ruido de hombre que echa aire por canuto de hueso hueco. Es ruido de bebés y perros. A hora viento vuelve a otro lugar, y ruido va. Chica dice, a hora nosotros van a bajo, de vuelta a choza de Hob, para que él no viene y ve que ella no está. Dice que a hora mí pone tapa rabo, y mira a mí con cara buena.

Chica pone de pie, y mí pone de pie como ella, pero mí fuerza va de patas y vuelven flacas. Va, dice ella, y toma mí mano en mano de ella, y andan nosotros a través de flores así, y a través de árboles, y cuesta a bajo por monte raso de troncos rotos. A hora no rumia mí nada más que mano de ella, dedos de nosotros a garran unos entre otros. Tripa de mí es más buena que en todo tiempo que mí está vivo. En pie de monte, por tierra que chupa y bichos que pican, con podre en tronco roto y podre en aire. Olor a flores de chica trae muchos bichos que pican a nosotros, y mí no para de dar golpes a ellos.

Cuesta a riba por bosque pequeño, a hora a bajo entre hierba hueca y de ahí a choza y corral de cerdo. Tras tanto andar cuesta a riba, sol va alto en cielo, y luego baja. Viene frío, y mí cubre bien con fajos de hijo de Hob, que no está vivo y no quiere allá donde está. Chica abre tranca de madera y dice, va a hora a dentro de corral, y ella va a buscar más de comer para mí mientras Hob no viene aún.

Así hace mí, y sienta en hierba seca a rumiar muchas cosas. Chica va a choza, a buscar de comer. Rumia mí cómo ella cierra patas, para que mí no frota raja de ella, o tetinas, y cómo dice que ningún hombre puede poner mano en cima de ella.

Rumia mí a hora todo.

49

Cuando vuelve oscuro, ella está en choza sola sin otro a parte de Hob. Él es más grande, y fuerza a ella a hacer cosas. Pone rabo dentro y monta a ella. No. No, mí no quiere rumiar así. A caso Hob hace a ella frotar rabo con pelo, como ella frota a mí, y rumiar así es más malo aún. Hob no quiere que otro hombre monta a ella, solo él, y da miedo a ella, y así ella dice que mí no pone mano en cima. Enojo llena a mí. Ay, es como si ella no es de ella, pero que ella es de Hob.

Rumia mí que no es bueno para ella, quedar a todas horas con hombre tan oscuro y con rumia tan rara como es Hob. Él es tan viejo como árboles, y pasa hijo por hacha en este mundo, que solo en otro mundo Hob a hora puede ver a él. En otro mundo, donde campan orcos y bestias pardas, de bajo cueva con huesos de niño en cima, donde Hob hace ir a hijo, así como espíritus a cambio dan a Hob rumias para decir senda de jerga rara. Senda no es buena, por que no hay manera de decir senda. No quiere mí que chica queda aquí más. Quiere mí que ella viene con mí lejos, y andar, y seguir travesía, y no a sentar. No está bien que gente a sienta. No hay nada bueno en eso.

Junto a choza de pieles blancas en frente de corral de cerdo oye mí a chica, que aún busca de comer. Rumia mí cómo es si nosotros huyen lejos, solo ella y mí. Rumia que mí no es bueno para buscar de comer cuando está solo, pero chica es más buena rumiando que mí, y puede buscar muchas cosas para nosotros, como antes hace madre. Rumiar así es bueno. Poder cruzar juntos puente de mujer de huesos y andar por mundo más allá, mí y chica con olor a flores. Luego vienen tiempos que ella no está con Hob y no está más con miedo de él, donde mí hace a ella quitar fajos, y abrir patas de ella tan lejos como puedan ir.

De bajo de tapa rabo, viejo rabo queda pequeño a hora, aún sin fuerza para poner de pie.

A hora flores, y chica viene de choza en torno a muro de corral de cerdo, y a través de hueco con tranca de madera. Trae carne de pájaro y masa de hierba de sol. A gacha a hora y pone de comer en cima de hierba seca, para que mí pueda ver.

No mira mí de comer, pero dice rápido todo que mí rumia. Dice que no es bueno que ella queda con Hob, y que mí y ella pueden marchar lejos, nosotros solos, y buscar de comer tanto que no quieren nada más. A garra mí mano a ella, y a prieta fuerte a hora, y dice que rumia mí que a ella no gusta ir a todas horas por leña o poner carne a fuego para Hob. Dice mí, ella no pasa tiempos buenos con Hob, ella quiere que mí queda aquí y pasa tiempos buenos juntos, así como dice ella a mí antes. A hora ella a guarda queda, pero mueve cabeza a delante y a tras, en señal de que eso está bien.

Dice mí, si ella marcha lejos junto a mí, todos tiempos son buenos para nosotros. Dice mí así tanto que no rumia más que decir, y a hora todo es quedo, y ella no dice nada. Oh, no. Rumia mí que dice no es bueno. Ella no viene con mí. Ella hace ir a mí solo, para no ver a ella más. Mí tripa llena de miedo, tan quedo es en corral de cerdo a hora.

Chica mira a mí. Pone cara buena.

Sí, dice a hora. Sí.

Eso es más bueno que puede mí rumiar. Dice ella que en oscuro nosotros pueden marchar, antes de que nace luz. Dice ella, si nosotros quieren andar lejos, es bueno llenar tripa para travesía. Ella vuelve cuando aún es oscuro, con más de comer y más bueno aún. Luego con tripa llena nosotros marchan lejos, solos mí y ella.

Dice que a hora ella va, por que Hob viene en poco. Dice ella que mí yace un oscuro más en corral de cerdo, y luego todos oscuros yace con ella. A gacha ella y lame cara a mí, y lame boca a mí. Así lame mí cara a ella, donde gusto de leche de tripa es fuerte, seco en cara de ella. Pone de pie ella, con cara buena. Antes de primera luz, dice ella, y sale por hueco de muro, cierra tranca y va.

Sol está bajo en cielo, y mí come carne de pájaro hasta roer hueso. Hob viene de vuelta aquí, y mí oye voz de él que dice a chica en choza. Hob dice cosa, y luego chica hace ruido bueno a él, y eso es bueno, por que rumia mí chica quiere que Hob gusta ella, y así no rumia que ella marcha lejos, y no viene más cerca de él.

Pone mí buena cara. Qué bueno es que chica puede decir cosa a Hob aun que cosa no es. Si ella rumia tan bien, así puede rumiar bien dónde buscar de comer y traer para mí. A través de hierba hueca, cruzando río, sol vuelve tan grande y bajo que con calor echa humo en borde de mundo. Río es tan quedo

51

que mí puede ver a través cielo oscuro de otro mundo de bajo de aguas ahí, donde otros pájaros vuelan y no hacen ruido.

A hora carne de pájaro va toda, así como sol va de cielo. A hora solo hay oscuro, y huesos para roer.

Sin ver, oír vuelve más fuerte. Oye rata en hierba seca fuera de corral. Río que dice lame, lame, lame, lejos en oscuro. A hora viene ruido de lejos como de gente de campo que camina junto a río. Todos hacen ruido bueno, y tan fuerte que mí puede oír. A riba y lejos oye aire por hueso hueco, y ruido de golpes en cuero, y hacen ellos un son raro, como chica hace a mí. Viento va, a hora viene, y no trae todo que dicen, pero oye son que dicen:

> Prende fuego que arde bien
> y hueso es él, y hueso es él.
> Senda es larga, nosotros hueso y piel,
> y así por valle van bien…

Siguen así, pero gente de campo a leja río a bajo, camino de chozas, así que no oye más que dicen, ni ruido de golpes en cuero, ni aire por hueso hueco. Lejos río a bajo, fuegos de campo arden y hacen cerco de luz en cielo como sangre, que cuelga en cima de oscuro. A hora pone mí una mano y otra en cima de tapa rabo para dar calor, y ojos cierran. No hay nada…

… más que oscuro.

Y flores.

Ojos abren. Mí cara está fría. A soma gris en oscuro más allá de donde corre río, como si pasa largo tiempo. Huele a flores, y oye a chica murmurar fuera de corral de cerdo, junto a hueco de muro con tranca de madera abierta.

No nace luz aún, dice ella, y trae mucho de comer. Ven a fuera a comer, dice ella, y luego nosotros marchan lejos.

A hora mí rumia todo que nosotros dicen de hacer, y entra miedo bueno en mí tripa. Andar por mundo con chica. Con chica buscar de comer, y yacer con chica. Ah, tiempos buenos vienen que no puedo rumiar. Rápido, a hora, dice ella. Rápido.

Pone mí de pie y cruza corral para ir a fuera por tranca abierta. Rumia mí es bueno que ella trae fajos para mí, viene tan frío con tiempo de muda cambiando lento a tiempo de hielo. Ojos poco a poco ven más en oscuro, y mí ve a hora a chica. Sienta ella en tierra a fuera de corral. En frente hay frutas, masa de hierba de sol y carnes de una y otra bestia. Huele mí de comer, y huele a flores, y quiere mí oler todo tiempo así. Quiere que chica queda junto a mí mientras está vivo, y no va lejos como mí gente. Como mí madre. Mira ella hondo en ojos a mí. Ven a fuera, dice. Ven a fuera.

Cruzando por hueco de tranca de madera, sale mí de corral. Queda mí a un paso y otro de ella. Pone mí cara buena, pero cara de ella no mueve, ella solo mira hondo. A hora a larga mí brazo, y no rumia si es para a garrar de comer, o rozar pelo largo y claro de ella para frotar.

Mano a tras de mí.

Brazo a garra mí cuello. Huele a hombre. Piel caliente. Brazo a prieta mí cuello, a prieta mí tripa por a tras. Aliento corta. Voz corta. Miedo. Miedo y olor a hombre, a rabo tibio de él. Levanta a mí y pies no pisan tierra a hora. Chica mira hondo a mí. Brazo grande a garra fuerte y corta aliento a mí, ay, madre, y luego hoja que luce viene rápido y roza frío mí cuello, y mana calor grande.

Rumia mí que hombre echa agua tibia en cima para mojar mí tripa, aun que mí no rumia por qué hace así. Mueve mí a un lado, luego a otro, pero, ay, no hay nada que hacer, y mí tripa moja más tibia a hora y fuerza va de mí lenta. Brazo a parta de bajo de mí barba para que mí pueda tomar aliento, y brazo baja a hora por a tras de mí y a garra entre pierna para levantar a mí. Yace mí a hora en brazos fuertes. Mira a riba y mí ve ojos todos blancos que miran a mí, aun que cara no es cara. Es solo negro y oscuro. A hora mí ve más blanco a bajo, y es blanco de dientes, y Hob pone cara buena.

Oh, él da con nosotros. Rumia él que nosotros parten lejos. Vuelve mí cabeza y mira a chica, y mí quiere decir a ella, corre, pero viene gusto malo a mí boca y no puede decir nada, solo echar babas. Chica mira a mí, aun que no hay miedo en cara de ella, no echa a correr. Ella a guarda queda, con cara vacía. A hora Hob anda, con mí en brazos. Fuerza toda va de mí como si

53

pone malo. No puede huir. Chica pone de pie para seguir queda a Hob y a mí. Huele a flores. Huele a hombre. Huele a sangre.

Ojos de mí manan aguas calientes, y mí quiere decir que mí hace todo para Hob si él no hace daño a mí. Marcha mí lejos, no ve más a chica. Todo mí quiere decir, pero boca está llena y no puede decir nada. Hob trae a mí en torno a corral de cerdo, frente a choza de pieles blancas, donde arde fuego pequeño, y ve mí a hora cara negra de él y astas de madera, y ve que sangre cubre a él. Y sangre cubre a mí. Oh, no.

A hora Hob a cuesta a mí como bebé en frente de choza de uro, y en cima de cosa que pincha. Pincha mí a tras y en piernas, y rumia mí que pone en cima de monte de leña, que mí ve antes hacer. A hora él a garra mí mano. Yace mí en monte de leña con nada donde a garrar mí, y quiere mover y huir, pero mí no puede. No hay fuerza. No hay fuerza en mí. No puede mover mí nada, solo mano para rozar cuello.

Roza raja en mí cuello, que mana, de donde viene sangre a fuera, sin parar. Hob. Hob viene por a tras y pasa mí cuello por hacha. Oh, toda mí sangre cae por tripa, cuello, y monte de ramas de bajo de mí. No huele flores. No huele nada más que sangre.

Hob a parta de monte de leña y de mí, y va junto a fuego pequeño en frente de choza, y a gacha ahí. Espíritu negro de Hob a soma alto y oscuro sobre pieles blancas de uro, y a garra palo de fuego, donde palo arde con fuego así. A hora Hob vuelve andando a mí, con palo que arde en mano y luce en piel húmeda de tripa, en brazos y en con torno de cara negra de Hob.

Mira mí a chica, y no rumia mí cómo no viene en mí ayuda. A guarda ella sin mover lejos de donde mí yace en monte de leña, y quita a hora correa de piel de uro de pelo, sin mirar mí. Correa de piel cae, blanca y pequeña en oscuro. Chica vuelve cabeza a luz de fuego, y mí ve que de bajo de correa cubre marca nada buena ahí. En cima de ojos de chica hay herida grande que da miedo. No mana sangre, pero borde de piel levanta donde nace pelo de ella.

A hora brazos y pies a mí sacuden, y no puede parar a ellos. Suelta cuesco y caca cae a mí patas a bajo. No quiere que chica ve mí así. No quiere mí mirar a ella. Vuelve mí cabeza, poco a poco, y mira a riba. Hob está aquí, de pie frente a mí. Ojos blancos. Dientes blancos a bajo de vacío negro donde no hay cara, y a riba astas de ramas en punta.

Está bien, dice Hob a mí, y a cerca a hora palo con fuego a monte de ramas. De leña a bajo de mí viene siseo como de muchos bichos juntos, *shh, zzzz,* y así. A hora ruido de bichos vuelve ruido de rata, y zarpas de rata, y rata dice, arde, dice brasa, y así. Huele a sangre. Huele a humo. Oh, a hora qué. Oh, dónde está chica.

Chica pone de pie y quita fajos de tetinas de ella. Fajo a bulta, pero tetinas son tan pequeñas a hora. Blancas ahí a luz de fuego, es como si tetinas no están. Ruido de rata vuelve a hora ruido de gato, y vuelve tibio de bajo de mí y dentro de monte de leña. Y luego viene humo y más humo por todo en torno a mí.

Tibio vuelve calor, a tras de piernas, y calor vuelve dolor, y mueve mí piernas, pero no puede mover a ninguna parte donde no hay calor. A hora mí huele a pelo que arde, y son fajos que cubren a mí, y a hora mí grita, fuerte y lleno de dolor, aunque mí voz es áspera y con babas. Sangre viene a mí boca. Sangre cae barba a bajo….

Por qué fuego quita mí vida, así. No está bien. Hay más dolor que mí puede tener. Fuego por a tras de mí, fuego bajo mí cabeza, y granos de luz van a riba por cielo negro en cima de nosotros. Cuesta mí tomar aliento. Chica quita a hora fajos de tripa y fajos de patas, por tanto calor. Toda desnuda queda. Y entre patas de ella hay…

A cerca ella mano a cabeza, donde hay marca que da miedo donde nace pelo, y pone dedo bajo borde de piel, y es tira a hora y…

Humo y sangre llenan mí boca. Pelo claro de chica cae en oscuro junto a correa de cuero. Rabo de ella, más grande que mí rabo, y que con flores mí no huele. No queda aliento en mí para decir nada. Chica cambia. Chica vuelve en chico, como rata vuelve en piedras pequeñas y cerdos en troncos. Así es como cosas cambian. Así es cambio que da miedo que hace mal en todo mundo. Humo va a riba y a bajo como río gris en torno a mí, y dolor vuelve grande como cielo. Sin aliento, ojos de mí ven solo oscuro.

55

Cuando vuelve oscuro todo es raro, y mí ve con tornos flotando en humo. Ve hombre con pelo de fuego que hace fuego correr como sangre de piedras. Ve lugar donde piel de hombre cae negra de cielo. Ve senda, que va de agua a agua grande, donde luces corren a hora a delante y a tras, rápidas, tantas como peces. Ve labor como hueso de cabeza, grande y negra, y toda de fuego. Dentro de boca a guarda un hombre con pelo que arde y gran dolor. Ve a hora mujeres que prenden a un tronco, con fuego en torno a pies de ellas. Miran todos nosotros uno a otro, de todos fuegos. A hora no hay más dolor. Solo hay fuego.

De tras de fuego, mí ve a hora perros con ojos como troncos. Levanta mí mano, para golpear, y mano arde con fuego. Piel levanta en cercos pequeños y sisea, y a bajo es todo negro. A través de humo mí ve a Hob. Chico a guarda junto a él, luz de fuego en pelo oscuro. Hob hace cercos pequeños de tierra parda y prieta, y a garra palo en mano para hacer trazo en ellos. No es bueno, hacer trazos.

Fuego prende mí pelo, y de ahí viene a cabeza, y a mí tripa, donde viene, rumia viene dentro de mí con fuego. No rumia mí, es rumia de fuego, llena de jerga rara que ninguna lengua puede hacer. *Phror. Becadom, sissirishic* y *huwf.* Hob a cerca más a mí, para oír. Traza una marca en tierra parda con palo, y a hora otra, a través.

Abre mí boca, por que duele por dentro, y voz de fuego viene a través de mí, y sube, y sube, con puntas de luz, de bajo de viejo cielo negro.

Los campos de la quema

2500 a. C.

*F*lotando río abajo, lejos de mí, es como una gran mano blanca que peina el agua parda con los dedos, entre los que crecen mechones de pelo negro.

—¿Vas al sur, hasta Valle del Puente? Podemos hacer juntas el camino, para darnos amparo —dice ella.

Va en travesía a ver a su padre, que está muriendo, y dice que es un hombre sabio que tiempo atrás viene un verano desde Valle del Puente, cruzando los Grandes Bosques del norte hasta el borde de la tierra, donde empieza el mar gris frío. Allí preña a una mujer, tienen un niño y una niña. Luego parte con el niño y deja a la niña. Pasan todos los largos inviernos. Ella no ve a su padre. Él no ve a su hija. Ahora el hombre está muriendo.

—¿Valle del Puente? —vuelve mi respuesta—. Sí, me queda de paso. Hay un atajo junto al río que podemos tomar, si caminas detrás de mí.

Lleva un collar de cuentas azules brillantes.

Ahora ya apenas la ve, parece poco más que un cuajo de huevas resbalando por el suave vientre verde del río, hinchada con el agua de la lluvia. Se enreda en la cabellera de un sauce que arrastra por la orilla, se desprende y me deja quitándome los refajos entre los juncos, que susurran como chicas de aldea.

Y

—¿Te gustan mis cuentas brillantes? —pregunta, y dice que siguiendo el sendero, más allá de los Grandes Bosques del norte, los hombres prenden fuegos en la orilla para fundir el mineral.

El pasto del mar se seca en largas hebras negras sobre las rocas resbalosas, y luego arde dentro de un hoyo en la arena, con otra cavidad encima. Ahí ponen el mineral, y el cobre fundido corre rápido como la sangre por los surcos de la arena hasta los huecos donde fragua. Los jugos del pasto quemado se mezclan con la arena y cuajan en una masa suave alrededor del fuego. El cobre la tiñe de azul, y las chicas la cascan para hacer cuentas.

—Y bien, ¿dónde está ese atajo? —me dice.

—No muy lejos —vuelve mi respuesta—. No muy lejos.

58 Al levantar los codos por encima de la cabeza para quitarme esta camisa vieja y manchada, la humedad de las manos me cae por los brazos y entre los pechos, rápida como el cobre fundido. Al lavarla en cuclillas al borde del río, nubes encarnadas se desenredan en el verde fangoso en torno a mi cintura.

—Tu padre no te conoce, te abandona con tu madre cuando eres una criatura y no vuelve. ¿Por qué te manda llamar, ahora que está muriendo?

Vuelve la cabeza, haciendo tintinear las cuentas del collar, y dice que su padre, un hombre sabio, tiene muchos yugos de tierra, además de riquezas. Acaso el hermano, perdido para ella desde que nacieron, está muerto; o riñe con el viejo enfermo. Acaso su padre, sin hijo con quien compartir sus riquezas, está pensando en dejárselas a ella.

Alrededor la lluvia chispea sobre las hojas. Nos acercamos a la orilla del río.

Y

Secándome con hojas muertas que se astillan, se quiebran y se pegan como escamas sobre la piel húmeda, erizada, entre mis harapos sucios; un destello afilado de bronce atrae mi mirada.

Agachándome, mis dedos empuñan el mango de madera y vuelven el colmillo frío y liso de metal hacia la luz.

Y al frotarlo con las espadañas, hoja sobre hoja, queda limpio.

—Ay, no —dice ella—. Ay, no, basta. Déjame.

—¿Cuál es tu nombre?

—¡Usin! Mi nombre es Usin. Ay, suéltame. Suéltame y deja de lastimarme.

—¿Cuál es el nombre del viejo?

—¿Para qué quieres saberlo? ¡No puedes obligarme a hablar!

La oreja. El pulgar. Los pájaros vuelan en desbandada desde los juncos hacia el cielo, con alarma ciega.

—¡Olun! Olun, es el nombre de mi padre. Ay. Ay, qué me haces. Oh, por qué me tiene que pasar esto a mí…

—Shhh. Ya está. Calla ahora.

Luego, tras despojarla de sus ropas y arrastrarla a la orilla, hay que echarla al agua queda y profunda. Me sorprende ver que ya no llueve. Todo nace para morir. No hay espíritus de mujer en los árboles. No hay dioses bajo la tierra.

Lucen preciosas, azules sobre mi piel morena como charcos de lluvia en un sendero. Sus botas no me entran, pero caben dobladas en mi saca. ¡Uy, cómo pesa! Me hace andar de lado al volver sobre mis pasos entre las hierbas que pican y la flor de perro hasta el camino.

Con los pies desnudos, luego, al sur hacia Valle del Puente. No hay nada que mirar salvo el camino frente a mí y mis pobres pies fríos sobre la tierra, como de costumbre. El barro, espeso como crema de res, enseguida me pinta de ocre hasta las rodillas.

Υ

Vadeando las cenizas, entre los montes de las tierras altas, de niña. Los campos grises nos rodean por todas partes, los bueyes avanzan a duras penas hundidos en el polvo. La oscuridad cubre el mundo, viene el día sin traer la luz. El sol es raro y extraño. Cielos del color de las venas al caer el día. Atravesando el manto de nubes, rayos verdes iluminan los esqueletos de los árboles, espinas rotas y costillas arrancadas, descoloridas, retorciéndose entre las dunas de polvo.

Nuestras cosechas están enterradas. Nada crece, y a cada paso que damos se levantan nubes pálidas y lentas. Cabellos cobrizos con vetas de ceniza, que salpica de blanco las caras de los niños y amarga toda nuestra comida. Nuestros animales se quedan ciegos, sus ojos sanguinolentos en las cuencas no son más que un redaño gris, como una piel de grasa cubriendo la carne viva.

Abandonamos nuestros hogares, nuestros poblados, tantas personas como cuando nos reunimos a poner en pie las piedras. Más allá de los bosques, dicen, hay un viejo camino derecho para guiarnos, ahora que no hay estrellas. Entre los rescoldos, picotean y chillan pájaros ciegos. Emprendemos la travesía hacia el sur, algunos de nosotros caminando quedos.

El camino es más ancho, subiendo por el borde del valle. ¿Cuántos pies de hombres muertos hacen falta para abrir la senda? Qué furia y dolor es imaginarme en la tumba un día mientras este camino sigue aún aquí. Con sus surcos profundos, más viejos que los padres de nuestros padres. Sus charcos de la crecida, su imponente trazo derecho, todavía van a seguir aquí. Todavía aquí.

La senda ahora está empinada, firme bajo mis pasos, y aun así se hace duro andar. Piedras afiladas me cortan los pies, que el barro seco cubre como un cuero cuarteado por el sol. Cambiándome la saca de una mano a la otra, murmurando, diciendo para mis adentros que es mejor abandonar el camino que sube por la colina y seguir por la hierba suave del borde, para llegar a Valle del Puente por el este.

La luz del día empieza a menguar, y pronto las zanjas junto

al camino están salpicadas por los destellos verdes de los gusanos de fuego. Canto de murciélagos. Llamada de un ave de la noche. El rumor de mis pies hollando en la penumbra.

En alguna parte río abajo, su cuerpo corre en la oscuridad por delante de mí, no abotargado aún, pero ya sin color. Caracoles en los muslos. Boca abajo, sin pestañear, ve el fondo del río deslizándose, cada piedra, cada alga mordisqueada por las lampreas. Caparazones resquebrajados y líneas ingeniosas, ramificaciones que las corrientes invisibles dejan sobre el lecho lento, suave. Nada escapa a los ojos muertos.

Hacia el este, por el borde. Entre los dedos de mis pies hierba fresca, hierba húmeda, y finalmente, a lo lejos, fuegos en la oscuridad del valle. Un aro de luces hoscas, pocas para ser una aldea. ¿Qué, entonces? Dejando la saca en el suelo, a horcajadas en un tronco caído, mis ojos escrutan las luces de las hogueras hasta que se vuelven más claras.

La vista es la cima de una loma, por debajo de la ladera al este del valle. Hay un cerco de muros bajos y rotos de adobe, con otro más pequeño en el interior y, dentro, un cerco aún más pequeño. Ese aro del medio es oscuro, un foso. Las hogueras dispersas arden dentro del cerco más grande, algunas poco más que ascuas, casi apagadas.

La más resplandeciente tiene un corro de personas de pie alrededor. Atrapadas bajo sus talones, sombras largas huyen de las llamas, pero no saltan ni bailan. ¿Qué quema ahí esa gente, tan queda en la noche?

Con nuevas fuerzas tras reposar sobre este tronco, parece que la saca pesa menos. Vamos, en pie. Camina monte abajo entre los muñones negros de los árboles quemados. Desde la colina coronada de cercos, el viento trae un clamor de mujeres enredado con el humo.

No, un clamor no. Es un sonido más grave que tiene menos sentido.

Al pie de la colina, el suelo se vuelve ciénaga, pero hay levantado un sendero que corre al sur a través del valle ha-

61

cia donde la noche por encima de los árboles brilla encarnada como un metal al rojo vivo, revelando las hogueras que arden en la aldea. Un largo trecho todavía para rumiar todo lo que hay que hacer, y decir, y ser.

Usin. Suena llano y sencillo. Usin, hija de Olun. Un nombre como un caparazón abandonado, una cáscara. La criatura viva una vez oculta en su interior ya no está. El nombre yace vacío y hueco, inútil. Espera a que los cangrejos ermitaños vengan a ocuparlo.

Usin. Un nombre desierto. Ahora mío.

En frente, el sendero serpentea a través de la maleza hasta la aldea, y muere allí. A lo largo del camino se escampan los rastros y la escoria de este lugar, alumbrados por el resplandor encarnado de las hogueras: una vasija rota, gris y cariada; un mitón; pedernales sin filo; un hombre de mentira hecho con huesos de pollo.

El poblado es grande, la mitad rodeada por zarzas negras tupidas sobre un muro. En medio hay una casa redonda, gigante, enorme, con un collar de antorchas alrededor, oscuro por encima de las chozas que se esparcen contra sus flancos humeantes como cachorros mamando.

Al agacharme a hacer pis, todavía a un trecho de la puerta norte de la aldea, por azar mis ojos se posan en los torsos plantados a la vera del sendero. Atravesados por estacas clavadas en el suelo. Sin miembros y sin cabeza. No hay duda de que son los despojos de tramposos y ladrones que cuelgan como aviso, pesados estandartes de carne. Es una costumbre ahora, en los caminos.

Hay tantas estacas como patas tiene un perro, y todas menos una son mujeres. No. No, el de la punta puede ser otro hombre, visto de cerca. Tiene una mata de pelo rojo vivo en la entrepierna, y el dibujo a punzón de una serpiente en un pecho, el otro cercenado.

Tras secarme la raja con hierba y subirme las calzas de Usin hasta la cintura, no hay más remedio que seguir adelante, hacia los muros de zarzas, más negras aún a la luz de las candelas que alberga dentro. Un nido espantoso, no de huevos, sino de ascuas que se consumen en la noche.

Valle del Puente. Qué nombre tan bobo. Hay un valle alrededor, pero ningún puente a la vista. Qué te apuestas a que los aldeanos de este poblado no llaman así este lugar. Qué te apuestas a que llaman a su lugar «el pago», como todos los lerdos de las aldeas en el camino. «Se vive bien aquí en el pago, ¿eh, mujer?» «Sí, puede ser, pero es mejor en un lugar al norte que llaman el pago, donde mi madre tiene a su gente.» «Bueno, el pago es un buen lugar si quieres bueyes, pero si quieres criar cerdos, te conviene ir al pago.» «Mejor dejar decidir a mi hermano. Él no vive ni en un sitio ni en otro, sino en un poblado al sur. Tiene un nombre raro y que suena forastero, ahora no me viene a la cabeza, pero a lo mejor es el pago, ahora que lo pienso.» «¡No se oyen muchos nombres así!»

Al otro lado del mar, cerca del fin del mundo, donde están los hombres negros, hay poblados con distintos nombres en distintas lenguas, y todos quieren decir «aldea». Hay aldeas en la luna, esos corros de chozas que se pueden ver cuando está llena.

Mis nombres son mejores; creados a fuerza de los rencores y las penas en mis andanzas por esos agujeros infectos y apestosos: Follabestias de Abajo y Pequeño Muladar. La Ciénaga del Tuerto. El Monte de la Monta y los Campos del Culo Gordo.

¿Valle del Puente? No, este lugar merece un nombre mejor. Emboscada en el Pantano, con suerte.

O Matanza en el Fango.

Hay un puesto de guardia junto a la puerta más al norte, contra la pared de zarza. Dentro, un joven alto con una mancha morada desde el ojo al mentón está desplumando aves, al lado de un hombre más viejo, su padre, o acaso el padre de su padre. A la luz de la antorcha, en cuclillas, con las botas cubiertas de plumas.

Ahora, de cerca, las manos del viejo aparecen a la vista.

Tiemblan, se sacuden por la edad o la perlesía: los nudillos de una están tensos agarrando la carcasa rosada; los dedos de la otra, arrancando el plumón del cogote. Ambas manos son negras hasta más arriba de la muñeca, no sucias de tierra o curtidas por el sol como las de los mercaderes de otras tierras, sino negras; una mancha antigua profunda que se hace azulada en los bordes, como las manos de un tintorero.

Una piña seca cruje bajo mis pies descalzos. Los dos levantan la vista. El joven de la mancha en la cara suelta el ave a medio pelar y tantea hasta dar con su lanza. Habla como para ponerme en mi lugar, su voz se quiebra y lo traiciona con un gallo agudo, cuando quiere sonar severo. No me mira a los ojos, sino que observa las cuentas de mi collar, que centellean a la luz de la antorcha.

—¿Qué te trae por el pago?

Ahí está. El pago. Apuesta ganada.

—Mi nombre es Usin, hija de Olun, venida del norte a ver a mi padre, que está enfermo. ¿Me lleváis hasta él?

Carafiera se vuelve de golpe hacia el guarda viejo sentado a su lado, manos negras temblando como el ala del cadáver de un pájaro. Cruzan una mirada y me asalta un temor: Olun, el hombre sabio, ya muerto y enterrado, con riquezas y todo, bajo las flores. Sus secretos retumbando inútiles en su calavera o pasando a su hijo. El susurro en el lecho de muerte: «¿Está aquí mi hija?». Demasiado tarde. Mis artimañas llegan demasiado tarde.

El guardián anciano escupe una flema amarillenta en las plumas a sus pies.

—Olun es el hombre del Cenizo aquí, por muchos años.

Escupe otra vez. Sus manos temblorosas, teñidas de sombra, intentan señalar entre las moradas que se apiñan a sus espaldas.

—Esta noche está en la casa redonda para hacer oír su voz, aunque tememos que ya no le queda mucho por decir. Podemos caminar juntos hasta allí, si quieres. Coll, ¿te apañas para desplumar estas aves tú solo?

Se lo dice al de los carrillos jugosos, que se pone contrariado y de malhumor. Gruñe una respuesta, para parecer más hombre.

—Sí. Tardas tanto en arrancar una pluma, temblando como un perro jorobado, que da igual hacerlo solo. Márchate y déjame en paz.

El viejo se levanta y, escupiendo otra vez en las plumas, sale de la choza. Me agarra del brazo con sus dedos temblorosos y me guía por un sendero entre las chozas hacia un imponente cerco de troncos, la corteza arrancada y la madera blanca desnuda, techado con junco. Las antorchas húmedas sisean como un nido de serpientes bajo los aleros. Un crío berrea a nuestras espaldas en la aldea oscura.

—Conozco a Olun hace muchos años, ya de joven y luego siendo hombre —dice—. No veo en ti mucho de él, ni del joven Garn.

El nombre del hermano es Garn.

—No. Sale más en mí el lado de madre.

Parece que se contenta con la respuesta, y me pone una mano negra temblorosa en el hombro, guiándome al otro lado de los velos de esparto hasta el humo y el hedor.

La casa redonda. Muchas personas, algunas demasiado viejas o jóvenes para hablar, están tendidas en esteras, con las siluetas de las llamas deslizándose sobre sus espaldas huesudas y hombros pecosos en una bruma de sudor, y vaho, y cuero a medio curtir. Bajo las sombras del techo hay una mortaja de humo tendida en el aire. Tiembla con cada uno de los movimientos de la estancia, doblándose, deshilachándose y desenredándose.

Hacia el fondo del corro, al otro lado del embrollo de miembros peludos y candiles de sebo, hay sentada una mujer monstruosa, hundida en pieles, con mechones de pelo gris que le caen hasta los muslos. Una feroz cicatriz blanca le atraviesa un ojo y baja por la nariz. El otro, desde una cuenca envuelta con sebo, brilla como una cuenta incrustada en masa. Alrededor de su cuello de sapo, un ornamento de oro. La reina.

A ambos lados, detrás de ella, hay un hombre de pie… No. El mismo hombre. ¿Cómo puede ser? Mi mirada se detiene primero en uno y luego en el otro. Va y viene, una y otra vez. No hay ni una uña de diferencia entre ellos. Cráneo, frente y mentón rapados, con sus largos brazos cruzados, ojos azules inmóviles, labios de serpiente.

65

Cada uno sonríe con la boca torcida hacia un lado distinto. ¿Por qué eso me da miedo?

—Esa es la reina Mag —me susurra el viejo de los puños negros—. Los dos a su lado son Bern y Buri, aunque nadie más que ellos saben cuál es cuál. Son sus hijos, chicos rudos. Déjalos en paz.

—¿Qué son? —Mi voz sale en murmullos, como la del guardián, sin poder apartar la vista de los dos seres, iguales y espantosos.

—Monstruos de nacimiento, pero procura no decirlo si pueden oírte. Se cuenta que son así porque el padre monta a la madre recostada en un roble partido por el rayo. Al nacer, muchos pensamos en pasarlos a cuchillo, pero Mag no quiere. Se complace en su rareza y los cría sola. Ahora que están crecidos hacen a la gente cagarse de miedo, cosa que a Mag le gusta.

Ambos vuelven a la par el cráneo gris como la piedra y miran hacia mí, en el otro lado del corro. Forman una sola sonrisa, mitad cada uno. Algo me hace apartar la mirada con una certeza: son ellos los que plantan los torsos. Podan las extremidades y recogen las cabezas caídas.

Mi mirada cae sobre una figura decrépita, acostada sobre unas andas de ramas entretejidas a los pies de la reina. La figura habla con una voz seca, más grave que el zumbido de las abejas, en la que mis oídos reparan solo ahora. Un hombre. Antes gordo, ahora tiene un mal que lo come por dentro. Le hunde los ojos y le seca los labios como higos, arrugados para mostrar las encías casi despobladas.

Mientras que todos llevan túnicas, el hombre yace desnudo, salvo por una capa fina y extraña de plumas de mirlo, tendida sobre las andas. Tiene el rabo largo y escurrido, calvo en torno a la raíz. Lleva una correa con astas de rama, las puntas romas cercando su frente, y la piel cuelga de sus huesos en pliegues, marcada por todas partes. El cuerpo consumido está plagado de dibujos a punzón. Está tatuada de la cabeza a los talones.

—Ese es Olun. —Me llega el aliento rancio al oído.

Y

Una fría línea azul que lo parte en dos desde los huevos hasta la frente. Una rueda roja, dibujada sobre su corazón, rodeada de otros anillos más pequeños. Cruces y puntas de flecha, meandros sobre meandro en la barriga y el pecho. La mancha cuarteada verdosa de sus muslos.

Un ojo no puede apresar el sentido de las volutas y las curvas, ni hallar la imagen de una serpiente ni la de un oso, favoritas entre los hombres del norte. Los trazos no recuerdan a nada de este mundo, son un delirio, salvaje en su invención, y hablan de aquello que acaso no conocemos. Cráneo estrellado. Algo parecido al seno materno en la palma de una mano.

Sus palabras son tan pocas y secas que parecen caparazones de escarabajo, las escupe como con disgusto.

—Las hojas caen muertas cuando el invierno se anuncia.

(Las hojas. Caen. Muertas. Cuando el invierno. Se anuncia. Con cada palabra, se detiene a tomar aliento.)

—Ahora duermen los lagartos. Ahora se acortan los días. La cosecha está recogida. El granero está lleno. Ahora es la hora de dar las gracias.

Algunos hombres del corro asienten. Un niño sale con su padre a hacer aguas sobre la pared de la choza, y luego vuelve a entrar, pisando a través de la estera de piernas enredadas. Olun está hablando, las cuencas fijas en un velo quedo y liso, la malla de humo que flota justo debajo del techo.

—Una vez, hace mucho, hay un hombre sabio que puede hacer oír su voz con todos los dioses que moran bajo el polvo. Ellos le dicen que debe hacer una ofrenda y dar gracias a la tierra por ser buena, y colmada de fruto. «¿Qué ofrenda ha de ser?», dice el hombre del Cenizo. «Tu hijo», dicen los dioses.

»Al oír esto se echa a llorar, implorando que perdonen al muchacho, pero los dioses son severos y le ordenan cumplir eso que piden, para demostrar que los ama más que a su propia sangre. Y así lo hace él. Ata a su hijo y lo lleva a la orilla del río, donde hay una hoguera preparada.

(La orilla. Del río. Donde. Hay. Una hoguera. Preparada.)

—Pone a su hijo sobre la leña. La hoguera está lista y el puñal afilado.

67

»Entonces hablan los dioses bajo la tierra y dicen que es bueno por su parte guardar la fe y amar a sus dioses más que a su propia sangre. «Estamos tan contentos —dicen— que vamos a perdonar a tu hijo. Mira, allá hay un cerdo varado en el barro. Baja a tu hijo del fuego, y vamos a cambiar al cerdo por un niño que tú vas a sacrificar en su lugar.»

»Y así lo hacen. El cerdo-niño arde, el hijo se salva, y en adelante ofrecemos un cerdo al fuego al caer la noche.

»Cuando nace la próxima luz, tenemos un día para apilar la leña.

»Tenemos un día para acechar al cerdo.

»Tenemos una noche para complacer a los dioses.

Suspira.

—Los dioses son buenos.

La multitud murmura un eco turbio a sus palabras, una sola voz triturada por muchas gargantas. Un día para apilar, un día para acechar, una noche para complacer a los dioses. Los dioses son buenos. Parece que estos murmullos son una señal de que Olun no va a decir más por esta noche, pues todos se levantan y empiezan a irse. Se deslizan a nuestro alrededor como una marea de escoria, que mana por la puerta y se adentra en la noche, tosiendo y riendo. Solo corros dispersos se quedan susurrando en la entrada.

Unos dedos negros, temblorosos, se apoyan en mi espina y me empujan desde atrás, apremiándome.

—Ve con tu padre —dice el guardián.

·

Padre muere de picaduras de avispa mientras cruzamos los Grandes Bosques del norte, vadeando hondonadas profundas de cieno y hierba espesa hasta la tripa. Arriba, donde las ramas altas de los árboles tejen una malla de ramas contra la luz, un pájaro canta, claro y solitario en la tarde sofocante.

De pronto mi padre da un grito, salta agarrándose la planta del pie. Cae de espaldas con un gemido y se lo traga la maleza. Nosotras, madre y yo, lo alcanzamos, pero se retuerce, salen de su garganta extraños ruidos, tiene la nariz y la frente brillantes de sudor. Primero resuella, luego vienen los estertores. Tiene los ojos abiertos, sin brillo, y no ve nada. Se agarra a la hierba de vez en cuando, pero aquí no hay mucho que ver para mí, y nada que hacer. Dejando a mi madre de rodillas a su lado, me da por volver sobre sus últimos pasos por la hierba anegada.

En la tierra hollada donde mi padre se agarra el pie al principio y grita, hay una avispa medio aplastada, un rastro de color peligroso en la huella de su talón. Cerca, entre la maleza, mi madre empieza a berrear. El gusto de mis dedos en la boca, acre como el metal, metidos en mi boca para contener la risa.

El pájaro todavía está cantando. Posado en las ramas altas puede mirar y verme, ver a mi madre y a mi padre y la avispa, aunque nosotros, separados por la maleza, no podemos vernos. Nos mira como en un dibujo llano, y la muerte de mi padre queda apresada en el ojo azabache del pájaro.

La reina arpía murmura unas palabras a los dos que se parecen. Ambos levantan la cabeza, redonda y grande como la luna, y me vigilan al abrirme camino hacia el viejo tendido a sus pies en las andas de palos y plumas. Evita mirarlos a los ojos. No has de dejarles ver tu miedo. En el suelo de tierra apelmazada, aún tibia por los traseros, mis pies desganados.

Una mujer se agacha junto al catre, recogiendo la capa de plumas negras del hombre del Cenizo en torno a su espalda famélica y desnuda, y la dobla para cubrir las formas sin sentido dibujadas a punzón en sus costillas, su pecho hundido.

Es corpulenta esta mujer: ancas de hombre, un espanto a la vista. El cabello enrollado en un nudo en lo alto de la cabeza, claro como el cagarro de un recién nacido, prendido con un pincho de madera. Carrillos colorados. Una cara chata, de quijada larga y sin chispa de ingenio en sus ojos de buey.

Ya no está en edad de criar, y aun así es demasiado joven para ser la hembra del viejo. ¿Otra hija, tal vez? No. No, un hijo y una hija, es lo que me dicen tanto la muchacha como el vigilante. ¿Y entonces? ¿Su hermana o la hija de su hermana? ¿Una sierva? Alrededor de su cuello recio y blancuzco, una pieza de bronce fino labrada con marcas en forma de lágrima y colgada en vueltas de cordel brilla a la luz del candil de sebo.

Ahora, al acercarme se vuelve y me escruta. El viejo yace envuelto en su capa de plumas y parece una espantosa ave negra con la cabeza y los pies de un viejo. Tiene los ojos cerrados, como si tras hacer oír su voz apenas queda en su interior un soplo de vida. A él. Háblale a él, al viejo.

—¿Padre?

Mi voz. Ha de sonar más parecida a la suya, a la de la muchacha del camino. Tal vez el viejo aún recuerda la cadencia de la madre y va a saber que mi habla es de otras tierras. Piensa. Intenta pensar cómo habla la muchacha, allí en la orilla del río. «¿Vas al sur, hasta Valle del Puente?» «¿Te gustan mis cuentas?» Su voz, más en la nariz que en la garganta, como la mía. Sí. Sí, eso es. Ahora, llámalo de nuevo, pero como habla la chica en mis pensamientos. Y más alto.

—¿Padre?

Hundidos en las profundas cuencas, con los bordes desmoronados como las madrigueras de los osos de tierra, sus párpados manchados de tinta resbalan sobre las bolas amarillentas. Un ojo es verde y negro, como el agua en un tronco hueco. El otro ojo es blanco. Blanco ciego.

El viejo yace ahí, mirándome, y lentamente frunce el ceño. Los trazos se arrugan en su frente. Algunas líneas se corren en los bordes por su piel ajada, se tornan una mancha de azul sucio, aunque son nítidas en el centro. Seguro que de año en año las repasa con el punzón, clavándolo más hondo para perfilarlas y avivar el color. Su ojo verde me escruta, el blanco mira la nada. Junto al lecho, la mujer corpulenta se agacha a vigilarnos, sin más vida en su rostro de la que hay en una piedra.

—Padre, te habla Usin. —Tratando de que mis palabras salgan por la nariz, no por la garganta—. Usin. Tu hija.

Tu hija arrastra los pies comidos por las anguilas en el fondo del río y se aleja danzando hacia el mar. Su cabello flota y se confunde con las hierbas, más hermoso aún cuando se anega.

Ya está muy lejos de este lugar, bailando su danza lenta a través de la noche. Sus pasos son torpes, no incita a ningún hombre con el movimiento de su carne, ni va a hacerlo nunca más. Solo la corriente la abraza, rápida contra su pecho hediondo.

Me mira sin pestañear. Un silencio largo que perdura y perdura, y solo ahora el viejo habla.

—¿Hurna? A mi choza, ahora.

No me habla a mí. Aunque no deja de mirarme a los ojos, no me habla a mí, sino a la mujer enorme y silenciosa agazapada. Su nombre es Hurna, entonces. Se levanta, estirando lentamente su mole, todo sin una palabra. Vuelve la espalda al lecho de palos y se agacha a agarrar los asideros que asoman de la cabeza. Levanta. Apenas suelta un gruñido, menos por el esfuerzo que por su necesidad de señalar la faena hecha.

Una vez levanta al anciano, sin inclinarlo demasiado, la mujer arrastra la litera hacia la puerta de la casa redonda, donde el hombre de las manos teñidas y temblorosas aún espera y nos mira. El catre deja un par de surcos, arañados en la tierra oscura, y el viejo no me quita ojo incluso mientras se lo llevan, envuelto en su mortaja de mirlo.

—¿Y bien? ¿Vienes, hija?

¡Ah! Habla. Me habla y me llama hija.

—Sí, padre. ¿Tu mujer necesita mi ayuda para arrastrarte?

Hace un ruido áspero. Me parece que se está riendo.

—¿Hurna? No es mi mujer. Solo me limpia el culo y me da de comer, me lleva de un lado a otro, y a cambio me toca sufrir sus desvaríos sobre el mundo de los espíritus y sus dioses necios.

Sus. Dioses. Necios. Las palabras salen entre jadeos ahogados. La mujer tira del catre, con un movimiento lento y parejo; no parece oír las quejas del hombre del Cenizo. Los sigo, caminando entre las marcas que dejan en la tierra. En el fondo de mi garganta queda el olor a sebo quemado y plumas.

Una última mirada atrás: los chicos monstruosos están sentados sobre las pieles a ambos lados de su reina abotargada. Uno, Bern o Buri, se acurruca para besarla en el sobaco. El otro tiene las manos metidas en sus refajos. Aparta la mirada, rá-

71

pido. Atravesando el velo de juncos salimos al aire escarchado de estrellas. El vigilante de las manos negras y temblorosas me mira al pasar, pero no habla ni viene detrás.

Olun y la mujer mula no me esperan, se alejan ya por el sendero serpenteante hollado entre las chozas apiñadas, dormidas y hundidas en la oscuridad. Me obligan a correr para seguirles el paso y caminar junto al catre de Olun, hablándole una vez recuperado el aliento. A nuestro alrededor, roces, murmullos dentro de las moradas con techo de paja, cuerpos que buscan acomodo para la noche bajo harapos y heno.

El viejo vuelve la cabeza para mirarme desde su lecho de palos, que traquetea a mi lado.

—Qué bien están las cosas —dice— ahora que tengo a mi hija aquí. ¿Hace muchas noches que estás en camino?

La muchacha muerta no me da esa respuesta, en la orilla del río, ni a mí me viene a la cabeza preguntarle. Ahora es demasiado tarde para cortarle el otro pulgar. Mi ingenio debe salvarme, mi ingenio y nada más.

72

—Más días de los que caben en mi recuerdo —acude mi respuesta, veloz y sin dejar de caminar—. Todas esas noches, el sueño pasa de largo sin llevarme, tan grande es mi espanto de saberte enfermo.

El viejo sonríe, y tras los labios asoman sus pocos dientes amarillentos. La calavera está inquieta, ansiando mudar las piltrafas y el pellejo curtido por el sol y emerger un día de la cabeza de Olun con una mueca de victoria al conquistar la carne. Esos dientes que asoman de las encías enjutas no son más que los heraldos de su llegada. Por encima de su sonrisa, el viejo desliza hacia mí su ojo ciego, blanco como el hielo, ladeado entre sus párpados marchitos, y parece escrutarme.

—¿Crees que no sé lo que estás tramando? —dice, ensanchando aún más la sonrisa, y en mi estómago cae un peso que se mueve y me hace apretar el culo.

Lo sabe. El viejo sabe de mi plan, de las cuentas prestadas, de la cosa muerta en el río. ¿Qué me queda por decir o hacer, salvo echar a correr y esconderme?

Habla otra vez, apresándome con su sonrisa, su ojo de serpiente ciega.

—Crees que vas a ganarte mi favor con tus palabras, ¿no es eso? —Se ríe al verme mirándolo como un gato estrangulado, presa del temor y del asombro—. Piensas en quedarte con el tesoro del viejo una vez que el viejo está muerto. Todavía hay un poco de tu madre en ti. —Ríe otra vez, cerrando los ojos, y ríe tanto que la risa acaba en una tos, húmeda y honda.

No lo sabe. Me toma por astuta y avara, pero piensa que soy suya. Gracias a todos los dioses, aunque en verdad no hay ninguno.

Mi respuesta acude sin esfuerzo, con un atisbo de resquemor, y aun así el pudor propio de una chica.

—¿Cómo puedes burlarte así de tu hija, que recorre un camino tan largo para estar a tu lado? ¿Por qué dices que no cuida de ti? Ah, me entran ganas de dar la vuelta y marcharme, tan poca falta me hacen un padre así o sus riquezas.

Al oírme, deja de toser. Parece inquieto, menos seguro de tenerme a su merced.

—No. Debes quedarte y no parar mientes a mi lengua. Son burlas de viejo, nada más. Eres sangre de mi sangre, mi única hija, y debes quedarte a mi lado hasta el final.

Su ojo vivo busca los míos, teme ahuyentarme con sus pullas. Me necesita a su lado, y no está seguro de mi necesidad de él: está en mis manos. Mi voz replica altiva y distante, para engancharlo aún más en el anzuelo.

—¿Tu única hija, dices? ¿Y qué hay de mi hermano Garn? ¿Ya no cuenta con tu favor, como antes? ¿Por qué no buscas consuelo en tu hijo, en lugar de mandarme llamar a mi hogar en el norte, si en tan poca estima me tienes?

Aparta la mirada y guarda silencio un momento. Nada se oye salvo el traqueteo de su lecho por el suelo y las piedras; los resuellos de la mujer al avanzar a duras penas, arrastrándolo entre las chozas.

—Garn no es mi hijo. —Sus palabras son duras como el pedernal. Clava la vista en las estrellas y no me mira.

Mi mejor baza es guardar silencio, esperar sin tirarle de la lengua. Dejamos atrás las chozas. La mujer jadea como un perro enorme, y ahora el viejo habla de nuevo.

—Es nuestra costumbre, pasar las enseñanzas al hijo, así como es nuestra costumbre buscar hembras en tierras lejanas,

73

para fortalecer la sangre. Por eso Garn parte lejos y tú te quedas junto al gran mar frío. Es nuestra costumbre, pasar las enseñanzas a un hijo varón, pero Garn...

Se detiene y carraspea, lanza una flema oscura a la oscuridad que nos rodea.

—Garn no quiere la tarea y planta cara a su deber. Dice que él no es un hombre sabio y trabaja en la fragua, porque piensa que es un oficio más propio de nuestro tiempo. Dice que no le importa conocer las artes antiguas y secretas. No podemos hablar salvo para discutir, así que ya no hablamos.

»Ay, incluso cuando sabe que el mal cae sobre mí y mi vida está casi acabada, Garn no cede, no deja a un lado sus mazas de piedra y sus forjas. No hay nadie más que tú para aprender de mí antes de que mi aliento se acabe, muchacha. Nadie más que tú.

Me mira con ojos lastimeros, como una bestia moribunda. Cuando los hombres son débiles, mi corazón se endurece aún más, pero en mi voz solo hay cautela, susurrada para no despertar a los que duermen alrededor en los montículos techados con junco.

—¿Cuál es tu mal, padre? ¿Acaso está en tu resuello, que te falta el aliento para hablar?

Su lecho de palos se sacude al pasar por un hoyo. El viejo gruñe, molesto, y luego suspira.

—La aldea está tan dentro de mí que sus males son mis males. Si una plaga de escarabajos ataca los campos de grano que hay al sur, también corroe mi vigor aquí.

Se palpa el vientre con la mano, un cangrejo frágil.

—Y si los viejos cercos que hay en lo alto del Monte de la Bestia caen en la ruina y el descuido, entonces los huesos de mi espalda se vuelven débiles como la arenisca y se desmenuzan cuando uno roza el otro.

Ahora levanta los dedos hacia el ojo inútil y cuajado como la leche agria.

—Esto es de cuando el pozo donde se hace el tinte, en los prados al oeste de aquí, queda seco. O si un túnel bajo de la aldea se anega, una cueva se desfonda y me deja orinando sangre de una luna a la siguiente. Queman los árboles de la gran cresta del este para allanar la cima, y ahora mi rabo ya no se levanta, pierde el pelo y parece el de un niño de pecho.

Más adelante, un poco apartada de todas las otras chozas, una sombra se agazapa en nuestra senda, hacia donde avanza a duras penas la mujer, Hurna, arrastrando tras ella al viejo que me arrastra a la par con sus palabras.

—La gente es lo peor de todo. Cuando Jebba, *el Mellado*, se vuelve loco y mata a su mujer y a su hijo, me supura el oído. O, si los hermanos Caballunos están peleando, me entra un frío que arde en los dientes. Y ahora, con tantos maleantes como tenemos aquí, los asaltadores y los tramposos, los manilargos que viven amontonados en casas sobre zancos junto a las tierras anegadas, me comen los piojos.

Sonríe, mostrando sus pocos dientes, doloridos por las palabras de rabia que se cruzan entre esos hermanos Caballunos, que a saber quiénes son.

—Recuerdo el goce de sacar una vez uno bien gordo y aplastarlo con el pulgar, y al día siguiente me entero de que un tramposo, gordo como una vasija, queda atrapado entre los zancos de su casa de troncos en la ciénaga, y que por poco lo parten en dos.

Se ríe otra vez, el crujir del ala de un pájaro muerto. Hacemos un alto, la mujer se detiene frente a la mole agazapada en la oscuridad que es la choza del viejo. Empuja a un lado la tranca de madera que cuelga de una soga, por donde se vierte una tenue luz encarnada, como la de un foso de tortura; en el catre, el viejo sigue riendo y hace un gesto con dos dedos, pellizcando el aire. Uñas negras que se cierran como fauces.

Una vez en el Pequeño Muladar me viene una niña, apenas una cría, a contarme que no puede encontrar a su madre en el gentío del mercado, como cargándome la tarea de cuidar de ella. De un hombre negro con una túnica de un color que escapa a mi poder nombrar me trae una daga reluciente y una moneda de plata en trueque.

En la Loma de la Monta un molinero me da medio cerdo por casi tantos sacos de tierra como dedos hay en una mano, con apenas una pulgada de grano esparcido encima cubriendo la turba.

En el Camino del Zopenco me maldicen aún por dar cagarrutas de perro secas envueltas en corteza como remedio para
la viruela.

Un viejo de Acequia Hedionda me da medio odre de malta
para correrse en mi boca, luego se duerme y al despertar se
encuentra con el odre y el gaznate cortados.

En los Campos del Culo Gordo, el túmulo abierto por la
noche, deslomada de tanto cavar con un trapo tapándome
la nariz. Los dedos podridos hinchados bajo los anillos, que hay
que sacar a tirones. La carne deshecha se arranca y sale con el
anillo, dejando el hueso pelado.

En Malaria, aquella muchacha gorda y su media hogaza
de pan...

El viejo chasquea sus uñas color escarabajo y parece que
aplasta una garrapata.

Dentro, el gran vientre de la choza es un pulmón de cañas y
pieles sobre costillas de madera, lleno del aliento a orines acres
y la humedad propia de los viejos, aunque sazonada con aromas más raros. Grande, aunque la hacen más pequeña todas las
cosas que se apilan dentro, acantilados fantásticos de máscaras
de piel de perro y escudos con caras de dioses... Cascabeles,
huesos adornados con plumas y pequeñas figuras de hombres
modelados con barro... Aves extrañas, muertas pero sin podre,
tiesas y con la mirada fija, apresadas en ramas tejidas. Un lío
de ratas disecadas unidas por la cola y clavadas a un pedazo de
corteza. Un corazón curado y barnizado. Rocas grabadas con
huellas de monstruos, vasijas para cocinar y rollos de tripa para
coser, y más y más en despeñaderos que se tambalean hasta la
oscuridad del techo.

Solo hay unos pasos angostos entre los desfiladeros de
utensilios revueltos y fetiches de palo, entre las guirnaldas secas polvorientas y las túnicas de piel de anguila. ¿Es algo visto
antes, en un sueño de niña que escapa a mi recuerdo?

Un puño de ámbar con una espantosa criatura marina
atrapada dentro, el cuerpo plano con penachos de gusanos de
sangre que crecen del lomo, se sostiene sobre muchas patas
tiesas como púas, y en una punta asoma un bulbo con una cara

que me hace recular de un salto. Un cuenco por el que se ve a través, y una cría nonata, encogida, su cabeza ciega blanca como el yeso, pero untada encima con una pintura brillante, como una ramera.

En algún lugar en medio de este raro laberinto redondo, las ascuas de un foso arrojan una luz tenue. Como cuentas de mineral en la forja, lanzan destellos encarnados sobre los escombros de ornamentos; el resplandor se prende a lienzos pintados, con el dorso en sombras, abriendo brechas humeantes de penumbra rosada y verdosa en los contornos. Tajos de oscuridad caen sobre los pasadizos entre las cosas inútiles, atravesada aquí y allá por haces sanguinolentos de una luz de fragua, derramándose por los senderos escarpados desde los recodos donde un canal se bifurca en otro.

Salvo cuando pasan por uno de esos túneles súbitos de fuego de guerra, no se ve ni rastro de Olun en su lecho de palos. Síguelos con el oído: el roce del catre en la tierra negra, los pasos ahogados de la mujer, retumbando en el suelo, el cosquilleo bajo mi talón desnudo. Al perderlos ahora en un recodo y apretando el paso para alcanzarlos, un atisbo de la cara del viejo grabada por el punzón, emergiendo de pronto encarnada y radiante de la oscuridad al cruzar una franja de luz. La franja se hace más ancha. Desembocamos en el cerco de la lumbre, un espacio abierto en medio de este perdedero de toneles apilados, resaca de los sueños y pedazos raros.

Con su cara chata reluciente de sudor, la mujer, Hurna, deja al viejo en su catre junto al foso del fuego y se aleja pesadamente sin una palabra a por leña para alimentar la llama.

El viejo está cansado, así que me manda a dormir a un rincón apartado tras unos cueros colgantes. Espera no molestarme si Hurna y él se demoran hablando alrededor de las brasas. Está claro que no desea mi compañía, así que más vale ir a mi lecho de pieles, donde las colgaduras no dejan entrar la luz de la lumbre.

Pronto vuelve Hurna, que tira con estrépito de la leña al suelo. Luego hablan quedamente, y es la primera vez que la voz de la mujer se deja oír. Suena aún más sosa y lerda de lo que parece, que ya es decir.

En mí hay esperanzas de que van a hablar de montar, o alguna cosa para entretener el oído, pero no. Ella habla con temor de un dios que nos devora, aunque a mí eso no me suena propio de un dios. Una vez nos devora, dice, podemos volver a nacer entre los dioses. ¿Y en forma de qué? ¿De un cagarro que asoma en su muladar de oro? Las cosas nacen y son devoradas, pero no al revés, me parece.

De vez en cuando, la voz del viejo irrumpe con alguna palabra tajante de desdén y se retira otra vez para dar paso a la respuesta de la mujer, que se alarga sin descanso en la noche. Ella arrastra la conversación, un catre cargado con palabras toscas y pesadas.

Bajo las pieles, desnuda salvo por las cuentas azules, aun con los ojos cerrados, mis oídos están alerta. Las palabras de la mujer flotan a través de mí. Esencia. Veta del espíritu. Las trabas de la carne. Cambio. Transformarse, refigurarse en la pasión, la pasión, la pasión hecha ceniza…

78

Campos de ceniza. Cuando niña. Es una nieve seca, gris y tibia, sus flancos lisos y ondulados justo antes de pisarlos, un polvo más fino que la avena de la muela, tan fría y resbaladiza como el agua sobre mi pie que ahora se hunde, poco a poco, en busca del suelo, y más hondo, sin encontrar nada firme bajo la ceniza para impedirme caer…

Me despierta un sobresalto. Las pieles amontonadas alrededor de mi cuello. Las colgaduras, a la luz encarnada que viene del otro lado, y todavía la voz de la mujer tras ellas. El sudor me corre por la espalda y resbala como seda entre mis pechos. Estas pieles dan demasiado calor. Mejor asomar los brazos y los hombros, para estar más fresca. Da la vuelta y túmbate del otro costado. Aparta el aro de alambre con cuentas, que se clava en el hombro. Así. Ahora todo mi cuerpo está a gusto, tan lánguido y agotado que escapa a mis pensamientos dónde reposa una pierna o una mano. Todo es una sola pieza suave, que no conoce las distintas partes de mí.

Las palabras de la mujer, sin sentido ahora, son solo sonidos, guijarros grises y húmedos que se precipitan lentamente en el vacío dentro de mis párpados: Monte de la Bestia. Anillo del corazón. Con las urnas de las reinas. El gusano muerde el anzuelo. Huesos molidos y trillados. Y cuando tú. Y cuando todos nosotros. Cuando nosotros. Cuando nacemos de la chispa…

En mi oscuridad, los destellos de luz bailan azules, no, rojos, y se arremolinan en un anillo. Crecen como una tela de araña, crecen y en el medio se funden en un verde profundo de invierno, y centelleando se rompen, ondas, río, orilla de río, y aquí viene la muchacha con una raja en la garganta, aunque no hace caso y sonríe, contenta de encontrarse conmigo.

«Subamos un trecho más por la orilla del río —me dice—. Hay un gran perro negro que dice conocerte.»

Se vuelve y echa a andar, abriendo la marcha. ¿Adónde ha ido a parar el río? Hay maleza a ambos lados y pilas de trastos entre los arbustos, montones de cosas extrañas e ingeniosas que me son bien conocidas, aunque ahora mismo sus nombres no me vienen a la cabeza. La muchacha me está llamando, desde el fondo del pasadizo.

Tratando de alcanzarla, algo se enreda en mis pies y me entorpece. Su voz se aleja más de mí. Habla con alguien, aunque sus palabras son débiles y sin espíritu. Así ha de ser como hablan los muertos. Avanza. Avanza y adéntrate tras ella. Qué oscuro está ahora. ¿La muchacha me está llamando? Qué oscuro está ahora…

Luz. Luz de mañana. ¿Qué lugar es este?

Olun. La choza del viejo. El padre de la muchacha. La muchacha junto a la orilla del río.

Ah, sí.

Medio dormida aún, enredada todavía en mis pensamientos y murmurando para mis adentros vistiéndome con sus ropas, mis ropas, y luego gatear hasta el ruedo que hay en medio de la choza de Olun. Desierto. El foso del fuego frío y muerto. Alrededor, hileras de vestigios grises, lívidos, despojados de todo el encanto de la medianoche por un sol que atraviesa con pinchos polvorientos el techo de paja.

Ahora pesa una quietud y un silencio antiguo sobre las crestas de quincalla y despojos. Los senderos angostos que se abren como desfiladeros no parecen tan enrevesados con el albor de la mañana, y es más fácil encontrar el camino, dando tumbos y farfullando a recibir el día. El resplandor encandila; el mundo se hace borroso entre mis pestañas.

—¿Usin? ¡Usin! —dice el viejo otra vez, antes de que me venga el recuerdo de que ese es mi nombre.

Vuélvete. Está tendido en su catre de ramas, cubierto ya no con plumas, sino con una túnica de pieles de perro, enteras, de manera que los hocicos negros asoman aquí y allá sobre el tajo de una boca, bajo ojales de párpados vacíos.

A su lado hay cuencos de bronce llenos de comida. Un pez humeante, con la boca abierta. Un velo de alarma y gran pena cuaja sus ojos fijos en mí. Cerca hay un plato apenas más grande que el hueco de un pulgar, lleno de un brebaje de cerezas amargas. Mendrugos de pan moreno para mojar. Un odre de leche de cabra para bajarlo todo.

—A Hurna y a mí nos gusta comer al amanecer. Ella ha ido a rezar con su gente, y no va a volver antes del mediodía. Puedes comer ahora.

Señala la comida, un espasmo de su mano pintada.

Me observa al ponerme en cuclillas y sacar mi puñal para cortar el pescado desde el lomo hasta la cola, cortando por las agallas, y un vapor blanquecino mana al levantar la piel negra con la hoja. Hay que apartar la raspa con el pulgar. Desprender la carne blanca de las espinas. Ahora levanta la raspa de espinas como un ciempiés, con cara y aletas y todo, y déjalo a un lado. Tras arrancar una tira de carne humeante y metérmela entre los labios con la punta del puñal, me asalta el recuerdo del último tajo de este filo.

Masticar lleva su tiempo, tragar apenas menos. Debajo del borde de la fuente, de bronce llameante, la raspa con cola de helechos está mirando, con ojos de chica, junto a mi plato. Masticar, tragar, tomar un poco más, pero esta vez con los dedos. Olun me vigila, y cuando ve mi boca demasiado llena para meter baza sin atragantarme, habla.

—Mientras Hurna no está podemos caminar un trecho río arriba, tal vez hasta el puente y de vuelta. Si vas a tener mis bienes, has de tener también las artes de la tierra y cuanto en ella yace.

No se me escapa que dice «podemos caminar», cuando solo mis piernas tienen fuerza para hacerlo. Quiere decir que hay que llevarlo a rastras, como la mujer de patas de buey, ¡con lo esmirriado que es mi cuerpo! Solo las hebras de la criatura en mi boca y la mención de sus posesiones me impiden soltarle al viejo que es un zángano inútil y astuto.

No vuelve a hablar mientras acabo el pescado, el pan y la leche dulce, con grumos, pero de vez en cuando abre la boca, aunque sin exhalar ningún sonido. Solo ahora se me ocurre que son solo jadeos para recobrar el aliento.

El brebaje de cerezas es demasiado amargo para mí, y apenas se prueba. Después, al agacharme para ceñirle el manto de perro antes de empezar a tirar del catre, el viejo levanta una mano y suavemente me limpia las gotas de leche de cabra del labio. Hay un gusto a humo acre en su dedo curtido. Sonríe, los ojos se arrugan en las telas de araña que traza la piel de sus cuencas. Tres pequeñas marcas en forma de pez dibujadas con tinta encarnada sobre un párpado se pierden en la profundidad de los surcos.

81

Jamás padre o madre me necesitan para acarrearlos así. A padre se lo llevan a la tumba las picaduras de avispa en las hondonadas de los Grandes Bosques del norte, y no me pide que arrastre sus carnes hediondas a cuestas. Tampoco hay que cargar con madre cuando cae enferma y la tos empieza a ahuyentar a los hombres, porque al quedarnos solas no tenemos más remedio que hacer de rameras en los poblados de las minas al este de aquí. Basta con abandonarla. «Descansa aquí. Voy a buscar leña para el fuego y ahora vuelvo. Descansa, madre. Descansa y espérame.». Y la mañana me encuentra en otro lugar, lejos, sola.

Ahora los dos están muertos, sin ser una carga.

Me duele arrastrar la litera, con llagas y callos en las manos, y apenas salimos de la aldea, apenas quedan atrás los nudos de los caminos polvorientos donde los niños ríen y pelean entre el bullicio de las chozas, sus siluetas flacas morenas aparecen y desaparecen como espíritus a través del vapor de las ollas, nubes aguadas y tristes a la nariz, una bruma de calentura que se pega a la cara.

Aunque va a rastras en el catre detrás de mí, parece que el viejo me empuja, espoleándome más allá de los cercos de chozas hacia la entrada norte del poblado. Nos cruzamos al chico con marca en la cara, el que jugaba a guardar la puerta a mi llegada. Camina junto a una muchacha rolliza, con los hombros pálidos como la leche salpicados de pecas bajo el cabello encarnado, y no se vuelve a mirarme.

El puesto de guardia está vacío cuando pasamos entre los zarzales y salimos al campo. Me turba no ver a nadie vigilando la puerta, pero la razón queda clara nada más cruzamos al otro lado: el hombre ajado de las manos tintadas de negro está fuera, junto a la barrera de zarzas, con el rabo lleno de estrías y mustio entre sus manos temblonas. De guardia solo, va al otro lado de la puerta a orinar, pero al parecer no mana ni una gota.

Cuando nos ve pasar, se vuelve y le grita a Olun:

—Así que tienes una hija. Eso es nuevo.

—Sí —gruñe Olun, en respuesta—. Sí, es nuevo.

Pasamos de largo y tomamos el sendero junto al río, tierra amarilla pelada a fuerza de pisar entre matas y maleza. Las hojas ocres se apilan contra los árboles que se levantan como viudas, los hombros desnudos y doblados por la pena, las cabezas gachas dejando caer el pelo gris que roza la piel del río, donde las corrientes se trenzan como la plata, partidas por las puntas de las ramas. Al apartar la mirada de mis pies helados, que avanzan a duras penas, y volver la cabeza, aún se ve el vigilante de las manos tiznadas, que sigue de cara a las zarzas aguardando a romper el dique.

Seguimos a trancas y barrancas junto al río, en contra de la corriente. El lecho de mimbre cruje, a rastras por el sendero que ganamos a duras penas, como un fuego en la maleza a mis espaldas, de donde ahora sale una voz, la voz del viejo, que cruje también.

—Si deseas... —Un jadeo—. Seguirme... —Otro. Las bocanadas de aire no cesan, cortan el aliento de sus palabras como remolinos súbitos—. Si deseas seguirme, debes conocer mi senda. Si deseas ser tú la sabia tras mi marcha, bueno, entonces ten mis bienes, pero también debes tener mi sabiduría.

Escuchándolo salta a la vista que, aunque es viejo, su ingenio está muy vivo. Se oye en cómo enlaza sus palabras una con otra, claras a pesar del aliento entrecortado. Mi madre, mucho más joven que él, solo dice «caca» y «mojada» y «¿dónde está tu padre?». Olun no es ningún bobo, y por eso me hace aguzar el oído.

La voz del fuego sigue hablando, por encima de los crujidos de la litera.

—El camino de mi aprendizaje es mi senda, que aún recorro en mis pensamientos, aunque mis pasos por este mundo tocan a su fin.

No hace falta que diga lo que las llagas de mis manos y el dolor de mis hombros me están gritando.

Toma aliento en sus pulmones desesperados, ahogándose, y continúa.

—Esta senda de saber se bate a través de la maleza del pensamiento tras largas lunas de repetirla, aunque no tiene ningún sentido sin un eco en este mundo, el mundo por el que caminamos y morimos.

A mí me toca el caminar, mientras que a él le toca morir.

—La senda de mis pensamientos se traza a partir de todas las sendas que me rodean en la verdad de la vida. Los territorios que abarcamos ahora abarcan también el interior, donde hay hitos de la imaginación, abismos, cumbres y arroyos en los que pululan los pensamientos de la noche. Si deseas conocer mi senda y seguirla, conoce las tierras de alrededor, tanto camino como aldea, en su puente y en sus ciénagas. Conoce las guaridas de las ratas de los márgenes, las reliquias de piedra, las grietas de las cavernas. Marca cada senda arriba y conoce la senda oculta debajo, el camino secreto desde la cueva hasta el foso del tesoro.

La calma me inunda mientras el viejo habla. Aun así, la palabra tesoro no cae en saco roto, y me pide meter baza.

—¿Qué senda oculta es esa, y cómo recorrerla, si todas las entradas son secretas?

Altivo, ahuyenta mi pregunta con la mano.

83

—Tenemos nuestros caminos de los orcos bajo la tierra. Solo el hombre y la mujer del Cenizo conocen sus entradas, que los sabios pasan de mano en mano a lo largo de los tiempos. Ahí yacen muchos tesoros de nuestras artes, pero los vas a conocer cuando estás preparada, cuando conoces como la palma de la mano los caminos más llanos de arriba que corren a la par de tu llamada. A lo mejor ese día vas a poder bajar y caminar tú misma las leguas veladas, donde una vez mis pies cansados hollan pendientes llenas de gusanos y roca fría, y ahora solo se aventuran en mis sueños de perro. Hasta ese día debes recorrer todos los senderos sobre la tierra y conocer las historias que aguardan a la vera del camino.

Sus palabras me turban. Al parecer el viejo me ve arrastrándolo arriba y abajo por estos caminos de los que habla, y solo de pensarlo me entran escalofríos. Y en cuanto a las historias que aguardan a la vera del camino, los torsos plantados hablan por sí solos y no es mi deseo oír ninguna más. Me asalta la idea, al no ver los despojos empalados, de que mi camino de anoche ha de estar más hacia el este del sendero que corre junto al río, y eso sí me complace. Sigo adelante, mientras las hojas me azotan los pies.

Olun me pide hacer un alto y me señala el este, al otro lado del río, hacia un monte donde suben volutas de humo de la cima. Es el monte del que baja el camino al valle de las ciénagas que me trae aquí anoche, los fuegos de la cumbre siguen ardiendo de día. Lejos, al otro lado de los campos, se ven aún las pequeñas siluetas de la gente alrededor de las hogueras. Sus cantos, débiles y distantes, llegan a nosotros con cada ráfaga de viento. Hay una voz con una cadencia más estridente que las demás, que viaja más lejos.

—Esa es Hurna —dice el viejo, riendo y espurreando babas en su manto de caras de cachorro.

No añade nada más, pero me da la orden de levantar el catre y seguir caminando. Nuestras sombras se marchitan bajo el sol, cada vez más alto. Los momentos pasan.

En frente y a mi derecha se abre un prado cenagoso de juncos, una hondonada de lanzas blancas donde aflora una loma de tierra firme como una isla en un lago de cañas, y en la punta se ve un montón de madera apilada, como para una hoguera. Hay niños jugando cerca, varios críos se agachan junto a otro que yace boca arriba. Lo pinchan, y lo acarician, y dan gritos agudos.

Mientras nos acercamos y pasamos de largo, me viene la idea de que no es una criatura de carne y hueso la que yace en el suelo entre ellos, sino un niño de burla, que hacen con harapos y luego llenan de paja.

—Están preparando al cerdo-niño en el campo del Cenizo, pues —dice Olun, pero es mejor dedicar mi aliento a tirar de él que a preguntar de dónde viene cada desvarío que sale de su boca.

Adelante, a duras penas. Las hojas me azotan como pájaros al levantar el vuelo, una y otra vez. Solo ahora, cuando mi espalda parece a punto de quebrarse y mis dedos a punto de caer, a lo lejos aparece el puente, al final de este camino junto al río, con muros de abedules de corteza pelada, plata cenicienta a la luz del sol. Cerca. Ya estamos muy cerca.

El viejo me cuenta todos sus secretos justo antes de morir y me deja recorrer los túneles que surcan la tierra bajo el poblado, donde hay cuencos de plata y brazaletes de oro batido. En la noche queda hay que acarrear este tesoro oculto un buen trecho, hasta donde mi nuevo hogar me espera. Las riquezas se truecan por tierras, por bueyes y mantos finos y siervos bellos, y así todos los que pasan ven la grandeza de mi choza y el ganado en los cercos, y dicen: «Qué gran mujer ha de vivir ahí».

Mis manjares no son nada, salvo los pescados más raros y los cortes más tiernos de las bestias recién paridas. Guerreros altos, adornados con pinturas custodian mis días; el más fuerte me sirve de noche, y cada luna los aldeanos me hacen sus ofrendas y me traen sacos de grano. Sus niños bailan entre los pilares entretejidos con rosas de mi silla con zancos.

Así que este es el puente. Grandes troncos negros que se funden juntos unos con otros a lo largo de los tiempos trazan un arco que se levanta suavemente hasta la joroba, por encima de la espuma y los remolinos del fondo. A pesar de mi cuidado para evitar los traqueteos del catre por los maderos, el viejo gruñe y chasquea la lengua y se queja cada vez que sus huesos se sacuden.

Aquí, cerca del final de la pendiente, el arco negruzco tiene grietas entre los troncos. Parece que hay un pequeño foso cavado debajo del puente, en la orilla que da al sur. Por más que mis ojos tratan de atisbar en el hoyo, ahí dentro no queda nada por ver. Solo hay tierra pálida moteada, que brilla donde la luz del sol se cuela entre los troncos sobre los que caminamos ahora al pasar.

—Para aquí —dice Olun al llegar al medio del puente, y me pide soltarlo y sentarme junto a su catre en los troncos roídos por la humedad, mientras las aguas rugen bajo nuestros pies.

El frío me sube por el culo. Apenas hablamos. El viejo se fija en mis cuentas, destellos azules colgando de un hilo de cobre alrededor de mi cuello, y me pregunta cómo se hacen.

Me sobresalta la facilidad con que esa historia robada sale de mis labios: los fuegos en la arena, cubiertos de pastos del mar, a través de la bruma de la orilla, ardiendo. Hombres de manos curtidas, marcadas por las llamas, que arrojan el mineral y maldicen si salpica, el tufo a barbas que se chamuscan, un ardor en los pulmones y, después, las arenas relucientes alrededor de las ascuas del foso se endurecen, veteadas con el jugo acre de los sargazos y los fucos y el azul del cobre. Mis palabras manan, sin esfuerzo, y conjuran muchachas de pelo enmarañado en la playa, con el borde oscuro de las faldas mojado por las olas, que buscan cuentas de cielo entre los fuegos de las dunas, como imágenes grabadas de verdad en el fondo de mis ojos.

El viejo asiente y sonríe y mira río abajo, donde las aguas verde piedra serpentean entre los páramos de ortigas hacia el oeste. Una balsa encara la corriente allí, dos hombres mueven los brazos como una rueda y hunden los remos, un rocío brillante cada vez que las palas cortan las aguas revueltas.

Junto a la orilla, una voz ronca me hace volver la cabeza y mirar alrededor. En la punta más alejada del puente, alguien atisba en cuclillas el hueco retumbante que se abre debajo del arco, donde un cardumen de sombras ondea creando un puen-

86

te fantasma, que atraviesa las aguas al revés bajo el torrente turbulento.

De pronto, el hombre, cano y con panza, se pone de pie y vuelve a llamar a otros que hay sentados en un corro, compartiendo el pan en el terraplén junto a la orilla del río. Contestan a voces, y parece que se ríen de él. El hombre habla otra vez y señala hacia los bajíos ocultos por los troncos. Uno de los compadres pasa el pan y se levanta, baja a trompicones hasta la orilla para reunirse con el hombre que aguarda junto al puente, y los dos se agachan a mirar. Más voces. Otro hombre se deja caer por la pendiente hasta ellos, y luego otro.

Es una especie de juego para dejar de lado, por un momento, la faena en las zanjas y los campos, y a mí ni me va ni me viene. Volviéndome hacia el viejo cubierto con las pieles de perro en su catre. De lado, su cráneo es redondo y picudo, un pájaro gris pelado al rape. El ojo mira el vacío, con su charca blanca helada en el invierno de Olun. En su mejilla curtida, una franja parcheada de cicatrices de colores.

Si pregunta por mis cuentas, tal vez espera alguna pregunta sobre sus tatuajes.

—Esas marcas que tienes son de una especie que no me es conocida. Parecen hechas sin ton ni son, sin un fin.

Vuelve su cráneo de pájaro muerto para verme con su ojo bueno, tomando aire para hablar. Su aliento, una presa caliente colgada demasiado tiempo a la intemperie, embiste rancio contra mi cara y me echa atrás.

—Oh, tienen un fin, muchacha, y no son sin ton ni son. No has de pensar otra cosa. Son mis trazos de cuervo.

¿Trazos de cuervo? ¿Las manchas azules como gusanos de su hombro, enlazadas con un arco rojo desde el pezón hasta la espina? ¿El firmamento de su cráneo, los carrillos garabateados, los helechos de las comisuras de los labios? Aquí nada recuerda a cuervo o ave de ninguna especie. ¿Qué quiere decir?

Alzando la vista de este laberinto de piel para encontrar la suya y seguir preguntando, parece que se olvida de mí. Con la mirada perdida en el extremo norte del puente, solo su ojo muerto se posa en los míos, atravesándome de parte a parte, y me estremece la impresión de no estar aquí. Claro, el viejo intenta ver algo a mis espaldas…Vuélvete y echa una mirada.

Los hombres están vadeando el río cerca de la orilla, juntos debajo del puente, con el agua hasta las ancas. Hurgan con palos para desprender alguna cosa que hay trabada; gritan como niños, impetuosos, hablando unos con otros mientras escarban y salpican y dan tirones. Ve despacio. Cuidado, ahí. Está saliendo. Ya sale…

Grande. Gris y ondeante, carne de agua. Los hombres se apiñan alrededor. ¿Un ternero hinchado de gases arrastrado por la crecida o…?

Me asalta un pensamiento. Los hombres agarran a la criatura por los brazos y trazan un surco plateado hasta la orilla, donde la sacan de la corriente y la dejan caer desnuda y abotargada sobre la hierba para verla bien.

No, no…

Pescado cocido sus pechos. Lengua de alga y ojos abiertos. ¿Por qué no está ya a medio camino del mar, acurrucada en el cieno o estrangulada por las redes de las nasas, chorreando, yaciendo queda entre manos cercenadas que todavía se retuercen y hacen gestos? ¿Cómo es que, muerta, tiene la astucia de detenerse aquí, en el mismo lugar que busca cuando aún es rápida y tibia? ¿Cómo van a tener los muertos un destino? De su boca cae un hilo de agua. Plagada de sanguijuelas, joyas de flema negra que se incrustan en su empeine.

No la conocen, ¿verdad? Ni el viejo tampoco, porque la muchacha no viene nunca antes aquí. Carroña de cañaveral, nada más. Una pobre criatura que el río trae, con la garganta abierta como la boca de un pez, degollada, pero no hija de nadie. Usin. Ahora ese nombre es mío, y el suyo se lo lleva el agua con la sangre y el color de su cuerpo. Fruta podrida que trae la corriente, desnuda y sin nombre, entre la escoria de las crecidas, a nadie ni le va ni le viene esta muchacha. Las ondas de la arena en el lecho del río se graban, embebidas en réplica sobre su piel estriada y fruncida. Nariz de caverna y una mejilla horadada por los espinosos.

El viejo me pide alzarlo, arrastrando su lecho de ramas trenzadas por los troncos hasta el corro de aldeanos, cerca del final del puente. Con la piel de gallina hasta la línea donde han vadeado el río, el vello rizado en zarcillos y volutas, aguardan tan quedos como cuñas de piedra alrededor de otra aún más quieta.

Al oír traquetear el catre sobre la madera, los hombres se vuelven y me miran con mala cara, pero la mudan cuando me ven traer al viejo a rastras. Olun levanta la cabeza y estira el cuello para mirarlos: juntos, de pie, en torno al cadáver. El hombre panzón que acaba de descubrir el cuerpo bajo el puente se toca la frente con un dedo y saluda.

—Buena suerte al Cenizo —dice en un murmullo.

Y luego se vuelve a mirar los pastos, como con miedo. Los otros hombres hacen lo mismo. ¿Qué hay que temer de este saco de huesos pintado? Aun así se mueven inquietos en la orilla del río y esperan a oírlo hablar.

—Esta mañana hay sangre en mis heces, que anuncia un trance en el puente y me trae aquí.

Los hombres se miran unos a otros, temerosos y maravillados al saber que Olun conoce este trance mucho antes de que por azar a ellos se les ocurre mirar debajo del arco en sombras. La risa me ahoga y borbotea en mi nariz: si todos en el clan son tan lerdos, no es de extrañar tener a Olun por el hombre sabio. Esta misma mañana me deja arrastrarlo varias leguas, y aun así el muy malvado es tan embustero que no dice una palabra del presagio de sus tripas. Vive a costa de zánganos que se lo tragan todo, y se me ocurre que de verdad somos de la misma especie. ¡Ja, a ver si va a ser mi padre!

El hombre tan gordo que parece preñado mueve una mano hacia la mujer degollada a sus pies.

—Bueno, aquí está la razón de tu señal. La encontramos debajo del puente, apresada en el dique de los castores.

¡Rayos, es por eso! Por eso no está danzando ya a medio camino de las Tierras Calientes entre la resaca o con los huesos pelados en un escollo cubierto de sal: ¡el puente se aguanta encima de los diques de castor! El hombre panzudo cae de nuevo en el silencio, espera una vez más a oír la voz de Olun, mientras los demás se mueven inquietos a su lado.

Ahora Olun hace un gesto extraño y espantoso. Cierra el párpado de colores sobre el ojo sano, de manera que el ojo ciego, blanco y cuajado, parece escrutar la carne de la muchacha espatarrada, fría entre las malas hierbas.

—Está degollada. Falta una oreja, así como el pulgar.

Seguro que el viejo se fija en esas cosas antes de cerrar el ojo bueno, pero aun así es turbador ver cómo revisa a la muchacha solo con su cuenca ciega. Patrañas y nada más, aunque no menos espeluznantes por eso.

—La tiran al río al final, porque no van a degollarla después. Asimismo, las torturas de la oreja y el dedo no vienen después de muerta, así que debe sufrirlas primero. No la mutilan solo por gusto, ¿por qué contentarse entonces con una oreja, con un pulgar? Son crueldades con un fin y, una vez cumplido ese fin, la muerte viene rápida. En algún lugar río arriba, y aún no hace un día.

No, no es solo la torpeza de su tribu la que lo hace parecer más sabio. Aquí muestra su astucia. Una astucia tan honda como para anegarse en ella. De pronto atrae mi mirada una franja que rodea el cuello de la mujer, una mancha verde como el moho. Al lanzarla al río no está, salvo oculta bajo la sangre que mana.

—Intentad no moverla. Vamos a contar en la casa redonda qué hay aquí.

Con esto, me pide volver al otro lado del río, arrastrándolo por el terraplén del puente que da al sur, y seguir luego por el sendero pelado que serpentea junto a la orilla. Pasando la ciénaga blanca de juncos, su isla con una corona de leña para la hoguera junto a la que retozan los críos desnudos, boca abajo en la roca abrasada por el sol. Encima de la pira descansa el niño de harapos, la cabeza de paja torcida hacia un lado, mirándonos al pasar, aunque todavía sin cara. Las mismas hojas se levantan, un azote seco y dorado en mis talones.

Nada turba el silencio hasta que estamos cerca de medio camino a casa, donde la pregunta que me ronda no puede dejar de hacerse.

—¿Qué va a ser ahora de esa pobre mujer muerta? —Las palabras suenan ligeras y libres de cuidado.

Su voz me vuelve por encima del crujido y el traqueteo del catre; un susurro desde la hoguera.

—Ah, no hay mucho que decir. El río nos trae estas cosas de vez en cuando. Lances de toda especie tienen lugar en los pasos del norte, y los despojos vienen a parar aquí: recién nacidos que nadie quiere, reses con demasiados ojos o viejos que estorban. Por si vienen con la marca de la plaga, los entregamos a la tierra el mismo día con una ofrenda de flores en lugar de bienes. Esa es la costumbre aquí…

Guarda silencio. El viento del este trae un alarido, como de lejos. Ante mí, al volverme, se extienden los campos anegados y la montaña al fondo, con volutas de humo enroscándose en la cumbre. Las figuras diminutas levantan los brazos en alto, lamentándose en la distancia.

—Aunque hay algunos que desean otra cosa —zanja el hombre sabio, y seguimos adelante hasta llegar por fin al poblado con sus muros de helechos.

Allí, Olun le habla al guardián de las manos negras, que aletean como un murciélago, de la mujer degollada junto al puente. Le pide correr la voz.

—Buena suerte al Cenizo —dicen todos los aldeanos mientras surcamos la tierra al pasar, avanzando a duras penas hacia la morada de Olun—. Buena suerte al Cenizo.

Se me ocurre de pronto que nos hablan a los dos.

No, a mí no. Ser mujer del Cenizo no es destino para mí, aprender tediosamente todos los cánticos, una choza en la que no puedes moverte con tantos fetiches siniestros. Conocer cada deber y cada ritual, vestida con una túnica de hocicos. No.

Tampoco me agrada pensar en el desperdicio de lunas y más lunas aprendiendo las patrañas del viejo. Nadie sabe cuánto va a tardar en morir. Está en mi mano hallar un camino más rápido para sonsacar esos secretos.

Se me ocurre una cosa: aunque el viejo no quiere saber nada de su hijo y no siente amor por él, tal vez el hijo conoce las artes de su padre. Sí. Sí, bien pensado. A lo mejor vale la pena visitar a mi hermano Garn antes de caer el día. Tal vez él puede hablarme de los túneles que su padre recorre en sueños de perro.

¿Qué son sueños de perro?

Υ

Al rato, Hurna vuelve con andar pesado a la choza de Olun tras orar en la montaña, su cara de losa encendida por la sangre, radiante después de los cánticos en medio del humo. El viejo le dice que es una zángana y que necesita nuevos emplastes en sus llagas.

—Hoy están mal —gruñe—. Tienes una larga tarea por delante.

Hurna asiente, sin queja, apartándolo del sol para arrastrarlo a través del cúmulo de amuletos que rodean su choza. *Ahora que me dejan sola, a lo mejor es un buen momento para visitar al hijo del hombre del Cenizo.* Hurna sigue hablando en el fondo de la choza, tratando aún de atraer al viejo a su fe mientras le cura las ronchas. Retazos de su conversa salen por los maderos de vaivén que cuelgan a ambos lados de la entrada.

—El mundo nace del fuego, que por ende es superior, y también acaba en el fuego a decir de todos los profetas. La tierra de las tumbas puede traer pestes y plagas para azotar a los vivos, y aun así nosotros, quienes elegimos la senda luminosa que lleva a los sueños, no dejamos miserias atrás. Todo cuanto es puro en nuestro interior se eleva, salvo nuestros residuos. Nosotros los que proclamamos este credo… —Y sigue y sigue, con una voz apagada como el murmullo de una colmena.

Es una maravilla cómo estos cuerpos devotos se apañan para ser a la vez locos y cansinos. Deja que me escabulla, entre las chozas dormidas del mediodía, mientras estos dos le dan a la lengua.

No hay espíritus de mujer en los árboles, no hay dioses bajo la tierra, salvo si están tan chiflados como Hurna. La gente nace sin otro fin que el que mueve a una pobre campesina de carnes caídas a mostrar el culo entre los pastos, y apenas hay un fin mejor en nuestra muerte. ¿Dónde hay un dios que nos azote con el veneno de una avispa a la que pisas sin querer? ¿Quién nos pone en este lugar y luego inunda las cosechas para que no haya bastante de comer para nosotros? ¿Quién arroja cenizas del cielo y deja ciegos nuestros rebaños? Si son dioses, tienen extraños pasatiempos.

Y aun así, en todas las aldeas hay hombres canijos con la cara gorda, y muchachas enfermas que se azotan y ayunan para complacer al espíritu de un oso o a un árbol que imaginan habla con ellas. ¿Cómo pueden reclamar los dioses costillas famélicas y espaldas azotadas, además de los males que nos deparan ya? Si en este mundo somos crueles por mera necesidad, ¿cuánto más malvados son los dioses, a los que nada falta y aun así nos atormentan hasta la muerte? No puede haber tales cosas.

No son dioses los que nos dan la bienvenida más allá de la tumba, sino solo gusanos.

Hay críos chillando y corriendo entre las chozas de la aldea, donde los hombres ahúman pescado sobre las ascuas y las mujeres rascan con pedernal las últimas piltrafas sangrientas de los cueros esquilados. Sus madres mascan el pellejo para ablandarlo. Voces y gritos por todas partes. Entre el vapor de los calderos, un perro cojea triturando entre las fauces el anca de otro. Con ojos de rabia me vigila al pasar.

Un hombre descarnado que muele grano en una piedra lisa me dice que Garn tiene la fragua al otro lado del valle, más allá del Monte de la Bestia. Tanto peor para mis pobres pies, que han de hacer de nuevo el largo rodeo de esta mañana, pero no hay más remedio, y el día es cálido.

Al otro lado de la entrada norte del poblado, hay un corro de hombres en el borde de un foso recién cavado, donde un oso de tierra pelea con un par de perros. Uno de los chuchos está casi con las tripas fuera por un zarpazo del oso de tierra. Arrastra las patas traseras en la tierra llena de sangre y gime con las entrañas asomando por el tajo de la panza.

El otro perro es más fuerte y está loco de hambre, a decir por sus ojos. Muerde y embiste, dejando un arañazo en la franja blanca de la frente de su rival, y el oso de tierra queda ciego por su propia sangre. Los hombres se apiñan aún más alrededor del foso y ríen, tanto que un temblor recorre sus tetas blandas, surcadas por telas de araña grises. Azuzan a las bestias.

93

Se manosean los huevos sin reparos. En el foso, tras un muro de espaldas encorvadas y verrugosas que me tapa la vista, el oso de tierra da un grito de triunfo o de agonía.

Siguiendo mi camino que serpentea desde las puertas de la aldea a través de la ciénaga, la carne amoratada de los torsos plantados me acecha antes de acechar mis pensamientos.

Parecen cabezas gigantes y cercenadas, con bocas de sexo y ojos de pezones, y un penacho de moscardones ondeando en la brisa. Lunares de hormigas moviéndose, por el rabillo de mi ojo. No mires. Sigue adelante y tápate la nariz contra el olor dulce de los gusanos que flota en el aire. Más allá de la tierra anegada descuella la mole de flancos pelados que llaman Monte de la Bestia, con las hogueras de la cumbre extinguidas ahora, su corona plateada de humo dispersa, todos los aullidos quedos. Más arriba, en la ladera este del valle, una hebra gris se retuerce en el cielo pálido desde la fragua del cobrero.

94   Esta es la última edad del mundo, porque estamos tan lejos como podemos estar en la senda que parte de la naturaleza. Arriamos y acorralamos a la bestia que nace para vagar suelta. En chozas nos prendemos como caparazones de caracol a las ciénagas por las que caminan los padres de nuestros padres y luego pasan de largo. Calentamos la sangre que corre por las venas de la piedra y forjamos coronas y dagas; batimos una senda derecha a través de los campos torcidos y tratamos con pieles negras. Pronto, los océanos van a crecer y llevarnos. Pronto, van a caer las estrellas.

A través de los páramos, verdes y horadados de charcos; los lechos de musgo en la turba temblorosa; nubes negras de mosquitos sobre un arroyo gris como el estaño. Las inmensas ovejas de monte pastan en las laderas más bajas y me ven desde lejos, mirándome al rodearlas con cautela antes de continuar hasta la orilla del valle, subiendo el sendero por la cara norte del Monte de la Bestia.

Más arriba, volviéndome a mirar la cima a la luz del día, parece que los muros de adobe donde en otros tiempos se guardan las bestias sirven ahora a otros fines. Entre los cercos de tierra apelmazada, enormes flores de hollín abrasan el suelo, los pétalos de sombra rodeando un corazón gris que se desmorona, aún caliente. No hay nadie a la vista, así que mi escalada continúa hacia donde los árboles quemados no son más que muñones que rasgan el contorno del cielo. Bocanadas de humo amarillo como los dientes suben de la fragua en jirones, estandartes breves y sucios para guiarme.

A lo lejos, la guarida solitaria de Garn entre los feos troncos calcinados; el techo se come los muros, tan bajos que apenas asoman bajo los haces de juncos verdes como fantasmas. La fragua es de piedra seca, rebozada con barro. Se alza junto a la choza hasta la altura de los hombros, y al lado está Garn, sofocado por el calor. Ha de ser Garn, con esos ojos tan parecidos a los del viejo, aunque con un porte muy distinto.

Desnudo hasta medio cuerpo, con un mandil que le cubre por debajo. Gordo, pero de carnes prietas, en lorzas que rodean sus brazos colorados y relucientes, su pecho ancho como un roble que, a falta de cuello, remata una cabeza de toro. Los rasgos de la cara parecen demasiado pequeños, se apiñan entre unos mofletes rollizos, suaves como los de un bebé, bajo la franja tersa y húmeda de su frente.

En un puño como un jarrete sostiene una barra con una muesca para agarrar el metal sobre las brasas hasta que se pone del color del sol naciente. Entonces la levanta, brioso, y la lleva al bloque donde, con una maza de piedra, bate sin descanso el metal que palpita al rojo vivo hasta dejar uno de los bordes tan fino como una hoja. Descarga la maza una y otra vez, una y otra vez, con una cascada de chispas manando a cada golpe, y el sonido se hace visible, repica espléndido y luego se apaga al caer sobre la tierra.

Y ahora enfría la hoja en un viejo abrevadero de corteza cubierta de musgo, donde el agua tose solo una vez para tragarla, y luego echa vapor para empapar más aún el papo del cobrero. Abriéndome camino hacia él entre los árboles arrasados por el fuego, el ahínco de su labor acalla mis pasos, y aun así Garn se vuelve y aguza la mirada para distinguirme contra la luz del sol a mis espaldas. Del mentón, que asoma como una manzana silvestre del papo, resbala una perla salada, luego otra, y Garn levanta

95

una mano para cubrirse los ojos con media máscara de sombra.

—¿Qué quieres? —Su voz es suave, un prodigio en boca de semejante bestia que resopla y brama entre los humos y las chispas que arroja la fragua.

—¿Eres ese al que llaman Garn?

Baja la mano y se vuelve de nuevo hacia la forja.

—Sí, ese es mi nombre. ¿Qué quieres? —dice, avivando las brasas con un fuelle hecho de pulmón de caballo.

—Mi nombre es Usin. Usin, hija de Olun.

Aquí, el fuelle contiene el aliento y afloja despacio su tarea hasta que las ascuas se enfrían y levantan pavesas. Ahora su cabeza de toro se vuelve hacia mí otra vez; los ojos se entornan con recelo. Inquieto, Garn se pasa el dorso de una zarpa por los labios, dejando un rastro negro de la nariz al mentón. Cae el silencio, ahí en la arboleda de cenizas, y de pronto su boca tiznada y rolliza se curva hacia arriba, de mala gana.

—¿Así que te manda llamar a ti, verdad, en lugar de acudir a mí? Y ahora quiere echarte encima su montón de carcasas y cortezas pintadas, ¿no es así? Bueno, pues buena suerte.

Tuerce la cara con desdén, volviéndola hacia otro lado, y empieza a manejar el fuelle con furia.

—Buena suerte al Cenizo —añade mirando la fragua, donde lanza una flema de amargura que sisea en las brasas resplandecientes.

—¿Eso es todo lo que tienes que decirle a tu hermana? —Las palabras se traban un instante, delatándome. Mi coraje flaquea ante su corpulencia y su rabia.

—¿Mi hermana? —No se vuelve, pero, estrujando con más ímpetu su artilugio de vísceras de yegua, aviva las ascuas hasta que lucen como el sol de mediodía—. El viejo dice que ya no soy hijo suyo, y yo tampoco lo tengo por padre, así que ¿cómo vas a ser hermana mía? Solo vas detrás del tesoro del viejo, si no ¿por qué estás aquí? Te trae sin cuidado un hombre como él, que no quiere verte desde que eres una cría.

El resplandor de las ascuas pinta ahora sus brazos y su frente. El fuelle cesa, y Garn da unos pasos lentos hasta un tronco cercano, donde se apilan los lingotes toscos de metal, fríos y ásperos. Aunque no me mira, sigue hablando, y sus palabras salen cargadas de rencor.

—Si tanto deseas su riqueza, quédatela. Es escoria corrompida, llena de fiebres y delirios. Sácale buen provecho. Y a mí déjame solo para hacer mi trabajo. Bastante tengo con criarme en esa madriguera envuelta de maldiciones que el viejo llama choza, así que no me traigas más. Vil escoria, todo eso de arrastrarse bajo la tierra y hablar con los muertos. A mí dame una veta limpia y déjame en paz.

Escoge ahora un lingote sucio y feo del color de las hojas que pisamos, y vuelve a su fragua.

El camino por donde seguir ahondando está claro.

—¿Qué es eso de arrastrarse bajo la tierra? ¿Acaso tú, con tus propios ojos, ves a Olun hacer esas cosas?

Garn empuña de nuevo la barra, para apresar el lingote en la muesca. Gira la cabeza y me fulmina con la mirada, un joven malhumorado a pesar de toda su corpulencia, antes de volverse otra vez. Con su vara partida hunde el lingote metal en las profundidades de la boca del horno y lo sostiene ahí.

—¿Ver cómo baja por los agujeros o se mete en las fosas? ¿Estás loca? Ver esos pasos secretos solo le está permitido a un hombre sabio. Ahí es donde guardan sus tesoros, bien lo sabes, y los huesos de todos los hombres y mujeres del Cenizo de tiempos pasados.

Se gira sonriendo, con una mirada astuta, y sigue hablando en voz baja, como con la de un confabulador que trama algo con otro de su misma calaña.

—Pero el truco es este: no puedes conocer una parte de su secreto, si no puedes conocerlo todo. Conocer, como el viejo, cada sendero perdido entre la maleza y cada pasadizo, y el nombre de cada campo. Conocer, como el viejo, cuándo llegan las crecidas, y dónde van a hacer los ladrones de ganado sus emboscadas o tienen sus guaridas. Tener cada árbol, cada roca, caminos que no recorres durante años, todos guardados en tus pensamientos en todo momento por medio de un raro arte que ningún hombre corriente alcanza a comprender. Cada pozo y cada ribera de pescador. Cada tumba y filón enterrado.

Estas últimas palabras me desconciertan. Entre las ascuas, la barra de Garn cobra el color de la sangre, ahora seca, ahora fresca.

—¿Qué malo tiene conocer esos secretos? ¿Por qué tú, que

97

forjas el metal en la fragua, no quieres saber cómo encontrar los filones y las vetas?

Mueve la cabeza.

—Si toda su sabiduría pasa a ser mía, el arte de la fragua ya no puede ser mi labor. Si todos sus pensamientos pasan a ser también los míos, él es yo, y yo soy un hombre del Cenizo igual que él, quedándome sin pensamientos propios. Esos pensamientos ni siquiera son suyos, ni tampoco de su padre o del padre de su padre. Son viejos como las montañas, especies que moldean cada hazaña y palabra suya. Es como si el viejo y los viejos que hay antes que él son todos el mismo, un solo ser, una manera de mirar, única e inmortal a través de los tiempos. No es natural.

»Mi manera de mirar no es la misma que la suya, ni voy a dejarla de lado a favor de su vieja manera. Mi fragua, mi fuego, mi conocimiento de los calores y los temples favorables son cosas que encajan en el mundo en que vivimos ahora. Sus conjuros y sus cánticos no me sirven de nada, todavía plagan mis sueños y me hacen apartarme del viejo y de sus artimañas. Este monte es mi lugar. Corre buen aire para la fragua, y el fuego se asienta bien aquí.

El metal de la forja es casi demasiado brillante para poder mirarlo. Garn lo saca con la barra hendida y lo lleva al bloque para batirlo.

—No tienes necesidad de venir hasta aquí arriba para alejarte de un viejo que apenas puede caminar. ¿Por qué no te asientas en la aldea, más cerca de tu gremio?

Garn se queda con la maza en alto, a punto de empezar de nuevo con el estruendo que espanta a los gorriones, pero se detiene, levanta la cabeza para mirarme, con los ojos tan cargados de desdén y asco que me hace recular.

—¿Vivir en la aldea? ¡Ja! ¿Y cómo escapar de Olun ahí dentro? ¿Es que no me estás escuchando? —Habla entre dientes, un siseo mucho más penetrante que el del abrevadero donde enfría el cobre—. Olun es la aldea.

Y con esto me da la espalda. La maza se levanta y cae. Su tañir ensordecedor me vence, alejándome del claro abrasado hasta el sendero que serpentea junto al Monte de la Bestia para bajar hacia la cuenca del valle. Descendiendo, a lo lejos aún se alcanza a ver el poblado, las largas sombras rozan los campos. Cae la tarde.

Detrás de mí, los mazazos se hacen cada vez más débiles. Por encima de las chozas distantes, un palio de humo.

Inquietud. Me roe por dentro, y aun así su nombre no puede decirse, ni de dónde viene, como el son grave de un cuerno en mi corazón, un frío que escarcha mi vejiga. ¿Acaso algo se está torciendo?

Monte de la Bestia, ciénaga y torsos. Al fin, las puertas de la aldea aparecen a la vista, pero rodeadas de clamor y turbación. Humo por todas partes, que envuelve el sol de poniente y sume el poblado en luz de ascuas; enormes bancos sofocantes que parecen más hechos de ruido que de vapor, cubriendo el lamento de fantasmas, los aullidos de criaturas ocultas. Aprieto el paso, corriendo ahora hacia el muro de zarzas y humaredas.

El joven con la mancha de nacimiento en la cara se asoma en el puesto de guardia cuando oye mi llamada.

—¿Qué está pasando? Hay… —El humo se agarra a mi garganta y me hace toser, incapaz de decir una palabra más.

Las lágrimas brillan en su mejilla manchada, aunque no hay forma de saber si nacen de la pena o del escozor en los ojos.

—Un fuego, en los graneros del este. Ya está apagado. No hay muertos, pero de tantas chozas como garras tiene la pata de un búho solo quedan las cenizas.

Abriéndome camino entre las volutas de humo, el viento descorre los velos para mostrarme ahora a una mujer agachada limpiando la cara de su criatura, ciega por el hollín, o ahora a un par de hombres apostados junto a una ruina calcinada, hablando entre burlas.

—Así que tu padre sale por patas, ¿eh?

—Sí, por poco arrastro su culo perezoso y lo echo adentro otra vez.

El velo se corre de nuevo. Se ríen, sin verme pasar a su lado.

Cerca de las afueras al sur del poblado, la choza de Olun sigue en pie, intacta por el fuego y tampoco demasiado anegada por el humo, gracias a un viento del suroeste. Esa misma corriente me trae de pronto unos gemidos que me hacen apretar de nuevo el paso. Olun aúlla más que el gran verraco negro perseguido por el dios muerto. Al llegar a la choza y abrirme paso hacia el interior, su voz resuena entre la avalancha de maleficios y tambores curtidos con pieles del enemigo, un aullido que me guía a través de los vericuetos malsanos hasta el cerco del medio.

Desnudo sobre su catre de helechos, el viejo se retuerce y gime, con Hurna de rodillas a su lado, la cara colorada y fofa mientras le coloca paños mojados en el pecho, a la media luz de las ascuas del foso.

Acercándome más, agachándome ahora para verlo mejor, salta a la vista que tiene una quemadura monstruosa debajo de uno de sus pezones arrugados. Las llagas supuran de la carne chamuscada y lacerada entre los espirales, anillos y signos tatuados. El viejo da otro alarido, antes de hundirse en el delirio de la calentura.

Hurna me mira con sus ojos de pez muerto.

—¿Cómo es que Olun está quemado? Las llamas de la aldea no llegan hasta aquí.

Hurna encoge sus hombros de labrador, gruñendo su respuesta.

—Es cuando el fuego empieza, en las chozas del este, antes de que nos traen la alerta del incendio. Tu padre grita y me llama a su lado, y ahí está en su pecho, esta espantosa quemadura.

Esboza una sonrisa maliciosa con sus labios, finos como una corteza.

—Para mí que es una señal de que ha de cambiar de fe.

El viejo grita otra vez.

Si el fuego quema una aldea, ¿acaso sus estragos pueden azotar a uno que cree ser una aldea? ¿Salen ráfagas de humo de sus pulmones así como de los senderos angostos del poblado? ¿Una hoguera para curar pescado se va de madre y el calor abrasa el pecho de un hombre a media legua de allí?

No. Tales cosas no pueden ser, salvo si los pasos de nuestros días resuenan en sus venas; salvo si los orines de los perros en troncos distantes son los que amarillean ahora sus dientes. ¿Nuestros cielos se oscurecen si él cierra su ojo, nuestras riberas se desbordan si él moja el lecho por la noche? Ese tufo a carne corrompida que flota entre nuestras chozas, ¿es su aliento? ¿Y acaso la muchacha muerta resbala río abajo por sus intestinos, y manan remolinos de sangre donde las uñas del cadáver dragan el lecho esponjoso, hasta topar al fin contra el dique de sus posaderas?

No. Una de dos, o el viejo se quema solo, o Hurna abrasa su pecho por pasar el rato. Una de dos, porque un lugar no es una persona, ni hay una simpatía entre la carne y la tierra.

Nosotros morimos. El camino perdura.

Solo las ascuas que se consumen y se rompen y se desmoronan sin apenas ruido marcan el paso de la tarde en la choza de Olun. Asimismo decaen los lamentos del viejo, y las contorsiones de dolor menguan hasta ser solo un espasmo, un temblor pasajero.

Sus gemidos llegan más suaves: no menos urgentes, aunque parecen arreciar de más lejos, el viejo vagando perdido en la distancia, y sus llamadas de socorro apenas se oyen a medida que se adentra en las sendas oscuras que tejen la aldea errática y tortuosa de sus sueños. Desnudo en el lecho de ramas se calma poco a poco; duerme.

Sentadas a ambos lados del viejo a la luz de la lumbre, ni a la corpulenta Hurna ni a mí nos da por hablar. Compartimos un cuenco de requesón con migas de un mendrugo para hacer nuestras sopas. Desde los despeñaderos de curiosidades que nos rodean, pájaros muertos nos miran mientras untamos, sorbemos y nos limpiamos la barbilla. Me turban sus ojos, llenos del conocimiento sombrío del ocaso.

Tras acabar el pan y el requesón, Hurna guarda silencio unos momentos, torciendo la cara de una forma extraña, hasta que suelta un gran eructo que resuena como un coro de sapos. Satisfecha, al parecer, empieza a hablar de buena gana sobre su fe, aunque haciendo como que quiere hablar de la mía.

—Tú abrazas todo esto, ¿verdad?

Señala las estalagmitas de escoria que se alzan a nuestro alrededor, acechándonos como matones. Mi respuesta es un gesto vago, que Hurna toma por una señal de aliento; vemos las cosas del mismo lado.

—¿No? Bueno, no pareces de esa pasta, y no tienes ninguna culpa. Son sucias patrañas, nada más, pero por suerte muchas buenas gentes empiezan a conocer un camino mejor.

—¿Ah, sí? ¿Y qué camino es ese? —me da por preguntar con poco interés, y aun así Hurna se lanza con la misma avidez que un hombre con labios de liebre sobre un cumplido.

—Mi camino. El camino de mi gente. No abrazamos dioses que moran bajo la tierra y reciben allí a los muertos. La tierra no es sino el más vil de los espíritus, porque la madera y el agua, el aire y el fuego tienen todos más relieve. ¡Debemos elevarnos por encima de la tierra, no hundirnos por debajo! El joven Garn bien lo sabe, pero Olun no quiere escuchar.

Inclina la cabeza hacia el viejo, que se agita en su catre, desnudo salvo por las líneas y volutas de su piel, sus trazos de cuervo.

—Tu padre se aferra a sus viejas maneras y no atiende a razones. Hasta cuando le decimos que al morir puede descansar en el anillo del corazón del Monte de la Bestia, con las urnas de las reinas, parece que le trae sin cuidado.

Veo un atisbo de astucia en sus ojillos bobos.

—Si hablas con él, si le dices que nuestro camino es mejor, quizá con tus palabras puedes convencerlo donde a Garn y a mí no nos hace caso.

Me enfurece verla urdiendo artimañas contra el viejo. Eso es cosa mía. Mis palabras son tajantes.

—Qué más me da si entierran a un hombre o una mujer en un sitio o en otro cuando muere. Enterradlos donde caen o… —Conteniéndome, a punto de decir «tiradlos al río», el ingenio acude a socorrerme justo a tiempo—: O colgadlos a merced de los pájaros. Tal vez eso tiene mucho peso para ti y para Olun, pero para mí no tiene ninguno. Y tanto hablar empieza a cansarme. Mi lecho es mullido, parece que mi padre duerme en paz, y es momento de descansar. Ten una noche serena.

Dejándola en cuclillas, al lado del catre, con la boca abierta como un pez, pasando a través de las colgaduras adornadas que cobijan mi lecho: un pozo profundo y sereno de pieles me aguarda; aguarda a mis huesos cansados de caminar todo el día. Al despojarme de todo salvo del aro de cobre donde cuelgan mis cuentas brillantes, las pieles me cubren como aguas cálidas, oscuras. Hundiéndome. Hundiéndome más y más en el remolino negro.

Un perro enorme se vuelve, sus grandes ojos vacíos salvo un trazo blanco semejante a un rayo, fulgor fiero sin llama capaz de arrasar el mundo. Un brillo áspero se derrama de su boca, mientras abre la crudeza de las fauces se abre en dos, y arremete...

Un grito y luz del sol me despiertan, tan enredados en mis pensamientos que sonido y resplandor parecen ser una sola cosa. El grito es mío, y se corta en seco al darme cuenta.

¿Cómo viene la mañana tan pronto? Parece que nada más cerrar los párpados estos bruscos rayos ya me los abren por la fuerza, a pesar de la arena que me pega las pestañas. Un olor a comida me encuentra ahora quitándome las pieles de la noche y poniéndome la ropa. El sueño que acaba de arrancarme del sueño se va, por más que intento traerlo de nuevo a mis pensamientos. Qué se le va a hacer.

Mis tripas rugen y me mandan seguir el rastro del olor a comida entre el vertedero de atavíos, conjuros y recuerdos. ¿Con qué festín me va a agasajar Olun esta mañana? Mi mano empuja las puertas de madera que chirrían en la cuerda para dejarme asomar y ver la comida.

La chica muerta está a mis pies, tendida boca arriba en el suelo frente a la choza. La mirada turbia y penetrante, el gesto impasible, pero con una sonrisa negra justo debajo del mentón, por encima de las manchas verdes de limo que estrangulan su garganta. Piel azulada. Un lustre sutil, como la cara de la luna. Las muelas, prietas, desnudas a la vista por el agujero de los peces en la mejilla.

Al otro lado del cuerpo, frente a mí, los chicos rudos de la reina arpía, Bern y Buri, están en cuclillas sobre sus ancas relucientes como un solo hombre con su sombra hecha carne, ambos desnudos salvo por unos taparrabos de piel de bagre que contemplan con ojos saltones el horror de su trance, las bocas feas y con jirones abiertas, mostrando hileras amarillentas de colmillos. Me miran fijamente, los matones de un mismo molde y los bagres, todos a la vez.

Tras mirar con terror a los brutos rapados y a la muchacha muerta tirada en el suelo, mis ojos se posan en Olun, que se sostiene sobre un codo tatuado como un saco de huesos y pellejo con manchas de ensueño en el lecho de palos, justo al lado de su hija degollada. Aunque mejor que anoche, todavía parece enfermo y débil, de lejos peor que hasta ahora. En el pecho lleva un emplaste de harapos y fango cubriendo la quemadura supurante que desdeña todo buen sentido; un manto de pieles de perro lo cubre de mitad para abajo. Un poco más atrás está Hurna, que con mala cara remueve una masa de pescado y harina en un fuego balbuciente.

Estirando ahora el cuello de tendones gruesos para escrutarme con sus ojos dispares, el viejo habla:

—¿A qué vienen esos gritos de antes? Desde aquí te oímos.

El batir de mi corazón no me deja dar sentido a sus palabras y me impide contestar. Solo está en mi mano mirar de hito en hito al hechicero de la piel grabada y a su hija arrastrada por el río.

—¿Qué está haciendo aquí? —Es lo más que arrancan mis labios, prietos y lívidos como una rienda sobre el terror que me llena por dentro.

Olun mira con asombro a la chica fría y quieta: parece que hasta este momento no cae en la cuenta de que está ahí. Luego vuelve a mirarme.

—¿Ella? Es nuestra costumbre revisar a los muertos que no conocemos por si traen marcas de plaga u otras señales antes de darles reposo. La costumbre es hacerlo en la casa redonda, pero con esta quemadura no me siento con fuerzas para ir tan lejos. Por eso Bern y Buri la traen aquí. Siéntate y observa. Recuerda que, a mi muerte, estos deberes van a pasar a ti, además de otros muchos.

¿Qué remedio me queda, salvo arrodillarme como me pide? Los dos brutos desnudan sus dientes a la par en una sonrisa partida mientras Olun vuelve a revisar a la muchacha. Apenas me dan las fuerzas para esbozar una sonrisa.

Cerrando su ojo bueno, Olun escruta ahora a la criatura muerta solo con su cuenca ciega y escarchada. Una garra frágil, pintada, asoma y repta sobre su vientre, frío como piedra pulida. Soba y tantea sus pechos flácidos, luego se escabulle más allá, pasada la franja verdosa que rodea el cuello, para demorarse en los labios del tajo debajo de la garganta. Un dedo lo sigue y luego sube a escarbar por el agujero roído en su mejilla y acaricia la costra roja del foso donde una vez se une la oreja. Un temblor me atraviesa cuando el viejo habla, aunque no hace frío para la estación.

—Hace un día que la sacan del río. Tal vez pasa otro día flotando antes de encontrarla, así que la matan no muy lejos río arriba al norte de aquí. La garganta está abierta por un puñal o un cuchillo de hoja corta, a la vez afilado y duro para cortar hueso, como en el pulgar.

A pesar de mis esfuerzos por no mirarlos, los hermanos Bern y Buri me hablan a la vez, forzándome a levantar la vista.

—A mí me parece que ella muere el día de tu llegada. —Estas palabras las dice el hermano de la izquierda. Su voz es lenta y pastosa, cargada de un gozo extraño, aunque no sonríe ni arruga los ojos mientras sigue agachado mirándome al otro lado de la mujer degollada.

—Del norte. Viene del norte, igual que ella. —Ahora es el otro hermano el que habla, aunque en la voz y las maneras son tan iguales como por fuera.

¿Qué tratan de sonsacarme?

El hermano de la izquierda habla de nuevo.

—¿Oyes hablar de ladrones en los pasos mientras estás en camino?

Medio ahogada de miedo por su recelo, esa idea es una balsa a la que agarrarme.

—¿Ladrones? ¡Uy, podéis estar seguros! La gente que se cruza conmigo en mi travesía esos últimos días no habla de otra cosa. Una banda de hombres fieros, según dicen, aunque la verdad es que ningún saqueador se cruza en mi camino, y hasta aquí no hay ningún percance.

Los dos hermanos fruncen los labios a la vez y luego asienten, sopesando mis palabras.

—¿Una banda de ladrones? —dice el de la derecha—. Puede ser. Esas cosas no nos vienen de nuevas. Tienes suerte de no topar con ellos.

—Sí —añade el hermano de la izquierda—, y más sabiendo que debes de estar a no más de una legua cuando la matan a ella. Mucha suerte.

Todos asentimos con gravedad, reconociendo mi buenaventura, y dejamos a Olun seguir con su exploración.

Sin más ayuda que su ojo ciego abierto, el viejo desliza la mano por el vientre de la mujer que trae la corriente y palpa el monte de helecho en la horca de sus piernas. Con dedos diestros escarba entre los caracolillos y los rizos, apartándolos para ver mejor la loma blanca y fría de la que brota esta fronda.

—No hay magulladuras. —Aquí el viejo chasquea la lengua con desilusión.

Un escalofrío repentino me asalta: no aparta el pelo para mirar antes de cerrar el ojo sano. ¿Cómo puede saber si hay o no una magulladura solo por el tacto? La mano sigue bajando. Sus dedos se afanan como lombrices, ávidos para entrar en la cavidad angosta por los rigores de la muerte, y aun así en vano. La mano frágil pintada se aparta. El hechicero habla:

—El velo de su raja no está roto.

Los brutos miran a la vez a Olun con el mismo ceño tensando sus frentes rapadas.

—Entonces, ¿no la montan por la fuerza? —dice Buri, o Bern.

—Eso es muy raro —salta ahora Bern, o Buri—. Es una muchacha en flor, si la vas a asaltar y matar, ¿por qué no montarla antes?

No le hace falta añadir que eso le parece natural, pues se ve en sus ojos. En cambio, su ceño se frunce aún más. Tras pensar un instante, prueba suerte otra vez.

—¿Tiene bubas?

El viejo menea la cabeza: las estrellas dibujadas en su cráneo caen en picado de su curso.

—Ni bubas ni marcas de plaga. Podemos enterrarla sin temor. —Aquí se vuelve hacia mí, mostrándome el dolor y la debilidad fatal esculpidos en los surcos de su cara.

El viejo está más cerca de la muerte de lo que adivinaba para mis adentros, y sigue sin hablarme de sus túneles o sus fosos llenos de tesoros.

—¿Usin? —me dice ahora—. Aquí ya estamos listos. Puedes ir a darte un festín con Hurna mientras preparamos a esta pobre criatura para el entierro.

A pesar de que la compañía de Hurna no es de mi agrado, no me apena hacer lo que dice Olun, tan grande es mi alivio de alejarme de estos hermanos que parecen un solo molde y del cuerpo que picotean con afán. Su olor acre me envuelve al caminar desde la choza hasta donde está la mujer hosca, ebria de dioses, que se agacha junto al fuego amasando la carne de pescado en tortas grises.

Me da una que parece un animal no formado del todo, tan espantoso que al nacer lo aplastan bajo una roca. Ninguna de las dos hablamos, rumiando aún las palabras que cruzamos la noche pasada. El hedor me envuelve el pelo y la ropa; mi apetito es pobre. Cada mordisco de la torta de pescado me cuesta tanto de tragar que me faltan fuerzas para acabar más de la mitad.

Apartando la mirada de Hurna hacia el corro frente a la choza, mis ojos se posan sobre los hermanos, que están envolviendo el cadáver con un lienzo de lona del color de la tierra, mientras el viejo los mira tendido en el catre. Antes de cubrirle la cabeza con la mortaja, uno de los brutos señala la franja verde que es como agua estancada en un tronco y que rodea su garganta abierta. Murmura por lo bajo con su hermano, luego con el viejo, que asiente y contesta, demasiado lejos de mí para oír una sola palabra. Los hermanos se encogen de hombros y continúan vistiendo a la muerta.

A mi lado, Hurna suelta de pronto un gruñido, como en señal de desdén.

—Si cree que voy a llevarlo a rastras a hacer sus sucios ritos, ya puede esperar. Te toca a ti, muchacha. Bien te puede servir: seguro que pones más cuidado en cómo los muertos hallan descanso si debes hacer la larga caminata hasta la tumba.

La risa hace temblar sus tetas. Arriba vuela un cuervo y grazna al pasar, como alertándonos de que se acerca algo que solo se ve desde las alturas. Las nubes se ciernen en el horizonte al oeste. En la aldea, los niños persiguen a un cerdo pintado entre las chozas, ahora azuzándolo, ahora quejándose cuando la bestia asustada vira de un lado a otro, como una estela de colores chillones que se pierde entre los graneros y los corrales de los caballos, entre alaridos. ¿Qué esperanza puede haber para una criatura que aúlla así? Ninguna. Ninguna esperanza.

Hay un temor que cobra peso y forma en mis entrañas día a día, inquieto y agitado como una criatura fría y gris revolviéndose en mi vientre. Debes marcharte de aquí, dice una parte de mí, antes de otro amanecer y de encontrar una chica muerta frente a la choza. Parte con la luz del lobo cuando solo los pájaros están despiertos; huye entre los ronquidos de las chozas para no volver nunca más. Aquí no estás a salvo. Hay sombras acechando cada casualidad, cada palabra al azar, y esconden más de lo que revelan. Sigue tu camino. Vuelve a tomar el sendero y deja atrás estos corros de murmullos.

Y luego otra parte de mí responde: no puedes marcharte, dice, sin aprovechar la única oportunidad de holgura y riqueza con la que vas a topar, no cuando puedes olerlo tan cerca. Piensa en los túneles que acaso serpentean, anegados de oro, aquí mismo bajo tus pies; pozos de tesoros tan hondos como para abarcar todos tus días. ¿Eres una niña, para tener miedo de los sueños que nacen del requesón agrio que te comes antes de ir al lecho? ¿Para lloriquear cuando hay crujidos en la oscuridad? No debes dejarte engañar por los temores de la noche ni que te aparten del legado del viejo, que por derecho es tuyo. Quédate. Quédate y aguarda tu momento, y al fin vas a lucir una túnica de colores y a hartarte de comer.

¿Y qué hay de la chica muerta? Si te descubren…

Pierde cuidado. No hay una sola cosa para forjar un eslabón entre tú y ella. Si hasta los brutos, iguales como dos bayas de muérdago, ya preparan unas andas en las que llevarla a enterrar. Poco le queda ya sobre este mundo, y con el rostro cubierto de tierra vas a poder alejarla de tus pensamientos.

Aun así, si de verdad el ojo muerto del viejo ve un mundo que nosotros no podemos ver…

Todo eso no son más que patrañas. Déjalas de lado y piensa en cambio en el oro de Olun.

Pero…

Ay, callad, las dos. Hay una espina de pez prendida entre mis dientes; desde la choza, el viejo me llama para arrastrarlo hasta los campos de las tumbas. Ahora, padre. Ahora.

Por una vez, la travesía no es larga. Caminamos hacia el sur desde el poblado, con Bern y Buri cargando a la novia fría y desnuda en su lecho apresurado, mientras a mí y a Olun nos toca ir a la zaga a duras penas. Por encima de nuestras cabezas, las hojas muertas susurran en grandes hordas sobre cada rama ávida.

El campo de las tumbas yace en una loma sin maleza, más alta que las ciénagas de alrededor. Las mujeres de la aldea ya están en un corro cuando llegamos. Nos miran, en silencio, con recelo en los ojos, de rodillas en torno a un claro pelado de turba, donde las entrañas de la tierra yacen en montones a un lado, como con la tiña, para revelar una brecha profunda donde cabe un hombre de pie. Están en cuclillas en torno a la tumba y trenzan un anillo de flores entre sus muchas manos.

Las mujeres se apartan para abrir paso a los hermanos rapados y su carga sin vida, que las sortean con delicadeza, levantando los pies, como para no turbar la trenza de flores. Una vez junto a la tumba, Bern y Buri dejan las andas sobre la hierba, y uno se deja caer en el foso para recibir el cadáver que el otro levanta: sus dedos agarran los rizos de los sobacos de la muchacha. Así la bajan por la boca de la tumba, con los ojos aún abiertos, sin dejar de mirarnos hasta que se la traga la tierra como a bocados, cada tirón y sobresalto acompañado por los gruñidos de Bern y Buri. Tras acostarla en la tierra, el bruto trepa de nuevo para reunirse con su hermano. Los cuervos rondan en lo alto, copos quemados que graznan mientras se dispersan y agrupan de nuevo contra un cielo vacío.

La ceremonia es un rito pesado sin altos ni bajos de sentimiento, ni respiro; más gris todavía a la luz pálida y serena de la mañana: las palabras de Olun junto a la tumba, con su voz áspera y débil como piel de serpiente, apenas llegan a las orillas de la boca antes de ser arrastradas por la resaca del aliento tenso y quebrado; las mujeres, cantando el responso que aprenden a fuerza de verterlo junto a los fosos de madres, maridos, hijos, y que ofrendan ahora a una extraña; Bern y Buri agarran cada uno un hacha de tierra, antes de acabar el canto, y aguardan con pies inquietos, deseando rellenar el foso y volver con su reina, a la guarida donde se amamantan.

El clamor y el eco del canto a los huesos mueren y dan paso a otros sones. Bern y Buri, uno por vez, hunden con el pie el hacha en el montículo junto a la boca de la tumba y sacan la tierra en la hoja para echarla sobre los ojos de la muchacha muerta. El metal chocando al morder la tierra, el vaivén de levantar y lanzar, una y otra vez. Su cuerpo yace quieto bajo esa lluvia recia y seca, como un poblado desierto en las tierras altas del norte donde toda vida huye, sordo y quedo bajo la ceniza y el barro que no cesa de caer y ahora cubre sus huellas arrugadas y su mata de pelo amarillo como la aulaga; sus huecos y sus lomas todos borrados. Solo asoman los pechos y la cara. Ahora nada más que el mentón, la barbilla. Y luego desaparece del todo.

La tumba está llena. Las mujeres cantan de nuevo. Olun esparce dientes de perro en la tierra húmeda del montículo. Los pétalos de las flores trenzadas empiezan a rizarse y pierden el color. Todos emprenden el camino de vuelta, con Bern y Buri en cabeza, avanzando a grandes trancos campo a través; las mujeres van detrás en una larga hilera que se deshace poco a poco. Nosotros vamos a la zaga, traqueteando por los baches, pero pronto sus voces se alejan. Entonces, a Olun y a mí solo nos queda nuestra propia compañía.

—¿Por qué esparces dientes de perro sobre la tumba?

La pregunta es más por romper el silencio sombrío de las ciénagas que por un gran deseo de conocer la respuesta, pero el viejo contesta de todas maneras.

—Esos perros espíritus pueden darle amparo y guiarla a

través de las sendas ocultas hasta la aldea de los muertos. —Parece a punto de aventurar más palabras, pero le entra una tos espantosa y no puede hablar.

—Entonces, ¿nadie salvo tú y los hombres muertos conocen esas sendas ocultas? —Es mi siguiente intento, una vez los espasmos mueren.

—Así es, en verdad. Parece que debes tener uno o ambos pies plantados en el mundo de abajo para conocer sus meandros. —Aquí se echa a reír, con una risa frágil y espesa de flemas, como el crujido al aplastar un caracol—. Salvo por el viejo Tunny, que sí conoce cada vuelta del sendero, aunque todo el saber está en sus dedos, no en su cabeza. Él…

De pronto, el hechicero calla, como pensando que es mejor no contarme más. Al menos me da esa impresión. Pasa un momento, luego otro. Sigue sin llegar ninguna voz a mis espaldas, del lecho en el que arrastro al viejo. Al volverme, la razón de su silencio salta a la vista: se le salen los ojos de las cuencas como huevos pintados. Bajo la red enmarañada de señales que marca sus carnes, la piel es ahora de un azul lento y fantasmal.

¡Maldición, no! ¡No antes de contármelo todo! Soltando el catre para echar a correr, mis gritos alertan al poblado cuando mis pies apenas pueden llevarme a medio camino. Los aldeanos salen de las chozas con sus andares torpes, lentos al principio y luego más rápidos al ver quién llama y entender lo que debe de estar pasando. Vienen rápido en una hilera hacia mí a través los pastos largos y pálidos, limpiándose las manos en los abrigos o subiéndose las calzas mientras corren.

El viejo aún está vivo cuando volvemos junto a él, un poco menos azulado, y su pecho sube y baja sacudiéndose como la carcasa de un pájaro. Olun intenta hablar, pero un hombre recio con espaldas anchas de buey lo alza de la litera y lo sostiene en brazos como a un bebé. Sus labios se mueven, frunciendo las cicatrices de colores, pero no salen palabras. Campo a través lo llevan entre el murmullo de los aldeanos que se apiñan a su alrededor en un enjambre, hacia las colmenas distantes del poblado, que ya zumban y bullen con rumores y lamentos.

Y

Bajo el suelo yace la muchacha, la boca llena de tierra apelmazada, una malla seca y amarga de pelos de raíces prendido entre sus dientes. Viene aquí en busca del legado de su padre, y está más cerca ahora de lo que a mí me trae la astucia, con sendas secretas de oro que se enroscan en torno a ella mientras duerme y hiede y se pudre. Joyas de grava se cuelan entre los dedos de sus pies, pasto de los gusanos de plata que surcan las moradas de los muertos llenas de tesoros vanos; los muertos son los únicos en el mundo sin codicias que aplacar, ni miedos que acallar o necesidades que colmar. Sus cuencas rebosan con riquezas más espléndidas de las que sus ojos jamás conocen en vida, y les traen sin ningún cuidado. Mi cuerpo, tibio y ávido, se mueve al son de tambores más rudimentarios.

Fuera, más allá del cúmulo de desvaríos de la choza del viejo, el mediodía llega y se va, marcado por chillidos de miedo ahogados en las risas de los niños durante la matanza del cerdo pintado, que al parecer es cerca de la casa redonda.

Olun está muriendo. Tendido frente a mí al otro lado del foso de los rescoldos quemados, ni siquiera parece respirar, apenas deja escapar un suspiro de vez en cuando; sus ojos fijos en mí, muy abiertos, tanto el ciego como el sano. Se hunde en la muerte y se aleja poco a poco, mudo a pesar del afán de mis preguntas y ruegos.

—Por favor, padre. Hay muy poco tiempo y debes darme todo tu saber. Enséñame. Dime cómo ser tan sabia como tú, ahora que la muerte aún no corre un velo entre nosotros.

Olun sonríe, una grieta espantosa se abre en la corteza curtida que es su rostro e intenta hablar.

—El velo… —Tose, calla, se repone, vuelve a empezar—. El velo está rasgado. Hay una manera para poder hablar con los muertos y tener sus enseñanzas. Paciencia, hija. Paciencia.

¿Paciencia? ¿Qué son todas mis fatigas, arrastrarlo de un lado a otro, escucharlo farfullar, si no paciencia?

—¿Cómo, entonces? ¿Cómo entonces van a venir a mí tus artes si estás muerto? Por favor, padre. ¿Por qué no me lo cuentas ahora, mientras hay tiempo?

De nuevo la sonrisa, la corteza decorada que se retira como una piel.

—Una prueba. Una prueba final. Si has de ser sabia, debes aprender a oír la voz de quienes llevan ese nombre antes que tú. Vamos, hija, no has de temer. No es tan difícil conocer las artes de los muertos para los que son rápidos de ingenio y tienen ojos para ver.

Mi boca se abre para replicar, pero Olun levanta una mano temblorosa y acalla mi protesta antes de dejarla nacer.

—No hablemos más de eso, pues hay otra cosa: algo que debes entregarme mientras aún queda aliento en mi boca. Alguna cosa tuya, que me va a dar consuelo en la tumba.

¿Qué es esto? No tiene ninguna prisa por darme su legado, ¿y me pide un obsequio? Mi lengua se vuelve áspera, como con bilis.

—Dices que vamos a poder hablar cuando estás muerto. ¿Qué más consuelo necesitas?

Mueve su cabeza salpicada de constelaciones.

—No. Aunque mi voz puede llamarte desde más allá de la tumba, no se da igual al revés. Tú no puedes hablarme a mí, aunque para mí sí hay una manera de hablarte a ti. Necesito algún objeto, alguna posesión de mi hija que conservar a mi lado en la oscuridad para estar menos solo. Es nuestra costumbre aquí. ¿Qué hay de esas cuentas que llevas en el cuello?

Parece que mi mejor baza es complacer a este viejo iluso, confiando en que así va a ceder y contarme todo cuanto sabe. Rindiéndome, mis manos tantean detrás del cuello para desanudar el hilo de cobre que sostiene la sarta de cuentas. Mis dedos libran una batalla breve y ciega hasta soltar el aro de destellos azules y tendérselo al viejo en su lecho.

Olun no agarra las cuentas, ni siquiera las mira. Sigue escrutando mi barbilla o mis hombros, quizá pensando que el collar está aún ahí. Al fin, baja la mirada y, alargando el brazo, me arrebata la ofrenda de la mano, se la acerca a la cara y se echa a llorar.

—Hija mía. Oh, hija mía... —Caen más lágrimas mientras arrastra sus palabras en un gemido, un sollozo bobo.

Me llena de disgusto ver tanta flaqueza en un hombre que tiene a una aldea atemorizada. Pensar que le da tanta pena des-

113

pedirse de mí. ¿Cómo va a perdurar este mundo si todos sus sabios son tan débiles?

Levanta la cabeza y me mira otra vez a los ojos, ahora con furia. Tal vez con enojo, por berrear como un crío ante su propia hija. Me habla, ahora con voz queda y fría.

—Manda llamar a Hurna a mi lado. Deseo hablar con ella a solas.

No hay más remedio que hacer lo que pide. Entre escollos de varas pintadas y capuchones adornados con espinas de pescado, mis pasos me llevan desde el corazón de la choza afuera, donde la mujer de cara fofa atiende los fuegos mientras cocina. Parece que se sorprende al saber que la llama; tras mirarme unos momentos con la boca abierta, cruza rápido por los maderos que franquean la entrada para acudir junto a Olun.

Vencida por el cansancio y desolada, recostándome en los troncos pelados del muro, mi vista se pierde entre las chozas de la aldea. Cerca de la casa redonda, hombres con cuchillos de cobre desuellan la cabeza de un cerdo pintado. Se me cierran los ojos, dejando fuera un mundo que se mueve veloz más allá de mi entendimiento. Siluetas escabrosas mutan y se funden sobre una oscuridad gruesa como una costra.

En mi espalda se clavan los troncos redondos, la tierra prieta roza mi columna. Fuera, en la oscuridad veteada tras los párpados, hay voces distantes y toses y crujidos, ruidos de la aldea que penetran en el sopor, recordándome el mundo que me rodea. Los pensamientos florecen en imágenes, y luego se disuelven.

Garn aplasta abejas con la maza en su yunque hasta que la pulpa negra y amarilla chorrea por un costado. Se hunde hasta la rodilla en cenizas que se elevan lentamente en una marea gris y cálida, cubriendo sus muslos, su tripa, todo salvo su cabeza, que tiene los rasgos de un cerdo. Y ahora las mujeres del poblado llegan cruzando los llanos altos y polvorientos y anudan un collar de flores de un azul brillante. Los tallos dejan una mancha verde viva sobre las lorzas de grasa, y de pronto me asalta la impresión de que el cuerpo de Garn no está ya bajo la ceniza: su cabeza está cercenada y el torso de carne cuelga cerca, empalado con una estaca. La piel, que empieza a hincharse, está pintada por todas partes con figuras de aves.

De la aldea en otro mundo llega un grito. Los pájaros levantan el vuelo con alarma ciega y me llevan con ellos muy alto sobre la orilla del río, donde al mirar abajo vemos a una mujer que degüella a otra, la despoja de sus ropas y luego la lanza a las aguas mansas. Nos elevamos más aún, hasta que la gente se pierde de vista y solo distinguimos campos y montañas; los puntos verdes apiñados de chozas distantes. Estas visiones, aunque extrañas y escalofriantes, me son conocidas de algún lugar hace mucho tiempo…, pero ¿dónde, cuándo? Mi cuerpo se eleva más y más hasta que el olor acre a perro mojado me despierta.

Mis ojos se abren a las sombras alargadas de la tarde, y aun así el aroma acre a chucho perdura. ¿Acaso hay perros cerca? Me asalta el recuerdo vago de un sueño, un brillo de escamas negras justo debajo de mis pensamientos que vuelve a hundirse y desaparece, sin aflorar en el recuerdo. Al ponerme de pie, entumecida, me parece que el tufo viene de la choza de Olun. Al entrar, el hedor es tan fuerte que me escuece en los ojos. ¿Qué perro descomunal ha de ser para heder así?

Abriéndome paso a empujones entre pilas escabrosas y vericuetos de escoria, el olor a perro vagabundo se vuelve insoportable a cada paso mío hacia el medio de la choza, su apestoso corazón.

No hay ningún perro.

El foso del fuego, ahora prendido, arroja una danza encarnada por las curvas y grietas de alrededor. Al otro lado está Hurna, sentada frente a mí, con los brazos enlazados a las rodillas encogidas y la cabeza torcida hacia un lado. Llega el crepitar y el siseo de la leña verde que arde en la lumbre, pero todo lo demás es silencio en el claro cercado de trastos. El conjunto de los ruidos de la choza ha cambiado. Falta una parte: un sonido ya no está. Escuchando un momento, queda claro: es el ritmo del aliento del viejo.

El hechicero yace en las andas, bañado por los fantasmas de llama que mueven y tuercen las sombras, y hacen serpentear sus tatuajes, aunque el viejo está quieto como la piedra. Mirando húmedos y ciegos hacia donde el humo del foso se pierde en hilachas y volutas por el hueco de la chimenea, sus ojos por fin concuerdan, ambos turbios y escarchados ahora. Sobre el pecho ya en calma, reposan las manos en cruz petrificadas en torno a mi aro de cuentas brillantes, que lanzan destellos violetas a la luz de las brasas. Orines, la última ofrenda del viejo, empañan la túnica de pieles de cachorro donde yace, de la que emana el intenso tufo a perro al calor del fuego.

Cuéntame ahora tus secretos, viejo, tal como me prometes. Separa tus labios pegados por la muerte y háblame.

—Sucede cuando me mandas llamar para hablar con él —dice Hurna. Está serena y sonríe, agachada a la luz de la lumbre junto al cadáver de Olun—. Apenas cruzamos palabra, y entonces muere. Pero pierde cuidado… —Ve la angustia en mis ojos y la toma por pena—. Olun tiene una buena muerte. Su espíritu camina ahora por la senda brillante, y sobre todo no te deja cargas. Los ritos de su funeral están en marcha y a ti no te queda mucho por hacer. Todo está bien.

¿Todo está bien? ¡Dioses, maldecid a esta mujer lerda y dejadla ciega! ¿Cómo va a estar todo bien, si Olun muere antes de compartir conmigo el secreto de sus riquezas? ¿Cómo puede estar aquí sentada sonriendo y tan campante cuando mis artimañas no son más que polvo? Bajo mis pies se hunden los túneles dorados, se alejan sin remedio. ¿Cómo traerlos de vuelta?

Acude a mí un pensamiento: viniendo con Olun del funeral de la muchacha muerta, al preguntarle si aparte de él ningún hombre vivo conoce los senderos ocultos, los caminos de los muertos. La risa del viejo, como caracoles rotos; su respuesta, en borbotones densos de brea entre los añicos surcados de espirales: «Salvo el viejo Tunny, que conoce cada vuelta del sendero, aunque toda la sabiduría está en sus dedos, no en su cabeza».

—¿Quién es Tunny?

Hurna me mira, primero con sobresalto y luego confusa por mi pregunta repentina, pues no entiende qué tiene que ver Tunny con la muerte de mi padre. Frunce el ceño; cuando habla, sus palabras son lentas, cargadas de una dulzura que me enfurece. Me habla como a una criatura.

—Tunny es el guardián, el viejo con las manos temblorosas, pero tú tienes otras cosas en que pensar ahora. Es el disgusto por la muerte de tu padre lo que te trastoca los pensamientos. ¿Por qué no descansas y me dejas a mí los preparativos para velar a Olun? Necesitas tu tiempo de duelo y…

Apartándome de ella, tropezando entre las moles y los escollos hasta salir al aire del anochecer.

Sus gritos de consuelo me siguen.

—No debes correr. Tienes un gran disgusto, pero no hace falta. Olun está en un lugar mejor. Ahora está en la senda brillante…

Una extraña agitación se cierne sobre el poblado mientras cae el ocaso y los contornos pierden su forma, mezclándose con la luz menguante. Empieza a salir la gente de las chozas, riendo, hablando y prendiendo antorchas, una de otra, destellos amarillos en la penumbra gris. Van susurrando en corros hacia la entrada del norte de la aldea, un gran enjambre lento de luces de ámbar que viaja también adonde me llevan mis pasos. Me ven pasar corriendo hacia el puesto de guardia con el sudor de la desesperación en la frente, y aun así no me hacen caso, presos de algún afán propio.

El viejo guardián de las manos negras y temblorosas no se ve por ningún lado, el puesto parece desierto y sin vigilancia, hasta que un gruñido ahogado me hace mirar dentro. A mi espalda, el gentío con antorchas cruza las puertas de la aldea y toma el sendero del río, una sarta de luces flotantes.

Dentro de la choza, junto a la pared, la muchacha de pelo rojo y hombros pecosos está sentada al lado del joven con la mancha en la cara que, su nombre me viene, se llama Coll. Los dos tienen las calzas bajadas hasta los tobillos y los labios tan prietos que van a quedar morados, mientras se manosean entre las piernas.

—¿Dónde está Tunny?

Los dos retiran la mano de las partes del otro para cubrirse las suyas. Separan los labios, unidos solo por una cadena plateada de babas.

—¡Que te den! No está aquí. ¡Déjanos en paz y que te den!
—El pobre se pone tan rojo que las manchas de la cara se consumen y se pierden en el embate de la sangre.

Aun así mi pregunta no puede esperar.

—¿Dónde está, entonces? Vamos, dímelo y te libras de mí.
—Ha ido a ver la noche del cerdo en los campos del Cenizo. Todos están ahí hoy, y no sé por qué no los sigues tú también.
—Calla un momento y cambia la cara, sonriendo para mostrar las manchas de sus dientes—. A lo mejor es que te quieres quedar y probar un poco de esto, ¿eh?

Mi escupitajo cae en su mejilla. Maldiciendo, gatea para ponerse de pie y se abalanza hacia mí, pero tropieza con las calzas, demasiado lento. Solo sus gritos de rabia me persiguen más allá de los muros de espino negro y a través de una oscuridad plagada de alaridos, voces y llamas ondeantes.

La noche del cerdo. Hogueras, peleles, puercos pintados y procesiones de llamas que danzan, haces de juncos prendidos que se mueven por la orilla del río y se reflejan en sus profundidades como peces ardiendo. Un olor, un temblor en el aire y calentura en las caras de los niños. La noche del cerdo. Cada año estas pasiones y estas luces, encendidas en sus padres y los padres de sus padres, y más y más atrás hasta cuando los orcos saltan y farfullan en los humos de otoño. Esta noche no es una sola, sino tantas como estrellas, una sarta de noches a través de los tiempos hiladas con un punzón de rituales y adornadas con fuegos antiguos en lugar de cuentas.

Juncos blancos, pálidos y miedosos, se inclinan temblando y suplican al viento, y en medio de la charca aflora una calavera de pedernal gris como los sesos y arenisca ocre con una corona de leña ardiendo. De todos los aldeanos apiñados en el campo del Cenizo, solo unos pocos pueden ponerse encima de esa loma, con las caras rojas y brillantes de sudor, las espaldas en sombra formando un corro alrededor de la hoguera. A los demás no les queda otra que sentarse en el borde del prado anegado, en la tierra firme, mientras los niños corretean de un lado a otro por los senderos angostos que unen esta rueda humana con su meollo ardiente.

La gorda Mag, la reina arpía, tiene su lugar en lo alto del montículo, flanqueada por Bern y Buri. Las voces de los hermanos vienen con la brisa a través de la ciénaga y parecen más fuertes y roncas que en mi recuerdo. Ambos están embriagados de malta, y uno de ellos ahora enreda con el taparrabos y luego hace aguas en el fuego. Un arroyo cobrizo mana de los labios fruncidos de la piel del bagre, que mira al frente horrorizado. Su hermano y la reina arpía ríen y dan palmas. No hay rastro del viejo Tunny en el montículo.

Encima de la pira, entre las volutas de humo y llamas, hay una figura. Es el extraño monigote en forma de niño y sin cara que, con Olun, vemos hacer a los críos cuando pasamos por aquí hacia el puente. Abriéndome paso por la orilla en busca de Tunny, el cuerpo lleno de paja queda oculto tras los velos de fuego y humo, que la brisa aparta de pronto…

No es un monigote el que arde sobre la leña chisporroteante. Es un niño de verdad. Parece que vuelve la cara hacia mí, con ojos llenos de dolor y miedo, los labios que se mueven dando forma a palabras desconocidas y aterradoras. El hocico…

No, no es un niño. Es un cerdo. Un cerdo con el cuerpo de un niño. Es la figura de harapos y paja, salvo que ahora lleva la cara del puerco chillón desollada en la matanza de esta tarde. Sobre la pila de leña, parece ladearse e inclinarse hacia mí; el aire caliente tiembla y da vida al aullido mudo de su boca. Un escalofrío me corre por la nuca como una araña y luego se va. Adelante. Adelante entre los extraños que se empujan, con pequeños fuegos encendidos en todas las miradas.

A lo largo de la media luna de la orilla, la gente se apiña en pequeños corros. Beben, ríen, alzan a sus hijos más pequeños para ver el fuego al otro lado del lago de juncos fantasmales. Algunos están más lejos, retozando entre la maleza, tocados por el aroma salvaje de esta noche, como el joven guardián y su chica de pelo cobrizo. De entre las hierbas salen gemidos de dolor y goce, su aliento caliente y asustado. Arriba, las estrellas miran con lujuria y celan el deseo de la piel.

Más adelante, en el borde del campo del Cenizo, hay un

fuego prendido; un hermano pequeño de la hoguera del centro. Sobre las brasas, un gran cerdo abierto en canal con la cara desollada gira lentamente en una estaca, una y otra vez, como recordando antiguos revolcones en el barro fresco. En uno de los flancos, la carne ya está pelada hasta el hueso, costillas blancas desnudas en una sonrisa a través de unas encías rosadas que chisporrotean.

Un poco más allá, se ve a Tunny aparte, una figura enjuta y larga con el cráneo echado hacia atrás saboreando el olor del fuego, del cerdo asado, y un tufillo a raja que llega de la maleza a sus espaldas. A los lados, olvidadas, cuelgan sus manos teñidas y temblorosas. Vuelve la cabeza a mi llegada y me reconoce.

—Ah. Bien. ¿Así que tu padre está muerto? —dice con torpeza, sin costumbre de consolar.

—Sí, mi padre está muerto. Habla de ti antes de morir. Dice que puedes tener cosas que contarme.

—¿De veras? ¿Y qué cosas pueden ser? —El viejo Tunny parece confuso, los dedos tintados se mueven más inquietos a sus costados.

—Los senderos ocultos que corren por debajo de la aldea. Olun dice que tú los conoces, tú solo en el mundo entero, aparte de él.

Tras los lechos de juncos pajizos soplan el viento y la risa desde la loma donde el niño-cerdo arde en la hoguera. Tunny frunce el ceño y menea la cabeza.

—¿Qué senderos ocultos? Esa es jerga de sabios, y para mí no tiene sentido. ¡Si Olun apenas tiene para mí un hola o un adiós desde que este mal me obliga a dejar mi labor y aceptar la suerte de un humilde guardián!

Sus ojos se pierden, húmedos de recuerdo. Mi mirada baja hacia sus extremidades negras sacudidas por la perlesía. En el fondo de mis pensamientos, una silueta oscura repta hacia la luz.

—Antes de ser guardián, eres...

—El tatuador. Sí.

—¿Y eres tú quien hace los trazos de cuervo en la piel de mi padre?

Suelta una risotada que parece demasiado grande para un

pecho tan descarnado y estrecho. En lo alto de la loma no queda ya nada del niño-cerdo, salvo un guiñapo ardiendo que se hincha, estalla y se arruga entre las lenguas de luz que rugen.

—¿Trazos de cuervo? Si así es como los llama, bueno, entonces es mi labor, aunque a mí no me parecen cuervos. No tienen ningún sentido, y aun así Olun me pide copiarlos con gran cuidado de sus cortezas pintadas, pues al parecer no le basta cualquier otro garabato. Luego quema los dibujos de las cortezas, y bien que hace: tienes mi palabra. Cada año acude a mí y me pide trazarlos de nuevo para perfilarlos, pero entonces este mal aqueja mis manos y Olun ya no viene más, ni nadie. No sé quién hace ahora sus tatuajes. —Guarda silencio, arrugando la nariz y escrutando mi cuello—. ¿Quién te hace ese que llevas en el cuello? Debe de ser alguien de la aldea, pues no lo tienes a tu llegada.

¿De qué está hablando? Sin pensar, mi mano se desliza por la piel suave bajo el mentón. No se nota ninguna cicatriz, ningún resalto de un tatuaje reciente. Este bobo con alas en los dedos está ido, o si no ciego, y hay mucho que rumiar para prestar más atención a lo que farfulla un viejo guardián lerdo. Aún escrutándome el cuello, me deja agarrar su mano temblorosa y dar gracias por su ayuda; luego me mira al dar media vuelta y alejarme hacia la gente iluminada por la hoguera a lo largo de la orilla del pantano.

La silueta oscura en mis pensamientos se arrastra más cerca aún. Los dedos del viejo Tunny conocen los senderos ocultos, aunque su cabeza no lo sabe. El viejo Tunny es el tatuador. Traza las marcas en la piel de Olun, sus dedos renegridos moviéndose, año tras año, por esas sendas delirantes y tortuosas, trazos de cuervo que no parecen cuervos. Ahora está claro: no son imágenes de cuervos.

Son lo que ven los cuervos.

El río desde arriba deviene una línea, una hebra sinuosa de azul. Los campos arados parches con ribetes de zarzas, chozas pequeñas como los anillos de los dedos y los bosques que menguan hasta ser babosas verdes, de contornos fruncidos y surcados por venas de senderos. Así es como el viejo conoce cada camino y atajo. Así es como Olun siente que la aldea forma parte de su ser: toda está grabada en su piel. Sus montañas, sus charcas. Sus sendas bajo la tierra. Sus cuevas y sus fosos de tesoros. Así es como va a hablarme desde la tumba.

Mis empujones y apretujones me llevan hasta la ribera que se pierde hacia la aldea. Echando una última mirada hacia la loma, me sorprende ver a la reina arpía sola ante la hoguera. La pregunta es dónde pueden andar Bern y Buri. Mis ojos escrutan la muchedumbre apiñada en las orillas del campo del Cenizo hasta posarse en los hermanos monstruosos, apostados junto a la estaca donde se asa el cerdo pintado. El viejo Tunny está a su lado, con cara de miedo y hablando con ellos. Levanta una mano y se señala el gaznate. Los dos hermanos asienten. Miran como uno solo hacia el prado donde danzan los juncos amarillentos, atisbando a través del humo hacia el sendero del río, a pesar de que no pueden verme tan lejos del fuego.

Volviéndome, mis pasos me llevan aprisa al amparo de la oscuridad, de vuelta a la aldea y a los preciosos y fríos restos del viejo. Aun si Hurna ya lo está acostando en su tumba, no va a ser un obstáculo para alguien con unos dones para la resurrección como los míos. Un hormigueo me recorre los pies al seguir la orilla del río, calientes al sentir el oro que se esconde debajo.

¿Acaso hay algo en mi cuello?

Dentro de mí, la silueta oscura se arrastra lentamente hacia la luz. Aquí falta algo, un conocimiento que aún debe aflorar. Acude a mí una imagen de Hurna, en cuclillas junto al cuerpo de Olun, sonriendo a través del resplandor de las ascuas dentro de la choza. ¿Qué la complace tanto? A mi izquierda, en la cima del Monte de la Bestia, hay luces danzando, de donde un lamento hueco y distante se alza desnudo en la noche. «Está en un lugar mejor», dice Hurna. «Ahora está en la senda brillante.»

Al comprender, de pronto, mi garganta arranca un grito.

Olvida la aldea. Allí no hay nada para ti ahora. Corre. Corre por la ladera del Monte de la Bestia. No es demasiado tarde. A lo mejor mis lágrimas están fuera de lugar, por hacer tanto de una palabra, una mirada. Sigue corriendo, arriba, arriba.

Además, ¿por qué va a consentir Olun una cosa así? No siente ningún apego por Hurna ni por sus dioses. Y dice una y otra vez que al morir quiere dejarme su saber y su legado. No tiene ningún motivo para cambiar de parecer…

… pero cómo se nubla su mirada después de coger mi collar de cuentas. Sus ojos y su voz se vuelven frías, y luego pide hablar con Hurna, como si… No. Olvídalo. No es nada. En mi costado, una punzada. Mi aliento jadeante, tan parecido al de Olun.

Al detenerme a medio camino para descansar y mirar atrás, mis ojos alcanzan a ver un par de antorchas prendidas, que avanzan por el sendero del río hacia el pie del Monte de la Bestia. Parecen venir de los campos del Cenizo, siguiendo mis pasos hasta aquí. Jaraneros, tal vez, hartos de comida y borrachos de malta, que vienen al Monte de la Bestia para pedir el perdón de algún dios por su gula antes de volver al hogar. Las luces de las antorchas resbalan por la orilla del río, justo a la par: parece que quienes las llevan siguen el mismo compás al andar. Empiezan a remontar el Monte de la Bestia. Corre. Sigue corriendo.

En la cima llana se extienden los cercos de adobe roto, uno dentro de otro, viejos bancos de tierra apilada por los hombres aunque ganados ahora de nuevo por el pasto, que brilla como esquirlas de metal bajo las estrellas. A lo lejos, hacia el otro lado del monte, tras el anillo más pequeño justo en medio, varias mujeres forman un corro, todas aullando.

Están de pie en torno al fuego.

Gritando y chillando para pedirles silencio, mi silueta se lanza con frenesí por la franja de hierba y oscuridad que nos separa, atajando por los huecos que se abren en los muros cubiertos de turba y saltando charcos anchos como lagunas chicas hasta llegar a ellas, sollozando, para desplomarme al fin a los pies de Hurna, que está junto a la hoguera.

Me sonríe con ternura. Al otro lado del campo, dos antorchas asoman en lo alto del monte y empiezan a avanzar hacia nosotras. Bern y Buri. La voz de Hurna es cordial y compasiva, me habla con el cariño iluso de una hermana.

—Nos complace ver que al fin te decides a compartir nuestro rito. Y a tu padre. A él también le complace.

Mira hacia el centro imponente de la hoguera, mucho más alta que el fuego de la noche del cerdo.

Olun está sentado en su trono ardiente: reducido por las llamas a un espantoso niño de carbón. Sus cuencas negras escrutan el humo como buscando mensajes, indicios de perdón. Tras las órbitas vacías, volutas grises y pálidas se abrasan desde un hollín de sesos. Sobre el pecho, con el rigor de la muerte, sus dedos quemados aferran las cuentas brillantes de su hija. Escamas de su piel se desprenden y suben como polillas grandes y lentas hacia el firmamento, por encima del calor donde se enfrían y caen en espirales vagos, lloviendo a mi alrededor.

Bern y Buri aguardan ahora a mis espaldas, pacientes y quedos mientras me esperan para plantarles cara. Del cielo desciende una pavesa negra, dando vueltas como en un sueño. Se posa en mi brazo. La tenue trama plateada a duras penas se ve ya sobre el fondo negro: una curva suave que acaso es un arroyo o un sendero enterrado, las tupidas telas de araña que acaso son los árboles a vista de pájaro.

La pavesa se rompe sobre mi piel y se hace polvo, que el viento se lleva y esparce en los campos de la quema.

En las tierras anegadas

«*T*renzar los juncos y cortar los zancos. Un pico hueco que escupe dardos; su elaboración y su uso.» El orden de estas labores es como una voz por dentro que repite sin cesar la misma retahíla de pasos. Lleva en mí tanto tiempo que ya apenas me doy cuenta. Cuando la oigo, me calma porque no tengo que pensar en nada y al final me quedo dormido con esa lista gris y sin fin en los labios: «Trenzar los juncos y cortar los zancos. Un pico hueco que escupe dardos; su elaboración y su uso».

Antes de echar a andar río arriba hacia los bajíos, me vuelvo a mirar a Salka y nuestros hijos jugando. Con el pecho perlado de gotas de agua, se vuelve y me retiene más de la cuenta con sus ojos negros antes de apartar la mirada y hundir la cara una vez más bajo la superficie del río. Los pequeños chapotean y dan vueltas; se enzarzan en una riña, pero enseguida la abandonan por una discordia mejor y más vocinglera.

Volver la vista atrás cuando me marcho y dejo a mi familia, como para unir a todos mis seres queridos en los ojos y llevarlos conmigo, es una costumbre mía que tengo últimamente. Aun así, me corroe pensar que un día, al volver la cabeza, pueda ver que ya no están. Al parecer no puedo librarme de esa inquietud, y por eso sostengo la mirada hasta que sus siluetas se pierden en el resplandor ondeante que danza en el agua. Dando media vuelta, emprendo el camino contra la corriente, que borbotea y se clava con fuerza en mi muslo.

Υ

Una vez tuve otra esposa y otra familia. No vivíamos aquí en las tierras anegadas, sino un poco más al oeste, en un campamento en lo alto de un gran monte, más arriba de unas tierras de quema. Una mañana, al despertar, me marché a cazar y pescar sorteando las cazuelas borboteantes del desayuno, y eso fue todo. No puedo recordar si tuve alguna palabra de afecto para mi esposa cuando me marché, solo que me puse de mal humor cuando encontré sin remendar el cordón roto para ceñirme la bota y que malpensé de su pereza. Tal vez le dije algo de pasada, unas pocas palabras, no me acuerdo. Tras anudar el cordón como buenamente pude, a falta de hilo y aguja, me até la bota y me perdí en el alba cojeando, y eso fue todo.

Me despedí de mi pequeña con un beso, pero no pude encontrar a mi hijo para besarlo. La cría acababa de comer requesón. Sentí su aliento caliente y dulce en la mejilla, y eso fue todo.

Mientras avanzaba cargado de redes y arpones entre las chozas que empezaban a despertar, vi a mi madre a lo lejos, en las afueras del poblado. La llamé, pero era vieja y no me oyó. Eso fue todo.

Me paré un momento con la esposa de Jemmer Pichey, y mientras hablábamos me puse a pensar en la mujer sin las faldas ni las pieles, aunque sabía que nada saldría de eso. Le dije adiós y retomé mi camino.

Cerca de la puerta principal, entre las piedras cubiertas de hierba junto a la antigua forja de Garnsmith, vi rondar al hombre del Cenizo de nuestra aldea perdido en sus pensamientos, las astas amarillentas caídas, atadas a su frente gacha. En un cerco alrededor de sus pies había muchas marcas, trazadas en el suelo pobre con su vara de muérdago. Farfullaba para sí, retorciéndose la maraña de su barba gris entre las yemas manchadas de sus dedos, más inquieto de lo que nunca lo había visto. De repente levantó la vista y me vio pasar. Iba a decirme algo, pero luego pareció pensarlo mejor. A menudo me he preguntado qué quiso decirme.

Pasé de largo y salí del campamento, caminando ladera abajo hasta dejar atrás el pico más bajo donde yacen las tierras de la quema. Había oído decir que una vez hubo muros allí, grandes cercos trazados uno dentro del otro. Hace mucho que se desmoronaron, pero desde la ladera más alta del monte aún se podían ver los anillos; cierto oscurecimiento de la hierba que se aprecia mejor al caer la tarde. Hacia el oeste, bajando por donde el poblado de la ribera, hilachas de humo se enhebraban entre el cielo sereno y los fuegos distantes. Entonces, al llegar al pie del monte, dejé de oír los sonidos de la aldea a mis espaldas: se hizo un silencio, tendido sobre el mundo hasta los árboles distantes. Me adentré en el bosque, con las lianas enredándose en mis pies mientras descendía. Eso fue todo.

Mientras camino ahora con mis zancos por el agua, menos profunda aquí que el largo de un brazo, los árboles se agachan encima de mí y el río queda en sombra. Sin el brillo del sol en la cara del agua, las profundidades se hacen más claras, y así se ven los peces al moverse. Me detengo y me quedo tan quieto como las piedras. Mis patas de madera son dos árboles enraizados en el lecho del arroyo, donde el agua se pliega y se pliega de nuevo. Bajo la superficie contemplo mis zancos, que ahora parecen doblados, torcidos por el peso de la edad, aunque sé que no es más que un truco del agua. Aparto mi sayo de juncos a un lado, levanto mi arpón y espero.

Cuando vivía en el campamento del monte, tardaba más de medio día en llegar a las tierras anegadas. Los caballos no pasan por ahí porque el terreno es traicionero y lleno de tremedales y charcos donde rondan nubes de moscas negras, una tormenta pequeña y furiosa. Muchos hombres han muerto ahí. Las lampreas navegan entre sus dientes.

Alcancé mi lugar de caza favorito al caer la tarde: el ocaso se levantaba como el polvo ante la llegada de una manada de estrellas. Primero junté palos y musgos para hacerme una guarida, donde dormiría, más parecida a una tumba hinchada que a una choza. Luego bregué sin apenas luz para reunir juncos con los que entretenerme en la guarida a la luz del candil después de que cayera la noche sobre los pantanos.

La mecha de crin de caballo, enroscada como un gusano con sebo cuajado, no quiso prender hasta que gasté media bolsa de

127

yesca y mi pedernal más nuevo quedó casi liso. Me senté cruzando las piernas a la luz temblorosa y trencé los juncos hasta los atisbos grises del alba. Hice un sayo largo y verde, con la forma de un odre de malta vuelto del revés, sellado arriba salvo una grieta por la que mirar y un agujero donde ajustar el pico hueco. Apenas dormí. Me levanté antes de la primera luz para cortar unos troncos jóvenes para mis zancos y buscar un trozo de madera que pudiera vaciar para hacerme el canuto.

Terminé la labor cuando el sol alcanzó el punto más alto en el aire fresco de la mañana, solo para desplomarse exhausto y empezar a caer. Saqué un paño enrollado de mi morral y lo abrí para elegir una de las esquirlas de hierro prendidas en hileras a lo largo de la lona, con una hebra de lana sucia de carnero atada en la parte roma. Tras escoger una, la aguanté entre los dientes, con la punta hacia fuera, y metí la cabeza en mi sayo de juncos, sujetando el pico de madera hueca en la mano. Me costó ajustar la capucha para poder ver, y luego arrastré los zancos debajo del sayo, para atármelos a las canillas con tiras de cuero de buey.

Con el pico de madera en la boca, la punta asomando por el agujero del yelmo, el dardo ya alojado en el canuto hueco. Hinchada por la saliva, la tira de lana tapaba el agujero. Sus hebras amargas pegadas a mi lengua y cardadas dentro de mi boca para que me costara trabajo sacarlas sin que el dardo se cayera del canuto.

Al fin, terminada mi patraña, levanté el arpón e intenté con cuidado aguantarme sobre mis patas recién cortadas, apoyándome en el tronco de un árbol solitario hasta que me tuve en pie. Una vez que lo conseguí, eché a andar con cuidado: un pájaro verde gigantesco hacia el borde crispado de la corriente; allí hundí primero un zanco de madera, sin preocuparme por el frío del agua.

Con grandes pasos lentos que no turbaban la superficie, vadeé el río entre los peces bobos y las aves desprevenidas, y emprendí la caza.

Apostado a horcajadas en los bajíos, una perca gorda pasa entre mis pies para mordisquear un alga gris pálida. Aprieto los dedos en el mango del arpón y enseguida los aflojo cuando el pez se lo piensa mejor. Azota el agua con la cola, como dando una bofetada, y desaparece.

A veces me da por pensar qué les parece todo esto a los peces y los patos. Sin ser visto, los acecho y me toman por uno de ellos. Son demasiado torpes para entender que soy de una especie más elevada y que quiero hacerles daño, y así desaparecen, sin llegar a comprender, uno por uno. Observan al gran pájaro verde que se mueve entre ellos, sin forjar ningún vínculo con sus parientes perdidos. Los deja ciegos lo que esperan ver.

Puede que haya bestias aún más sutiles que nosotros, paseando por nuestros caminos a su antojo, escogiendo, eligiendo, cobrándose ora una mujer, ora un hombre, y ninguno sabremos jamás adónde han ido a parar, tan escasos y dispersos son los crímenes, tan pocos y alejados unos de otros, salvo cuando esos monstruos sutiles sienten la necesidad de darse un festín y hartarse.

Otro pez, esta vez un rutilo, se mueve hociqueando entre mis puntales plantados. Ahora no espero, sino que lanzo el arpón con fuerza. Por poco fallo, pero le atravieso el costado y lo saco coleando en mi lanza a la luz del sol: cuentas de agua del río caen aldededor en un rocío mortal.

129

Cacé el día entero y aún otro día más, acurrucado en mi guarida al oscurecer, hasta que tuve en mi morral muchas aves y muchas ristras de pescado; cuando llegó una nueva mañana, partí de vuelta al hogar. El aire era benigno y claro ese día, como después de una tormenta, por más que no había pasado ninguna tormenta. El cielo azul coloreaba todos los estanques y charcos del pantano, y vastas nubes blancas surcaban las alturas, amontonadas en siluetas fantásticas que no alcanzaba a nombrar. Mi morral estaba lleno. El sol me caldeaba la espalda. Canté las únicas palabras que recordaba de la *Canción de la vieja senda*, que habla del muchacho errante y de cómo encontraba a su novia, y tan mal cantaba que espanté a las garzas de una charca. Fue la última vez que fui feliz.

Y

Ahora me siento en la orilla y dejo que mis patas de madera surquen el agua mientras como el pescado. Cuando vine a vivir para siempre en las tierras anegadas, solía asar lo que comía, pero ahora parece una molestia. Aquí nadie más asa la comida. Abro el vientre de la criatura con la uña y me embarga una alegría extraña al ver el gran pedazo de piel que puedo rasgar de una vez. (Aquí, medio desollado, se sacude y me sobresalta, pero luego se queda quieto.)

Cuando estoy a punto de quitarme el pico para comer, un movimiento atrae mi mirada al sur. Estandartes rojos. Estandartes rojos, diminutos, que se separan y vuelven a juntarse mientras ondean hacia mí desde el otro lado de los campos distantes. Tras otear el horizonte, saco las patas del agua para mejor ponerme de pie. Dejo el pico en su lugar.

No son estandartes. No son estandartes, sino capas rojas que cubren las espaldas de hombres a caballo. Un puñado de ellos, diría yo, no más.

Los conozco. Hombres de Roma, venidos del otro lado del mar. Algunos de los hombres jóvenes en la aldea donde vivía antes dijeron que estos romanos querían quitarnos la tierra, pero todo eso es un enigma que no alcanzo a comprender, porque la tierra no es una cosa que uno pueda quitar, ni tampoco es una cosa que pueda ser de nadie, y por eso dejo esas riñas a los más jóvenes.

Están ya mucho más cerca y han desmontado para guiar a los caballos ahora con las riendas, buscando el camino entre los hoyos de barro y la plata estancada reluciente de las charcas. Uno de ellos sostiene un bastón coronado con un extraño artilugio de oro: hay una serpiente, un hombre gordo de pie, luego una boca abierta por la que asoma la lengua, y finalmente un hombre gordo a pie. Yelmos de metal. Faldas como las mujeres. Placas de metal sobre el pecho.

Sus caballos me ven primero y se asustan. Mientras tratan de frenar a sus corceles encabritados, los hombres dan vueltas alrededor buscando la causa del jaleo. Cubierto de verde entre los pastos de la ribera, al principio no reparan en mí.

No tengo nada contra ellos. Los saludo desde el otro lado del río y se vuelven a mirarme. Mi voz sale áspera, desacostumbrada al habla de los hombres, y en sus caras veo que el sonido los ha espantado y escapa a su comprensión. Uno entre ellos empieza a farfullar como un majadero en su curiosa jerga. Doy otro paso hacia ellos, levantándome sobre mis patas de madera. Lo intento de nuevo.

Los caballos relinchan y se desbocan. Los hombres corren tras ellos. Miro sus capas rojas ondeando a través de la ciénaga. Cuanto más grito para que se detengan y no teman, más rápido huyen sus caballos y más rápido van ellos a la zaga. ¿A qué suena mi voz, después de tanto tiempo?

Se han ido, así que vuelvo a sentarme en la orilla del agua a comer el pescado. Pienso en cómo van a explicar a sus amigos que vieron un pájaro mucho más grande que un hombre, todo verde, que rondaba las ciénagas con sus patas monstruosas y daba gritos espantosos. Con la boca llena de pescado frío me echo a reír y la grasa se derrama sobre mi barba, sobre mi plumaje de juncos.

Después guardo silencio, porque la risa suena extraña en este lugar solitario. Me como el pescado hasta que no queda más que la raspa.

131

Aquel día, cuando volvía al hogar hacia mi campamento del monte, iba pensando en mi esposa, mi primera esposa. Es extraño, pero su nombre también era Salka. La conocía desde que los dos éramos pequeños y jugábamos a pillar y besar en los campos del Cenizo, donde dicen que ronda el espíritu de un muchacho al que mataron. Una vez le dije a Salka que lo había visto, de pie en la loma donde lo degollaron, su pelo todo quemado. Ella supo que era una invención mía, pero aun así hizo como si lo creyera de verdad y se abrazó a mí y me dejó tocarle la rajita por dentro de las calzas.

El monte apareció a lo lejos, con los fuegos de la cena prendidos en la cumbre, así que mis pies cansados apuraron el paso deseando estar en casa. No había tenido ocasión de decirle adiós a mi hijo antes de marchar, y pensaba que podría jugar con él por los caminos al anochecer mientras Salka cocinaba el pescado más grande para nosotros, envolviendo nuestra choza con su tufo delicioso.

Ya estaba a media ladera cuando me di cuenta de que no se oía ningún ruido.

Echo las espinas blancas y resbalosas al río, donde asoman apenas un momento y se sumergen. Imagino que las veo alejarse nadando por debajo del agua y contemplo un río donde nada salvo los esqueletos de los peces se deslizan y corretean y peinan las corrientes con sus costillas desnudas. Me levanto y empiezo a avanzar río abajo, volviendo con los míos. Siento que la pena se cierne sobre mí y los echo de menos.

Entré en la aldea con mis arpones al hombro y un morral de carne y aves en la mano. Las hogueras de la cena ardían a fuego lento; me pareció que un perro ladraba entre las chozas, aunque ahora recuerdo que el olor a perro estaba por todas partes. Puede que fuera el olor lo que me hizo pensar que oía el ladrido.

Nada más cruzar la puerta abierta, me fijé en las piedras de la antigua forja de Garnsmith. En el centro, donde el musgo crecía de un verde muy vivo, ahora había un cerco negro y feo quemado, como por una monstruosa cazuela al rojo vivo, que hubieran soltado con alivio hombres sudorosos con las manos ampolladas.

Ningún sonido salía de los corrales en el interior del campamento para ahogar mis pasos vacilantes, que, aunque ligeros, retumbaban en las chozas desiertas. A mitad del camino del centro, tiradas en el polvo, encontré unas astas pintadas de ocre con unas correas rotas colgando. No me atreví a recogerlas. Las miré un momento y luego seguí adelante.

Una comida abandonada a medias. Utensilios para moler el cereal, suaves y nuevos, apilados contra un muro. Las moscas negras sobre una pata de cordero; sus viles murmullos, tan escandalosos como los hombres. La cortina de un retrete que no se usaba hacía mucho estaba descorrida, un puñado de hojas secas intactas ahí junto al foso hediondo. De las brasas de los fuegos desatendidos venían grandes bocanadas de humo a los senderos por los que caminaba, de manera que apenas entreveía las cosas antes de que desaparecieran, como en un sueño. El agujero en el techo de Jemmer Pickey que había jurado reparar desde el invierno pasado. El sombrero de paja de un viejo flotando en un charco. Las piedras de las lavanderas, todavía encapuchadas con ropas secas hacía rato. Aquí una huella solitaria. Allá un vómito reciente.

Fuera de nuestra choza, mi niño había olvidado recoger un juego con el que solía entretenerse últimamente, para el que usaba unos hombres pequeños de mentira que yo le había tallado con guijarros. Colocados como para una batida de caza, los había puesto delante de la puerta abierta en un corro alrededor de un animal que mi hijo había ideado con unos palos. Pensé que tal vez era un lobo. Sorteando esta pequeña matanza abandonada, decidí que habría que regañarlo, aunque sin dureza, por dejar sus tonterías esparcidas con tan poco cuidado.

La choza estaba a oscuras. Mi niña estaba sentada en la penumbra, al fondo. Le dije unas palabras que no recuerdo y, al acercarme, vi que no era más que un montón de pieles que por un momento y en la oscuridad tomé por su silueta, acurrucada en un rincón con la cabeza atrás, como a veces se ponía. Solo pieles. La choza estaba desierta. Por un momento, lo único que hice fue quedarme allí de pie en la penumbra; en el silencio. No ocurrió nada. Volví afuera, sorteando con cuidado el juego abandonado de mi hijo, para que no lo encontrara echado a perder cuando volviera.

Al otro lado de la aldea silenciosa, hacia el oeste, el sol se hundía en una nube morada. Llevándome las manos huecas a la boca, di una voz. Oí el eco en el muro curvado del corral vacío y luego, al cabo de un momento, volví a llamar. Las chozas abiertas no contestaron. Su silencio parecía inquieto, como si hubiera alguna noticia atroz que no se atrevieran a compartir conmigo. Llamé de nuevo, mientras caía la noche alrededor.

Al cabo de un rato me senté en medio de los guijarros con forma de hombre, puestos en un corro frente a nuestra puerta. Elegí uno y lo miré de cerca. No más grande que mi pulgar, abombado arriba y abajo, estrecho en el centro para insinuar un cuello, tal vez. Me había entretenido grabando los rasgos de la cara en la parte de arriba, más pequeña. Pretendía hacer que sonriera, pero al volverlo ahora hacia la escasa luz, pude ver mi torpeza con el punzón, porque más bien daba la impresión de

133

estar gritando para siempre algo con gran urgencia, para siempre inalcanzable al oído.

Mientras tocaba la piedra se me antojó que todavía conservaba la tibieza de la mano de mi hijo y me la acerqué a la nariz para oler su rastro. Entonces fue cuando la razón me abandonó. Me metí el guijarro en la boca y me eché a llorar.

Con mis patas de grulla, avanzo río abajo, intentando no precipitarme con la corriente. Por encima del regusto acre de la lana de carnero, es como si en la lengua sintiera aún el sabor del guijarro. Apuro el paso, para estar junto a mi nueva esposa y los pequeños antes de sucumbir al recuerdo.

Me quedé sentado ahí en el cerco de guijarros toda la noche. A veces lloraba y gemía. A veces cantaba un poco de la tonada del joven errante. Con el alba, me levanté y volví a recorrer la aldea desierta. Todos los fuegos habían quedado reducidos a fría ceniza gris. Durante un rato, me dejé llevar con un juego en el que imaginaba que todos estaban dormidos, a punto de levantarse y desperezarse, y se asomarían a recibir el día entre maldiciones y bromas. Pero no vino nadie.

Salí por la misma puerta y caminé sin descanso por los alrededores del campamento. No encontré huellas ni hierba aplastada por donde una tribu de tantas familias hubiera podido huir cuesta abajo o por donde otros tantos enemigos hubieran podido subir. Salvo por la turba chamuscada en la forja de Garnsmith, un cerco negruzco apenas más ancho que la mitad de un hombre, no había señal alguna de fuego, y tampoco rastro de lobos o, salvo por el vómito de la avenida, de alguna plaga repentina.

Bajé a trompicones hasta el pie del monte, di un rodeo y luego subí de nuevo. Caminando a través del silencio hasta la choza de mi familia, entré a gatas y me senté. Vi, con una rabia creciente, que mi esposa había dejado sus ropas tiradas por el suelo, una mala costumbre que a menudo le reprochaba. Maldiciendo entre dientes su dejadez, fui de rodillas reuniendo los harapos desperdigados.

Las calzas olían a ella. Me las llevé a los labios y las besé: hundí la cara y me deleité allí donde el olor era más rancio, más hediondo y más rico. El rabo se me empinó bajo los calzones, así que metí la mano para liberarlo y luego lo froté con brío, atrás y adelante. La leche me salpicó los dedos y goteó sobre una estera de esparto que nuestra hija había hecho. Tan pronto pasó el espasmo me eché a llorar otra vez, con mi simiente cada vez más espesa y fría en la palma de la mano.

Después de las lágrimas me asaltó un temor espantoso y enorme que no me dejaba respirar. Salí a toda prisa de la choza. Corrí hasta salir de la aldea y monte abajo, mi rabo flojo meneándose mientras corría y resbalaba y tropezaba. Cuando llegué abajo, no me atreví a mirar atrás, porque había algo terrible en aquellos techos mudos apiñados, en aquel horizonte muerto. Seguí corriendo campo a través, sin dejar de llorar y jadear, entre una bruma rasa de semillas de dientes de león alrededor de mis pies. No me detuve hasta alcanzar el poblado de la ribera, poco después del mediodía.

Hablé sin ton ni son y les pregunté si había pasado mucha gente por su camino últimamente, si había acaecido algún desastre, si las estrellas habían anunciado algún mal presagio. Me miraron en silencio y mandaron a los niños adentro hasta que yo pasara de largo. Grité ante las puertas que se cerraban y les dije que en el campamento del monte todos habían desaparecido, pero si me entendieron, no me creyeron. Como no me callaba, un hombre corpulento de labio leporino me agarró del brazo y me arrastró hasta las afueras del poblado, donde me tiró al suelo y me dijo que me marchara y no volviera, empapando sus palabras ásperas en la grieta del paladar.

No tenía adonde ir, salvo las tierras anegadas.

Regresé a mi lugar junto al río cuando caía la noche. La guarida estaba intacta donde la había dejado, con mi sayo de juncos enrollado dentro. Arrastrándome, entré y me eché la capa de pájaro encima para cubrirme, y allí dormí, toda la noche y todo el día siguiente, como un muerto bajo aquella tumba hinchada y preñada que era mi guarida. Nunca había estado tan solo.

Ɣ

He vivido en estas ciénagas desde entonces. En este tiempo he encontrado otra familia, otra Salka, y ya no estoy solo ni enloquecido por el estupor y la pena.

Ahora los veo más adelante, a lo lejos, descansando en la orilla donde el río traza una curva; aprieto el paso para llegar antes a su lado y cruzo con grandes trancos los remolinos, las losas de la cascada donde los musgos resbaladizos ondean como estandartes en la corriente. Hace muchas lunas que no me he quitado los zancos y noto las llagas en las piernas, arrugadas por el agua.

Salka levanta la cabeza y se vuelve al notar que me acerco, alertada por el ruido de mis pasos en el agua. Enseguida, los pequeños se vuelven también mientras me apresuro hacia ellos, tambaleándome, débil y ávido de su consuelo, más abalanzándome que corriendo. Levanto los brazos como si pretendiera abarcar la distancia que nos separa. Los plumeros de los juncos cuelgan en pliegues sueltos, agitándose como un enorme par de alas. Los llamo a través del canuto alabeado de mi pico. Les digo que los quiero. Les digo que nunca me marcharé.

136

Mi voz suena quebrada y espeluznante. Los sobresalta. Como uno solo, en medio de un poderoso ímpetu, alzan el vuelo hacia el cielo del anochecer y, en un momento, desaparecen de mi vista.

La cabeza de Diocletianus

290 d. C.

$\mathcal{M}$e duelen los dientes.

Apostado aquí, más allá de los márgenes de la aldea solo hay noche; el rugido cavernoso del viento de noviembre a través de los surcos de esta tierra fría; una oscuridad que lo engulle todo y me impide precisar dónde acaba la oscuridad y empieza mi cuerpo. El escozor lacerante de mis encías es lo único que tengo para saber dónde estoy, y es casi un consuelo, aquí en medio de los campos negros, donde el viento húmedo me corta la cara.

Llevo tanto tiempo escrutando el vacío que me lloran los ojos, incapaces de distinguir entre el cielo y el paisaje; cerca y lejos. Peor aún, es la segunda noche que someto a mis quejumbrosos pulmones a este suplicio, esta vigilia a la intemperie miserable antes de que llegue el invierno. Y todo por una boba superchería de este lugar, la fantasía de un joven campesino con los ojos tan juntos que parecía engendrado por un cerdo.

Aun así, a pesar de todo, contestó cuando le hablé. No fingió que no entendía mi lengua ni se limitó a escupir y dar media vuelta como hacen los otros aldeanos, aunque solo habló de misterios caprichosos, relatos fantásticos de espíritus errantes: en un monte, no lejos de aquí y más allá de los campos de cremación, hay un antiguo campamento, donde centurias de hierba y maleza cubren las zanjas y los bancales. Un poblado, dijo. Decenas y decenas de personas que, según se cuenta, fueron devorados una noche por perros gigantescos sin un rastro de pelo ni una gota de sangre que consignaran que alguna vez estuvieron aquí. Como es costumbre con esta clase de historias, desde entonces la gente evita el lugar, por el mal fario. Rondan espectros, como es natural. Ciertas noches, los ojos fieros de canes monstruosos pueden verse en lo alto del monte, su espantosa mirada basta para iluminar el cielo. Por más que ahora los busco, sin embargo, no hay nada.

A mis espaldas, de lejos me llegan las voces de la aldea, pendencieras al principio, y luego con risas. Juramentos viles y descuidados. Los cacareos odiosos de sus mujeres, groseras, insinuantes. ¿Soy yo? Apostado aquí, soportando los embates del viento y la oscuridad negra como la pez solo porque el loco de la aldea ve luces en lo alto de un monte, ¿soy yo el origen de sus escarnios, de su insolencia bullanguera? Me chirrían los dientes. Falta poco. Un poco más y daré por terminada la noche, me iré a la taberna; la cama; mis sueños malogrados por la desazón.

Despojado de mi rango y mi rumbo por la oscuridad, el resplandor súbito de la bruma iluminada desde abajo parece estar más cerca de lo que debería, delante de mi rostro y no al otro lado de los campos. Sus sombras oscilan, amagan con echarse sobre mí y retrocedo con sobresalto antes de que mis ojos cansados se ajusten a la distancia.

Luces. A lo lejos, por encima de las tierras de cremación donde reducen a sus muertos a ceniza y escoria. Luces en lo alto del monte, que no pueden estar prendidas por perros a menos que caminen sobre dos patas.

Ya los tengo.

No. No, vale más no pensar esas cosas, para no provocar al destino: quizás haya otras razones, cosas corrientes que expliquen estos resplandores. Mañana, a la luz del día, puedo subir a caballo y juzgar por mí mismo. Heme aquí, pidiendo que hagan las cruces antes de tener en mis manos la menor prueba. Ya imagino a Quintus Claudius allí en Londinium, en su oficina de la tesorería, cómo chasquearía la lengua con displicencia.

«Primero las mediciones —diría—, la balanza y la piedra de toque. Si se requieren más pruebas, emplea el horno y una pala incandescente. Entonces, y solo entonces, anuncia a los culpables y saca los clavos.»

Por encima del túmulo, las luces tenues oscilan y se retuercen. Por fin doy media vuelta y echo a andar dando traspiés por la tierra llena de surcos, a través de la larga oscuridad sin tregua, hacia el poblado, las callejas escoradas de madera donde asoman ventanas diminutas, torcidas.

Hace unas semanas que estoy aquí, y la taberna ya no se sume en un silencio hostil cuando entro. La mayoría me ignora mientras me abro paso por el suelo sembrado de paja, entre los charcos de vómitos y las copulaciones, hacia las escaleras. Esta noche al menos gozan de mejores pasatiempos, con la celebración del adiós a la soltería de un joven en pleno apogeo.

El novio, un muchacho de unos trece años, se encarama borracho a un taburete que se escora y se balancea, incitado por sus amigos y tíos. En torno a la sala más baja de la taberna, los brutos gigantescos de pelo cobrizo vitorean y aplauden al mismo tiempo con terrible estruendo, un ritmo que se vuelve más rápido mientras el muchacho se tambalea sobre el taburete y sonríe, alelado, a su auditorio.

Ahora tiran una soga por encima de una de las vigas negras y roñosas, con un nudo corredizo en uno de los cabos. Una intriga malsana se apodera de mí y, deteniéndome al pie de la escalera que lleva a mi cuarto, me vuelvo a mirar. Mofándose y farfullando, con las caras coloradas y brillantes de sudor, echan la soga al cuello del novio, aunque el muchacho sigue con su sonrisa boba. Uno de los brutos, un coloso con el cráneo rapado salvo por un mechón en la coronilla, le pone en la mano al muchacho algo que no alcanzo a ver, y luego se vuelve hacia los demás, y su tripa tatuada reluce mientras acalla los aplausos diciendo con voz pastosa una sarta de vulgaridades. Suelta un eructo, que es recibido con carcajadas. En la mano del novio, ahora lo veo, un cuchillo corto de bronce. Con la otra mano saluda alegremente a una muchacha de cabello oscuro delante del gentío, sin apenas saber dónde está a través de las nubes que empañan sus ojos.

El gordo derriba el taburete de un puntapié.

La soga se tensa cuando el cuerpo queda colgando y empieza a patalear; entonces empiezan de nuevo las palmadas, cuyo brío creciente contrasta con los crujidos más lentos, lastrados de la viga. ¿Cómo puedo ser testigo de semejantes barbaridades? El muchacho, retorciéndose ahí entre el suelo y el techo, ya no sonríe, y tiene los ojos desencajados. Sus piernas flacas cuelgan pataleando en el aire. Del gentío, como una sola voz, nace una especie de bramido, similar al de los animales en celo.

La naturaleza del juego se me revela cuando, de pronto, el muchacho ahorcado recuerda que sostiene un cuchillo en la mano. Levantándolo por encima de la cabeza, el rostro amoratado en una mueca de concentración atroz, empieza desesperado a serrar la soga. Apresada en su puño tembloroso, la pequeña hoja se desliza atrás y adelante, con un movimiento que parece un eco grotesco del placer solitario. Y como si respondiera a los lujuriosos y conocidos movimientos de la mano, aunque remotos, un bulto en la entrepierna se levanta en las calzas del joven, que la muchacha morena señala entre risas. Por comentarios entrecortados y dispersos que alcanzo a oír en medio del jaleo, entiendo que si el joven sobrevive a este juego, la muchacha será suya, una última ramera antes de casarse.

El joven se revolea y se sacude. Rasga la soga con el filo del puñal, morado como la grana, y deja escapar un gemido espantoso. Si Roma cae, todo será así. El mundo entero.

Incapaz de soportar más, me vuelvo y subo a trompicones las escaleras, los peldaños gastados en el centro y las contrahuellas carcomidas, verdosas por los años.

A salvo en mi cuarto bajo los aleros de la buhardilla, con la puerta cerrada, siento el golpe sordo del cuerpo al caer al suelo y los vítores que le siguen, así que, a pesar de mí mismo, respiro aliviado. Me atrevo a decir que el muchacho tendrá el gaznate crujido y magullado, y que lo ayudarán a llegar a casa en un estado pésimo para cobrarse el trofeo tras el suplicio. Sin duda, los mismos amigos que lo alentaron a subir al taburete se encargarán de que los favores pagados de antemano no se derrochen.

En el rincón, ropa de cama manchada, gris. Arañas mórbidas encogidas sobre sí mismas, traslúcidas, cuelgan del techo en mortajas polvorientas que ellas han tejido. La muchacha que se alojaba en este cuarto se mudó abajo a la trastienda cuando llegué, pero cada día encuentro algún rastro suyo: un peine desconchado, los refajos de ropa a medio camino de convertirse en harapos, cuentas azules ensartadas en un hilo de alambre oxidado. A veces huelo su fantasma en las mantas y los tablones.

Cuando vine a Londinium, medio año atrás, me pareció una villa tortuosa y sórdida, un caldo de malos humores, pestilencias entre los muelles y los patios angostos, charcos de orines amarillentos en los huecos del empedrado. Los lugareños, recios pescadores trinobantes o furtivos mercaderes cantiacos, tenían un grato desapego, a pesar de su hosquedad. Iban a lo suyo y armaban poco jaleo; nada más llegar, sin embargo, la ciudad se me antojó el Hades, y ellos, sus demonios y quimeras. Miembro de la partida de cuestores de la tesorería enviados de Roma a petición de Quintus Claudius, pasé semanas allí con mis compañeros tragando vino avinagrado, a la espera de nuestros nombramientos, lamentando cada nueva molestia, cada nueva vejación.

Me meto el pulgar y el índice en la boca para tantear con suavidad los dientes y ver cuántos se mueven, sueltos en las encías moradas y consumidas. Temo que sean todos. Desearía estar en Londinium de nuevo, pues a mis ojos ahora sería un paraíso.

Enviado aquí, a las tierras medias, hace dos meses con partes de falsificación, era como un crío a quien nada preparaba para este lugar, estos coritanos, borrachos y tambaleantes, con vidas breves y penosas que ellos desprecian: para su violencia irreflexiva, incesante; para las cicatrices de colores, las volutas de tinta que surcan sus frentes y espaldas, tan espantosos y extravagantes como perros pintarrajeados. Cuando llegué, tenía la sensibilidad tan a flor de piel que palidecía al oír algún pasaje escabroso de un drama narrado en verso. Ahora miro como cuelgan a sus jóvenes por diversión, y apenas me inmuto.

Prendo la lámpara y me siento en la cama revuelta para quitarme las botas de la milicia. Abajo, una mujer empieza a jadear y gruñir, a un ritmo tan acompasado como el agua de unas termas, confirmando así que alguien goza del premio del muchacho ahorcado. Las mujeres de aquí me turban. Son jacas

141

mugrientas, hieden; sin embargo, no pasa una hora sin que piense en ellas, el vello rojizo de sus sobacos moldeado por la transpiración en delicados zarcillos, sus ancas de vaca lechera meneándose bajo las faldas bastas. No he catado mujer en un año, desde la hija mayor del tintorero, aún en Roma. ¿Cuánto tardaré en buscarme una ramera? Sus caras blancas y chatas, y sus pechos pecosos. No debo pensar en eso.

Desnudo ahora en la habitación con el frío de noviembre, me pongo el camisón que acabo de desdoblar de mi macuto, que tiene el emblema de la legión. Apenas se ven indicios del Imperio ahí fuera: unas cuantas villas dispersas donde los generales retirados pasan apuros para pagar a sus amantes. Un poco más al norte de este poblado, un tal Marcus Julius, veterano en las campañas galas del emperador Aurelianus, todavía mantiene una modesta granja. Me dijeron que lo visitara si pasaba cerca. Fue un patíbulo. Al enterarse de que había llegado de Roma hacía poco, solo parecía capaz de hacer una pregunta: «¿Y bien? ¿Cómo les va a los Azules?». Cuando le contesté que las carreras de cuadrigas no me despertaban un gran interés, su temperamento hacia mí se enfrió, así que no tardé en marcharme.

Imagino que fue él quien dejó que el apodo por el que se me conoce corriera de boca en boca entre los aldeanos: en lugar de llamarme Caius Sextus, me escarnian con el nombre de «Romilius»: «¡Salve, Pequeño Romano! ¿Te gusta esta mujer que llevo del brazo? ¡Te traeré una banqueta para que puedas besarla más arriba de la cintura!». Todos me odian, tanto las mujeres como los hombres, aunque para ser justos, motivos no les faltan. Saben por qué estoy aquí, y también saben cuál es el castigo por falsificar moneda. ¿Cómo van a ser amigos de alguien que ha venido a verlos crucificados?

Me hundo en la cama, deshecha como está. Abajo, la mujer brama la palabra con que estas gentes se refieren a la copulación, una y otra vez. Si Roma cayera…

Aparta ese pensamiento. No llegará ese día mientras sigamos produciendo emperadores con el temple de Diocletianus, hombres de tal magnitud que marcan una era. Aquellas audaces reformas para atajar las confabulaciones y las peligrosas inquinas que amenazan nuestra estabilidad, dividiendo su oficina de modo que Maximianus es Augusto en el oeste, y Diocletianus es Augusto en el este. Los tejedores y los destiladores se quejan, protestan porque ha fijado el precio de las alfombras o la cerveza. Y, sin embargo, se contiene la inflación. Nuestra moneda es fuerte. Sin esa fuerza, la barbarie nos conquistaría a todos.

Y aun así me duelen los dientes. Igual que a mis compañeros de travesía. Vaya, en la galera éramos una decena, cuestores del Imperio, y todos con las mismas encías moradas e hinchadas, las jaquecas y los letargos, las lagunas de atención, las lagunas de memoria. Uno de los más jóvenes dijo sentirse ya muerto, como si se descompusiera, embotado de gusanos, aunque en mi caso no es para tanto. Solo son los dientes. Nadie acierta a dar con un nombre para este mal, ni siquiera a determinar alguna causa. Al hablar nos referimos a «la lacra», si es que la mencionamos.

Quizá somos hasta tal punto parte de Roma que enfermamos a la vez que ella; un vínculo peculiar, una simpatía entre la carne y la tierra. Reyes cubiertos de brazaletes y andrajos están a nuestras puertas y los aplacamos, les concedemos asentamientos y territorios en las regiones que rodean Roma, hasta que parece que las tribus errantes aguardaran pacientemente alrededor de una suntuosa mesa en un festín de mendigos, con Roma expuesta en el centro. De momento se comportan, pero les ruge el estómago. Si comenzaran a agasajarse, el mundo entero desaparecería. La oscuridad que ulula sobre los campos fríos en las afueras del pueblo nos engulliría por completo; las ciudades esplendorosas arderían, extinguidas, por todo el orbe.

Acostado bajo las colchas, noto que la luz del candil de mi habitación ha cambiado; al levantar la vista, advierto con una torpe incertidumbre que la muchacha que antes ocupaba estos aposentos ha estado sentada en todo momento junto a la pared del fondo, con las piernas cruzadas, observando en silencio. Se levanta y camina sin hacer ningún ruido por los tablones agrietados, desiguales, hacia una abertura que hay detrás de mi cama. Incorporándome para seguirla, advierto que en el marco de la portezuela por la que pasa hay encastradas unas monedas negruzcas y sin lustre. Me pregunto cómo es posible que no las haya visto antes.

143

Más allá de la puerta, la sigo por la luz del candil de sebo a través de pasadizos laberínticos entre grandes pilas de incontables extravagancias. Dobla un recodo y, al ver sus rasgos a media luz, empiezo a sentir una extraña turbación: se me antojan más menudos y juntos de lo que recordaba, hasta tal punto que parece una muchacha distinta. No la reconocería de no ser porque lleva el collar de cuentas azules, ensartadas en un alambre bruñido con un lustre broncíneo.

Ahora estamos en el centro del laberinto, donde cuelgan pieles pintadas. Alrededor de unas ascuas rojizas, unas figuras peculiares forman un corro, aguardando, sin hablar. Hay un muchacho que al principio tomo por el joven que vi colgado, pero este es más joven, todavía un niño; además, en el cuello no tiene las marcas de una soga, sino un tajo espeluznante. A su lado hay un mendigo sentado, apenas consciente, que tiene vómito apelmazado en la barba y murmura para sí. Una vieja arpía sin un pie. Un hombre de cara negra con ramas atadas en el pelo. Una criatura espantosa con patas de cigüeña, alta como un hombre y medio, permanece erguida, inquieta, cambiando el peso del cuerpo de un pie al otro, con los hombros encorvados bajo el techo, tosiendo de vez en cuando. La muchacha y yo nos unimos al corro: igual que los demás, contemplamos las ascuas mortecinas. Fuera se oye un ladrido escalofriante que parece aproximarse por momentos. Siento una tremenda pérdida, una pena arrolladora distinta a cualquier otra que he sentido en la vida, y rompo a llorar. A mi lado, el niño degollado se acerca y me da la mano. Con gran ceremonia me ofrece un guijarro, que está tallado a semejanza de un hombre en miniatura. Me lo meto en la boca. Los perros hacen un ruido ensordecedor.

Despierto con la luz gris del alba en mi habitación.

Siento un cuerpo extraño en la boca.

Me embarga un terror repentino y escupo, temiendo que sea el guijarro tallado de mi sueño, sus ojos esbozados y sus fauces abiertas, pero no: es un diente. La punta de mi lengua tantea el hueco sanguinolento que ha dejado, con satisfacción pueril, y balanceo la pequeña pieza de marfil en la palma de la mano, dejando que la pálida luz del día se lleve los resabios de mi pesadilla. Pienso en la noche anterior, las candelas danzando en lo alto del monte, y recuerdo mi decisión de subir a caballo por la mañana para recorrer el terreno, así que me visto y bajo las escaleras.

Tras desayunarme con queso, fruta y pan, los únicos alimentos al abasto que se pueden comer sin temor, voy a los establos y elijo una montura: una yegua zaína que no deja de resoplar, con ojos más civilizados que cualesquiera que he visto en este lugar. Guiándola afuera entre los abrevaderos, reparo en varios hombres que merodean junto a la entrada de los establos, observándome. Uno de ellos es el gordo del copete en la coronilla, el que le puso el cuchillo en la mano al muchacho. A los otros no los reconozco, pero ninguno me quita ojo mientras monto y salgo trotando hacia las puertas del poblado, con la vista al frente, procurando exhibir más calma de la que en verdad alberga mi corazón. Me observan hasta perderme de vista. Algún gesto distinto en mi comportamiento los ha alertado. Saben que me acerco a algo.

Cabalgo por la orilla del río un buen trecho antes de enfilar hacia el monte, que se cierne amenazante; sigo por el sendero hollado que bordea los campos de cremación. A medio camino de la cima, al volverme, veo los campos que se extienden como la manta de un mendigo hecha de retales. Por encima del camino que pasa junto al pie del monte, atisbo las recias cabañas de la colonia cristiana, fundada sobre un montículo al otro lado del puente. Siento una punzada de lástima por esos desdichados lunáticos y vehementes, sometidos como están a la misma suspicacia y desconfianza con que me tratan los aldeanos.

Los fieles al culto son propietarios de uno de los dos únicos molinos del poblado. El otro está en manos de un borracho con un hijo holgazán que descuida sus quehaceres. Los cristianos, irritantes con sus lamentos lúgubres y sus trémulos testimonios, muestran, sin embargo, sagacidad en los asuntos relacionados con el comercio. Puesto que su recompensa reside únicamente en la fe, los conversos trabajan de balde en el molino, cantando todos mientras se desloman en la brega. Y, como acaparan la mayor parte de la clientela de la aldea, las arcas crecen. Pronto, según se dice, comprarán el otro molino. Como cada vez dependen más de estos fanáticos delirantes, en la al-

145

dea se respira una desazón creciente a medida que los hijos se alejan, y luego los ven vestidos de negro y entonando cánticos en la rueda del molino.

Si no encuentro pruebas de peso que relacionen las falsificaciones a un culpable, no creo que salga peor parado si las achacara a estos descastados religiosos. Sin duda, los aldeanos aplaudirían la decisión, absolviéndome de culpa o, más si cabe, de represalias. Para colmo, el emperador se muestra contrario a esta secta y vería con buenos ojos la persecución. A pesar de que una docena de falsificadores crucificados me granjearía un informe favorable, una confabulación cristiana contra la tesorería, contra el corazón mismo de Roma, podría granjearme un ascenso. Ya veremos.

Doy la vuelta al caballo y continúo sendero arriba, hasta llegar al fin a la cima, donde reinan una calma y una desolación espléndidas. Salvo por unas leves hendiduras, no se ven trazas del malhadado campamento que había en este monte, los contornos que pudieran perdurar están sofocados por las malas hierbas. Aquí desmonto y dejo mi corcel amarrado, que pace en la hierba mientras yo examino a mis anchas la explanada.

Tras un breve escrutinio consigo distinguir el cerco que delimita el campamento, en parte bordeado de zarzas. La leve loma cubierta de musgo que marca el perímetro está desmoronada en un punto, acaso señalando una antigua puerta. La cruzo y, al acercarme, advierto un cerco más pequeño de piedras gastadas por el tiempo, justo en el medio: quizá los restos de un horno o fogón de alguna clase.

Salvo que en el centro hay cenizas aún calientes.

Aunque el fuego está apagado, estos rescoldos son su voz: me hablan. Alguien ha prendido una hoguera en lo alto del monte y durante más de una noche, si lo que me dicen es cierto. Demasiado grande para solo asar un ave o calentarse las manos a la lumbre… Es un fuego con un propósito. Y ese propósito parece clandestino. ¿Por qué, si no, elegir un lugar remoto como este, que evitan todos vuestros lugareños supersticiosos? ¿Por qué, si no, elegir la noche para hacer tus tareas, a menos que sean secretas, o artes que, de descubrirse, garantizarían que acabarais clavados a un madero hasta secaros al sol?

Si se quiere falsificar, es mejor elegir un lugar tranquilo y aislado desde donde detectar la presencia de intrusos a media legua. Un monte con mal fario es idóneo. Haría falta fuego para calentar los cospeles de metal y ablandarlos, y entonces los colocarían en un yunque donde está repujado el anverso de la moneda. Un troquel, de forma cilíndrica, se coloca luego sobre el disco virgen con su peso de ley, y se acuña la otra cara del denario de plata. El troquel se golpea con un martillo y, de este modo, se imprimen las monedas falsas.

Me dejo caer de rodillas y con cuidado empiezo a peinar la hierba, que está empapada de rocío. Voy abriendo una espiral alrededor de los rescoldos. Si estuvieron batiendo las monedas a la luz de una lámpara, apresuradamente, y si la suerte me acompaña...

Al fin la encuentro, caída entre un par de matas de dientes de león grises y espectrales. Sujetándola entre el pulgar y el índice, la levanto para observarla a la luz. La cabeza de Diocletianus mira implacable hacia el campamento enterrado.

Grazna un pájaro desde los zarzales. Doy la vuelta a la moneda y advierto sin sorpresa un defecto. Es el reverso de una moneda distinta, ni más ni menos; de otro año, quizá todavía del reino de Severus. Disparidades como esta son comunes, pues, aunque el molde de un anverso puede servir para acuñar dieciséis mil monedas, apenas podrían hacerse la mitad antes de que el troquel se desgastara o se necesitara otro. Cuando no se disponía del reverso correspondiente, se empleaba otro, dando por supuesto que pocos lo advertirían.

Pero este pequeño romano lo advierte. A él no se le escapa detalle.

Con mi trofeo a buen recaudo en la riñonera, subo de nuevo a mi montura para bajar a trompicones la ladera hacia el sendero del río, donde me dejo embargar por el entusiasmo de mi hallazgo y sigo a galope todo el camino de vuelta hasta el poblado. El gentío que rodea al hombre corpulento del copete advierte mi llegada y nota mi agitación. Hay adornos colgados en las calles en preparación para algún absurdo festejo. Un chiquillo vestido de niña encabeza una procesión con un cerdo sujeto a una correa, pero en mis prisas por estar bajo techo y correr escaleras arriba no registro esta visión hasta que estoy en mi cuarto, mientras saco una balanza de mi macuto.

Existen tres pruebas para la plata, y cualquiera de ellas basta para demostrar la falsificación. La primera emplea el uso de la cotícula, una piedra de toque hecha de basalto o jaspe negro. Al frotarla sobre la plata o el oro, a partir de las marcas que deja, un experto puede conocer la pureza del metal hasta el más fiel escrúpulo. He visto hacerlo, siempre por hombres más mayores, pero no tengo tal confianza en mis propias facultades.

La segunda prueba requiere un horno de fundición, con una pala de hierro incandescente, sobre la que se coloca el metal bajo sospecha. A esas temperaturas, la plata más pura se pondrá al blanco vivo, mientras que los materiales menos nobles adquirirán un resplandor rojizo, y el negro indicará la escoria. La prueba no es infalible. La pala puede haber estado empapada antes en orines, y entonces ofrecerá indicios diferentes.

En conjunto, para las monedas, el peso sigue siendo la mejor prueba, la más sencilla. Tras ensamblar la balanza, saco el denario falso de mi bolsillo y lo coloco al lado de otro recién acuñado, que me entregaron en la casa de la moneda, allá en Londinium, a fin de poder compararlos.

Cada moneda, de ser genuina, debería pesar la sexta parte de una onza. El metal adulterado no pesaría tanto, por contener menos plata maciza en la aleación. Esta comprobación es una mera formalidad, si bien Quintus Claudius exige llevarla a cabo, de modo que pongo las monedas, la auténtica y la falsa, una en cada platillo de bronce de la balanza, para cotejar el peso de ambas. A continuación, observo.

La moneda falsa se hunde. La verdadera se eleva.

Frunciendo el ceño, retiro las dos monedas y ajusto el fiel de la balanza antes de volver a colocarlas, poniendo especial cuidado en comprobar qué moneda está en cada platillo.

La moneda falsa se hunde. La verdadera se eleva.

¿Cómo puede ser? ¿Cómo es posible? La moneda hallada en el campamento no puede sino ser una falsificación, con sus dos caras dispares, y aun así…

(Por las escaleras de la taberna que llevan a mi cuarto llega un sonido ahogado: uno de los perros que rondan por la posada. Absorto en el enigma, apenas le presto atención.)

Desmonto la balanza y vuelvo a ensamblarla. Pongo de nuevo las monedas en los respectivos platillos. La moneda falsa se hunde. La verdadera se eleva. ¿Acaso las leyes de la naturaleza se han invertido de pronto, para que tales cosas puedan ocurrir? ¿Cómo va a pesar más un gorrión que un caballo? ¿Cómo una moneda sacada de la guarida de un falsificador va a pesar más que una recién acuñada en la ceca de Londinium? A menos que…

La moneda falsa. A menos que la moneda falsa fuese más pura, se forjara con el metal más puro, la plata de mejor ley, más pura que la de la propia ceca. Pero no, eso no puede ser. Carece de sentido falsificar denarios más puros que los del Imperio, a menos que…

A menos que en realidad no se trate de que la moneda falsa sea más pura, sino de que la auténtica no sea de buena ley. Eso no puede ser. La vi, recién acuñada. La sostuve en la mano, aún tibia. Es tan pura como cualquier moneda expedida en Roma.

(Tras la puerta de mi alcoba, ahora se oye un rumor más próximo. Algo se acerca, y sin embargo no puedo apartar la mirada de la de la efigie de Diocletianus, bruñida y severa.)

A menos. A menos que cortemos las monedas.

Me hierve la sangre, me arden las mejillas ante la idea de semejante blasfemia. Es grotesco, y atenta contra toda razón suponer que el Imperio sea capaz de tal adulteración, hasta el punto de que, onza por onza, una vil moneda falsa pueda tener más valor. Vaya, de ser así, si toda la riqueza de Roma no fuera más que oropel para ocultar la pobreza, entonces la propia Roma sería falsa, un fraude, caída en desgracia sin más murallas que meros pagarés para mantener a raya a las hordas piojosas. Es la monstruosidad misma, este pensamiento. Es un esperpento. Es un sobresalto durante el sueño. Es ominoso e insondable.

Y es cierto.

La espantosa certeza estalla en mi interior y me hace añicos. Dejadme morir, o mejor aún haber muerto antes de que esta verdad fría y abrumadora pudiera asesinarme, ante de que supiera que éramos pobres y todo era ruina. A pesar de que aún me arden las mejillas, los ojos borbotean, lágrimas que escuecen como vinagre. A mis espaldas se abre la puerta. Oigo pasos pesados, como de muchos pies, y sé que son los hombres de la aldea, que han venido a darme muerte, pero me resulta imposible mirarlos a la cara, por vergüenza: de que me vean, de que vean así a Roma.

Al fin levanto la cabeza. Aguardan apostados en la puerta, blandiendo recios garrotes; el hombre hosco de la panza y el copete, al frente. Con rostros pétreos, sin expresión, me observan, observan al pequeño romano que solloza junto a su balanza. Si sienten rechazo ante esta efusión, no es más intenso que el que siento yo. Se miran unos a otros, y el hombre hosco hace un gesto de indiferencia. Van a matarme, sin más. Arrodillándome en el suelo, cierro los ojos y espero el golpe de gracia. Se hace un silencio final.

A continuación, los pasos se alejan en tropel por las escaleras, una avalancha de madera y cuero. Abajo las puertas se cierran de golpe en alguna parte. Abro los ojos. Los hombres se han ido.

Me lo han visto en la cara. Han visto en mí a un hombre acabado, al que ni siquiera vale la pena matar. Roma está muerta. Roma está muerta, ¿y adónde iré yo ahora? No hay un hogar al que volver. El hogar es un decorado de cartón que se viene abajo, descolorido por un sol tan vulgar como el oro de los bobos. No puedo volver al hogar, ¿y quién, quién si no me dará cobijo?

Me quedo agachado mirando las monedas, una falsa, la otra más falsa todavía, hasta que empieza a oscurecer y ambas acaban siendo solo un par de manchas borrosas en la penumbra, imposibles ya de distinguir, mientras una sombra cae sobre la noble frente.

El cuarto se sume en penumbra. Incapaz de soportar la oscuridad, que embebe todos los contornos, me levanto. Tambaleándome, como en un sueño, bajo primero las escaleras y luego, aturdido, salgo a la calle. Los festejos ya han empezado, las calles cargadas con el tufo de la vida canallesca. Orinan en los umbrales de las puertas, se dan estacazos en la cabeza unos a otros, y ríen y se revuelcan en su propio vómito. Fornican contra las paredes de los callejones como presidiarios. Se cuescan y gritan, y no hay nada más que ellos, ni lo habrá. Lentamente, avanzando a duras penas, me mezclo entre la turbamulta lujuriosa. Me plantan una jarra de cerveza en la mano. Con sonrisas cariadas me agarran del brazo, y me besan la cara surcada por el llanto, y me arrastran.

Santos de noviembre

1064 d. C.

Con la edad, el mero hecho de despertar se ha convertido en una gran confusión. Ya no sé en qué década de esta vida se abrirán mis ojos: tullida y con la piel quemada por el frío junto a la puerta de la vieja iglesia, o aquí, en mi celda del convento, con la palidez azulada del alba en la pared; el azul de los muertos.

Mi lecho es duro, para que pueda sentir los huesos que hay dentro de mí, inquietos e impacientes por salir. No falta mucho, piensan. Es vieja. No falta mucho. Bajo la basta sábana gris siento un calambre en los famélicos tuétanos de mi pierna mala y sé que estamos en noviembre. Anoche, víspera de Todos los Santos, soñé que era hombre.

Cegado por la lluvia, cabalgaba en la noche feroz a lomos de un caballo febril hacia aquí, hacia Northampton, aunque no sé por qué en mi sueño la villa se llamaba Ham Tune. La llovizna me ardía en el rostro y las ráfagas gélidas resonaban en mis oídos. Mientras cabalgaba, parecía que todos los terrores de noviembre se cernieran sobre mí, fauces rudas atacando a los menudillos humeantes de mi caballo hasta hacerme llorar de miedo. Luego, cuando desperté, al principio no sabía qué año era y me llevé una mano a la entrepierna, reseca como el cuero, por temor a encontrar allí el miembro viril del caballero: *mea culpa, mea culpa*, Virgen santa, perdóname.

Con crujidos dentro del pecho me levanto del catre, apartando la sábana rancia, y me enfundo el hábito de arpillera de un solo movimiento tembloroso: pliegues ásperos, grises como el gris del alba. Acabo de vestirme a media luz y, cojeando por los húmedos corredores de piedra, voy a maitines, donde doy gracias a Dios por poder al menos cojear y entregarme a la pasión de nuestro Señor. Hago mi jornal, desgrano las cuentas y digo las plegarias.

Cuando reparan en mi pie tullido, me encomiendan una labor para la que no tenga que caminar lejos, como atendiendo los jardines aquí en Abingdon. Arranco malas hierbas con mis puños huesudos. A menudo, mis pensamientos me llevan a Ivalde, que cuidaba de las tumbas y del camposanto de la vieja iglesia, y me veo recostada en el pilar de la entrada, mendigando. A veces hablaba conmigo, los dislates de un pobre idiota al que un carro le había golpeado en la cabeza cuando apenas era un chiquillo. Aún recuerdo sus ojos verdes, claros, su pelo rojo como el de los hombres del norte. El muchacho no tenía más de dieciséis inviernos y no albergaba un ápice de maldad.

—Alfgiva —me decía—, un día me marcharé y haré un peregrinaje hasta Roma, para honrar al Drotinum. ¿Qué te parece?

153

Con Drotinum se refería a san Pedro, bendito sea su nombre. La palabra significa «Señor». Hablaba sin cesar de Roma y de todos los lugares adonde iría, y a mí no me quedaba más remedio que escucharlo recostada en el pilar de la puerta con las piedras desnudas que se me clavaban en la espalda y, que el Señor me perdone, lo odiaba. Lo odiaba por las cosas que acaso él llegaría a ver, mientras que yo no vería nada más que aquel pilar de piedra gris; la misma rueda de árboles y campos que giran a su alrededor todos los días, las aguas lentas y poco profundas del río que baja desde aquella iglesia, los maderos renegridos del puente que sin duda lo cruzaban desde las primeras edades del mundo.

Ivalde conocería el olor de puertos extranjeros y ciudades todas de oro, mientras que yo yacería aquí contando las figuras y las caras, esculpidas en la piedra, que asoman en los aleros de la iglesia, y me preguntaría, como cada día, por las figuras y las caras del otro lado de la iglesia, que nunca había visto a pesar de que estaban tan cerca. Por estas razones lo odiaba, que el

Señor me perdone. En invierno me helaba de frío; en verano, me faltaban las fuerzas para espantarme las moscas de la cara o el busto.

Ivalde no llegó a ir a Roma. Un humor se le agarró a los pulmones el día en que él y el noble Bruning levantaron las losas de la iglesia para cavar la tierra trufada de gusanos, y yo estaba con ellos. A partir de ese día, su pecho no mejoró: antes de que acabara el mes, estaba enterrado. Yo tomé mis votos no mucho después, en el año 1050 de nuestro Señor. Catorce años hace que vi por última vez el rostro de Ivalde, u oí sus dislates. Que Dios se apiade de nuestras almas, tanto de la suya como de la mía.

No siempre lo detestaba, solo cuando me embargaba la amargura, que era a menudo, pero en mis días buenos hablaba con él, y reía, y le deseaba bienaventuranza en sus viajes. Ni una sola vez vi a Bruning riendo con él ni le oí una palabra amable para el muchacho, a pesar de que Bruning era el párroco y le correspondía procurar sustento a Ivalde, a cambio de que él se ocupara de cultivar las zanahorias y atender el camposanto. Ni tampoco, dicho sea de paso, me echó el noble Bruning nunca una triste moneda, y mira que es rico; y mira que todos los días al pasar me veía mendigando junto a su puerta. Aun así, eso quedó atrás y el propio Brunigus murió hace ya cuatro años. Soy la única que sigue con vida de los que estuvimos presentes en aquella iglesia: Alfgiva, que yació lisiada a su sombra toda la vida, y luego huyó para ver su luz exhumada, allí cerca del cruce de caminos, junto al puente del río.

Noviembre afila su colmillo gélido mientras restriego las losas gastadas hasta que el brillo y el lustre que arrojan los escasos rayos del sol podrían cegaros. Rezo y paso las cuentas. El vigésimo día de este mes es la fiesta del bendito san Edmund: nos muestran las imágenes de su pasión para que lo conozcamos más de cerca. Primero lo vemos flagelado y luego atravesado por saetas, inquebrantable en su fe, sin renunciar a su dios. En la última, su cabeza cercenada de los hombros cae rodando hasta sus pies, donde una bestia a cuatro patas está apostada custodiándola. Según la madre superiora, la bestia es un lobo, pero en la imagen parece más bien un perro, aunque de un tamaño tan monstruoso que este cuadro me aterra y no puedo apartarlo del pensamiento incluso cuando no lo tengo a la vista. Ninguno de nosotros puede saber qué es lo que anda bajo la tierra.

Así pasan los días. Una mujer de Glassthorpehill en los bosques de Nobottle está poseída por un espíritu y vomita unos seres animales que parecen ranitas blancas. La historia llegó a mis oídos por sor Eadgyth, aunque no me demoré en su compañía para saber más. La hermana padece estreñimientos que le corrompen el aliento, así como el humor, pero es una buena cristiana y trabaja con ahínco.

No pude caminar desde que nací hasta mi decimotercer año de edad, cuando vivía en el patio junto a la casa del yesero que estaba en el camino a la iglesia. Un toldo de lona sobre unos viejos tablones pintados eran el cobijo donde moraba sola, pues mi padre partió antes de que yo naciera y a mi madre se la llevaron los cólicos antes de que cumpliera yo diez años. Todas las mañanas, cuando salía el sol, gateaba fuera de mi barraca como un escarabajo y arrastraba mi peso con los codos y por el camino empedrado hasta mi sitio junto a la puerta de la iglesia, donde hasta este día tengo la piel muerta y encallecida, no la siento, y puedo pellizcarla en pliegues grises que parecen arcilla seca.

En los tablones de mi cobijo había ángeles pintados, pero a medio hacer, trazados por una mano inexperta. A veces imaginaba que eran obra de mi padre, que al marcharse los había dejado inacabados, aunque sabía que probablemente hubieran salido de la mano de un extraño, alguien muerto hacía mucho tiempo o que había pasado el río desde Spelhoe hacia Cleyley. Las imágenes de los tablones miraban hacia el interior de mi cobijo y, tendida junto a mi vela de noche, imaginaba el torpe abrazo de sus brazos sin manos, omitidas por falta de destreza pictórica. Me recreaba pensando que sus alas inacabadas me abanicaban.

Ahora los cielos que anuncian la llegada del invierno cobran un lustre plateado, suspendidos sobre el convento de Abingdon, aquí en los campos lejanos al noroeste de la vieja iglesia donde pasé tantos años. A medida que se aproxima la festividad de san Edmund, más inquieto y perturbado está mi sueño, plagado de espantosas pesadillas, donde cabalgo en medio de la

155

noche huracanada como hombre con pensamientos revueltos en confusión y enemigos pisándome los talones. O, peor aún, me despierto gritando desesperadamente por la muerte de mi hermano, aunque hermano en verdad no tengo, ni jamás he querido tenerlo.

El día de la fiesta me despierto con tales palabras en la boca que la pobre sor Aethelflaed, en la celda contigua a la mía, por poco se muere del susto. Con la voz de un oso, gruño disparates asesinos: «En la infausta villa de Helleston fue flagelado mi hermano Edmund, primero desde el cuello al lomo, a lo que sollozó y se dolió, tendido en el suelo como ataviado con una camisa de sangre que los hombres de Ingwar apartaron para mostrar la espantosa arpa roja y hedionda que asomaba debajo».

Consuelo a sor Aethelflaed, calmándola, pese a que en verdad temo más por mí misma. Los pensamientos que llevo dentro me avergüenzan ante Dios; otras voces y otras vidas hablan en mí, no solo en sueños, sino que me acompañan en las labores cotidianas. Cuando me siento junto al pozo en el patio, sobre la pierna buena doblada, y me dedico a lavar los hábitos, de pronto me hallo pensando en qué necio fue mi hermano Edmund al sostener su fe cuando padecía las primeras torturas, solo para acabar renegando de ella a gritos entre dolores mortales y suplicando que terminaran con su vida.

De pronto, mis manos se quedan quietas en las aguas gélidas del pozo; el hábito que estoy lavando se escurre de mis dedos entumecidos y flota entre las hojas caídas de noviembre, mientras pienso que, si me apresaran, de buena gana alabaría a Wotan, a pesar de su único ojo y la costra de cacas blancas de cuervo que cubre sus hombros, con tal de que me librara de esa muerte, de que esa águila sedienta de sangre no abriera sus descarnadas alas y desnudara mi corazón.

No sé cuánto tiempo permanezco sentada ahí hasta volver en mí. Me levanto con un grito por los horrores que me visitaron durante la duermevela. Temblorosa y pálida, arrastrando mi pierna inútil, acudo a contarle a la madre superiora que me afligen sueños tan espantosos que acaso sean obra de un íncubo y le pido que me flagelen a fin de erradicar esos pensamientos inmundos. Entonces ella expresa su preocupación por mi fragilidad y mi avanzada edad, pidiéndome que lo reconsidere y sufra una penitencia menos severa y rigurosa. Le hablo de mis imprecaciones en la soledad de mi celda; de todos los rosarios rezados sin respuesta. Le ruego que me conceda ser flagelada, para que los azotes se lleven lo que las cuentas no pueden detener, no sea que mi alma inmortal acabe en peligro. Al fin consiente, fijando la penitencia para el día siguiente, a fin de que aún disponga de tiempo para meditar con más detenimiento el riguroso camino que con todo mi corazón he elegido seguir. No debo echarme atrás, pues temo por mi fe ante estas visiones infieles y caprichos de la noche: Virgen santa, perdóname, líbrame de todo mal.

Más tarde, a solas en mi celda con los demonios de sombra que la vela dibuja y hace brincar y retozar en las paredes cuando me muevo, pienso en Ivalde, muerto tantos años atrás. Vino y se sentó a mi lado junto a la puerta una fría mañana justo antes de primavera. Con su cadencia lenta y bobalicona, me contó que iba a emprender su peregrinación ese mismo día. Se marchaba a Roma, me dijo, a pesar de que Bruning lo había reñido y le había reprochado, asegurando que Dios y el bendito san Pedro tenían mejores ocupaciones que prestar atención a un joven hortelano corto de entendederas.

157

A pesar de que Bruning no me despertaba simpatía, aquel día en particular tuve a bien darle la razón y así desfogarme un poco, pues no había dormido bien y estaba harta de Ivalde y de su incansable cantinela con Roma.

—Deberías escuchar a Bruning —le dije—. ¡Solo los ricos y santos como él deberían creerse dignos de ir a Roma! Habrase visto, ¡tú no eres más que un simplón! Puedes estar seguro de que san Pedro se preocupa por ti tanto como por una pobre tullida como yo.

Pareció herido por mis palabras, como un niño de pecho, y empezó a tartamudear mientras intentaba profesar su fe en el Drotinum. Entonces le di la espalda y no le volví a hablar hasta que se fue, con la cabeza gacha y lleno de estupor.

En el fondo de mi corazón estaba segura de que la peregrinación de la que acababa de hablarme quedaría en nada; de que a la mañana siguiente vería a Ivalde encorvado, ocupándose de la huerta tras dejar una vez más a un lado sus sueños vanos, como tantas otras veces antes, pero no fue así. Bruning me dijo que había partido por la noche, en una carreta que se dirigía a la costa, con la esperanza de encontrar un navío en el que embarcarse para hacer la travesía a Normandía. Y de ahí a Roma.

La marcha de Ivalde hizo que el buen Bruning montara en cólera durante varios días. Me pareció que el cura sentía un gran desdén por las presunciones del pobre Ivalde. Sin duda, Bruning creía que si alguien podía pedir algo a san Pedro, entonces era él, Bruning, quien por derecho y rango debía estar el primero de la fila. Yo veía al cura, rollizo y rubicundo, mascullando mientras se agachaba a arrancar malas hierbas entre las hileras de chirivías en el huerto desatendido, y sabía que era a Ivalde a quien maldecía. Y así los días dieron paso a las semanas. No fue hasta la fiesta de la Pasión cuando Ivalde volvió con nosotros.

Esa tarde estaba sentada junto a la puerta, bajo un cielo cargado de nubes bajas, que casi parecían prenderse en el pináculo de la iglesia. Hacía un calor triste y sofocante. Tenía la ropa empapada por la canícula, así que a cada momento tenía que despegarme las faldas de los muslos. No vi a Ivalde hasta que remontó la loma del puente, al pie de la cuesta, desde el pilar donde estaba echada y envuelta en andrajos. Incluso entonces, cuando advertí la llegada de aquella extraña figura desgarbada, al principio no lo reconocí, tan cambiado estaba el muchacho tras sus viajes. Hasta que se acercó al cruce de caminos y distinguí el rojo de su pelo, no supe quién era. Confieso que con una punzada de maldad me alegré de que no hubiera podido visitar Roma.

Mientras subía la ladera con unos andares pesados que hasta entonces no habían sido suyos, le noté algo que no me resulta fácil expresar con palabras, como si viera una imagen que conocía de antiguo y que hubiera visto muchas veces en el pasado, aunque no alcanzo a recordar dónde: la de un loco desgarbado con espigas de hierba pajiza enredadas en el pelo, dando tumbos por el puente hacia el cruce de caminos como quien acaba de volver de una batalla; una mirada en sus ojos como si no supiera dónde está, solo que debe estar ahí. Enfiló el camino con el cielo resplandeciente a su espalda. Pensé: «Esto ya ha ocurrido antes». Lo miré mientras se aproximaba, su aspecto a la vez extraño y familiar, como las curiosas figuras pintadas que adornan los naipes en una baraja de cartomancia.

—He vuelto, Alfgiva —dijo cuando se acercó a mí.

Su voz sonaba hueca, sin asomo del brío que antes tenía. Ahora no mostraba ni rastro de estupidez, aunque me preocupaba más el extraño aire distante que se había instalado en su lugar. Se quedó de pie a mi lado, pero no consintió agacharse al hablar conmigo ni se volvió a mirarme, sino que observó la iglesia en todo momento, con el rostro despojado de toda emoción, sin pestañear siquiera.

Echando la cabeza atrás como un pájaro, le hablé, mientras permanecía de pie a contraluz, con el radiante cielo plateado arriba.

—¿Ivalde? ¿Dónde has estado? ¿No fuiste a Roma?

Entonces bajó la vista hacia mí y su mirada se nubló como si no me conociera. Los pajarillos callaron en el tejo y las sombras que hubiera esa tarde parecieron detenerse en su lento avance hacia el este. Al cabo, Ivalde habló con su voz, débil y errabunda, casi como si contara las andanzas de otro muchacho, alguien a quien conoció mucho tiempo atrás y que apenas recordara:

—A Roma no, no fui a Roma. Tres veces me embarqué en el navío, pero él acudió a mí y caí en unas convulsiones. Me dijo que debía regresar. —Su mirada se apartó de mí y vagó hasta la iglesia otra vez.

Cuando volví a hablarle, le tiré de la pernera de las calzas.

—¿Quién te mandó de vuelta? ¿Hablas de Bruning? Ha estado en la iglesia desde que te marchaste.

Despacio, sin apartar la mirada de la iglesia, Ivalde movió su enorme cabeza cobriza, con lo que los afilados tallos de hierba se le soltaron del pelo. Seguí la caída con los ojos hasta sus pies. Alarmada, vi que los tenía ensangrentados, las botas hechas jirones.

—No. Bruning, no. El Drotinum fue quien me mandó de vuelta. Él o uno de sus ángeles. —Ivalde me miró de nuevo y vi que sus ojos verdes estaban llenos de lágrimas—. Ay, Alfgiva, ¿qué me ha ocurrido?

Mientras su rostro se enrojecía primero y se arrugaba lue-

159

go con el llanto, solo pude mirarlo con perplejidad. Sin saber qué contestar a su pregunta, acerté a balbucir:

—Ivalde, ¿dices que el Drotinum te pidió que volvieras aquí? ¿Te refieres a San Pedro?

Hizo ademán de asentir, pero entonces se agachó y negó rotundamente con la cabeza, cerrando los ojos llorosos.

—No lo sé. Parecía un ángel, con alas verdes plegadas y el doble de altura que un hombre. Me dijo que debía regresar. —Aquí abrió los ojos y me lanzó una mirada furibunda—. Alfgiva, hablaba por medio de una flauta y caminaba a través de la pared sobre unas largas patas de pájaro, como zancos. —Volvió a mirar la iglesia. Estaba temblando—. La estancia era demasiado pequeña para contenerlo, y aun así se erguía cuan largo era. Entonces el techo se desvaneció como el humo, de modo que pude ver a través de él adonde se alzaba el Drotinum, con una mirada cargada de preocupación.

Guardó silencio. Una nube negra se desenrolló lentamente sobre la iglesia, como una banderola; su sombra cayó sobre la huerta y las tumbas, los montículos cubiertos de hierba, preñados de esqueletos.

160

Ese no era Ivalde, cuyos dislates de antaño podían tomarse a la ligera. Vi que se había obrado un cambio en él y me estremecí al darme cuenta de que creía lo que contaba, por más que me pesara. Aguardé un instante, compartiendo su silencio, pero sin poder contener mi curiosidad le pregunté si aquel ángel, aquel Drotinum, se le había aparecido más de una vez. Asintió con tanta congoja que supe que si Ivalde, en su inocencia, había anhelado alguna vez una señal de las alturas, sin duda ahora se arrepentía y deseaba desterrar sus visiones.

—La primera vez que se me apareció no lo vi, pero mientras cruzaba la pasarela del barco sentí como si algo más grande que un caballo me barrara el camino. La cara y los dedos se me agarrotaban cuando quería dar un paso adelante. Así que me asusté y no llegué a pisar el barco, de modo que zarpó sin mí y me quedé a esperar al siguiente que partiera a las costas de Normandía. Durante la espera me embargó una creciente irritación, maldije mi cobardía y juré embarcarme en el próximo navío que atracara.

Recobrando la compostura, miró fijamente la iglesia. Sobre

el dintel de la puerta, tallada en piedra, estaba la efigie de la Lujuria, en cuclillas, con las piernas separadas y los labios fríos y mohosos de su sexo abierto, flanqueada por sus seis acólitos, tres a cada lado.

La crispación desapareció de la cara de Ivalde y dio paso a la serenidad. Las nieblas vagas de la distancia empañaron de nuevo sus ojos mientras hablaba.

—Cuando el barco llegó, debía hacerse a la mar con el alba. Me dispuse a dormir hasta entonces en unas chozas de pescadores que había encontrado cerca de la orilla, sobre la hierba cortante. Desperté en plena noche con los pies enredados en las redes resbaladizas y hallé al ángel cerniéndose sobre mí. Sus plumas verdes chorreaban penosamente. Aunque no me atrevía a mirar, me embargó la extraña certeza de que una especie de sabandijas, pelonas y ciegas, se deslizaban por los muñones de sus patas descarnadas. Sus ojos eran los de un hombre desventurado, pero hablaba por medio de un pico semejante a una flauta y me dijo que debía regresar. Me desperté bañado en mi propia orina y no osé abandonar la choza al día siguiente hasta saber que mi barco había zarpado.

»La tercera vez, subí a bordo del barco y me mandaron a la bodega. Entonces ocurrió lo que he contado, cuando apareció a través de la pared mientras yo aguardaba despierto y me ordenó volver, así que hui del barco presa del miedo, y hui también de aquel pueblo de la costa. Corrí sin descanso. Cuando ya no pude más, caminé hasta llegar aquí. Vine bordeando la cima del monte al oeste del pueblo. Allí es donde he vuelto a verlo hace un rato: hace menos de lo que tardaría en consumirse la mitad de una vela.

Por las puertas de la iglesia, como parido por el frío coño que se abría en la piedra tallada sobre su cabeza, la silueta rolliza de Bruning salió dando grandes zancadas por la hierba húmeda, arrastrando el borde de su sotana oscura, con lo que más bien parecía que flotara, sin pies. Empezó a echar sapos por la boca, farfullando tan encolerizado que no se podía sacar nada en claro; sin embargo, Ivalde lo ignoró y siguió hablando conmigo, con la mirada fija en la torre de la iglesia, como si Bruning no existiera.

—Me estaba aguardando cuando alcancé la cima del monte

161

y pude ver el pueblo extendiéndose frente a mí. Esta vez se mantuvo lejos, solo en un claro de hierba abrasada, al otro lado de un gran cerco desbrozado. Con su silueta alta y verde, al principio lo tomé por un árbol. Cuando me saludó con la mano, me quedé inmóvil como la piedra, helado por un miedo terrible. Aunque estaba demasiado lejos para alcanzar a oírlo y no recuerdo que hubiera sonido alguno, me pareció, sin embargo, escuchar su voz aflautada como si hablara junto a mi hombro. Dijo que los restos de un amigo del Señor estaban ocultos bajo la iglesia y me pidió que se lo contara a Bruning. Seguí adelante a toda prisa. Al mirar atrás tan solo vi dos arbolillos, sus troncos muy juntos y parecidos a un par de piernas.

Bruning se nos echó encima, resollando sofocado, y empezó a acosar a Ivalde y a mofarse de su malograda visita a Roma.

—Así que al final el Señor no creyó oportuno concederte la peregrinación, ¿eh? ¡Qué te dije! Y ahora vienes arrastrándote de nuevo, con la vana esperanza de que yo te haya reservado alguna tarea. Pues… —Bruning calló entonces, turbado por el gesto impávido de Ivalde y por su silencio. La incertidumbre nubló el rostro del cura. Fue como si en ese mismo momento se supiera vencido; alcanzó a vislumbrar, por algún gesto en el ademán del joven hortelano, que Ivalde había pasado más cerca del mundo del espíritu de lo que al propio Bruning le había sido concedido jamás.

Una vez el capellán enmudeció, impresionado, Ivalde relató la peripecia de sus viajes tal como me la había revelado a mí, hasta llegar a la orden que el espectro había dado de cavar bajo el suelo de la iglesia, donde sería hallado un amigo de Dios.

Bruning miró perplejo al muchacho mientras hablaba, pero ni una sola vez lo interrumpió con una pulla o un comentario. Una vez que Ivalde hubo concluido, el cura estaba pálido y parecía incapaz de articular palabra. Cuando al fin lo hizo, no se detectaba asomo de rencor ni de altanería en su voz, que era débil y trémula.

—Ven, Ivalde —susurró—. Iré a buscar palas.

Enfilaron el sendero hacia la puerta de la iglesia, dejándome allí olvidada, sin atender a mis llamadas. Tras verlos marchar, decidí que los seguiría, aunque tuviese que arrastrarme más lejos que de costumbre. Empapándome los codos con el rocío fresco, avancé por la hierba, mis ojos fijos en la puerta y en el vicio con cráteres en los ojos que se agazapaba lascivamente sobre el dintel. Incluso ahora siento la hierba húmeda lamiéndome el vientre, los brazos doloridos como entonces. Fue la última vez que anduve a rastras.

Sor Aethelflaes ronca en la celda contigua a la mía; mi vela arde con luz trémula. De pronto recuerdo que mañana seré flagelada y me invade un temor que enseguida consigo vencer volcándome en la oración, suplicando quedar dispensada por una vez de sueños terribles en las horas previas a que se haga de nuevo la luz. Envolviéndome con las sábanas ásperas la fría espalda, me vuelvo de lado con la oreja pegada a los duros tablones de mi catre. Bajo la mejilla, la madera ha perdido el lustre, reblandecida por las babas de cientos de mujeres, dormidas…

Bajo por un monte guiando mi caballo en la oscuridad mientras los gritos salvajes de los hombres de Ingwar resuenan en la lejanía de la cima a mis espaldas, demasiado distantes para entender lo que dicen. Cerca del pie del monte hay un lodazal traicionero, donde mi corcel resbala y se hunde hasta las ancas, con los ojos desorbitados y vueltos en las cuencas al tiempo que relincha espantosamente. Temo que puedan oírlo los enemigos que me acechan cada vez más cerca y lo abandono presa del pánico, echando a andar campo a través con los pies pesados de barro, como los de un coloso. Una sarta de imprecaciones vikingas brutales y rudas atraviesa la noche. Los juncos pálidos se alzan ante mí a la luz de la luna y dejan entrever un imponente montículo de tierra, semejante a la calavera de un gigante de hielo, muerto tiempo atrás, hundido de bruces en las algas del río. A mis espaldas, más cerca ahora, hombres rudos gritan una palabra que cada vez se hace más clara, hasta convertirse en un nombre. Hundido hasta la cintura en los juncos, sé que ese nombre es el mío. Mientras sus recias botas de pieles aplastan las cañas, acortando la distancia que nos separa, sé quién soy: esa fría revelación me arranca del sueño devolviéndome a la oscuridad de mi celda con el nombre aún pastoso en la lengua.

Ragener. El bendito Ragener, hermano de Edmund. Asesinado como él lo fue antes, a manos de los invasores del norte cuando se negó a honrar a sus dioses. El santo Ragener, que

163

lleva igual que Edmund la corona de los mártires, cuya festividad se celebra solo un día después de la que se dedica a su hermano. ¿Cómo pude yo, entre todos los hombres y mujeres vivos, haberlo olvidado?

Yazgo en la oscuridad a solas con el martilleo ciego de la sangre, sintiendo el frío embate de la fría blasfemia contra los acantilados de mi frente. En nuestras horas de estudio, aprendimos que los hermanos santos no se sometieron a los usurpadores vikingos ni renunciaron al verdadero dios. Por esa razón, los flagelaron, luego los acribillaron con saetas y, por último, los decapitaron. Sin embargo, sus almas permanecieron intactas. En mi sueño, no obstante, todo acontece de un modo distinto. Edmund está muerto, con los pulmones prácticamente arrancados del pecho; sus últimas palabras de agonía son una negación de Dios mientras su hermano Ragener huye aterrorizado en la noche, pensando que, si se convierte a Wotan, quizá pueda evitar los tormentos que Edmund ha padecido. No puedo creer que estos sueños vengan de Dios si contravienen a tal punto todo lo que enseñan sus ministros. Desazonada e inquieta, preguntándome de dónde vienen mis sueños si no de Dios, me quedo en vela en la celda hasta que llega la mañana de este vigesimoprimer día de noviembre, el día en que se celebra al bendito san Ragener, cuando el flagelo me librará al fin de estas visiones que tanto aborrezco.

Al advertir mi ausencia en maitines, conducen a la madre superiora a mi celda, donde le pido que me dispense de mis obligaciones ese día: así podré prepararme para la flagelación que debo sufrir al caer la tarde. Ella vuelve a expresar sus dudas acerca del suplicio en sí y de mis posibilidades de sobrevivir a los azotes, habida cuenta de mi avanzada edad y mi cojera. Finalmente, tras ver mi convicción, la madre superiora me da permiso para estar en la celda el día entero y, de este modo, quedar en paz conmigo misma y con Dios.

Me siento en el catre, con una rodilla doblada cerca del pecho, a ver pasar las horas como a través de una gasa, aunque embargada por la inquietud. Cuando por fin ordenan a sor Eadgyth que venga a buscarme a la celda y me disponga para el flagelo, advierto que la pierna buena se me ha dormido por estar inmóvil tantas horas. Así pues, sor Eadgyth debe hacerme

164

de báculo, agarrándome del brazo, para llevarme hasta el lugar donde recibiré mi penitencia. Caminando con las cabezas muy juntas, noto de pleno su aliento pútrido en la cara. Impedida para caminar, no puedo por más que recordar la última vez que me fallaron las piernas, mientras me arrastraba sobre los codos y la barriga sobre la piedra fría para cruzar el portal de la iglesia y entrar en la nave donde Ivalde y Bruning ya se habían despojado de las camisas, donde levantaban las grandes losas del suelo con las palas, haciendo palanca en los bordes para dejar al descubierto el parche de tierra oscura que había debajo, un hervidero de gusanos de sangre.

Mientras Eadgyth me lleva por el pasillo medio a cuestas, medio a rastras, soy incapaz de decir dónde estoy o qué año puede ser. Estoy tan enajenada como alguien que acaba de despertar. Me arrastro por la nave de la iglesia hacia donde Bruning e Ivalde cavan, lanzando sin cuidado grandes paladas de tierra que cae sobre las losas, pero sigo reptando por la escoria hasta llegar al borde del agujero. Boca abajo en la tierra, ahora soy Ragener, sollozando y suplicando mientras las fuertes manos de los vikingos me agarran con fuerza por debajo de los hombros y, de un tirón, me levantan y sigo andando a trompicones a su lado hacia el montículo pálido que asoma tras los juncos. De pronto, sus manos son las de sor Eadgyth, que me ayuda a entrar en la pequeña sala de piedra donde ya está preparado el potro de madera con el lomo de cuero y espera la madre superiora.

Su voz suena tan lejana… Sor Eadgyth me desnuda hasta la cintura y me coloca boca abajo sobre el potro con mis pezones resecos prietos contra el cuero fresco. El frío en mi pecho me recuerda a cuando yacía en el suelo de la iglesia, aferrándome con los dedos al borde de las losas que rodeaban el agujero donde Ivalde y Bruning seguían cavando: el cura de pie en las lajas de piedra a un lado del foso, enjugándose el sudor de su busto flácido; mientras Ivalde, con las costillas marcadas en el torso, permanecía hundido hasta la cintura, rociado por la tierra que llovía de la hoja de su pala. Apenas me había asomado al borde para mirar cuando la tierra cedió bajo los pies de Ivalde y se abrió un foso de oscuridad insondable y en el que sonaba el suelo desmoronado.

La tierra resbala por la loma pelada y cae en los juncos que rodean la base. Los forajidos de Ingwar tiran de mí hasta la roca plana en lo alto del montículo, donde se ríen de mis lágrimas y de mis tristes intentos por congraciarme con ellos mientras me arrancan la ropa. Cuando estoy desnudo, se burlan de mi hombría y me arrojan de bruces al suelo, donde uno de los hombres se arrodilla a mi lado y me sujeta retorciéndome los brazos. Lo miro con los ojos pegoteados por la sangre, que me chorrea de la cabeza magullada: su rostro se me antoja más terrible de lo que jamás había alcanzado a imaginar, con la barba trenzada y teñida en franjas de todos los colores y pócimas delirantes en su aliento en este año de nuestro señor Jesucristo de 870.

De pie junto al potro de cuero, sujetándome por las muñecas, sor Eadgyth exhala una vaharada rancia y caliente en mi cara, y estamos en el año 1064. En algún lugar a mis espaldas, la reverenda madre alza el flagelo de cuero sin curtir por encima del hombro. Durante un instante que parece interminable, oigo el silbido de las trallas cortando el aire frío de la cámara. Un dolor cegador, lacerante, me atraviesa los hombros y la espalda para sumir todo mi ser en una luz terrible.

En el año del Señor de 1050, Ivalde le pide ayuda a Bruning a gritos y sacude las piernas a través de la cascada de tierra, intentando trepar por las paredes del agujero mientras el suelo se desmorona en la oscuridad del fondo. El cura se acerca tambaleando su corpachón para sacar al muchacho, mientras yo sigo asomada en el borde del foso con el vientre pegado a las losas frías. Veo que la base del suelo ha cedido y ha abierto cavernas o túneles que se hunden más abajo. Por un momento, creo distinguir la mole del sepulcro que más tarde se revelará oculto allí dentro y que contiene los huesos del mártir san Ragener, hermano de Edmund. A lo sumo, escrutando la oscuridad, distingo apenas la vaga silueta de la tumba, antes de sentir una imponente presencia debajo de mí, precedida por un poderoso rumor que sugiere su gran envergadura. Solo tengo un instante para maravillarme antes de que el extraño prodigio ocurra. Más tarde, cuando se haya repuesto, el buen Bruning describirá el fenómeno como una manifestación del Espíritu Santo en su terrible esplendor; pero yo estoy tumbada en el suelo con la cabeza colgando por el borde del foso y lo veo. Cuando abre sus monstruosos ojos, estoy mirándolo frente a frente. Una luz ardiente lo inunda todo. En las resplandecientes márgenes del vacío, Bruning gimotea como una mujer.

Suelto un alarido cuando el primero de los vikingos me ensarta con todo su vigor, pero después del tercero apenas sollozo. Luego, solo me lamento en silencio al pensar en mi vida y este espantoso final. Cuando el último de los hombres saca su arma de mis entrañas y me ponen boca arriba, empiezo a suplicar de nuevo y profeso mi lealtad a Wotan. El sonido de mi voz aterrada es una maldición para mis oídos, hasta que uno de mis captores la silencia violando mi boca ante los abucheos de sus compinches. Intento asimilar la barbaridad de lo que me está ocurriendo. El más canijo de mis torturadores saca ahora un cuchillo: antes de que el filo me toque, estoy gritando.

El flagelo me abre las carnes y me retuerzo. Sor Eadgyth me sostiene con fuerza las muñecas, mientras en la distancia la madre superiora está rezando. Hay un sonido agudo que no cesa.

Bruning grita, Ivalde grita y la luz blanca lo inunda todo. Una presencia descomunal se cierne sobre mi cuerpo tendido en el suelo de la iglesia. Después, cuando la luz se desvanezca y al volver en mí encuentre a Bruning e Ivalde arrimados a la pared, con la mirada perdida ante el suelo que se abre a sus pies, el cura gordo dirá que las alas que me rozan el cuello son las del Espíritu Celestial; al rocío que derrama y cae sobre mi pelo, lo llamará agua bendita. Y, sin embargo, ¿por qué es pegajoso y espeso como la semilla de un hombre o como el cieno de los viejos ríos? ¿Y por qué el Espíritu Celestial no se manifiesta como un ave, sino más bien en un terrible abanico parpadeante que irradia una luminiscencia verdosa que tiembla y se arremolina en el fulgor blanco, apenas sólido, de modo que algunas partes parecen hendirse en otras sin perjuicio alguno, o atravesar los grandes pilares de madera que sustentan la iglesia como si fueran de aire? Hay un estruendo atroz, atroz. Cegada por la desesperación, huyo despavorida de la iglesia. Hasta que no estoy en mitad de la ladera y me acerco al cruce de caminos no caigo en la cuenta de lo que he hecho.

En el año de 870 me han abierto el pecho en canal. Jamás habría creído que existiera un suplicio para el hombre tan horroroso como el que me están infligiendo a mí en este momen-

167

to. Hurgan en la cavidad, tirando de las costillas hasta levantarlas y abrirlas. Me desmayo de dolor. A horcajadas sobre un potro de carpintero en una estancia fría, sé que soy una anciana. Tengo la espalda hecha trizas. A gritos invoco a Wotan en busca de socorro, y entonces la mujer que azota me azota más fuerte. Yazgo con la garganta degollada sobre una pira ardiente, y me consumo, en un gran cráneo de hierro o en una estaca, y me pudro como la cabeza de un traidor colgada en lo alto de las puertas de esta villa. Soy niño. Soy asesino, poeta y santo. Soy Ragener. Soy Alfgiva y, más allá del dolor, me abandono a un éxtasis que solo les es dado conocer a los mártires, alcanzando el Paraíso cubiertos de sangre, con las manos calcinadas en meros muñones o acribillados de saetas, los pechos abiertos por donde se derrama la inmensa luz de nuestros corazones.

Me elevo hacia las alturas, con el ruido del mundo retumbando en mis oídos. Y, si estoy en el Cielo, ¿a qué vienen entonces tantos fuegos?

Renqueando a Jerusalén

1100 d. C.

Duro como el acero recién templado, el sol atraviesa un cúmulo de nubes, aunque su luz parece hastiada por el esfuerzo. Soy viejo, y sin embargo este mundo incesante y agotador sigue aquí. Me fastidian las almorranas por el roce de la montura, de ahí que esta mañana lluviosa esté rebosante de una bilis colérica y ya le haya soltado un par de coscorrones a mi escudero. Mientras bajamos por la judería y nos metemos en el tufo y el clamor de la feria del ganado, se queda rezagado para que no vea su mirada envenenada.

Mis perros van delante, corriendo entre los mercaderes y sus jamelgos comidos por las moscas. Con fauces rosadas húmedas y fruncidas como los labios de un coño, aquí y allá dan un zarpazo o la emprenden a dentelladas con un tobillo o un corvejón, por mero pasatiempo. La gente se hace a un lado para dejarme paso: mentecatos de Saxonia con las barbas espurreadas de babas, aunque las muchachas suelen ser bellas. Los cascos de mi corcel resuenan en la tierra apelmazada, y ahora la feria se sume en el silencio igual que el murmullo de las faldas de una mujer bonita puede acallar una taberna. Inclinan sus frentes tiñosas a mi paso y miran con temor. De no estar tullido y anciano, me acostaría con sus esposas e hijas a la vez antes de cobrarme sus cabezas…

No debo pensar en cabezas.

Después de que mi escudero y yo pasemos, el gentío vuelve a entretejerse a nuestras espaldas y retoman la cháchara y los trueques. La brecha que hemos abierto se cierra como una herida curada. Frente a mí y hacia la izquierda se alza imponente la iglesia, con sus muros de arenisca que se desmoronan como el oro deslucido, erigida en memoria de san Pedro, por cuya intercesión se hallaron las reliquias de san Ragener, o eso cuenta la leyenda. Una monja medio loca de Abingdon, muerta al menos veinte años atrás, habló de un ángel o un ave celestial dentro de la iglesia que curó sus piernas lisiadas.

Ojalá fuera así, pero yo estoy cojo y plagado de achaques, y sé que su visión solo pudo ser fruto de los desvaríos que afligen a una mujer cuando cesan los menstruos. Desde la Cruzada ando un tanto resentido con Dios. Un rayo despunta ahora del cielo y cae sobre la iglesia, con lo que sus oscuras ventanas parecen llenarse de resplandor, aunque sé que la luz es falsa y cederá enseguida a la borrasca.

La lluvia de esta isla: aún tengo el jubón empapado por el aguacero que soporté mientras cazaba, a primera hora del día. La humedad de la región ha hecho crecer un cuero en mi tez que no siempre estuvo ahí, pero mis quejas son débiles y carecen de convicción. ¿Acaso hubo alguna mañana en aquellos sagrados desiertos en que al despertar no hallara mi tripa negra de moscas, hirviendo en el sudor que me encharcaba el pecho flácido, y rezara por volver a conocer esta luz mortecina del norte, esta llovizna en mis ojos? El sol aquí nos arroja meras sobras, tras derrochar su espléndido botín en las lejanas tierras de los infieles, enhiesto entre sus lomas de arena.

La iglesia ha quedado atrás. A nuestra derecha, la cuesta de los yeseros se aleja serpenteando hacia los terrenos más altos del castillo a la par que nosotros descendemos por el cruce de caminos junto al puente, donde el portón del patio está abierto de par en par. Los cascos de nuestras monturas resuenan sobre las losas al cruzar entre los grandes pilares de ladrillo. Los mozos, que a buen seguro apenas hace un momento me maldecían igual que todo hijo de fulana, salen corriendo con grandes sonrisas a ocuparse de mi brida, exclamando: «¡Mirad! Es lord Simon. Ha vuelto a casa».

Sin poder evitarlo, los ojos se me van hacia la ventana de los aposentos de Matilda, que da al patio. Nadie se asoma. Tras desmontar, con un mozo a cada lado, me agarro a ellos pasándoles un brazo por el cuello: cargándome de esta guisa, me conducen hacia el portalón, arrastrando una pierna por los charcos parduzcos. Una vez, en un arrebato de ira, Matilda dijo que desde el lecho lloraba al oír ese ruido, ese arrastrar de pies, pues anunciaba mi regreso. Tras salvar los tres escalones del amplio umbral, estoy dentro del castillo. En mi morral, un par de patos empiezan a agarrotarse, enfriándose a medida que la sangre se cuaja. Ojos negros que escrutan, impávidos, la negrura.

En la paz de mi alcoba me despojan de mis maltrechas ropas embarradas y después me secan y me visten para el almuerzo: cordero frío, pan caliente y cervezas agrias. Matilda no me acompaña. Los golpes del cuchillo en el plato resuenan en el silencio.

Sorbiéndome los restos de salsa tibia del mostacho, la oigo pasear por los aposentos superiores y puedo verla en mi mente, toda su amargura delatada en su porte. Ahora cruza la estancia hasta el sillón de la ventana, con la cabeza gacha como si quisiera hendir su barbilla puntiaguda en el pecho; cruzando los brazos bajo los senos turgentes, agarrándose los codos con sus dedos crispados y blancos. Una mujer esbelta de veintinueve años y torpe en sus andares. No ríe nunca, ni siquiera se esfuerza por dar conversación, siempre está enfurruñada y con el ceño fruncido. A veces me parece que daría igual que me hubiera casado con su madre que con ella. Ah, qué más da. Ya está hecho.

Un pedazo de cordero se me ha metido en el hueco de la única muela que me queda, medio rota, en la quijada, y con la lengua emprendo movimientos clandestinos, complicados para desalojarlo. Matilda desnuda. Hace ya unos quince años. La senté sobre mis rodillas una noche, no mucho después de nuestra boda, agarrándola por los hombros para evitar que se escabullera. Intenté hacerla jugar con mi vergajo, pero empezó a hacer caras y juró por la Virgen santa que no lo haría. Cuando le solté el brazo para asirle la muñeca y obligarla a cumplir, se liberó apartándose de un salto de mi regazo y se escondió temerosa entre los cortinajes.

Si en aquella ocasión la hubiera sacudido más severamente, quizás en adelante se habría mostrado más cariñosa conmigo. Si me hubiera sacado la correa y la hubiera azotado hasta dejar su escuálido trasero en carne viva. Si la hubiera agarrado de los pelos o le hubiera pellizcado el pezón hasta que aullara. La furia martillea mi pecho, respondida por un temblor desesperado de la bestia olvidada que anida en mi entrepierna. No me conviene soliviantarme así, no vaya a caer algún mal sobre mí, y mientras la bolita de cordero se defiende de mi lengua curiosa, vuelvo mis pensamientos a asuntos más halagüeños.

La iglesia que estoy construyendo en lo alto de la colina junto a la cañada resta a medio hacer, después de que derribamos la reliquia pagana a fin de aprovechar sus cimientos para nuestra edificación. Algunos de los ladrillos están tallados con obscenidades antiguas y monstruosas, similares a la arpía que muestra su coño abierto acuclillada sobre el pórtico de la vieja ermita de San Pedro. Estos los descartaremos, salvo que la necesidad y la escasez de materiales dicten lo contrario. Ya nos vemos obligados por las circunstancias a conservar un pilar con un emblema bárbaro sinuoso, una sierpe infernal y lasciva enroscada a lo largo de la columna. Debería inquietarme que este vestigio teutón pudiera ser una ofensa, si estas buenas gentes no consideraran una ofensa mayor mis bocetos para la propia iglesia.

«Lord Simon, ¿acaso se trata de una burla vuestra?», dicen. Dicen: «Lord Simon, recapacitad el diseño, no vaya a resultar una afrenta para el mismísimo Dios». «Pero, lord Simon, señor mío, ¿qué hay de la tradición en tales tesituras?» (Huelga decir que por tradición se refieren a la planta en cruz, claro está.) Protestan y despotrican por doquier, como si mi intención fuera levantar un monumento a Moloch o un tabernáculo para los judíos. Murmuran, se santiguan y colocan cada piedra con el semblante tan grave que se diría que temen condenar sus almas inmortales.

Redonda. Únicamente pido que la planta sea redonda, igual que la del templo que Salomón construyó en Jerusalén. Redonda, sin una sola esquina donde el diablo pueda hallar ganancia o escondrijo. Redonda, para que Dios tampoco encuentre donde ocultarse. Si está aquí, entonces debe mostrarse. Si está aquí…

La barba era fina y plateada. Los párpados estaban cosidos; la nariz hundida en un agujero. Olía a pimienta, acre y picante. En su expresión, un aire extranjero e inescrutable; allí en la comisura de la boca donde las puntadas estaban sueltas se atisbaban los dientecillos negruzcos…

Cierro los ojos y aparto el plato. Cubriéndome el rostro con la mano, no puedo evitar gemir por lo que llevo dentro, por el peso que conlleva. Los sirvientes se vuelven hacia mí, mudos y asustados, y se miran unos a otros. Retirando mi plato y mi copa, abandonados a medias, se escabullen temblando a la cocina distante. Sus pasos apresurados y quedos como la lluvia resuenan en el corredor desierto.

El escueto chirrido de mi silla, al apartarla ahora de la mesa para levantarme, se antoja odioso y solitario en este salón gigantesco. Llamo a John, mi escudero, que acude al cabo de largo rato y me ayuda a volver a mi cámara. En el lento y farragoso trayecto lo reprendo.

—¿Por qué tardas tanto en atender mi llamada? ¿Acaso supones que me han crecido piernas nuevas y que puedo volver danzando a mi alcoba sin tu asistencia?

Tambaleándose con el hombro encajado en el hueco de mi brazo, humilla la mirada y farfulla sus consabidos: «No, lord Simon» y sus «Dios no lo quiera», contándome que mi llamada lo sorprendió en el retrete, a lo que contesto que si me hace sufrir más esperas, lo mandaré azotar hasta que se cague en los calzones.

Con estas palabras me asalta la sensación de lo que ya se ha visto. ¿Acaso me llevaron antes a rastras renqueando a lo largo de estos corredores con pensamientos de flagelación ardiendo en mi frente? Se apodera de mí un mareo distante, zumbador: voces sarracenas salmodiando a su dios endiablado a través de las dunas. Será que no he dejado que se me asiente la comida, nada más. Tras despachar a John en el umbral de mi alcoba, cierro la puerta de golpe y recorro penosamente el trecho hasta la cama, sirviéndome del respaldo de una silla a modo de báculo.

El aposento está frío, pero siento el calor de la cerveza al entregarme al lecho. Tal vez aquí pueda digerir la comida y quedarme a solas sin temor a que Matilda me importune, pues sus aposentos están en la otra punta del castillo. A pesar del gélido aire de noviembre, no es nada en comparación con el helor vacío que te cala hasta los huesos en el desierto al caer

173

el sol, y me contento con descansar aquí. Contemplando las vigas del techo, las grietas y las volutas me recuerdan un mapa de antiguos territorios por conquistar...

El buen papa Urbano obró tal como Pedro, a quien llamaban el Ermitaño, le había rogado: nos ordenó llevar la Cruz, unirnos a su Cruzada y liberar la Tierra Santa del yugo mahometano. Aunque las primeras expediciones, tanto la de Pedro como la de aquel Walter, apodado el Menesteroso, acabaron despedazadas por los turcos, nosotros no nos arredramos. Así pues, en el año noventa y seis de este milenio, izamos las velas y zarpamos con rumbo a Constantinopla. Y no había ni uno solo de nosotros que no creyera que al regresar al hogar sería un hombre más rico.

Santo Dios, pero la inmensidad de aquel cruel cielo pagano... Hacía perder la razón a los hombres. Mientras íbamos de camino a unirnos a Roberto, duque de Normandía, para asediar Antioquía, topamos con un insurrecto tan achicharrado y negro como cualquier sarraceno, que sin embargo entonaba himnos en la más noble lengua francesa, sin dejar de caminar en círculo en medio de lomas peladas, movedizas. Apartado de sus paisanos quién sabe hace cuántos días o semanas, había cavado pacientemente una zanja, larga y sinuosa, profunda como la cintura de un hombre, que se extendía a través de las dunas hasta donde nos alcanzaba la vista. Nos maldijo cuando al cruzarla con nuestras monturas los bordes se desmoronaron un poco. En su pecho moreno tostado colgaban los harapos de Flandes, aunque el verde vivo amarilleaba a la recia luz del desierto.

Cuando hubimos cabalgado un trecho y lo dejamos atrás despotricando, eché una ojeada y con inquietante sorpresa vi que su zanja interminable, vista desde lejos, no serpenteaba en volutas sin sentido, como parecía de cerca. A cierta distancia devenía una línea de escritura monstruosa desplegada por las dunas, trazada por una mano colosal y caprichosa. En algunos lugares, las palabras o las letras habían quedado borradas por la ventisca de arena, así que se me ocurrió entonces que aquel alma desventurada debía de pasar los días caminando de arriba abajo por el mensaje en toda su espantosa longitud, resiguiendo de nuevo sus trazos y florituras, mientras se derramaban himnos de sus labios oscuros y cuarteados. Las únicas palabras que alcancé a leer fueron «*Dieu*» y una que quizás era «*humilité*», escritas a través de las sombras moradas en la falda de una loma. Su mensaje, y de esto no me cabe ninguna duda, iba dirigido al Todopoderoso, el único que mora en las alturas para poder apreciar el texto entero. Lo dejamos acuclillado en los puentes de una eme, escarbando con frenesí para borrar las huellas donde los cascos de nuestros corceles habían estropeado su caligrafía.

Y así seguimos adelante y saqueamos las aldeas que hallamos en nuestra ruta a Antioquía. El pillaje tiene un sonido particular; un centenar de sonidos más pequeños que se confunden en uno: el llanto de una criatura, el estruendo polvoriento de las piedras al desplomarse y los gemidos de los perros lastimados. Caballos desbocados. Balidos confusos y trémulos de las cabras despavoridas, con mujeres que lloran a lágrima viva y hombres que lloran moqueando. Gritos broncos, ininteligibles, reducidos a una lengua hecha solo para la guerra. El tañer mortal del acero, el aullar de niños sodomizados, unidos en una sola voz que escupe y restalla en la garganta de humo negro del fragor. Ahora la oigo.

Prendimos fuego a sus santuarios. Les arrebatamos la vida, las esposas, los caballos, sedas y joyas, y algunos de nosotros les arrebatamos aún más. Uno de mis capitanes llevaba un cinto con lenguas de infieles ensartadas, hasta que le reprendimos por el tufo que despedían. Eran amasijos negros, más grandes de lo que cabría imaginar, y no había dos iguales. No fuimos ajenos a esas barbaries mientras estábamos en aquel lugar, aunque he pensado sobre ellas desde entonces y ahora sé que tales actos carecían de toda dignidad. Aun así, otros fueron mucho más lejos que nosotros. A pocas leguas de Murzak, cabalgamos un trecho junto a una compañía de caballeros de Italia que se cenaban con la carne de mahometanos caídos, diciendo que, como los enemigos no eran almas cristianas, eran como bestias: por tanto, podían ser devorados sin faltar a los mandamientos. A todas luces se veía que estaban desquiciados de comer los sesos de los infieles, y no pude sino preguntarme qué suerte les aguardaría al volver a tierras cristianas. Sucedió que, regresando por aquellos territorios desde Murzak en una fecha posterior encontramos sus cabezas, colocadas con esmero en un corro mirando hacia el centro entre los bancos de arena refulgente, los ojos vendados con jirones de sus túnicas celestes, cegando a los ya ciegos por mor de algún ritual que no acertamos a adivinar.

Anhelaba con todo mi corazón ver Jerusalén, aquella ciudad de las Escrituras que el emperador pagano Julián de Roma pretendió en su vanidad construir de nuevo, por lo que fue fulminado por Dios antes de que pudieran tenderse los cimientos. Un torbellino y corrimientos de tierra que escupieron llamas borraron sus obras, en lo que algunos ven una prueba del disgusto divino. (Mi iglesia redonda al menos conserva los cimientos en su lugar, a pesar de lo que pueda sobrevenir en adelante.) Anhelaba caminar por aquellos montes y ver aquel corazón de piedras vetustas apiladas donde nacieron los versículos sagrados, pero ¡qué fue lo que vi, en mala hora! Más me hubiera valido que depositaran mi cabeza vendada en aquel corro macabro de caníbales romanos, mi sangre cuajada como la yema del huevo en mis barbas.

No debo pensar en cabezas.

En alguna parte bajo mi lecho, bajo el suelo de mi alcoba, el castillo bulle de rechiflas, pasos, recriminaciones; grandioso, frío y retumbante, construido para durar mil años. Aún recuerdo cuando aquí no había más que la casona señorial de Valdevo, toda de madera y paja, donde se enjambraban las pulgas, antes de que el rey decidiese que un caballero de la Normandía quizá velaría por esta comarca con más tino que un conde sajón.

Pobre Valdevo… Coincidí con él en una o dos ocasiones: era agradable, aunque sin un ápice de inteligencia. En recompensa por su colaboración en la conquista, Guillermo el Bastardo le dio primero el condado de North Hamtun, para luego dejarlo morir como un traidor una vez que se hubo cansado de él. Tales calumnias y graves acusaciones se amontonaron sobre su cabeza que al final el anciano acabó por creer que sus traiciones eran ciertas. ¿Había conspirado contra el rey? Así debía de ser, pues ¿acaso no había atestiguado eso mismo su propia esposa, Judit? Que Guillermo, por ser ya viejo y lleno de temores, pretendiera meramente consolidar su propia posición rodeándose de compatriotas afines en la nobleza parecía una idea que superaba los alcances de Valdevo. Tampoco se le alcanzó que Judit, por ser la sobrina de Guillermo, declararía en cualquier sentido que su tío el rey requiriera. Conducido entre sollozos al tajo, incluso pidió a gritos que Judit lo perdonara: al menos a aquella puta traicionera se le mudó el rostro y apartó la mirada por vergüenza. Era la niña de los ojos de su tío, dispuesta a hacer su voluntad en toda ocasión.

En toda ocasión, salvo una.

La luz que entra por la ventana de mi torreón languidece a medida que avanza la tarde. Echo una cabezada, adormilado por las cervezas. Cuando al despertar hallo en las ventanas la oscuridad temprana de noviembre, me asalta un recuerdo sin sentido, que se ha colado en mis pensamientos mientras la razón dormía: allá en los páramos de Palestina, atrapado en cierta región ignota sin puntos de referencia, me topo con un pie humano que asoma de la arena. Con gran alegría pienso que ahí yace enterrada mi verdadera pierna, pues el despojo odioso que llevo arrastrando conmigo estos años no es sino un triste remedo de ella. Ansioso por caminar como hacía antaño, me arrodillo y empiezo a escarbar el polvo que envuelve el tobillo y la pantorrilla, cuando de repente advierto que alguien me está observando.

Levanto la vista, no sin sobresalto, y veo a una mujer que repta con una rapidez escalofriante por las dunas lánguidas hacia el lugar donde estoy, agachado junto al pie que asoma. Vestida con hábito negro de monja y lisiada por alguna tara que no consigo precisar, se arrastra hacia mí por las tórridas pendientes; de pronto, la oigo imprecándome, soltando amargas maldiciones, advirtiéndome que la pierna es suya y que la deje donde está. Cada vez más estoy atemorizado ante su inquina furiosa y la velocidad de escarabajo con que precipita por la loma su carcasa revestida de negro en medio de una polvareda azotadora. Tirando ahora frenéticamente del tobillo que asoma, intento sacar la pierna de la arena y escaparme con ella antes de que la monja me haya alcanzado, pero es en vano. En el instante atroz que sucede justo antes de despertar, caigo en la cuenta de que hay algo bajo las arenas del desierto que opone resistencia, algo oculto y, sin embargo, de una fuerza tremenda, que se aferra a mi pierna como queriendo hundirla

177

desde las entrañas de la tierra, a lo que me despierto con las palmas de las manos sudorosas y el corazón desbocado, en la penumbra de este torreón.

Qué miedo tengo. Temo estar muerto, temo no ser nada, y esa gran desazón que he mantenido tanto tiempo a raya ahora me hace compaña. Veo la vida mía, la vida de todos nosotros, nuestras guerras y copulaciones, todos nuestros movimientos y filosofías y conciencias, y no hay ningún suelo debajo, nada que sostenga. Al otro lado de mi ventana, las primeras estrellas emergen en un firmamento del que los designios han huido.

Al cabo de un rato llamo a John, y acude tan aprisa que medio sospecho que ha estado apostado junto a la puerta de mi alcoba por temor a estar ausente cuando lo llamara. Incorporado en el lecho, mientras me sube las calzas, le mando traer ante mí a lady Matilda. Una vez que se retira tras prender un candelabro, me agacho junto a la cama para hacer aguas en un orinal. El chorro es denso y parduzco, y con melancolía observo que mi verga sigue pustulosa e inflamada por el chancro: una reliquia más traída de Tierra Santa.

No llegué a ver Jerusalén. Era de suponer que cuando alcanzáramos Antioquía la mayor parte de nuestras batallas (y pillajes) habría terminado, así que nos contentamos con tomar una ruta más sinuosa que nos llevara por aldeas y poblados infieles con menos defensas y menos oportunidades de haber sido saqueados. Me llevé a una indígena de uno de esos lugares para proseguir la travesía; durante varias noches, me procuró solaz, aunque a la novena se quitó la vida. Las mujeres de esta guisa abundaban. Una vez, cuando entre nosotros tomamos por costumbre esas cosas, probé a un muchacho, aunque nunca me agradó, pues el olor de los jóvenes paganos no es grato. Con el tiempo, de todos modos, tales goces fueron vencidos por el calor; una lasitud de los apetitos; una merma en la ambición de la carne.

Nos habíamos desviado lejos, llegando casi a Egipto cuando por azar nos encontramos con los caballeros de rojo y blanco. Llevábamos toda una semana de travesía ardua y colmada de raros acontecimientos, como cuando cinco días antes vimos el suelo resquebrajarse bajo nuestro carromato más grande y más cargado, de modo que la parte frontal se hundió en el foso repentino que se abría debajo. Bajamos a gatas entre los velos de polvo para comprobar los daños y hallamos enterrado un antiguo sepulcro u osario que se extendía a nuestro alrededor en una oscuridad rancia, sobre la cual caían ahora los rayos del sol, rigurosos y deslumbrantes tras una espera de siglos. Casi daba la sensación de estar en una capilla, con enormes pilares que en lugar de mortero eran de luz. Apiladas por doquier había calaveras, algunas aplastadas como huevos malogrados bajo las ruedas de hierro de nuestro carro hundido, esquirlas de conchas amarillentas sobre las arenas más blancas. Tardamos buena parte del día en izar el carromato y sacarlo del foso, y acabamos tosiendo espantosamente y escupiendo gargajos gelatinosos. Poco después, entre la tropa, un soldado llamado Patrice juró que había visto una ciudad espléndida y trémula a la luz del alba, suspendida en toda su aterradora envergadura por encima de las dunas más distantes. Hubo más sucesos de este cariz en aquellos últimos días antes de nuestro encuentro con los caballeros desconocidos.

Vimos sus luces al anochecer, cuando las distinciones entre el cielo y la arena se perdían y aún no habíamos sentado campamento. Temiendo haber topado con el enemigo, rompimos filas y guardamos tal silencio que alcanzaban a oírse los correteos de las ratas del desierto y el reclamo nocturno de los escarabajos verdes. Traído por esos vientos serpenteantes que barren aquellos páramos oímos su canto, brioso, pleno y francés, y con alivio los saludamos y nos dieron la bienvenida junto a sus fogatas.

El cabecilla de la compañía, que contaba con ocho o nueve hombres, era un antiguo conocido mío, de nombre Godefroi, natural de Saint-Omer. Se mostró contento de verme, y así fue como nos sentamos a hablar mientras mis camaradas trajinaban y mascullaban juramentos en la oscuridad, al tiempo que plantaban las tiendas de los nobles, allí en la penumbra insondable que el fuego no alcanzaba a alumbrar. Me maravilló que Godefroi de Saint-Omer sostuviera un odre de vino en el regazo, pues ninguna clase de bebida fuerte había pasado por mis labios en cerca de medio año. El hombre tuvo la bondad de ofrecerme un poco. Enseguida me hizo entrar en calor, y otro poco engendró en mis oídos un grato canturreo que disipó los viles e incesantes zumbidos de los insectos del desierto, que los sarracenos consideraban el aullido del pandemonio mismo.

Arriba, grandes constelaciones se arremolinaban hacia las que ascendían en su minúsculo remedo las chispas de nuestra hoguera. Inquirí a mi anfitrión acerca del curioso blasón que él y sus compañeros llevaban, con una cruz gualda dispuesta sobre un fondo blanco, a lo que me confió que pertenecían a una orden en ciernes, que aún no había iniciado su andadura, y aun así creían en su destino glorioso. Me gustó, porque no parecía alardear, sino que hablara de sus designios como restándoles importancia, como si ya estuvieran cumplidos. A pesar de ser más joven que yo por varios años, irradiaba la sabiduría y la firme certeza propias de un hombre de más edad, así que seguí escuchándolo, embelesado y ni un ápice mareado por el vino.

Un rato después, otro de la orden de Saint-Omer se unió a nosotros, este llamado Hugues de Payens. Aunque más joven todavía que Godefroi, su celo hacia la hermandad en ciernes superaba al del mayor, si bien quizá fuera porque había tomado más vino. Descarado donde Saint-Omer se había mostrado comedido, habló de toda la riqueza e influencia que sería suya con el curso del tiempo; una fortuna que tal vez abarcara el mundo entero. Lo reprendí delicadamente y le dije que si las palabras fueran riqueza entonces él debería ser tan rico como Creso. Luego le pregunté de dónde imaginaba que iba a salir tanta opulencia.

Ofendido ante mis palabras, se volvió aún más arrogante y frunció el labio en una sonrisa desdeñosa tan torcida que supe que estaba ebrio. Insinuó, enigmático, cierto secreto custodiado por su orden, ante el cual el mismísimo papa pronto se postraría. Aquí, Saint-Omer posó una mano admonitoria en el brazo de su amigo y le susurró algo que no alcancé a oír, después de lo cual ambos se excusaron en virtud del cansancio y se retiraron enseguida. Me quedé bajo la fina luna menguante de los infieles hasta que los rescoldos languidecieron y di juego en mis pensamientos a todo lo que habían dicho ambos caballeros, sus insinuaciones y sus asertos delirantes. Finalmente, resolví acicatearlos de nuevo a la mañana siguiente. De haber olvidado mi resolución con el sueño, como tantos otros apremios más nobles, acaso en la hora de mi decrepitud y mi muerte habría sido un hombre feliz.

Los golpes repentinos en la puerta de mi cámara, aunque vacilantes, me arrancan de estas áridas ensoñaciones. Cuando doy permiso para que entre quien llama, aparece Matilda acompañada del joven John, que se mueve inquieto hasta que, tras dispensarlo, cierra la puerta y se marcha.

Matilda, impasible en medio del silencio sobrecogedor, me mira sin un ápice de ternura, ni siquiera de simpatía. Repara en el orinal con una mueca de disgusto que me obliga a esconderlo debajo del lecho antes de volverme de nuevo hacia ella.

—Haced el favor de tomar asiento —le pido, indicándole la butaca colocada entre la cama y la puerta, con la que me ayudo para cruzar la estancia.

—Como deseéis, mi señor. —Pasa la mano por el asiento antes de ocuparlo, como para evitar contagios. De esta guisa suele envolver siempre sus palabras y sus actos bajo un reproche sutil, mal disimulado. Como si a ella no le hediera el coño. Como si su mierda fuera oro puro.

—¿Se encuentra bien mi hijo?

La mirada con que me contesta, tajante e impenetrable, es en verdad la única respuesta que me hace falta: ni lo sabe ni le importa. El crío está al cargo de las ayas, en alguna parte del ala este del inmenso castillo. Su madre la tomó con él desde que dio a luz y no quiere ni verlo, hasta tal punto aborrece al hombre que lo engendró y la manera en que lo hizo.

Ahora aparta la vista y habla con indiferencia.

—El joven Simon, según me han dicho, está aquejado de la gripe. Pero, por lo demás, se encuentra bien, mi señor.

Su mirada, gélida de desdén, se pasea con insolencia por los escasos efectos reunidos en mis aposentos: un cofre, en cuya tapa hay repujados en oro cuatro ángeles con el atavío de los mahometanos, un esmerejón disecado relleno de virutas, y el dedo de un tártaro colgado de una fina cadena reluciente. Con cada pieza, con cada mirada, me juzga.

Tras la muerte de Valdevo, Guillermo el Bastardo quiso que yo ocupara aquí la posición del difunto. Más que la posición: pretendía que tomara por esposa a la viuda de Valdevo, Judit, para que la unión robusteciera mis derechos sobre todas sus tierras. Sin embargo, aunque hasta entonces había obedecido las órdenes de su tío, la sobrina se negó a acatar esta. Judit, que prestando falso testimonio había hecho rodar la cabeza de su esposo solo porque era la voluntad del Bastardo. Judit, que a sabiendas de que si rechazaba a su señor habría de renunciar a sus tierras y sus títulos. Judit, que antes copularía con cabras que perder el favor de su tío.

Judit no quiso casarse conmigo.

Dijo que era por mi pie tullido, si bien sé que en eso mintió. ¿Qué es lo que ven en mí estas mujeres?

Matilda me observa desde la butaca. Aguarda a que hable o la dispense. No hago ni lo uno ni lo otro. En estos pocos años desde que parió a nuestro hijo, la flor de su juventud se ha marchitado. Los dientes que perdió por las fatigas de la maternidad han despojado las trazas de lozanía que agraciaban su rostro. Cada vez veo más reflejados en la barbilla y la nariz de Judit los rasgos duros, angulosos de su madre.

Cuando Guillermo decretó entonces que Matilda se desposaría conmigo en lugar de Judit, ella siguió sin ceder, a pesar de que con eso habría salvaguardado la virginidad de su hija, y ni todas las súplicas y los llantos de Matilda debilitaron su empecinada resolución. ¿Por qué me temía tanto, hasta el punto de ofrecer el conejito pelón de su hija sobre mi altar en lugar del suyo?

Soy incapaz de seguir soportando el silencio en esta cámara. Para conjurarlo me lanzo a hablar de mi iglesia, de los gloriosos ventanales del presbiterio; del trazado único de la nave.

—La nave será redonda, Matilda. ¡Caramba! ¿Qué opináis de eso?

Me mira fijamente, con los ojos de Judit.

—Sin duda mis opiniones no importan, señor mío. Soy profana en esos menesteres.

Sabiendo que un reproche se esconde en esas mansas excusas, empiezo a montar en cólera y decido cargar las tintas.

—Si os lo he preguntado, podéis estar segura de que importan. Si de veras sois profana en tales asuntos, con más razón me divertirá conocer vuestras desavisadas impresiones, así que contestadme sin mayores demoras ni ambages: ¿qué opinión os merece una iglesia construida en redondo?

Matilda cambia de postura; me complace ver que está desconcertada. Menos convencida en su insolencia, rehúye mi mirada, y en sus palabras creo advertir un temblor, ausente hasta ahora.

—Algunos podrían decir, señor mío, que se trata de una disposición poco hospitalaria para el culto cristiano. —Traga saliva y pretende perderse en el estudio de los ángeles infieles repujados en la tapa de mi cofre. Vuelta de perfil, aún hay belleza en su rostro. Se me ocurre que si estuviera yo equipado para trajinármela, no desataría tal furia en mí, y pensarlo hace que mi furia se redoble.

—¿Creéis que me interesa un comino lo que puedan decir algunos? Intento conocer vuestro parecer, ¡y lo conseguiré a pesar de todas vuestras condenadas evasivas! ¡Por más que los ignorantes juzguen que mis obras no se adecuan a su cristiandad de baja cuna, quiero oír lo que vos tenéis que decir al respecto!

Guarda un breve silencio, parecido al redoble de un tambor, pues crea el mismo aire de expectación.

—Mi señor, me obligáis a reconocer que debo coincidir con quienes dicen tales cosas.

Poniéndome en pie del lecho donde estoy sentado, me agarro al pie de la cama y me cierno sobre ella, que se achica amedrentada.

—¿Qué sabréis vos? ¿Qué conocéis del cristianismo, de sus venerables antigüedades? ¡Venid! ¡Debéis venir conmigo a contemplar mi iglesia en este mismo instante, a fin de que pueda inculcaros la debida sensibilidad!

Da un respingo.

—Mi señor, está demasiado oscuro. No puedo aventurarme a salir con vos esta noche, pues sin duda va a llover.

Avanzo un paso más hacia ella, aferrándome aún con una mano al pie de mi lecho, y oigo la tormenta que estalla en mi corazón.

—¡Juro por Dios que, aunque nos aseguraran que la batalla de Armagedón iba a librarse esta noche, haré que cumpláis mi voluntad! ¡Levantaos!

Matilda rompe a llorar, furiosa al saber que no puede oponerse. Los ojos cercados de lágrimas escupen veneno: sin ape-

183

nas darme cuenta, me hallo frotándome la entrepierna con la palma de la mano, pues la vieja emoción despierta al encontrar tal pasión en ella. Al fin habla, con voz ronca y cargada de odio, como un basilisco. Sé que me pegaría, si se atreviera.

—¡No lo haré! ¡Lanzaos en medio de las tormentas para regodearos con vuestra aberrante reliquia si lo deseáis, pero yo no iré con vos!

A riesgo de perder el equilibrio, me suelto de la cama y me precipito hacia delante, estribándome en el respaldo de su silla para cernirme sobre ella, con una mano a cada lado de sus brazos y el rostro apenas a un palmo del suyo. Al hablar espurreo espumarajos blancos en su consumida mejilla, pues ha vuelto la cara y cierra los ojos con fuerza.

—¡Pues entonces os arrastraré de los pelos u ordenaré a mis hombres que lo hagan por mí! ¿Acaso queréis que os desnude y os azote? ¿Eso queréis?

Derrotada, niega con la cabeza; entre hipidos, respira hondo llenando su angosto pecho, y un hilo de mocos semejante al rastro de un caracol le cae por el bozo. Dejo el silencio en suspenso un instante, durante el que no se oye nada salvo mi respiración. Luego, irguiéndome a su lado con una mano todavía en el respaldo de la silla, llamo a John.

Cuando aparece está tan pálido y cohibido que no me cabe duda de que ha estado escuchando detrás de la puerta. Observa de soslayo a la señora Matilda, que vuelve el rostro para no poner en evidencia su turbación, y luego me mira.

—¿Mi señor?

Le pido que mande llamar a mis hombres de armas y que luego prepare caballos para la señora y para mí, diciéndole que nos disponemos a visitar la iglesia y que deseo que él nos acompañe junto a nuestra guardia montada. Parece confundido y temeroso, e interroga con la mirada a su señora, que no se vuelve, de modo que se retira con una reverencia y todo se lleva a cabo según mi voluntad.

Al cabo, partimos del castillo por la puerta que da al puente, Matilda aún sollozando mientras cabalga a mi lado, en tanto que John y mis hombres de armas mantienen la vista al frente, pretendiendo no advertirlo. Una lluvia fina e insidiosa que no alcanza a llevarse un aroma distante a leña quemada que flota en el aire azota la oscuridad. Cuando pregunto de dónde viene, mi escudero me recuerda que esta es la noche en que los aldeanos prenden las hogueras de Samonios y hacen pasar su ganado entre medio de ellas para conjurarlos de enfermedades. Mientras remontamos la cuesta desde el cruce de caminos a la feria del ganado, veo el cielo iluminado por un resplandor infernal sobre el pináculo derruido de San Pedro, que señala la gran hoguera que arde en el prado detrás de la iglesia. Alcanza a oírse el jolgorio de este arrabal mientras pasamos con nuestras monturas y luego seguimos hacia la judería.

En el umbral de las casuchas adocenadas de los semitas, torcemos a la izquierda y emprendemos así el penoso y largo ascenso del sendero empinado desde la plaza del mercado, subiendo por las afueras de la villa hasta el camino de ovejas que hay justo más allá, donde está mi iglesia en su rudimentario estado.

El viento esparce el tufo del fuego por doquier, con lo que no puedo sino recordar el olor de fuegos más antiguos, en tinieblas más antiguas. El fuego donde me senté a hablar por vez primera con Saint-Omer; el fuego alrededor del cual armamos nuestro campamento la noche siguiente, tras cabalgar toda la jornada junto con la compañía de Saint-Omer y sus caballeros de extraña indumentaria. Al lado de la viva llama de los rastrojos en una fogata apresurada e imprudente, volví a interrogarlo sobre las pretensiones que él y el joven Hugues se habían dado la última vez que hablamos. El susodicho maestre de Payens no estaba presente en esta ocasión, pues había partido con algunos de sus compañeros a un lugar remoto de donde acampamos, a tenor de no sé qué oficio o ritual exclusivo de su orden.

185

Acuclillado junto a mí, con el rostro broncíneo a la luz de las llamas, Saint-Omer volvió a jactarse de que con su orden ascendería hasta hacerse rico más allá de los sueños de la avaricia, con influencia para hacer de Alejandro un mendigo. Apremiándome para que uniera mi causa a la suya, prometió que todos los que estuvieran a su lado desde el principio obtendrían grandeza y recompensa, cuando al fin reclamaran su herencia.

—Como veréis, mi señor de Saint-Liz, aunque nuestro ascenso pueda darse por seguro, hay no obstante ciertos preparativos que hacer y que nos ayudarían en grado sumo cuando al fin alcancemos el poder. Nuestros cultos, por ejemplo, exigen que nos reunamos en un círculo, de manera que no pueden llevarse a cabo fácilmente en una iglesia corriente. Así que necesitamos levantar iglesias a lo largo y ancho del mundo según nuestro propio diseño, inspirado este en el gran templo de Salomón en Jerusalén.

Hizo una pausa elocuente, como para darme tiempo a asimilar a fondo su propuesta: si ayudaba a su empresa con la construcción de tan singular iglesia, me recompensaría con creces cuando llegara la hora de su nueva orden. Negué con la cabeza, en airada protesta.

—A fe mía, señor Godefroi, que harían falta más que promesas y castillos en el aire si alguna vez me lanzara yo a embarcarme en tales aventuras. Aunque no dudo de vuestras intenciones, ¿cómo aspiráis a conseguir las grandes riquezas de las que habláis? ¿De dónde ha de provenir ese tremendo poder?

Se volvió hacia mí, la mitad del rostro encendido, el resto oscuro, y sonrió.

—Pues de su santidad el papa, cómo no. No me cabe duda de que las arcas de Roma podrán satisfacer nuestras exigencias.

Advirtiendo la turbación y la perplejidad muda con que recibí este anuncio, continuó obcecado, mientras en los desiertos de alrededor los demonios cantaban a través de las gargantas de los insectos.

—Es tal y como mi señor de Payens dijo cuando el exceso de vino venció su natural discreto: nosotros guardamos un misterio. Custodiamos un secreto oculto en el seno de nuestra orden, que más de uno preferiría que no le fuera revelado. Pero para seguir hablando debo tener vuestra promesa de silencio. Además, debo asegurarme de que si participáis de tan gran conocimiento, y habiendo visto con vuestros propios ojos el medio por el que alcanzaremos dichas gestas, después construiréis para nosotros el lugar de culto que os he descrito.

Después de sopesarlo largamente, al fin asentí con solemnidad, razonando que si Saint-Omer no cumplía su promesa de satisfacerme con lo que me revelaba, tampoco yo me vería obligado a cumplir con la última parte de sus condiciones. Tras jurar mi voto de silencio, le pregunté cuándo me haría al fin partícipe de los grandes asuntos que insinuaba.

186

—Pues esta misma noche de sabbat, si lo deseáis.

Fruncí el ceño: en aquellas arenas inmemoriales había perdido cualquier noción del mes, la semana o el día en que estábamos. ¿De veras era sabbat?

Saint-Omer continuó perorando sin prestar ninguna atención a mis confusiones.

—En este preciso instante, el joven señor de Payens y el resto de mis pares caballeros están reunidos en un lugar no lejos de aquí, donde hacen los preparativos y aguardan mi llegada para dar comienzo a la ceremonia. Si deseáis acompañarme, todo cuanto he dicho quedará probado.

Tras decidirlo así, nos apartamos del halo del fuego y nos excusamos antes de emprender nuestra ardua travesía por las dunas, hacia donde Saint-Omer decía que se habían retirado sus compañeros. Entonces mi pierna no estaba tan mala como ahora, pero aun así iba colgado del brazo de Saint-Omer mientras avanzábamos por la arena, la misma arena engorrosa que entorpece mis pasos en los espantosos sueños de huida que últimamente me aquejan.

Arriba, la cantidad de estrellas era sobrecogedora; esa ingente multitud de ojos de plata antigua que vieron a tantas generaciones reducirse a polvo, sin pestañear jamás, mucho menos derramar una lágrima. Mientras caminábamos penosamente a la intemperie por las dunas, le pregunté a Saint-Omer cuándo alcanzaría su orden la elevada posición que anticipaban.

—Dentro de cinco años —contestó. Y añadió enseguida, como si fuera una ocurrencia del momento—: Si no cinco, entonces diez.

Desde entonces he aprendido, con cierta amargura, que si no diez, bastarán quince; o si no quince, pues serán veinte. Mientras subía con Godefroi de Saint-Omer los montículos que cedían y se desmoronaban aquella noche distante, arrullado por los coros de escarabajos, no reparé en tales posibilidades.

Además, para entonces habíamos llegado a lo alto de una cresta, que descendía ante nosotros hacia una explanada donde se distinguían unas luces; un anillo de velas encendidas que parpadeaban en la oscuridad, que cercaban un anillo similar, salvo que más pequeño, dispuesto en su centro. En la senda que quedaba entre ambos límites ardientes, unas figuras pá-

187

lidas se movían en lenta procesión, de donde llegaba un murmullo oceánico que se resolvió en un cántico lúgubre a medida que seguimos bajando a trancas y barrancas por la loma, hacia las velas y los caballeros que cantaban, girando en círculo. El cerco interior de llamas se disponía alrededor de una piedra plana que hacía las veces de altar. Encima descansaba algo que no alcancé a distinguir, encandilado por los pábilos chispeantes que lo rodeaban. Avanzamos dando traspiés hacia el resplandor, Saint-Omer y yo mismo, azotados a nuestro paso por unas flores espantosas que surcaban el aire: monstruosos insectos del desierto que se abalanzaban hacia su fulgurante y breve extinción en las llamas de las velas. Absorto, con Saint-Omer guiándome hacia delante, no pude por más que seguir su ejemplo. Las voces lastimeras se elevaban y nosotros las seguíamos, las seguíamos…

La lluvia que arrecia ahora me recuerda a los caparazones de los insectos que se estrellaban entonces contra mis mejillas. Bajo los cascos de nuestro destacamento, el rastro verdoso y pajizo de las boñigas de los caballos da paso a joyas negras de cagarrutas, indicando que hemos alcanzado el sendero de las ovejas, por donde traen de Gales a los rebaños enmarañados e infestados de garrapatas. Matilda cesa en sus sollozos mientras descendemos, a pesar de que sus mejillas siguen mojadas, aunque tal vez sea por la lluvia.

Una mole negra que se hace más presente y más sólida sobre la loma a nuestra derecha, contra la oscuridad más pálida del fondo. Es mi iglesia a medio bastir, sus ocho magníficas pilastras erguidas hacia la miasma arremolinada del cielo. Haciendo una señal a John y los solemnes hombres de armas, alargo el brazo y cojo la brida de Matilda para guiar a nuestros dos caballos al otro lado del muro bajo de piedra que bordea la parte más baja del recinto de la iglesia. Se alza imponente frente a nosotros, inacabada y aun así evocando ya su gravedad final, mientras nuestros guardias nos ayudan a desmontar y trepamos por la hierba mojada de la cuesta que lleva hasta ella. De las sombras llega un espantoso gemido y el roce de pies calzados con huesos. Matilda grita alarmada, pero no es nada: solo las ovejas que pacen en los pastos y los matorrales alrededor de la iglesia.

Tomo a Matilda del brazo con tanta fuerza que esboza una mueca de dolor. Me cuelgo de ella mientras me dirijo a los pilares en círculo que ascienden rotundamente en pos de la oscuridad, sin estrellas, hasta culminar en sus capiteles redondeados, cubiertos de festones. Entre las ocho soberbias columnas aparece el foso abismal de la cripta abierta, donde unos toscos escalones de piedra se hunden en el fango removido por la lluvia, y aunque Matilda hace ademán de retroceder, la arrastro hasta el borde mismo, de manera que nos detenemos entre los pilares, en los que me apoyo y encuentro sostén.

Matilda rompe a llorar de nuevo. Cuando me vuelvo hacia mi escudero y mis hombres de armas, apostados un poco más atrás, veo que también están desconcertados, no sé si por la imponente iglesia o por mi manera de proceder. Grito, para hacerme oír por encima de las ráfagas del viento y la lluvia, gesticulando hacia los cimientos de corte oblongo y los muros del presbiterio a medio construir, tendidos al otro lado del foso de la cripta.

—¡Ahí! ¿Lo veis? Ese será el Martyrium, que representa la pasión de nuestro Señor, mientras que estas bóvedas, una vez cerradas, simbolizarán la gruta en la que yació, allá en Getsemaní. ¡Venid! ¡Bajad conmigo a verlas! Os mostraré…

Ahogando un gemido, Matilde se aparta de mí y echa a correr desde las columnas que rodean el cráter hacia donde John y mis hombres de armas aguardan atónitos. Cuando llega a su altura, se detiene a mirarme, con los ojos desencajados de miedo, mientras su barbilla puntiaguda tiembla como la aguja de una brújula fija en mi norte. Encolerizado la impreco. A ella y luego a aquellos hombres cruzados de brazos que no hacen ademán de traerla de nuevo a mi lado.

—¿Qué ocurre? ¿Os asusta este mero cascarón, esta mera anatomía que aún no es una iglesia? ¡Cuánto más os asustará ver su pináculo! ¡Si no me acompañáis a la cripta, malditos seáis entonces, pues iré yo solo!

Confiaba en que con esto John acudiría en mi ayuda, pero se limita a quedarse al lado de su señora Matilda y me mira perplejo, en un trance de pavor similar al de ella. Maldiciéndolos a ambos me vuelvo y, agarrándome a las piedras que sobresalen de las paredes terminadas que sostendrán la cúpula, empiezo a bajar lentamente las escaleras cubiertas de musgo. Arrastrando una pierna, desciendo hacia el misterio.

Allá en el desierto, Saint-Omer y yo bajamos hasta aquel corro de caballeros, y pudimos oír su cántico con más claridad a medida que daban vueltas penosamente en torno al altar rodeado de velas. En sus monótonos lamentos, de vez en cuando pronunciaban el bendito nombre de Iesu, con lo que me cercioré de que no hubiera ninguna asistencia diabólica en su ritual. Pasamos por encima de las velas del primer anillo iluminado y, al acercarnos, los caballeros se apartaron sin dejar de cantar y nos abrieron paso hacia el anillo interior y el altar que custodiaban.

Saint-Omer se inclinó entonces para susurrarme algo al oído: sus palabras fueron nítidas aun en medio de los cánticos de sus hermanos.

—¿Veis, mi señor de Saint-Liz? ¿Veis el rostro de nuestro Bafometo, de nuestro alabado maestro, ante quien se postrarán todas las naciones de la Tierra? Mirad de cerca.

Y allí, tras las llamas parpadeantes…

Ahora estoy de pie en el lodo resbaladizo por la lluvia, en la cripta descubierta de mi iglesia inacabada. Más arriba, asomados entre las columnas, están los rostros de mis guardias y de mi señora Matilda, que con temblorosos pasos se han acercado y se asoman por el borde, para contemplarme mejor en mis desvaríos.

Aunque la lluvia feroz me inunda las cuencas de los ojos, levanto la cara hacia ellos mientras rujo.

—¡Aquí! ¡Aquí está la gruta en la que durmió Cristo, mientras que por encima de mí, en la gran nave redonda, estará el símbolo de su resurrección…!

De su resurrección. Sin apartarme de Saint-Omer, me incliné hacia delante, escrutando más allá del anillo de velas encendidas, para ver lo que había sobre el tosco altar de piedra dispuesto en el centro. A nuestro alrededor, ataviados de sus fantasmales casacas blancas con la cruz sangrienta trazada en la pechera, los caballeros cantaban. Iesu, Iesu…

Asiéndome a las paredes húmedas y frías de la cripta, empiezo a dar vueltas en círculo por el gran aro de piedra, renqueando, arrastrando mi pie tullido por los charcos profundos y oscuros, sin dejar de bramar.

—¿Acaso pensáis, al igual que los necios, que esto es blasfemia, esta sagrada circularidad? Ay, si supierais lo que yo he visto...

Yacía sobre el altar, y su piel estaba negra y ajada por la edad. Los pocos pelos que aún quedaban pegados a la testa o las barbas eran largos y refulgían plateados a la luz de las estrellas y las velas.

—Ahí —llegó el aliento de Saint-Omer a mi oído—. Ahí. ¿Veis?

Le habían cosido los ojos, y en la comisura de la boca persistía una expresión extraña, indescifrable, donde los labios se habían hinchado y descosido. Era una cabeza, pero yo no aventuraba de quién podía ser, para postrar a todos los papas y potentados a la mera servidumbre.

—Ahí —dijo Saint-Omer—. ¿Veis?

Sigo dando vueltas alrededor de la bóveda, chapoteando en el barro, y aun así las palabras que grito no tienen más sentido del que hay en las chispas y el crepitar de una de las hogueras de la aldea. Sollozando, avanzo a trompicones, rugiendo, mientras que, más arriba, las máscaras de Matilda y John y todos los sobresaltados hombres de la guardia siguen observándome: mis jueces.

—Soy viejo y tengo un pie en la tumba, ¡y aun así no mueven un dedo por mí! ¡No les importo! ¡Alcanzarán su reino solo después de que yo me vaya, así que para mí no habrá recompensa alguna, ni aquí ni en ninguna otra vida! Si supierais lo que yo sé...

Entonces supe de quién era la cabeza. La certeza me asaltó con tanto ímpetu que reculé a trompicones, como si las arenas bajo mis pies fueran a abrirse de repente y abocarme derecho al Infierno.

—Ahí —dijo Saint-Omer—. ¿Veis?

Resbalo y me caigo maldiciendo en el lodo. Sin embargo, ni los hombres ni Matilda hacen ademán de venir a socorrerme. Me arrastro de rodillas por la cripta, colgándome de las piedras que sobresalen de los toscos ladrillos hasta que logro enderezarme a medias.

Embargado de un pavor mortal contemplé la cabeza, cuyas facciones parecían agitar sombras trémulas a la luz de las ve-

191

las. Entonces todo era mentira, toda la Cruzada y la mismísima cristiandad… La piedra angular que sostiene la fe me fue arrebatada; en su lugar, solo quedó aquella aborrecible reliquia, momificada y negra, que parecía atravesarme con su mirada cosida con tripa de gato; que parecía retorcer la comisura suelta de su boca en una sonrisa atroz. Moriré y nada quedará de mí salvo gusanos y huesos. Me desvaneceré, me perderé en las tinieblas insondables e inertes donde ningún pensamiento acude. No me elevaré en la nave del renacimiento, entre el eco de las voces de los ángeles, ni tampoco lo hará ninguno de nosotros, pues el Cielo se ha tornado un páramo desierto y los muertos no se levantan ni hacen retroceder las piedras. Nuestras almas no conocen ascensión ni alcanzan un destino final.

Riendo, llorando, con mi pie muerto a rastras, doy vueltas y más vueltas, girando en círculos eternamente bajo un cielo vacío hacia el que jamás se elevó ni hombre ni mártir, ni vio jamás que la llama del hombre se prendiera de nuevo una vez que su chispa se había extinguido, ni supo jamás de resurrección alguna.

Confesiones de una máscara

1607 d. C.

Me pesa tener que contar que últimamente me he visto de nuevo aquejado de identidad y acosado así por una gran plaga de pensamientos. Asuntos áridos, intrascendentes, que resuenan en vano dentro de la vaina apergaminada de esta máscara burlona en la que me he convertido. Y lo peor es que me provocan un picor espantoso en la parte posterior del cráneo, donde, me temo, persiste todavía alguna piltrafa marchita de conciencia; farfolla gris de esponja frágil, escurrida hasta secarse, incrustada en el cascarón hueco como vestigios de moco en las páginas de libros viejos.

Descubro que, si consigo inclinar la calavera adelante y atrás, como si la brisa la meciera, me puedo rascar con la punta de hierro de la picota, procurándome así cierto alivio, aunque eso no disipa el principal motivo de mi desazón, a saber, que me descubro con la capacidad de pensar o sentir, cuando imaginaba (sin imaginar nada) haberme librado, en buena hora, de tan penosas tareas.

¿Cuándo tuve conciencia por última vez? Sin el don de la vista, no puedo determinar cuánto tiempo llevo aquí colgado y hediendo desde la última vez que volví en mí. Si la memoria no me la juega, fue en verano, cuando en la cúpula de esta catedral de hueso resonaba como un canto gregoriano el zumbido de los moscardones de panza verde; la comezón de las larvas donde otrora resplandecían los sueños. Si fue el verano pasado o el anterior, no sabría decirlo. Según recuerdo, apenas llevaba unos meses aquí colgado, con lo que calculo que era el año de 1606, en el tercero del reinado del buen rey Jacobo, a quien el Todopoderoso pudra los ojos (destreza que ha empleado con gran éxito en diversas ocasiones, como yo mismo puedo dar fe).

Sobre el papel arrugado y cadavérico de mi frente siento la humedad del viento otoñal; trae un susurro entre los moscardones. ¿Octubre, entonces? ¿Noviembre? Pero ¿de qué año? En verdad, me importa poco, deseando como estoy quitarme de fechas y conocer la eternidad. Creía haberlo logrado, esa última vez. Me daba por desaparecido. En cambio, fue un sueño nada más; un nuevo derrumbe de mi sesera barrenada por los gusanos, solo para volver a despertar, tan harto que estoy, curado de espantos.

Me pregunto: ¿vive todavía mi padre? El pobre Tom, tan loco como yo y casi tan impedido en sus movimientos, enclaustrado en su predio por la ley a causa de su fe, en el pabellón de caza caprichoso, de tres lados, que él mismo construyó y con el cual pretendía simbolizar la Trinidad, burlándose así de sus captores. Envuelto en un lenguaje que él mismo creó, oculto y místico, temo que su burla apuntara muy por encima de las cabezas de sus carceleros y errara completamente el tiro.

Tres pisos. Tres lados. Tres ventanas hechas con triángulos de vidrio en cada lado, en cada uno de los pisos. Grandes números, treses y nueves, incrustados en el ladrillo, que significaban no sé qué, aunque recuerdo que una vez mi padre puso mucho empeño en explicarme su sentido.

—Son fechas, joven Francis. Fechas calculadas a partir de nuestros verdaderos inicios en esta Tierra y de la fundación del Edén. —Mientras hablaba, su soberbia cabeza canosa se mecía hacia delante, asintiendo para mayor énfasis; los últimos picoteos exhaustos de un pájaro antiguo y tullido.

Los cálculos de mi padre se basaban en el calendario sugerido por cierto obispo (cuyo nombre he olvidado), que había establecido para su satisfacción personal la fecha concreta del comienzo del mundo. A mi pesar, debo confesar que tan importante efeméride ha huido también de mi memoria, un recuerdo más devorado por las moscardas. Me acuerdo, no obstante, de que el día de la Creación fue un lunes.

Hasta ahí, aunque para nada cabales en un sentido corriente, los motivos de mi padre para construir el pabellón estaban cuando menos al alcance de mi comprensión: deseaba erigir una afrenta triangular al sentido común y conmemorar así la Santísima Trinidad en cuyo nombre había cumplido condena en prisión. Por añadidura, deseaba fechar su edificio a partir del alba primigenia de aquel lunes en que el Todopoderoso se dignó a que se hiciera la luz.

Ese no fue, sin embargo, el límite de las extrañas fijaciones de mi padre. Además de los enormes números dispuestos en relieve sobre el pabellón, también había letras, en su mayoría pertenecientes a curiosos juegos de palabras con el apellido de la familia, siendo este Tresham, que se abrevia «Tres», y que nos lleva de nuevo hábilmente al Padre, al Hijo y a su paloma celestial.

(Si me permiten un aparte, y en cierta modesta medida un reproche, debo decir que en todos los meses que llevo esperando alcanzar el reino celestial, ni una sola vez me ha visitado susodicha ave bendita, aunque llevo un birrete de los excrementos de sus primas.)

195

Bajo el arco de la puerta del palacete de Rushton observaba a mi padre, mientras él a su vez contemplaba la obra de su desvarío, al otro lado de los jardines. Se paseaba ufano de un lado a otro. En todo momento daba voces para alentar a los que faenaban bastiendo el pabellón.

—¡Por el amor de Dios, Cully, más a la derecha! ¡Aseguraos de tomar las mediciones en múltiplos de tres, señor, si en algo me estimáis! ¡Cuidad las inclinaciones de la esquina, no vayan a derramarse como las piernas de una ramera!

Aquí en Northampton hay una iglesia de planta redonda, erigida con esas blasfemas proporciones en la época de las Cruzadas contra los sarracenos. Según se conjetura, fue construida de tan curiosa manera para que Satán no hallara un recoveco en el que esconderse. ¿Qué hay del pabellón de mi padre, entonces? ¿No es de suponer que albergaba demonios en cada rincón, diablos por doquier, que lo empujaron más allá del orgullo, más allá del encono, hasta abocarlo a la locura? ¿Qué es lo que nos empuja a todos, que nos embarcamos en tales catástrofes? Sin duda, la voz del Todopoderoso no lo guio a tan lamentable fin. ¿No saldría esa voz más bien del

Infierno, por boca del fuego, escupiendo lava resplandeciente?

A pesar de que por lealtad declaré haber compartido el credo de mi padre desde su conversión, me resultaba sin embargo difícil lidiar con un dios que recompensó la fe de sir Thomas Tresham con un arresto domiciliario y luego lo incitó a pasar el resto de sus días en la construcción de un gran taco de queso en piedra. (Aquí solo me quejo por el trato que mi padre recibió a manos del Todopoderoso. Nótese que no discuto la pena que a mí se me impuso, que me parece justa, de punta a cabo. Esa punta, debo decir, atraviesa mi gaznate, con la consiguiente molestia, y se hiende, no sin dolor, en mi cerebelo cubierto de telarañas. Al margen de eso, debo felicitar al Señor por su indulgencia, que es de todos conocida.)

La iglesia redonda y el pabellón de tres caras de mi padre, estas moles simples y recias erigidas pacientemente sobre el mapa del condado; dispuestas con tanto esmero y minuciosidad como el rompecabezas de un niño en el curso de los siglos por dioses lerdos, medio bobos, pocas piezas todavía para adivinar su propósito final, si hubiera un propósito. A veces, cuando vagan pensamientos en el plano turbio, de duermevela, que solo me queda ahora, siento como si unos cubiletes inmensos y trascendentales cayeran en algún lugar lejano; como si por fin algo se desentrañara allá en la linde del tiempo, aunque no acierto a adivinar de qué se trata. Si hubiera un propósito, mi presente tesitura parece sugerir que no soy una pieza fundamental para que se lleve a cabo.

Decoro la puerta norte de la ciudad. Sin necesidad de ojos alcanzo a ver que no me han movido mientras dormía y soñaba el dulce sueño silencioso de estar muerto. Además, resulta obvio que no han reemplazado a los centinelas que se alojan en la garita, John y Gilbert, a quienes reconozco por la voz y por el perfume de sus orines, tan distintos uno del otro, que hacen casi ritualmente al mismo tiempo, contra el muro que hay junto a la entrada, cada mañana al levantarse.

Así es como va: primero se despierta Gilbert con todo el peso de la cerveza de la noche anterior en la vejiga y empieza a toser, en un ataque de carraspeos graves y ásperos, como su voz. A continuación, John se despierta con los ladridos de su compañero, y entonces empieza él, aunque con un registro un poco más agudo, pues es, según me parece, el más joven de los dos. Entre tanto, Gilbert se ha levantado de un brinco del catre, se ha puesto los pantalones y las botas, y ha salido a trompicones a orinar. El sonido de la meada parece no terminar nunca y, como suele ocurrir con esos sonidos, provoca en John una tremenda simpatía que lo apremia a reunirse con su compañero. De este modo, suma su exiguo chorro a los tremendos desbordamientos del dique ya roto. Tras sacudirse las últimas gotas, ambos hombres sueltan ventosidades, primero Gilbert y luego John, cuyo tono vuelve a ser un reflejo de sus respectivas edades y temperamentos, uno grave, otro agudo. Un orlo y un flautín.

Todos los días hacen lo mismo, tan constantes como los reclamos de los pájaros que anuncian el alba, y el resto de sus obligaciones durante el día no parecen menos rutinarias. De sol a sol se dedican con empeño a su trabajo, o bien se dedican con más empeño aún a escaquearse. La poca conversación que mantienen se repite a diario, frase por frase. No dudo que los pensamientos que hoy tienen son poco más o menos los mismos que tuvieron ayer, y les servirán de nuevo, con un ligero hervor, a la mañana siguiente. Ambos se solazan de buena gana en esa vil monotonía. Cualquiera que no conociera la situación bien podría suponer que son ellos los que están colgados en la picota, y no yo.

Mi padre, confinado en sus propias tierras y libre de entregarse a su locura trina; Catesby, Fawkes y los demás, cada cual atrapado en su particular frenesí, en los círculos de la costumbre y la razón; a todos nos explotó el petardo en la cara. Cada cual se clavó su propia estaca, y cada estaca tiene su pica.

Últimamente a Gilbert y John les ha dado por llamarme (si es que me mencionan) «Charlie, ahí arriba». Francis, un nombre más altisonante, por supuesto no se ajusta tan bien como «Charlie» a los ritmos vagos de su habla. «¿En qué dirección sopla el viento, joven John? ¡Échale un vistazo a Charlie, ahí arriba, y toma nota de hacia dónde ondean sus míseros cuatro pelos!» Mi preciosa cabellera de antaño, ahora una veleta para idiotas.

Aun así, en general me complace pensar que aún puedo

prestar servicio y algún propósito a mi existencia, por insignificante y mezquino que sea. No solo soy un catavientos, sino también un lugar de encuentro, un referente fácil donde los jóvenes amantes pueden citarse. Sus breves y a menudo tronchantes apareamientos contra el muro cubierto de cagadas de pájaros despiertan en mí una punzada fantasma, parecida a la que siento al oír las micciones sonoras y torrenciales de Gilbert todas las mañanas. Aunque mi herramienta para cumplir tales faenas haya desaparecido, también a mí me gustaría ensartar a una moza u orinar contra un muro de vez en cuando. En verdad no puedo decir cuál de esas pérdidas lamento más, aunque desearía haberme tomado en vida más tiempo para apreciarlas ambas. Qué se le va a hacer.

Aparte de servir de emblema para los escarceos de los mozalbetes, también hago las veces de diana para los proyectiles de sus hermanos benjamines. Aunque no suelen dar en el blanco, cuando en esta última ocasión recobré el sentido, descubrí que uno de los diablillos con mejor puntería había conseguido encajar un huevecillo de carbón, del tamaño de una canica, en la cuenca de mi ojo izquierdo. Debo confesar que estoy bastante prendado de él, imaginando que le presta a mi máscara una pícara pero galante falta de simetría, como haría un monóculo, opaco y con la lente de azabache.

Bien pensado, hace mucho desde la última vez que serví de blanco a las pedradas de los niños… A buen seguro andarán entretenidos con alguna nueva diversión de temporada. Si no fuera una máscara, los llamaría para que volvieran.

Me da la impresión de que ese ha sido siempre mi punto flaco: no ser capaz de expresar mis propios deseos y acabar poniendo la cara dócil que los demás quieren ver. A decir verdad, yo no compartía la visión católica de mi padre; sin embargo, cuando me propuso unirme a su credo, me limité a asentir como un títere. Tampoco obré de otro modo con Fawkes, Winter y los demás cuando desvelaron sus fantasmagóricas insurrecciones en la garita de vigilancia, allá en Ashby. Mientras despotricaban, apenas alcancé a protestar ante el optimismo temerario que ponían en su empresa, y ni una sola vez dije «no». Mientras me pudría en la Torre, aquejado de un espantoso garrotillo, todos los días daba las gracias a mis carceleros cuando me traían aquella bazofia incomible: de ese modo, ponía a mal tiempo buena cara. Así, poner buena cara fue mi principal empeño en vida, y ahora, con justicia, mi cara está a merced de la inclemencia de los demás. ¡Cuidaos, aquellos que os resistís a armar alboroto! ¡Temblad, aquellos que no queréis llamar la atención sobre vuestra persona, y ved qué caro pagué mi apocamiento, que hasta mi gollete ha acabado por ser un espectáculo público! ¡Mirad, sumisos: esta punta de hierro es toda la Tierra que heredaréis!

Comprobando el resto de mis sentidos, diría que las pocas piltrafas de mis sesos que pudieran quedar en este cuenco de hueso han caído en un abandono aún mayor, con lo que mis pensamientos se hacen más lentos y me quedo dormido a todas horas; breves intervalos de sopor atravesados por sueños luminosos y desenfrenados.

No son sueños sobre mi vida anterior; en ellos siempre aparezco como estoy ahora, colgado e inmóvil, sin el don de la vista. En uno estoy en las afueras de una aldea antigua, aunque tengo la extraña sensación de que se trata de esta misma villa. Me hallo en compañía de otros despojos humanos, colgados ahí a secar, pero para mi desilusión no son más que torsos, y la mía es la única cabeza ensartada entre ellos. Con ese aire de comedia propio de los sueños, descubro que los restos decapitados y con las extremidades cercenadas conservan todavía la facultad del habla, pero a través de sus partes bajas. Entablo compañía con una de ellas, el tronco de una mujer que habla sin cesar de planes, ardides y triquiñuelas, aunque por lo visto no le valieron para evitar su truculento final. Entre los dos urdimos un plan para aunar nuestros mejores recursos, colocando de algún modo mi cabeza sobre su cuello cercenado. Me cuenta, gruñendo a través de sus entrañas, que sabe de piernas y pies que acaso decidan unirse a nuestra conspiración. Por desgracia, el sueño acaba antes de que podamos llevar a buen puerto esta encantadora idea de culminación y huida.

Otro sueño es más simple: yazgo sobre una losa plana, aún tibia por el calor del día a pesar de que la brisa de la noche aúlla a mi alrededor, surcando páramos interminables y cargados del aroma del desierto. Me envuelven extraños cánticos que se arremolinan en la oscuridad circundante, como de hombres lentos, broncos que caminan a mi alrededor en sentido contrario a las agujas del reloj. Se oye el rumor de los pasos al crujir sobre la arena, el chirrido de armaduras. Las palabras que gimen me resultan ajenas, nombres extraños y bárbaros que no recuerdo al despertar con el rugido del diluvio matutino de Gilbert.

Es una lástima. Había esperado que los sueños que conocemos en la muerte encerraran más sentido que los que albergamos en vida. Estos sobresaltos nocturnos carecen de un significado que pueda dilucidar, aunque todos parecen provenir de tiempos remotos, sin duda el martes o el miércoles después de aquel ajetreadísimo lunes primigenio del que hablaba padre.

Así dormito, y sueño, y pendo, y sigo descomponiéndome.

Es más tarde ahora, y tengo compañía.

Hace un rato me importunó algo pesado, que rascaba con poca destreza en el friso de piedra sobre el que estoy. Un coro de gruñidos de John y Gilbert desde más abajo me permitió concluir que trataban de colocar una escalera de madera para encaramarse y reunirse conmigo en mi atalaya. Al principio me embargó el pánico ante tan zafia intrusión, pues temía que fueran a bajarme de aquí para someterme a alguna nueva vejación. Sin embargo, por las frases que intercambiaron con su recio acento, enseguida quedó claro que no sería el caso.

—Ponlo al lado de Charlie ahí arriba, que harán un buen par de dos. —Era la voz de Gilbert desde el suelo, que sin duda sujetaba el pie de la escalera confiándole la escalada a John, el más ágil de los dos.

La respuesta del joven me llegó desde más cerca y sentí su respiración jadeante casi en el oído. Noté un apabullante olor a queso rancio, que al principio supuse que emanaba de su aliento.

—Ya lo intento, pero este no está tan reseco como Charlie, y clavarlo no es tan fácil. Sujétame bien ahora, que me ha faltado poco para caerme.

Así pasó un rato, hasta que al final el joven gritó dándole parte a Gilbert de su éxito.

—Bien hecho, John. Ahora cuélgale este talego al cuello del capitán *Pouch*, que si no nadie va a reconocer al pobre desgraciado.

Mascullando por lo bajo, evidentemente John hizo lo que le pedía, pues poco después oí crujir los travesaños mientras bajaba, y de nuevo el ruido de la escalera rascando el suelo cuando la retiraron. A continuación, los dos centinelas fueron a guarecerse dentro. Advertí que el olor a queso persistía.

Se hizo un breve silencio. Luego, un sonido como el rechinar de dientes, un gorgoteo torturado que dio paso a jadeos, y sollozos, y por fin palabras.

—¡Por Dios! ¡Por Dios! ¿Dónde está ahora el capitán Pouch, y que es este despojo putrefacto a su lado? ¿Acaso han huido los mil hombres que una vez se alzaron con Pouch para defender su justa causa?

Apenas me había dado cuenta de que con «despojo» se refería a mí, a su lado, cuando reanudó sus dislates.

—¡No temáis, amigos! ¡Vuestro capitán sigue combatiendo! ¡Aunque a él lo tengan amarrado, no podrán apresar su valiente corazón! ¡Por Pouch! ¡Por Pouch y la justicia!

Había añorado compañía, y ahí se me ofrecía, aunque quizá más locuaz de lo que yo la habría deseado.

—¡Mirad cómo han tratado a vuestro capitán, con sus tripas en Oundle y su culo en Thrapston! ¡Llevadlo a casa, muchachos! ¡Llevadlo a casa por el puente de Bradford hasta Newton-in-the-Willows! ¡Llorad a Pouch entre los sauces llorones! ¿Acaso no os he dicho que con lo que hay en el talego del capitán basta para defendernos de cualquiera que pretenda retarnos? ¡Conoceremos el día de la victoria, si nos mantenemos firmes y no flaqueamos, ni perdemos la cabeza!

Carraspeando para aclararme la garganta, de todo salvo la pica de hierro que la atraviesa, me dirigí a él.

—Vuestro consejo, señor, por bienvenido que sea, llega tarde. Temo que ese mal ya no tenga cura.

Siguió una pausa llena de estupor, en la que el único sonido fue el sutil chirrido que hizo mi compañero al tratar de volver la cabeza en la picota, para observarme mejor.

Al cabo, recuperó el habla.

—¡Por la sangre de Cristo, señor mío! ¡Nunca pensó el

capitán que vería a un hombre reducido a vuestro estado y que aun así conservara un ápice de sensatez y la facultad de la palabra!

Una nueva pausa, en la que quizá contemplara la posibilidad de incluir el oído a la lista de mis facultades restantes, y así reconsiderar los precipitados comentarios de apertura.

Cuando volvió a hablar, lo hizo con un tono más suave.

—Señor, por los insultos que haya podido verter sobre vuestros... —Aquí titubeó, antes de continuar a trompicones—. Es decir, sobre vos. Por las injurias y calumnias que habéis soportado, aceptad las sentidas disculpas del capitán.

Me sacudí con indolencia en la estaca, lo más próximo a un gesto de perdón que fui capaz de hacer.

El capitán, corriendo un tupido velo, hizo un nuevo intento por entablar conversación.

—¿Lleváis aquí mucho tiempo?

Diantre, oyéndolo cualquiera habría pensado que estábamos aguardando un carruaje.

—Eso depende de la fecha en la que estemos —contesté tras cierta deliberación.

Me informó de que, día arriba o abajo, estábamos aproximadamente en la última semana de octubre del año 1607. De ser cierto, llevaba colgado allí casi dos años ya. Mientras procuraba asimilarlo, el capitán Pouch (que así se llamaba) siguió dándole a la lengua.

—¿Sabíais, señor, que tenéis algo en el ojo?

—Sí, lo sabía. A menos que me equivoque, es un trozo de carbón.

—Pues qué fastidio. Tenéis todas las simpatías del capitán. Y decidme, os lo ruego, ¿qué hay de esa especie de púas, pálidas como el hueso, que despuntan de vuestro cráneo? ¿Os afligían en vida esas monstruosas excrecencias?

—No. Son cagadas de pájaro.

Descorazonado ante este rosario de desdichas de mi ruina mortal, intenté dirigir la conversación hacia otra parte, preguntándole a mi compañero cómo se había visto abocado a tan funesta tesitura.

Con la voz encharcada de bilis e indignación, se lanzó en una amarga diatriba sobre el mundo y su injusticia.

—¡Vaya, eso sí que es una buena pregunta! ¿Cómo ha acabado aquí alguien que no cometió más pecado que defender el derecho natural de todo inglés? ¡Tiranía, señor mío! ¡La cruel tiranía y los designios de los déspotas doblegaron al capitán, tal como doblegarían a cualquiera que exija justicia!

A esto le infundí ánimos, revelándole que yo también había caído en las garras de un opresor en mi lucha por la libertad. Descubrir esa afinidad pareció reconfortar su corazón (dondequiera que estuviese, ya en Thrapston, ya en Oundle) y continuó con bríos renovados.

—¡Entonces, a fe mía que sois el hermano en la adversidad del capitán Pouch! Una vez, señor, fue un hombre llano que vivía en Newton-in-the-Willows, cerca de Geddington, donde está la cruz de la santa Leonor.

—Conozco el lugar. Proseguid.

—Pouch tenía otro nombre entonces, señor, y se conformaba con su suerte, pero no sería así por mucho tiempo. Una serpiente anidaba en el Edén del capitán, presta para atacar.

—¿Los tiranos de los que hablasteis antes?

—Los mismos. ¡Una familia de ladrones redomados, que junto con su riqueza mal habida se apropió de las tierras, dejando a las buenas gentes de la región solo baldíos para cultivar su alimento! Para colmo, mientras esas buenas gentes se apiñaban en sus tristes parcelas de tierra yerma, los bribones tuvieron a bien erigir un edificio grandilocuente en el que vanagloriarse, cuya mera visión sin duda hundió aún más los ánimos del buen paisanaje en el lodo!

Supe con un pálpito repentino hacia dónde se encaminaba aquel relato. Como le había dicho, yo conocía bien Newton-in-the-Willows, y no sin una razón de peso.

Tímidamente, hice un apunte.

—Ese edificio grandilocuente que mencionáis, ¿no será acaso un palomar?

—Así pues, ¿conocéis el espantoso engendro? Exactamente, ¡un palomar gigantesco! ¿Habíais oído jamás semejante fatuidad? Como si con eso no bastara, ya se habían apoderado de la iglesia de nuestra villa, la de la Santa Fe, ¡reclamándola como su capilla privada! Un día, cuando ya no se pudo tolerar más el

203

insulto, el capitán congregó a su lado a un millar de hombres y juró que derribarían los setos que cercaban las fincas de la familia.

—¿Os referís a la familia Tresham?

—¡Sí! ¿Habéis oído hablar de ellos?

—Vagamente.

Todos los domingos, antes del arresto domiciliario de mi padre, íbamos en carruaje a Newton-in-the-Willows. Cada vez, mientras cruzábamos el puente de Barford, mi padre contaba la historia del fantasma de un monje, que según la leyenda residía junto al río Ise y por la noche recorría un trecho del camino con los viajeros, hasta que de pronto se desvanecía. Todas las semanas el relato de mi padre me estremecía como si lo escuchara por primera vez.

Postrándome allí, a la extraña y vaporosa luz marmórea que entraba por los vitrales de la iglesia de la Santa Fe, inclinaba la cabeza y rezaba. Según recuerdo, principalmente le rogaba a nuestro Dios Todopoderoso que al volver a cruzar el puente de Barford no nos halláramos compartiendo el carruaje con el monje evanescente. En más de una ocasión se me ocurrió que mis plegarias y mi presencia en la capilla no servían a ningún buen propósito más que conjurar el peligro sobrenatural que me acechaba solo por la ruta que debía tomar para ir a la iglesia semana tras semana. Me parecía que si sencillamente dejaba de ir a la iglesia, tanto yo como el Todopoderoso nos ahorraríamos un tiempo y un esfuerzo considerables. Luchaba por borrar esos pensamientos, por miedo a que Dios castigara esta blasfemia, si no con una visita del monje, con algo peor aún. Sin embargo, a pesar de que esa idea sacrílega persistía, no cayó sobre mí el terrible castigo sobrenatural que tanto temía.

Aunque volviendo la vista atrás...

Después de la iglesia, si quedaba tiempo antes de que nos prepararan la cena, iba con padre al palomar, que a mí se me antojaba inmenso como el Cielo, lleno de suaves arrullos y blancas alas angelicales. A tan tierna edad no hacía una clara distinción entre la paloma común y su correlato pentecostal, creyendo en aquella época que mi padre cuidaba de una bandada de espíritus santos.

Quizás el pobre hombre lo hiciera. Quizás esa sea la razón de que no me haya rozado esa ala celestial. Quizá ya no existan sino en cautiverio.

A mi lado, arrancándome de mis ensoñaciones, la cabeza del capitán Pouch continuó su diatriba contra la monstruosa familia Tresham, explicando que él había inspirado a sus mil seguidores contándoles que lo que llevaba en el talego colgado al cuello (y del que tomó su sobrenombre) bastaría para repeler a todos los enemigos. Con esa garantía los había guiado, arremetiendo a voz en grito contra la cerca de setos, donde pudieron hacer algunos estragos antes de que los nobles de la región y sus vasallos llegaran, encolerizados, al lugar de los hechos y con sus caballos pisotearan y dispersaran a la plebe.

Pareció que a partir de ese punto los recuerdos del capitán eran vagos. La hora en la que lo condujeron al cadalso permanecía nítida en su memoria, aunque gracias a Dios apenas recordaba nada de la horca ni del descuartizamiento que obviamente le sucedió.

Le pregunté si sabía qué era de la familia que tanto despreciaba, a lo que me contestó con cierto regocijo que ese mismo año mi padre, Thomas Tresham, había caído enfermo en cama y poco después había fallecido.

Vaya. Muerto, pues. Aquel gran pedrusco de granito que tenía por cabeza se había inclinado por última vez. Condonado al fin de sus paseos frustrados por las tierras que se habían convertido en su prisión y liberado en la compañía de otros mártires. Ahora, sin duda, conocía la fecha de la Creación con puntual exactitud. Sin duda, a estas alturas ya comprendía la inextricable pasión del Señor por el número tres y se extasiaba corrigiendo ángulos para los ángeles que trabajaban con denuedo en algún anejo de su propio paraíso de tres esquinas.

Concluido al fin su relato, al capitán Pouch debió de parecerle un gesto de buena crianza preguntar entonces por el mío, aunque se notaba que lo hacía solo por educación y no movido por un interés genuino. A decir verdad, el capitán no tenía lugar para ninguna epopeya heroica salvo la suya. Aun así, insistió en que le contara mi historia, a fin de no parecer un pelmazo.

—Vamos, dejad oír al capitán la noble lucha que vos mismo librasteis y que os trajo a este triste lugar. ¿Cómo os llamáis, señor?

—Charlie —contesté, tras titubear un instante.

—¿Y vuestro crimen?

—Grité «¡Abajo el rey!» en una plaza pública.

A lo largo de mi vida había aprendido la facilidad con que podía escudarme hábilmente tras esa máscara de docilidad y evitar así las antipatías de la gente. Y ahora que no quedaba nada de mí salvo máscara, ese talento resultaba aún más simple de poner en práctica.

Pasó el tiempo. Antes de la puesta de sol, que siento por su débil promesa de escalofrío inminente, hubo un episodio truculento.

Había oído posarse los pájaros, dos o tres de ellos con aleteos recios, y apenas tuve tiempo de preguntarme por qué acudían ahora, después de tanto tiempo sin hacer una visita, cuando el capitán empezó a gritar, contestando así a mis dudas.

Afortunadamente no tuve que soportar esta penosa algarabía mucho rato, porque al cernirse la oscuridad las aves carroñeras volvieron al nido. El capitán no había salido mal parado, dentro de todo, pues solo le habían arrancado un ojo y el labio, aunque al oír sus lamentos y quejidos parecía que se le hubiera venido el cielo encima. Es de justicia reconocer, sin embargo, que yo he tenido más tiempo para reconciliarme con nuestra situación.

Aparte de alguno que otro sollozo esporádico, ya no volvió a hablar hasta mediada la noche, cuando con voz temblorosa empezó a describir las estrellas que alcanzaba a ver con el ojo que le quedaba; su número y su majestuosidad fría, indiferente.

Traté de atisbar a través del pedazo de carbón de mi cuenca, aunque no vi nada.

—¿Es esto el Infierno? —susurró—. ¿Hay estrellas en ese lugar? ¿Es esto el Infierno para Pouch?

Más de una vez he considerado qué clase de teología podría aplicarse al lugar donde nos encontramos. Me parece que, de acuerdo con el curioso orden numérico de mi padre, hay tres posibilidades: en primer lugar, puede que a fin de cuentas esto sea el Infierno, aunque en una esfera distinta y no bajo el suelo, como podría suponerse de buen principio. La segunda hipótesis es que, en mi caso particular, tal vez me consideren un traidor tanto los dioses de la fe protestante como los de la fe católica y, atrapado entre los dos bandos, ambos dejan simplemente que me pudra aquí. El tercero y, tras la debida consideración, más probable de todos mis teoremas, es que la vida se rija por los principios de una religión tan peculiar y oscura que carece de fieles, y nadie alcanza a columbrarla ni conoce los rituales para cortejar su favor.

Al amanecer, los pájaros (cuervos, por el graznido que hacían) volvieron y se ensañaron con lo que quedaba del capitán Pouch. Desde entonces, me temo que el pobre tipo está sumido en una especie de trance, desolado por el horror. No ha articulado una sola palabra más.

Oigo cantar a los niños, lejos por ahí abajo, y espero que lancen otra piedra de carbón para dotarme de un segundo ojo negro y reluciente, pero andan enfrascados en otros asuntos. Mientras el aire me trae la letra del estribillo, de pronto comprendo en qué andan trajinando y, con la súbita revelación, me quedo casi tan moribundo como el capitán.

—Recuerda, recuerda —cantan; ordenan—. Recuerda, recuerda…

Nos reuníamos a beber, allí en el pabellón triangular de mi padre. Bob Catesby, Guido Fawkes, Tom Winter y los demás, hablando de cosas de jóvenes y jurando que veríamos el día en que los católicos no se doblegarían más bajo el yugo del opresor protestante. Una vez hicimos una peregrinación hasta el castillo de Fotheringay, al norte de Oundle (donde, si hemos de creerle, están enterradas actualmente las tripas del capitán). Vimos el lugar en el que la buena reina María se arrodilló ante el tajo y entregó su alma a Dios, donde le cortaron la cabeza con nada menos que tres hachazos torpes, tras lo cual su perrito faldero salió corriendo de debajo de los miriñaques y no se apartó de su lado.

A pesar de que no recuerdo quién fue el primero que propuso el plan, temo que fui yo mismo, aunque inadvertidamente, quien desencadenó la catástrofe. Bebiendo en el pabellón, me embarqué en una apasionada crónica de las injurias

e injusticias que habían arrebatado a mi padre su libertad;
fanfarroneando casi, de un modo curioso y velado, como si
el prestigio de las desventuras del anciano Tresham fuera a
recaer sobre mí. Por desgracia fui demasiado elocuente. No
había terminado aún mi relato cuando ya mis camaradas, borrachos, se pusieron en pie y juraron que aquella monstruosa
calumnia exigía ser vengada.

Pensé que todo se olvidaría una vez que estuviéramos so-
brios, pero la idea de una gran venganza, en nombre de padre y
de las masas católicas en conjunto, de alguna manera había ca-
lado. Encendidos por el jerez caliente y una fervorosa indignación, pronto mis camaradas habían decidido que no podíamos
asestar un mero golpe de protesta: nuestra empresa no debía
aspirar a menos que a ser un toque de rebato que despertara a
todos los que ponían su fe en Roma hacia una gloriosa insurrección. ¡Nosotros mismos acometeríamos la gran liberación
de nuestra fe!

Tras ser testigo de la suerte que había corrido padre por
pecados mucho más veniales contra el reino, a esas alturas yo
estaba asustado, y les advertí que aquella confabulación desca-
bellada podía significar la ruina y no el rescate de los fieles de
nuestra isla. Pero mi advertencia carecía de convicción, como
siempre ocurre con las advertencias de una máscara. Cuando
empezaron a hablar de provocar conflagraciones en la sede del
propio Parlamento, supe que me faltaba coraje para guardar
lealtad a su causa, si bien mi naturaleza tampoco me permitía
rechazarla de plano y quedar como un cobarde. ¿Qué podía
hacer? Mi rostro acabó cobrando una expresión opaca e impasible, que nada traslucía.

Ha vuelto a caer la noche una vez más. El capitán Pouch se
equivocó al estimar la fecha. Estamos en noviembre. Desde los
campos de las afueras de la ciudad, un olor a leña quemada im-
pregna el aire, y de los restos de mi memoria surge la imagen
de las chispas incandescentes levantándose a hostigar a las estrellas. ¿Qué aviva las llamas de la pasión en un hombre? ¿Qué
promesa impulsó adelante a Fawkes y a Catesby, o qué inspiró
a mil hombres a seguir al capitán Pouch?

De pronto, recuerdo las palabras del capitán acerca de lo
que lleva en ese talego de cuero que el joven John le ha colgado

del cuello y que bastaría para repeler a cualquier enemigo. Me parece como si ese talismán oculto hubiera de contener el germen secreto de todas las nobles causas o rebeliones. Así pues, a pesar del lamentable estado en que se encuentra el hombre, no puedo refrenar mi curiosidad.

—¿Capitán? ¿Capitán Pouch? —siseo—. Despertad, señor. Tengo una pregunta que debo haceros.

Gime y se vuelve ligeramente; ladea la cabeza de lado a lado. Cuando contesta, su voz suena débil y aturdida. No parece saber dónde se halla.

—Soy John Reynolds. Mi nombre es John Reynolds y no puedo ver.

Se me ha agotado la paciencia para perderme en tales divagaciones, por lo que mis ruegos se hacen más apremiantes.

—Decidme, Pouch, ¿qué es lo que guardáis en esa bolsa colgada al cuello? ¿Cuál es el origen del poder que arroja a mil hombres ciegamente bajo los caballos de sus enemigos?

Al hablar arrastra las palabras y titubea.

—¿El talego?

—Sí, señor. El talego. ¿Qué hay dentro del talego?

Tras unos instantes, habla de nuevo.

—Un taco de queso mohoso.

—¿Y eso es todo?

No atina a contestar. Y ya no consigo arrancar una sola palabra de sus labios hechos trizas. Bueno, pues he ahí mi respuesta. He ahí el Santo Grial por el que los hombres abandonan a sus amadas y se arrojan incluso a las garras, la garganta humeante de la guerra: un taco de queso mohoso. Qué amargura nos embarga entonces, cuando captamos por vez primera el tufo rancio de aquello por lo que hemos luchado.

Aquella infausta noche de noviembre de hace dos años, cuando Catesby irrumpió pálido y sin aliento en la garita de Ashby donde aguardábamos a la espera de noticias, ya estaba claro que la conspiración había sido traicionada. A Fawkes lo habían apresado en el curso de una emboscada, tras lo cual Catesby y otros cuatro caballeros habían vuelto de Londres a galope tendido en sus caballos desbocados para anunciar la terrible noticia.

Algunos de nosotros, llevados por la desesperación, pensamos en huir a Gales, e incluso se llegó a contemplar sin ton ni son la deleznable idea de sublevar a los católicos galeses para que culminaran con éxito nuestra intempestiva revuelta, a pesar de que en el fondo todos sabíamos que éramos hombres muertos. Los demás se marcharon hacia el oeste y acabaron asesinados en la huida o aprehendidos y más tarde ajusticiados en la horca, descuartizados y quemados. Por mi parte, me quedé llorando al lado de mi padre allí en el palacete de Rushton, y esperamos a que los hombres del rey llegaran y me condujeran a la Torre. Sabían dónde encontrarme. Yo mismo se lo había dicho en la carta que le escribí a mi cuñado, el señor de Monteagle, justo la semana anterior.

Al menos, en pago a mi traición, me dispensaron de una ejecución pública: me dejaron morir tras pasar ocho semanas enfermo en la Torre. Durante mi cautiverio, los carceleros se recreaban dándome hasta el menor detalle de la muerte de mis amigos. Una historia en concreto se me grabó a fuego: uno de los infelices —que no era Catesby, ni Fawkes, ni Winter, sino uno al que no conocía tanto—, fue llevado al cadalso. Lo decapitaron y luego lo descuartizaron. Agarrando la cabeza ante la muchedumbre, el verdugo gritó: «¡Mirad, la cabeza de un traidor!».

A lo que la cabeza replicó: «Mentís».

Desde entonces he deseado poder compartir una cesta con una cabeza dotada de tal espíritu o descansar a su lado en el estante de un osario, pero mejor que nunca sea así. Sin más remedio que dar la cara, no podría mirarlo de frente.

En alguna parte de mi oscuridad, los niños cantan por encima del rugido y el crepitar de las llamas. Antes de que cantaran por nosotros o levantaran sus hogueras para sostener nuestras efigies, quemaban un monigote que representaba a su santidad el papa, y previamente existía sin duda algún sacrificio anterior que se remonta a aquel lunes primordial, aquel primer fuego.

La quema y la canción son una sola. Si escruto fijamente con la joya negra de mi único ojo, veo las chispas y el resplandor en el centro mismo de ese carbón frío y húmedo que alberga mi noche. Fueron mis amigos quienes acabaron en la hoguera. A mí me fue negada esa última liberación: acabar consumido en ese fulgor eterno que en verdad es un solo fuego decantado a través de los milenios.

Las lenguas abrasadoras y resplandecientes crecen, brincan y arrojan su luz trémula en las cuencas de la máscara, agitando sombras que parecen dotar de expresión al rostro, cuando en realidad no la hay. Nunca la hubo.

211

La lengua de los ángeles

1618 d. C.

A pesar de que ya no tengo mucho el hábito, llevo en mi abrigo una cajita de rapé. En el interior de la tapa hay una estampa, hecha en miniatura, de damas griegas o romanas en las termas. Descansan con los muslos y las nalgas sobre las baldosas húmedas y recostadas una en la otra, un pezón rozando el hombro, la mejilla sobre el vientre. El vapor condensado les cae por la espalda como una sarta de perlas, el vello de sus pubis ensortijado en zarcillos por la humedad.

Para mi edad, tal vez pienso demasiado en las mujeres. La enloquecedora presencia de sus enaguas, cada roce y frufrú, una pincelada en el tórrido lienzo de mis pensamientos. Sus caídas y turgencias. Sus resortes húmedos y ocultos por los que se abren como perversas Biblias de seda rosada, o sus blusones, veteados de escarcha bajo los brazos. Sus recovecos. Sus dorsos. Sus frentes. Cálidos pliegues y suaves pelambreras rociadas de cundeamor. En mis fantasías, arden encendidas, siseantes, incandescentes en mi verga, mi centro. Aunque cierre la tapa de la caja de rapé llena de ninfas, en mis sueños el cierre se rompe y no resulta tan fácil encerrar lo que hay dentro.

Antaño creía que cuando fuera un hombre hecho y derecho, cuando me casara, dejarían de acuciarme las incesantes posturas y jaranas de mi mente burdelesca. Ya no sufriría las despiadadas visitas de esos súcubos que me dejaban el brazo acalambrado, que trazaban con costas salpicadas de espuma el mapa de mi pasión, que dibujaban sus cartografías viscosas en mis sábanas y me empañaban el sentido con distracciones húmedas, febriles.

Eso esperaba, pero no fue así. Aunque me casé con una abnegada esposa cuya madriguera pasó a ser un escenario con telón de terciopelo donde representar mis sátiras más lascivas, la marea de sombras chinas juguetonas no remitió, sino que batió aún más fuerte en esas latitudes cálidas del lecho y en la entrepierna sobre las costas del sueño, por encima de los ronquidos de mi esposa o los chasquidos acompasados de los chinches. Tras negárseme así cualquier esperanza de cura para mis arrebatos de satiriasis, busqué saciar con rameras y criadas mi sed de novedades carnales. Cuando esto hizo poco más que avivar un apetito ya fiero, me consolé pensando que pronto sería anciano, y las imprecaciones de Príapo sin duda se harían más débiles y vanas. Sería más fácil ignorarlas.

Y, sin embargo, ¡ay!, aun con nieve sobre el tejado, el sótano sigue ardiendo, alimentado con ramas esbeltas y troncos prominentes. Hasta ahí las buenas intenciones. A menudo parece que la lujuria me apremie ahora más que nunca, y basta la más leve insinuación para que mis pensamientos se pierdan por los sucios derroteros de la indecencia.

El balanceo de este carruaje por la accidentada carretera que lleva a Kendal, en un visto y no visto se ha convertido en el vaivén del lecho matrimonial, las pelvis de todos los pasajeros a bordo meciéndose de atrás adelante al mismo tiempo, y así me asalta la fantasía de que salvo por un par de pasos podría estar meciéndome de atrás adelante dentro de la joven señora que está sentada frente a mí al lado de su hija. Cuando sus ojos, verdes como las aguas de un estanque (¿qué retablos secretos resplandecientes han visto?), levantan la mirada y atrapan los míos, sus pupilas parecen agrandarse como huevas de rana, oscuras y francas, inquisitivas. A fin de que alguna de mis cavilaciones se proyecte en miniatura en mi mirada, vuelvo la vista hacia las colinas de la Tierra de los Lagos que se extienden más allá de la ventana del carruaje, un harén titánico con piel de pizarra, todas dormidas con la hierba húmeda y resbaladiza, erizada en sus montículos inclinados, o trazando una trémula escalera de Jacob por cada loma preñada, hasta los hitos de piedra que coronan la cumbre como pezones.

Han transcurrido varias semanas desde que partí de Faxton en mi gira por el circuito de los juzgados, pasando primero

213

por la propia villa de Northampton, donde confirmé mis diversos compromisos y citas, y luego salí en carruaje por la puerta norte de la ciudad, para emprender la ronda anual. Encima de la puerta colgaban unas calaveras, como zarzamoras, de una maraña de alambre de espino, maduras y pesadas, los nefastos frutos de la sedición. A pesar de que las cabezas de los conspiradores católicos cuelgan ahí desde hace años y están mondas y lirondas, poco más que casco y polvo, el tufo acre a pólvora de la insurrección persiste aún en el aire viciado de la villa. Los rostros de los hombres parecen colorados a todas horas, como llagas en los dedos de los incendiarios, que amenazan con reventar y acabar en sangre.

Las cosas están igual a lo largo y ancho del país. He presidido sesiones en los tribunales condales desde Nottingham a Crew, para juzgar a cuantos rufianes traen ante mí: hombres pobres escuálidos y hombres pobres que, aun así, se las arreglan para estar gordos. Los jóvenes arrogantes, los ancianos encorvados, los tullidos con muletas y los lisiados. En las miradas de todos se advierte un parentesco, ya sea su piel pálida como las gachas de avena, rosada como el alba o atezada como las monturas. Ojos verdes, azules o castaños, qué más da. Todos brillan con el mismo destello, que es el de su gran resentimiento, chispeantes y con promesas de conflagración.

Las mujeres son harina de otro costal. Aunque amarguras no les falten, desempeñan su eterna labor y se diría que a todos los efectos habitaran aparte de nuestro convulso mundo y transitaran por los vericuetos de un territorio distinto, femenino, ajeno al ímpetu y la fogosidad de los bríos de los hombres, los imperios o las revueltas. Hornean su pan. Lavan la ropa y dan a luz criaturas a las que tanto pueden propinar una azotaina como colmar de besos. Entre guerra y guerra, volvemos a ellas y nos amamantamos de la tierna indolencia, del tesón pertinaz de esas madres; madres que han sido o madres que serán. Esas diosas hogareñas.

Así divinizadas, inmediatamente, su profanación se hace más dulce aún a los pensamientos y a las sensibilidades íntimas del hombre.

Bordeando un surco o una brecha en el camino, el traqueteo coital del carruaje se torna de pronto más apremiante y errátioco, gimiendo como la cabecera del lecho de una furcia mientras se sacude con los temblores de la culminación, en un fantástico derroche de caballos, madera y hierro. Entre estos zarandeos, la chiquilla sentada enfrente de mí se ha dado un golpe en la rodilla con la portezuela del carruaje, por lo que su madre se inclina a consolarla.

Y la consuela con unas palabras suaves, casi un arrullo, que no calman tanto por su sentido, sino por la cadencia envolvente de su voz.

—Ay, cielo, ¿qué te has hecho? ¿Te has lastimado la rodilla? Oh, mi pobrecilla, ¿dónde? Anda, déjame ver. Oh. Oh, ya pasó, no tienes ningún rasguño, aunque te saldrá un buen cardenal, ¿verdad? Ay, sí, claro. Un buen cardenal.

Estas cadencias ancestrales y conciliadoras apaciguan a la criatura, cada nuevo arrullo es un bálsamo; un falso ungüento para amansar las aguas picadas de su frente, que asoma bajo el ala negra de su sombrerito. Enseguida, el camino por el que avanza el carruaje se hace más llano y la criatura se sume de nuevo en el sueño intranquilo con el que ha elegido entretener el tiempo que todavía nos queda de viaje hasta Kendal.

A pesar de que su recatada majestuosidad no alcance a atisbarse bajo el solemne sombrero, rigurosamente atado, sé que su cabello es castaño cobrizo y largo hasta la cintura cuando no lo lleva recogido y crucificado por horquillas. Se llama Eleanor, aunque al parecer su madre suele llamarla Nell, que a mi juicio no es tan bonito. Ambas vienen de más al norte, cerca de Dundee, y van a alojarse con cierta dama anciana que alquila un cuarto a las afueras de Kendal. Anoche, cuando conocí a madre e hija en la casa de postas donde descansamos de nuestras respectivas travesías hacia un mismo destino, me puse al corriente del aprieto en que se hallan.

Como su esposo ha fallecido hace poco, la joven viuda Deene (como se apellida la madre) ha venido con Eleanor a la Tierra de los Lagos, donde una dama amiga suya se había comprometido a encontrarle empleo de costurera. Tras gastar sus escasos ahorros en el viaje hasta aquí y con apenas lo justo para el alquiler de la primera semana, la pobre y adorable criatura ha puesto mucha fe en el consejo de su amiga y teme (ahora que es demasiado tarde) por la conveniencia del camino elegido. Así pues, parece que ambos ciframos muchas esperanzas en los quehaceres que nos aguardan en nuestro destino, sean camisas que remendar u hombres que llevar a la horca.

El pecho de la viuda baja y sube, baja de nuevo, con su imaginada blancura oculta bajo el vestido negro abotonado, solo para lucir más resplandeciente y lívido en mis pensamientos. Un pedregal de pecas, ahí en el empinado caballete de su nariz. Sus manos pálidas, laboriosas, descansan en el regazo y acunan su tibieza secreta.

Fue a la hija a la que conocí primero, y de un modo tal que me provocó un buen sobresalto. Me di de bruces con ella a mitad de la escalera de la casa de postas, su silueta enmarcada por la estrecha ventana que a sus espaldas miraba a poniente, a contraluz del ocaso. Más que una chiquilla parecía cierto espíritu de un eclipse. Al verla me detuve ahogando un grito, tanto me recordó a otra chiquilla, en otra escalera, una niña a la que nunca vi pero de la que oí hablar años atrás.

Francis, el único fruto de mi unión con la señora Nicholls, lamentablemente se había involucrado en asuntos turbios con John Dee, el célebre charlatán que vivía en Mortlake, cerca de Richmond. Cuando Dee lo invitó a pasar la noche en su casa durante una visita, vio cosas que más le valdría no haber visto. Pero, de todo lo que presenció, nada lo turbaría tanto como toparse con una chiquilla en mitad de las escaleras de la casa de aquel terrible medicastro, bañada por la luz encarnada que entraba por una ventana a sus espaldas. Más tarde, al enterarse de que no había niños en la casa salvo la hija de Dee, ya mayor, Francis acabó por convencerse de que no había visto a una criatura mortal, sino a una niña espectral perdida en su camino al Paraíso. Su voz y sus manos temblaban al relatarme el suceso; tan vívidamente lo describió que sentí como si yo mismo me hubiera encontrado con la pequeña aparecida, de pie a contraluz del crepúsculo. Así pues, cuando anoche me topé con Eleanor, talmente iluminada en el rellano de la casa de postas, por un instante me embargó uno de esos temores que creía desterrados con la infancia. La miré estupefacto, demudado mi semblante por el miedo hasta que habló.

—Ay, señor —dijo—. Tened la bondad. He salido a jugar fuera y he dejado a mi madre en la habitación que compartimos en la posada, y ahora no logro encontrar cuál era. Pronto será oscuro, y al ver que no vuelvo va a pensar que me he perdido.

A pesar de que la cría se tranquilizó al encontrar a alguien que pudiera asistirla en su apuro, no se tranquilizó tanto como yo al comprobar que tenía voz de mortal y parientes, y que era de carne y hueso. Aliviado, prometí que la ayudaría a encontrar la habitación de su madre, a lo que esbozó una radiante sonrisa. Tomó mi mano enjuta y manchada por la edad en la caracola rosada y tibia de la suya, y me guio para subir la estrecha escalera.

Pronto resultó evidente que la chiquilla, al volver de sus juegos, había buscado en el primer piso el cuarto que compartía con su madre, cuando en realidad se alojaban un piso más arriba, al que se llegaba desde el último rellano de la casa de postas. Llamé a la puerta, no sin cautela, y al punto acudió a abrir una cautivadora mujer de ojos verdes como el jade, que rondaría los veinticinco años. El enorme alivio que experimentó al encontrar a su pequeña dio paso enseguida a efusivas muestras de gratitud conmigo, su benefactor. A pesar de que apenas había pasado unos instantes con la niña y no había hecho más que subir con ella las escaleras, parecía, al oír hablar a su madre, que la hubiera salvado de las fauces de lobos hambrientos.

—Oh, señor, la habéis traído de vuelta. Miraba por la ventana y el cielo estaba tan oscuro… No tenía idea de dónde se había metido la niña y estaba desesperada de preocupación. Nelly, vamos, dale las gracias al caballero por todo lo que ha hecho.

La hija hizo entonces una pequeña reverencia, apocada, dándome las gracias con un hilo de voz y la mirada fija en el suelo alabeado de la estrecha habitación. Vi que tenía los ojos del mismo color del océano que su madre; los mismos pómulos, esculpidos con tan prodigioso trazo que recordaba la acuciante fragilidad de la caligrafía itálica. Al cabo de dos años, a lo sumo, sería una muchacha en flor.

Mientras yo sonreía a la chiquilla con lo que ella tomó sin duda por cariño paternal, la madre de Nelly no cesaba de profesar su deuda para conmigo y de mirarme arrobada, con aquellos ojos que al abrirse eran dos cofres de esmeraldas.

—Pensar que un gran caballero como vos se digne socorrer

217

a criaturas como nosotras, señor, casi me deja sin aliento. ¡Mirad qué elegante vais! ¡Debéis de ser un médico de renombre o un noble, para vestir con tanto esplendor!

Le conté, con un deje de modestia campechana para no parecer demasiado vanidoso, que no era ni una cosa ni la otra, sino juez. Confieso que hallé cierto placer en su aliento contenido y su mirada de embeleso, pues en ocasiones anteriores había advertido que las mujeres se turban y hasta pierden el decoro en presencia de la autoridad que confiere mi cargo. Llevándose una mano al pecho como para contener las palpitaciones de su corazón, dio un paso atrás, acaso para apreciar mejor mi envergadura, igual que uno haría al contemplar las montañas o algún otro elemento del paisaje. Donde ella me había creído pequeño y al alcance de la mano, me descubrió imponente y remoto. Me vi a mí mismo reflejado como un dios en unos espejos verdes gemelos, y ante su exaltación también yo me sentí enardecido en cierta medida.

—Oh, ¿qué vais a pensar de nosotras, tan pobremente ataviadas? Nunca había visto a un juez, ni pensaba que lo vería, y heme ahora con uno tan cerca que podría tocarlo con los dedos. Apuesto a que os trae por aquí un asunto importante.

Le conté que tenía un caso que juzgar en Kendal, con lo cual su ardor se redobló.

—¡Kendal! ¡Pero, bueno, si es justo el lugar adonde la pequeña Eleanor y yo partiremos en el coche de la mañana! Nell, ¿has oído? Vamos a viajar a Kendal con un juez.

Aunque poco podía comprender mi oficio o el poder que representaba, Eleanor me miró entonces tal como si acabaran de prometerle que llegaría a su destino a hombros del mismísimo san Cristóbal. Un poco asustada le dio la mano a su madre, por si de repente una de ellas subía al Cielo ante tan grandioso acontecimiento. La viuda Deene, como poco después se presentaría, se inflamó de especulaciones morbosas en relación con el juicio inminente que yo debía presidir. A pesar de que el espanto calaba su voz, más de una vez he observado que en el bello sexo la fascinación por las cuestiones macabras oculta idéntica inclinación por el lado carnal en los asuntos de la vida. Cuando algún indeseable acaba colgando con la soga al cuello, se puede medir en los magreos de la multitud mu-

218

grienta el abandono lascivo que despierta en ellos ese atisbo de su propia mortalidad. Las mujeres, después, ejecutarán una imitación de la danza póstuma del ahorcado, contorsionándose bajo el peso de sus maridos mientras las embisten, y por eso a veces me pregunto si la mayoría de nosotros no fuimos concebidos como comparsas de sogas chirriantes y lenguas que se retuercen amoratadas. Una concepción así de seguro explicaría nuestra obsesión a lo largo de la vida con todas las maneras súbitas y dolorosas que hay de abandonarla, y que la madre de Nelly ponía ahora de manifiesto.

—¿Es un asesinato, señor, lo que debéis juzgar? Ruego a Dios que no ocurran esas cosas en Kendal, si es que Nelly y yo hemos de vivir allí.

Le garanticé que el individuo en cuestión no era ningún criminal despiadado, sino un ladrón de ovejas de poca monta, aunque eso no bastó para satisfacer su curiosidad.

—¿Y ese hombre irá a la horca, señor? Qué carga debe de ser para vos decidir si los hombres viven o mueren. —Un rubor le había subido a las mejillas, y esbocé una sonrisa, sabiéndola ya embelesada por el hechizo de mi toga y mi mazo.

En respuesta le sostuve la mirada y hablé con un tono cargado de severidad.

—Si el sujeto es culpable, señora, y no me cabe ninguna duda de que lo es, danzará al compás de Tyburn, a menos que tenga un amigo que se cuelgue de sus piernas y le procure una muerte más rápida.

Eleanor palideció y se agarró de las faldas de su madre. En el techo, a la luz de la lámpara baja, las sombras de ambas se fundían en una sola; un amasijo oscuro con un exceso de extremidades. Advirtiendo que la hija se había asustado, la viuda se volvió hacia la chiquilla y la reprendió, tal vez con demasiada brusquedad, sin duda convencida de que causaría una buena impresión a un juez si actuaba con mano de hierro.

—¡Vamos, no hagas aspavientos, niña! Ya sabes lo que te he dicho. Deberíamos dar gracias a los astros porque se digne siquiera hablarnos un caballero tan noble como… —Dejando la frase en suspenso, me lanzó una mirada inquisitiva, por lo que comprendí que la buena mujer aún ignoraba mi nombre.

Me presenté, para evitarle más desconcierto.

—Soy su señoría el juez Augustus Nicholls, procedente de Faxton, en el condado de Northampton, en mi ronda por la jurisdicción. Ahora me dejáis en gran desventaja, señora. Me pregunto con quién tengo el placer.

Con un punto de turbación, se presentó como la señora Mary Deene, viuda de Dundee, y dijo que tenía mucho gusto de conocerme, a lo que dejé caer la mirada un instante de su rostro a los contornos más sinuosos de su talle y le dije que el gusto era mío. Ambos nos echamos a reír, ella un poco azorada, mientras Eleanor nos miraba, primero a uno y luego al otro, intuyendo a medias los sentidos velados que como lindos pececillos corrían bajo la superficie de nuestra conversación, más incapaz aún de atraparlos antes de que se desvanecieran en un remolino de plata.

Intercambiamos algunas palabras más en el umbral de su cuarto en la buhardilla, aunque fueron más que palabras lo que hubo entre nosotros: ciertas inflexiones en la respiración resultaban evidentes. Algunas frases tenían una cadencia, los silencios eran elocuentes, o así me lo pareció a mí. Ambos reconocimos que nos alegraba poder gozar de nuestra mutua compañía en la travesía a Kendal del día siguiente, y expresamos la esperanza de tener alguna excusa para encontrarnos cuando estuviéramos en dicho lugar. A continuación, satisfecho con estos prolegómenos que me allanarían el terreno con la viuda Deene, me marché entre grandes reverencias y genuflexiones.

En mis aposentos más amplios de la planta de abajo, tundí el cabezal de plumas de mi lecho hasta que adquirió una forma más apropiada para conciliar el sueño. Recostándome, cerré los ojos, donde la oscuridad se alzó tras los párpados como el telón de un teatro al tiempo que la viuda Deene y Eleanor, las dos desnudas y con su cabello de otoño suelto, danzaban la una con la otra en una arieta febril al compás de agudos violines franceses, sus cuerpos níveos revoloteando en aquel escenario secreto.

A través de la ventanilla del carruaje, los campos de noviembre se han trocado en llanuras resplandecientes como espejos tras la crecida, sobre las que penden nubes grises y recias como catedrales. Dos novillos ahogados flotan en una zanja, hinchados; su mirada perpleja se cruza con la mía al pasar, ojos negros como bulbos de vidrio, empañados de blanco por la muerte.

Aparte de los cumplidos de rigor cuando subimos a bordo del carruaje esta mañana, y de varias miradas persistentes, hoy apenas ha ocurrido nada digno de nota entre la viuda y yo. Puesto que imagino que en breve llegaremos a las afueras de Kendal, donde se hospedarán las Deene, más me valdría abonar pronto la posibilidad de una cita, no sea que pierda mi oportunidad. Si la chiquilla y la madre desembarcaran a media milla de camino de aquí y no las volviera a ver durante los tres días que estoy en Kendal, caray, ¿entonces qué? Entonces tendré que dormir solo o pagar a alguna fulana que caliente mi lecho, a menos que esté dispuesto a regresar a mi esposa y a Faxton sin escarceos con que alentar la llama de la memoria en los largos meses de invierno.

Nuestro carruaje avanza por el camino en medio de la campiña con, a lo lejos, montañas empapadas en nubes, o nubes que parecen montañas. Un poco más allá, al otro lado de los campos arados en barbecho, alcanzo a distinguir un gran perro labrador negro trotando con zancadas furiosas por las rodadas y los surcos cubiertos de escarcha, acompasando sin esfuerzo aparente su trote al veloz carruaje mientras anda en paralelo a nosotros. Trato de estimar a qué distancia del coche debe de encontrarse, que tal vez sea mucha más de la que en un principio asumí. Caramba, pues ha de ser un can colosal, si de lejos se ve tan grande.

Ah, no, no, ya veo qué ocurre, y mi necedad me avergüenza: la bestia no es un perro, ni mucho menos, sino un caballo. Un macizo de árboles oculta la rauda sombra de su silueta antes de que me dé tiempo a confirmar esa conjetura lógica, mientras al mismo tiempo la viuda Deene habla a mis espaldas, distrayendo mi atención de la extraña criatura a asuntos completamente distintos y mucho menos ambiguos.

—No tardaremos mucho en apearnos, ¿verdad, Nelly? —El comentario, aunque dirigido a la chiquilla, más parece una insinuación hacia mí. A menos que me equivoque, con este anuncio de su partida inminente la viuda Deene espera suscitar una respuesta apropiada por mi parte.

Puesto que no deseo desilusionar a una criatura tan radian-

221

te, me aparto de la ventanilla del carruaje para hablar con ella y enarco mis pobladas cejas en un gran alarde de desconsuelo.

—Mi buena señora, ¿será posible que usted y su querida hija me sean arrebatadas con tanta precipitación? ¡Qué lástima, en verdad! Cuando tras semanas de soledad me encuentro por fin en verdadera compañía, me la arrancan sin que apenas haya podido disfrutarla. Confiaba en que durante mi estadía en Kendal pudiéramos reunirnos, los tres, y conocernos más a fondo, pero ahora… —Dejo mis palabras en suspenso y tiendo las manos apenado, como si sostuviera un mundo de congoja entre ellas, cual Atlas de la desolación.

Por lo menos a la pequeña Eleanor, ahora ya despierta, mi farsa la conmueve. Volviéndose hacia su madre en el asiento, le toma las manos entre las suyas, más pequeñas, y su afilada cara de zorrezna es la viva imagen del candor.

—Mamá, ¿no veremos nunca más a este caballero? Fue tan bondadoso que no querría que se marchara…

Su madre me mira y mira a la niña, y una vez más, aunque es a la hija a quien se dirige, sus palabras van destinadas a oídos más avezados y sagaces.

—Calla, chiquilla, calla. ¡Piensa cómo mirarían al juez las gentes de Kendal si lo vieran en compañía de mujeres como nosotras! Bastantes lenguas afiladas se ensañarán con una mujer que acaba de enviudar, sin necesidad de que para colmo pongamos en evidencia a su señoría.

Empiezo a negar la cabeza con dolorosa indignación, como si tales consideraciones no pudieran estar más alejadas de mi pensamiento, a pesar de que en verdad hay mucha sensatez en lo que dice. No sería ni apropiado ni decoroso dejarme ver por estos lares con personas de su calaña, y en mis años he aprendido que Inglaterra es un país más pequeño de lo que muchos suponen. A veces parece que no puedo meter una mano bajo las enaguas de una moza del condado de York sin que resulte ser la hija de la prima segunda de la más leal amiga de mi esposa.

Aunque Kendal quede muy lejos de Faxton, empiezo a plantearme la conveniencia de ahondar en mis tratos con la viuda Deene cuando su hija salta otra vez con una nueva sugerencia:

—Entonces, ¿no podría venir él a visitarnos, en la casa de esa respetable anciana donde nos alojaremos? Dijiste que está a las afueras de la villa, con lo que la gente no tendría por qué prestar atención a las idas y venidas de este caballero. Anda, di que sí…

La madre vuelve a mirarme una vez más con aire vacilante. Me asombra hasta qué punto la propuesta de la muchacha encaja de mil amores con mis propósitos, cautivado por el vínculo secreto, furtivo, que ya se ha tejido entre nosotros; el indicio de una confianza mutua que acaso dé pie a algo más. La viuda Deene me mira fijamente, aguardando a ver cómo reacciono ante la idea de Eleanor antes de aventurar una respuesta de su parte. Ha llegado el momento de estampar mi sello en nuestra cita. Inclinándome en la cabina del coche, que se mece sin cesar, pongo una mano en la rodilla de la niña, como haría un tío carnal, riendo entre dientes. Debajo de la vaporosa oscuridad de su falda, siento el muslo esbelto y prieto, casi como el de un ave.

—¡Caramba, qué chiquilla tan lista debes de ser para que se te ocurra semejante idea! Aunque a mí me importa un comino que me vean en compañía de dos damas tan encantadoras, jamás me atrevería a hacerlo si con ello comprometiera la reputación de tu madre en el pueblo donde ha de encontrar trabajo…, pero, gracias a ti, querida niña, ¡tenemos la respuesta! Estaría encantado de visitaros en vuestra residencia y compartir mesa con vosotras, a vuestro mejor acomodo, siempre que tu madre dé su beneplácito.

Al parecer he aprendido la triquiñuela de hablar a través de la chiquilla, igual que hace su madre. La manera de hacerlo es hablarle a una mirando a la otra. Cuando el objeto de la mirada posee unos fascinantes ojos verdes como el mar y unos labios que parecen arrancados de una flor de la maleza de los fuegos, no es una tarea nada desagradable. La viuda, devolviéndome la mirada, ahora parece ruborizarse. Apartando la mirada a las tablas gastadas del suelo del carruaje y esbozando apenas una sonrisa clandestina, balbucea su consentimiento. El deleite contenido de su semblante invoca una dicha similar en mí, aunque en un lugar distinto de mi persona.

—Oh, señor, yo… Cómo no, por supuesto que tenéis mi beneplácito. No necesitáis pedirme permiso. Faltaría más.

Levanta un instante la vista de la madera desnuda del suelo, por cuyas grietas se atisban franjas del camino de Kendal.

223

Me observa para ver si he entendido esa última frase, esa invitación velada. Satisfecha de que sus insinuaciones no hayan caído en suelo yermo, aparta la mirada una vez más antes de proseguir. El temblor de su voz, tan débil que apenas es perceptible, me enardece aún más.

—Veréis la casa en la que vamos a instalarnos. No queda lejos de aquí y está a no más de una milla de camino en las afueras de Kendal. Mejor que vengáis ya oscurecido, de todos modos, con lo malpensada que es la gente.

Accedo de buena gana, prometiéndole visitarla a la noche siguiente, antes de los pleitos que me aguardan por la mañana. Sin duda, una buena jodienda me pondrá de mejor talante y, en modesta medida, acaso alivie las penosas circunstancias que concurren al condenar a un hombre. Se me ocurre que, tratándose de una viuda sin fondos y de dudosa reputación, quizá me procure un chelín, además de los servicios que la pequeña Nelly pueda sumar. Pienso en mujeres en el balneario de mi caja de rapé, cómo se trenzan una a la otra el cabello lacio y escurrido; una espuma de mujeres que surgen de las profundidades cálidas de las termas.

La chiquilla le habla ahora a la madre, complacida por la noticia de mi visita, tirándole con entusiasmo de la manga a la viuda.

—Oh, madre, qué bien que un caballero se ocupe de nosotras. Cuánto he extrañado las atenciones ahora que padre está…

La señora Deene le lanza a la chiquilla una mirada severa, intimidándola tanto que las palabras mueren en los labios de su hija. A todas luces, el dolor de la viudez sigue vivo en el pecho de esta mujer, y no soporta que Eleanor mencione a su difunto padre. Sin embargo, el gesto compungido que hace la cría ante el reproche silencioso me da tanta lástima que me mueve a terminar la frase inacabada, con la esperanza de enmendar su desliz y predisponerla de nuevo en favor de su madre.

—Ahora que tu padre partió de vuestro lado y está en el Cielo con el Señor. Por supuesto, es natural que añores su presencia, y más natural aún que desees compañía viril. En eso, eres igual que todas las de tu sexo.

Nell parece desconcertada, pero una sonrisa de alivio y gratitud ilumina el rostro de su madre, dándome coraje para continuar.

—No temas, pues mañana por la noche iré a visitaros, y aunque no puedo pretender ocupar el lugar de tu querido difunto padre, confío en mi capacidad para sustituirlo en las que eran, sin duda, sus responsabilidades menos onerosas. A saber, atender a su hija y a su esposa.

Concluyo y, tras una levísima pausa, aparto la vista de la chiquilla hacia la dama. Cruzamos una mirada de tal intensidad y entendimiento que ninguno de los dos podemos sostenerla; al cabo de unos instantes, desviamos los ojos de nuevo. Se hace a continuación un silencio placentero, grávido. Creo que ambos especulamos ardientemente acerca de las ardientes especulaciones del otro.

Sonriendo para mis adentros, me vuelvo de nuevo a mirar por la ventanilla del carruaje, pero el perro o potro que vi hace un rato ha desaparecido de vista. Los árboles pelados y oscuros pasan al vuelo, amontonados como las cerdas de un viejo jabalí.

El silencio se prolonga hasta que llegamos a una recia casa de campo, toda de piedra parduzca y con un rucio techo de paja, un poco apartada del camino que sube serpenteando por la colina que lleva a Kendal. Aquí las Deene deben apearse. Ansioso por demostrar que conservo fuerzas a pesar de mi edad, las ayudo a descargar del coche su escaso equipaje, que resulta no comprender más que un único hatillo de lienzo raído. Cuando se lo tiendo, mis dedos rozan, casi como por accidente, la mano enguantada de la viuda.

Una muchacha desaliñada y corpulenta de unos quince años sale de la casa, con el cabello enmarañado y del mismo tono mate que el techo de paja. Sus facciones permanecen impávidas. Unos ojos que insinúan pocas luces y quizá demasiado separados coronan una nariz chata, más llanura que relieve. Su boca es ancha, con labios demasiado llenos, aunque bajo cierta luz acaso podrían ser un reclamo de su propia horrenda sensualidad. Se detiene con una mano blancuzca, del color de la grasa, en el poste de la cancela y observa el coche con mirada inexpresiva. A sus espaldas, en los peldaños de la entrada de la casa, veo a una vieja fregona arrugada que sale caminando a duras penas con la ayuda de un bastón. No pasa de la puerta,

225

se queda inmóvil en el dintel manchado de brea que enmarca su repugnante retrato. Su papada y sus carrillos forman varios pliegues, que se unen al enorme bodoque de las ubres y la tripa. Con unos ojos minúsculos y negros como la pez, igual que unos huesos de ciruela incrustados en sebo, aguarda apoyada en su bastón y, como la muchacha medio lela de la cancela (que, imagino, será su hija), observa el carruaje sin una palabra o una mirada que pueda descifrarse.

La viuda Deene me sonríe y, en un hilo de voz, bisbisea «Mañana, pues», antes de dar media vuelta y dirigirse hacia la casa seguida por su hija. La muchacha del pelo de estropajo, repantingada en el poste, abre en silencio la cancela y franquea el paso a Nelly y a su madre al que será su nuevo hogar. Mientras cierro la portezuela del carruaje y vuelvo a arrellanarme en el asiento, Eleanor y la señora Deene se vuelven a saludarme justo cuando el cochero espolea a los caballos y, sin más, me arranca de allí hacia Kendal. Sonriendo con cariño, les devuelvo el saludo y las miro hasta perderlas de vista. Mañana por la noche, pues.

Paso varios minutos escrutando infructuosamente los campos aledaños en busca de la bestia que atisbé hace un rato, hasta que a nuestro alrededor aparecen los estrechos embarcaderos serpenteantes que caracterizan esta villa de la Tierra de los Lagos y llego a mi destino. El juzgado, en cuyos aposentos superiores me alojaré, pues a tal efecto se construyeron, es un edificio bajo pero señorial de ladrillo y madera, situado cerca del centro de Kendal. Tras apearme del coche y caminar un poco por el patio trasero adoquinado para desentumecer las piernas, llamo a un bedel para que suba mis bolsas de viaje por la escalinata de piedra, pulida a fuerza de pisadas, y de ahí a mi alcoba.

Subo los escalones con paso decidido, mientras él, un hombre de mediana edad, me sigue con dificultad, jadeando y rezongando a mis espaldas. Hacia la mitad hay un rellano, con una ventana que mira a poniente. He llegado a Kendal a última hora y el cielo tras el cristal está rojizo; de pronto, tengo la inquietante sensación de haber visto antes la escena. Al acercarme al rellano, me asalta el temor absurdo de que voy a toparme con Nelly, su cabello encendido, aunque sé que acabo de dejarla en la carretera a las afueras del pueblo. Llego al rellano sin saber por qué le idea me causa tanto pavor, y continuamos escaleras arriba.

A pesar de que mi cuarto está frío, es confortable. El bedel se compromete a dar parte de mi llegada a los distintos oficiales del juzgado y a avisarlos de que me reuniré con ellos y el acusado por la mañana. Se despide dejando mi equipaje sin apenas cruzar el umbral. Me quedo sentado sobre el lecho, en una quietud súbita y un silencio que se me hacen extraños después de toda la charla y el traqueteo del camino. Al cabo me levanto y, tras cruzar la estancia hasta la ventana, cierro los postigos carcomidos a la noche envolvente. A falta de mejor pasatiempo, me preparo para acostarme.

En los aposentos vacíos donde me alojo durante mis rondas por la jurisdicción, a veces llego a creer que todas las cópulas frenéticas de mis fantasías son solo esfuerzos por ahogar los horrendos espectros de estos sepulcros; estas ausencias.

Mientras me desvisto, empiezo a pensar en mi hijo Francis, allá en Faxton. Qué bruma rodea al muchacho (aunque, con cerca de cincuenta años, debo reconocer que ya no es tan muchacho). Se diría que un miasma pútrido se hubiera apoderado de su espíritu, que ni su esposa ni su dulce hijita Mary, mi nieta, son capaces disipar. Anda siempre alicaído, con la mirada perdida. Lee solo de vez en cuando, y parece que no tiene nada que dé sentido a su existencia.

La causa de todo fue Dee, o de lo contrario yo no soy juez. Hace unos veinticinco años que a Francis, en mala hora, le dio una vena por las cuestiones taumatúrgicas y buscó por primera vez el consejo del charlatán. Fue a Mortlake, donde se comprometió a pagar cien libras si Dee le enseñaba a observar y descifrar la luna, junto con otras cuestiones oscuras de esa misma especie. En vida de la Reina Virgen, Dee gozó de su confianza. Estaba muy solicitado en estas artes de hechicería, pues eran entonces prácticas respetables, por difícil que resulte ahora creerlo.

Casi un año después de su primera visita a la casa de Dee, aconteció algo que obró en Francis el cambio que persiste y empeora aún hoy. No conozco a fondo los pormenores, pero, por los retazos que he podido reunir, diría que Francis tuvo ocasión de examinar algunos documentos acerca de ciertos antiguos experimentos y rituales del doctor, perpetrados mientras Dee tenía a su servicio a un tal Edward Kelly, un bribón sin escrúpulos que murió en presidio.

A pesar de que en los años posteriores a menudo traté de que me revelase lo que contenían esos documentos, mi hijo insistió en que por el bien de mi alma era mejor que siguiera en la ignorancia. A juzgar por cómo se sobresalta y se estremece cada vez que una ventana se cierra de golpe, y viendo que anda siempre con el semblante pálido y atormentado, quizás en eso llevara razón. Los atisbos que dejó entrever, y que bastarían para encender las elucubraciones más macabras, guardaban relación con la conjura de presencias aberrantes, para luego transcribir sus lúgubres aunque desconcertantes augurios. Al parecer, Dee había elaborado con el tiempo una gramática de la lengua de los espíritus, por medio de la cual esos «ángeles», como los denominaba, podían entrar en comunión con él. A su vez él podía desentrañar sus mensajes. Esos tratos etéreos eran el aspecto del trabajo del doctor que más interesaba a mi hijo y que acabaron por perturbarlo, aunque por mi parte hallé más con lo que entretenerme en las insinuaciones que a Francis se le escapaban que en las más pedestres transacciones de Dee.

De los papeles que le mostró a mi hijo aquella fría noche de marzo en 1594, había algunos donde se describían actos rituales de una naturaleza carnal aberrante, en tanto que otros documentos abordaban un pacto, ordenado por los espíritus, para que el doctor y su criado Kelly compartieran a sus respectivas esposas a su antojo. Si Francis sintió que con estas revelaciones Dee le proponía sutilmente que dispusiera a su esposa para un pacto similar, no lo sé. De lo único que estoy seguro es de que Francis dejó clara su indignación y de que el desencuentro sembró la inquina entre el doctor y mi hijo, que salió del gabinete de Dee y, encolerizado, subió las escaleras al aposento que le habían dispuesto.

Fue entonces, mientras subía a su alcoba con nada en la cabeza salvo palabras de rabia muda, cuando Francis se topó con la criatura. De pie, con la cara en sombras y de espaldas al resplandor sangriento del ocaso que entraba por la ventana de poniente, levantó los brazos con las palmas vueltas hacia mi hijo, como para barrarle el paso. Rodeada por un halo de llamas, le habló a Francis en una lengua extraña, una retahíla de vocales aspiradas con apenas consonantes entre ellas, que sonaba poco más o menos como «Bah-zoh-deh-leh-teh-oh-ah», y así sucesivamente; una sarta de despropósitos impíos.

Francis estaba a punto de preguntar quién podía ser la chiquilla y qué asunto quería con él cuando, de pronto, ella se apartó de delante de la ventana hacia las sombras del rellano. La luz del ocaso, ya sin el obstáculo de su presencia, le dio de lleno en los ojos, encandilándolo hasta obligarlo a apartar la vista. Cuando volvió a mirar hacia la escalera, la criatura había desaparecido y no había más rastro de ella, salvo un tenue olor que, según Francis, recordaba a la mirra.

A pesar de la disputa y del susto que se llevó, Francis no parecía capaz de mantenerse lejos de Mortlake. Tan pronto se arreglaron los problemas entre él y Dee, hizo visitas frecuentes a la casa del doctor a lo largo de los seis años siguientes, en más de una ocasión obligando a mi nieta Mary a acompañarlo, desoyendo mi consejo.

Dee, en aquella coyuntura de su vida, confiaba en un tal Bartholomew Hickman, como antaño hizo con Edward Kelly, pues al parecer precisaba de alguien que descifrara los éteres por él con un vaso y le transmitiera los mensajes de los «ángeles». Toda esa patraña tocó a su fin hacia principios de siglo, cuando, de creer a mi hijo, ese tal Hickman resultó ser un farsante, o al menos un vidente que solo había tenido comunión con espíritus falsos y engañosos. Cerca de una década de trabajo quedó en nada y, a finales de septiembre de aquel año, tanto mi hijo como mi nieta asistieron a amargas ceremonias de fracaso allá en Mortlake, donde los documentos que consignaban el tráfico de Hickman con el mundo espiritual acabaron ignominiosamente reducidos a cenizas.

Reconozco que me alegré sobremanera al ver así desenmascarado a un impostor. A Francis, en cambio, no le consoló ni pizca, pues el asunto le parecía una catástrofe mayúscula cuya verdadera dimensión yo jamás alcanzaría a columbrar. Incluso mi nieta Mary parecía apesadumbrada, y a veces me miraba con espanto, como si de súbito me conociera bajo otra luz. Ninguno de los dos volvió a ir a Mortlake después de

229

aquello, ni tuvieron más tratos con John Dee. No transcurrió mucho tiempo antes de que el rey Jacobo, pío soberano, ascendiera al trono, y a partir de entonces el Mago descubrió que había caído en desgracia y ahí empezó su gran declive. Unos años después, Dee vivía sumido en la penuria: poco después, falleció en Mortlake atendido solo por su hija, de lo que cabe suponer que no había espíritus presentes para asistirlo en su hora final.

Tras ponerme el camisón, me encaramo al retrete de madera del cuarto de invitados para hacer de vientre, que resulta un trance duro y doloroso. Cumplidas así mis obligaciones, apago la vela con la que me he desvestido y subo de un salto a la cama, arropándome hasta las orejas con la manta, sin cuyo embozo, desde pequeño, no consigo conciliar el sueño.

Descubro con irritación que mis pensamientos siguen puestos en el doctor Dee, pues hay en él algo desconcertante que no consigo quitarme de la cabeza. Parece darse un gran dilema en cómo calibrar a un hombre así, demasiado ducho en materia de ciencias y política para tacharlo de necio, y que sin embargo creía que hablaba con los ángeles. ¿Acaso una mente tan excelsa puede haber encontrado diversión durante tantos años en copiar sílabas absurdas en un sinfín de índices, gráficos y diarios? Si no fuera así, si por algún capricho de la razón todos los mensajes que Dee transcribió fuesen auténticos, entonces ¿qué debemos pensar de un Cielo poblado de ángeles incoherentes, que balbucean credos sin sentido como las criaturas recién nacidas? Una vez vi la «lengua de los ángeles», copiada con minucioso esmero por mi hijo en un diario que llevaba. Era una tabla dividida en al menos un millar de cuadrículas, a ojo de buen cubero, y en cada una había escrito un símbolo o una notación, con lo que en suma parecía un auténtico mapa de la locura; ese continente envuelto en bruma del que pocos retornan para contar qué han visto.

Procuraré no enfrascarme más esta noche en pensamientos de magos o astrólogos. La visión del médico de barba blanca y birrete, según lo describía mi hijo, baila insidiosamente en el interior de mis párpados hasta que, con un esfuerzo de la voluntad, consigo disiparla y en su lugar pongo varias imágenes de la viuda Deene en diversas posturas vergonzosas, pronto complementadas por un recuerdo de la criada de los muslos rectos como una losa que desde la cancela de la casa me observaba con sus ojos vacíos, lelos.

El vapor de la mente se condensa, filtrándose en sueños contra el frío de la almohada, y una nube de murmullos desciende. Se abre una grieta en la noche por la que puedo entrar, deslizándome, y hundirme, y dormir…

Me despierto antes de que amanezca, cuando el bedel que me ayudó con el equipaje anoche llama a la puerta para anunciarme que abajo en el comedor me aguarda un desayuno preparado. Le doy las gracias con un gruñido y me levanto para vestirme, como buenamente puedo, a oscuras. Mientras me abrocho la hebilla de los zapatos, me viene a la memoria un sueño que tuve durante la noche, en el que estaba en Mortlake con mi hijo y el doctor Dee, salvo que en el sueño se llamaba doctor Deene. Desplegaba un pergamino amarillento ante nosotros y decía: «He aquí un mapa de la locura». Sin embargo, cuando Francis y yo nos acercamos para estudiarlo, vimos que se trataba en cambio de un mapa de nuestro condado, o sea, de Northampton. Más aún, me dio la impresión de que no era un mapa dibujado en papel, sino tatuado sobre un tegumento muy similar a la piel humana. Se me ocurrió buscar Faxton, pero no la encontré por ningún lado en la carta, lo cual me llenó de un temor súbito y amorfo. Ahí el doctor Dee, o Deene, se vio impulsado a garantizarme que todo iría bien si él y yo compartíamos a nuestras damas, aunque puede que no dijera damas, sino camas. Entonces, y sin razón alguna, rompí a llorar y después no recuerdo nada más hasta que he despertado.

Debidamente ataviado y ya en el comedor, mientras doy cuenta de un plato de abadejo horneado con salsa de gachas, me presentan al bailío mayor que presidirá el juicio de mañana, un aguerrido caballero llamado Callow, con nariz de fresa y unas grandes patillas blancas que rodean su cara, sonrosada como un cangrejo. Mientras voy sacando espinas de la boca y colocándolas en una especie de pequeño osario junto a mi plato, me pone al corriente de los detalles del caso que debo juzgar en la audiencia. Un lugareño insignificante, un tal Deery, está

231

acusado de afanar a su legítimo dueño una oveja y un carnero; vendió este último, mientras que se descubrieron pedazos de la primera en salazón en su propiedad, de manera que su culpabilidad no tiene vuelta de hoja.

El bailío mayor Callow me comenta que, una vez que me haya desayunado, podemos ir juntos al calabozo de Kendal y visitar al bellaco en su celda, junto con los demás malhechores de menor catadura que también habré de juzgar una vez que Deery esté sentenciado: borrachos y furcias; un tendero acusado de estafar con las medidas; varios pendencieros y un invertido.

Una vez fuera, con la tripa pesada de pescado y avena, y echando humo al exhalar en el aire gélido, camino junto al bailío bajo un velo de sombras por las empinadas callejuelas, resbaladizas de escarcha. El cielo está veteado de azul marino y oro por el extremo de oriente, mientras que hacia el oeste aún hay estrellas y desde los campos de las afueras de Kendal llega una fuga de trinos, en la que se desgrana nítida e inconfundible la voz de cada ave.

232

El calabozo, construido con toscos sillares grises, está en pleno centro de la villa, y se asienta cual sapo monstruoso petrificado por su propia fealdad. En los muros hay huecos y grietas, por lo que no se está más a resguardo dentro que fuera; es poco más que un espacio opresivo donde los carceleros se sientan y tallan palos de madera sin ton ni son, con varias celdas estrechas apiñadas en la parte trasera.

En la primera hay una muchacha de unos trece años con el pelo claro y desaliñado amamantando a su retoño, una criatura macilenta no mucho más grande que una rata y, por lo que se ve, con poca vida por delante. Cada vez que la madre intenta meterle su pecho escuálido y cetrino entre los labios, la criatura vuelve la cara enjuta y arrugada para gimotear. La muchacha apenas levanta la mirada un instante, sin interés, antes de volver la vista a su chiquillo. El bailío me cuenta que la han arrestado por una reyerta, y seguimos adelante.

Deery está en la celda contigua. Sentado en su catre, mira sin expresión hacia la pared, y no se vuelve ni siquiera cuando decidimos interpelarlo. Todavía joven, Deery parece uno de esos hombres que antaño han sido apuestos y con buena planta, y ahora están entrados en carnes, los huesos fuertes de la mocedad aún visibles, pero enterrados bajo una capa de masa fofa. Permanece inmóvil, con los pies separados, los brazos sobre los muslos, muñecas gruesas como la cintura de un crío y puños como codillos de cerdo, con los dedos entrelazados en un nudo de estacha sobre las rodillas. Su serenidad es turbadora y absoluta.

Le pregunto si sabe que voy a juzgarlo al día siguiente, a lo que se limita a encogerse de hombros sin dignarse aún a mirarme. Cuando le pregunto si se da cuenta de que robar ganado se castiga con la horca, solo parece aburrido, y tras unos instantes lanza un escupitajo de flemas amarillas al rincón de su celda. Salta a la vista que la conversación entre nosotros es imposible. Tras un somero examen de los demás reos del calabozo, el bailío Callow y yo salimos de nuevo del fétido miasma del presidio al aire cortante de Kendal. El cielo ya clarea y la villa se ha despertado del todo. El carromato de un vendedor de leña con imágenes de santos y mártires pintadas pasa tirado por un maltrecho caballo. Varios chiquillos se encaraman al tejado de la tahona para sorber el cálido olor que exhala el tiro de los hornos, y calle abajo pasa un anciano encorvado que carga varias jaulas de madera en las que protestan gallinas quicas.

Con poco de provecho por hacer antes de los juicios del día siguiente, dispenso al bailío y dedico la mañana a inspeccionar Kendal. Recalo en una fonda para almorzar una empanada de cordero con colinabo. Restituidas mis fuerzas, paso la tarde deambulando agradablemente por las tierras de labranza cercanas. Poco antes de volver a mi alojamiento a prepararme para la cita de esta noche con la viuda Deene, me siento embargado de una tensa expectación que no está relacionada con dicha dama o sus encantos. Al cabo comprendo que una parte de mí espera avistar de nuevo al animal que ayer vi mientras corría a la par de nuestro carruaje, y me río en voz alta de mi propia insensatez. Este ni siquiera es el lugar donde entreví a la bestia, pues era al otro lado de la villa. Además, ¿a cuenta de qué preocuparme por un chucho extraviado, o un potro, o lo que quiera que fuese?

Al volver a mis aposentos, me mudo con mejores galas y rocío de talco mi peluca. Luego aguardo hasta que la divina batalla silenciosa que cada noche se libra en el cielo de poniente

233

haya culminado su sangriento curso, antes de lanzarme sigilosamente a las primeras neblinas malvas del anochecer, poniendo buen cuidado en no ser visto por nadie relacionado con los tribunales y llevando bajo el brazo mi bastón con empuñadura de hierro, por temor a los bandoleros.

Un azul lúgubre que rápidamente se diluye en una fría oscuridad cae sobre los montes de la Tierra de los Lagos con el crepúsculo; al otro lado de los campos inundados, un somorgujo canta enloquecido por la pena. Pronto llego a las afueras de la villa, donde continúo por el camino de Kendal hacia la casa donde se hospedan la viuda y su hija. El barro ocre que adorna ahora mis lustrosas botas parece un mal menor frente a las grandes recompensas que espero recibir. Una viuda bregada en la vida matrimonial y, sin embargo, ansiosa por retomar su faceta carnal promete más deleite que cualquier criada paliducha del servicio. Me atrevo a suponer que la autoridad de mi cargo puede ayudar mucho a que se muestre receptiva a mis caprichos, por peculiares que sean.

A la vera del camino oscuro, las zanjas manan y borbotean como un hombre apuñalado en el corazón, y en derredor se está levantando una fría bruma, por lo que ansío ver aparecer las luces del caserío. Aunque la última vez que crucé estas tierras fue en carruaje y no se me antojó tan lúgubre, me pregunto si no habré errado el camino. ¿De veras el caserío puede estar tan lejos de Kendal o lo habré pasado de largo en la penumbra? Decidido a dar media vuelta si no encuentro pronto la vivienda de la anciana gorda, aunque eso suponga renunciar a la compañía de la viuda, me procura un gran alivio ver, al doblar un recodo, el débil resplandor amarillento de una lámpara a través de las cortinas, un trecho más allá por el sendero.

Llenándome el pensamiento imágenes de la viuda Deene tal y como pronto me gustaría verla, salvo por el espacio que ocupa la deliciosa Eleanor, aprieto el paso y, antes de darme cuenta, estoy en la cancela del caserío. Una oleada de emoción me embarga, un nerviosismo peculiar que he conocido anteriormente en tales situaciones: en parte es lujuria; en parte, ansiedad por haberme creado demasiadas expectativas y llevarme un chasco. En esta ocasión hay algo más, un poso de aprensión que no alcanzo a ubicar... Todos esos temores deben quedar de lado. Si he de colgar a un hombre por la mañana, me propongo antes empalar a una mujer esta noche, y así enfilo con brío el sendero resbaladizo de moluscos y llamo a la puerta untada de brea.

Transcurre lo que tarda en rezarse un padrenuestro hasta que al fin se descorre el cerrojo y me encuentro cara a cara con la muchacha medio lela que vi merodeando por la cancela cuando llegamos aquí ayer. Al toparme de frente con ella, no estoy tan seguro de que sea realmente medio lela, o más bien haya cultivado una tremenda lentitud, como una forma de insolencia. Me mira largamente, en silencio, antes de dignarse hablar. Entonces una sonrisa lasciva e insinuante se esparce, como un lema incendiario, en el muro liso de su cara.

—Conque sois el juez, ¿eh?

Voz tupida y escurridiza como algas de una ciénaga, habla con unas insinuaciones que pronto descubro constantes y habituales. Cuando le digo que, en efecto, soy su señoría el juez Augustus Nicholls y le pregunto su nombre, me devuelve una sonrisa que es a un tiempo seductora y socarrona, sosteniéndome la mirada unos instantes húmedos antes de contestar.

—Soy Emmy. Pero vos deseáis ver a Mary. Será mejor que entréis.

Me conduce hacia un pasillo apenas iluminado y tan estrecho que, mientras maniobra para cerrar la puerta principal tras de mí, nos quedamos por un instante apretados, cara a cara, en el angosto vestíbulo. Su abundante busto queda aplastado contra la pechera de mi casaca y casi parece hundirse como la hoja de una de esas dagas que usan en el teatro. Tan sublime aprieto no dura más que un momento y enseguida la tengo a mi lado. Mientras me vuelvo y camino hacia la habitación iluminada del fondo del pasillo, oigo que cierra la puerta y corre el cerrojo.

Otra puerta, mal entornada, sale del vestíbulo a mi derecha, y al pasar echo una ojeada dentro. Aunque la única luz es la que se filtra desde el pasillo por el que camino, alcanzo a distinguir una serie de platos pintados a mano y figuritas de porcelana dispuestos sobre una enorme cómoda antigua que hay justo al entrar en la sala, que parece impecablemente cuidada y tiene una alfombra de suntuosos dibujos en el suelo.

En compañía de la cómoda, alcanzo a ver también un escabel ornamentado y una pintoresca consola de lustrosa madera de cerezo. Aunque no consigo ver la sala entera mientras paso, da la impresión de ser un espacio acogedor y pulcro, tan atestado de esas reliquias de familia que ni siquiera se puede entrar con holgura. La apariencia prístina e impoluta de la estancia parece contradecirse con la fachada destartalada de la casa, pero sigo adelante hacia la luz del fondo del pasillo, sin darle mayor importancia. Emmy camina detrás de mí y oigo sus pies planos, descalzos sobre las tablas del suelo. Oigo su respiración.

El corredor me lleva a una habitación tan diferente de la que acabo de pasar que bien podrían hallarse en continentes distintos, ya no divididos por unos pocos pasos de pared, sino por un océano. De mi contemplación del pulcro saloncito lleno de bellas pertenencias, me veo sumergido en un sórdido tugurio donde las vetas nudosas de las paredes están ahogadas en hollín; por doquier flota un olor en el que se mezcla el moho, asaduras a la brasa y ese tufo propio de las mujeres viejas, como a tripas y orines. Entiendo que es así como deciden vivir los pobres, acumulando todo cuanto tengan de bello, digno o valioso en un cuarto que solo sirve para aparentar, en el que no entran salvo para quitar el polvo o limpiar. Sus vidas en realidad se desarrollan tras esos santuarios abigarrados, en tristes muladares como este, en cuyo umbral me encuentro ahora.

Una estufa de leña, con fogones de hierro forjado y pizarra, caldea la estancia desde la pared del fondo, pero con una intensidad sofocante. Al lado, en un taburete de patas arqueadas sobre el que descansa su bastón, está sentada la anciana arrugada y obesa que ayer vi de refilón, y sus ojos, que parecen dos tizones en un cuenco de requesón, me traspasan cuando entro agachando la cabeza para esquivar las vigas bajas de roble. Al acercarme, advierto que está aquejada de una congestión en los pulmones, por lo que resuella, con su descomunal pecho agitándose como la marea bajo el mandil y un temblor recorriendo sus carnes encharcadas hasta los carrillos y el cuello hinchado por el bocio con cada nuevo aliento.

En medio de esta estancia maloliente hay una mesa, mucho más grande de lo que convendría en un lugar tan abarrotado, tanto que se diría que el caserío se levantó en torno a ella, pues es demasiado ancha para caber por la puerta, y además viejísima, la superficie llena de marcas de cuchillos de trinchar, que dejaron manos muertas hace mucho tiempo. Hay cinco sillas alrededor de la mesa, dos ya ocupadas por Eleanor y su encantadora madre, que levantan la vista a la par y sonríen al verme entrar. Había olvidado qué verdes son sus ojos. Decido que seré capaz de soportar este antro miserable si lo iluminan tales beldades.

—¡Juez Nicholls! Habéis venido, tal y como dijisteis. —Es la viuda Deene quien habla, y el entusiasmo y la expectación de su voz alientan en mí la petulante certeza de que todo irá como la seda entre nosotros.

Echando atrás la silla, que rasca en las toscas losas de piedra, se levanta y cruza la estancia para recibirme, poniendo una delicada mano en mi codo mientras me guía a mi asiento, enfrente del suyo. Apoyada en la jamba de la puerta del corredor, Emmy contempla la asamblea con una sonrisa socarrona. Procurando ignorar a la chica, entablo una conversación trivial con la viuda y Eleanor hasta que la vieja bruja abotargada junto a la lumbre interrumpe sus resuellos un momento para dirigirse a nosotros.

—Pondremos la cena enseguida. Emmy, deja de mirar embobada al caballero y ayúdame a levantarme para servir los platos. —Su voz, lastrada por una plétora de congestiones, borbotea como una ciénaga.

Emmy, con un suspiro expresivo, abandona su puesto junto a la puerta y va hasta la lumbre, donde ayuda a la arpía hinchada a levantarse penosamente del taburete. Las dos mujeres, que ahora estoy convencido de que son madre e hija, proceden a continuación a servir unos grandes cuencos de estofado de una cazuela sacada del fogón y nos los ponen delante. Emmy ocupa su asiento, a mi lado, sin dejar de lanzar miradas libidinosas de soslayo, mientras la anciana, con cierta dificultad, hunde su mole jadeante en la silla colocada en la cabecera de la mesa.

Una vez que recobra medianamente el aliento, entona un agradecimiento por la comida.

—Amado Señor, bendice la comida que hemos preparado para nuestro huésped y lleva a buen puerto todos nuestros actos.

237

Aunque rudas y algo estrambóticas, sus palabras no son inapropiadas. Esta noche, si la suerte me acompaña, haré el acto con la viuda Deene, y espero poder llevar la empresa a buen puerto. Así pues, murmurando un sentido «Amén», tenedor en ristre empiezo a comer, sonriendo a la viuda sentada frente a mí, que me sonríe a su vez. Me pregunto si su gesto encierra un mensaje secreto, que tal vez sea solo para nosotros dos. Alentado por esa idea, ataco con mayor fruición aún el montón de ternera y verduras que colma mi plato, gratamente sorprendido de lo bien que huele.

Sin apenas probar bocado, las féminas reunidas no me quitan ojo mientras engullo la comida, temiendo acaso que un ágape tan llano y basto no esté a la altura de mis cultivadas expectativas. Deseando ahuyentar todas sus inquietudes, zampo de lo lindo y, masticando a dos carrillos, alabo la excelencia de la cena, pues en verdad está deliciosa. Bien condimentada y con su buen picante, cada bocado me provoca una nueva capa de transpiración en la frente y el bozo; un escozor en el paladar que convierte mi boca en una cueva ardiente e infernal de estalactitas molares, con cada ápice de mi conciencia centrado ahí. Para individuos como yo, que gustan de un toque de picante y fuego en la comida, los rigores de un manjar así son parte de su atractivo. Alarmados por los ardores de la lengua, es como si los demás instrumentos de la sensibilidad adquiriesen una condición nueva: quizá los ojos lloren y los oídos silben, y un hormigueo se contagie al resto del cuerpo, estremeciendo sus carnes. A menudo he pensado que ese estado debe de parecerse al descrito por los místicos, cuando todas las demás preocupaciones corpóreas se desvanecen ante la intensidad de la experiencia divina.

Pienso en Francis, con la mirada perdida y tartamudeante, acosado por los temores desde el abrupto cese de su trabajo con Dee; la viva estampa de un hombre sentenciado y que, sin embargo, ha de soportar una espera larga, atroz, hasta que se construya la horca. No puedo acallar la idea de que más le habría valido limitar sus experimentos con lo sublime al goce de un plato tan sencillo como el que tengo ahora delante, que ya está prácticamente limpio, tan voraz es mi apetito.

Mientras me pierdo en esta ensoñación culinaria, las mujeres sentadas a mi alrededor comen en un silencio perturbado solo por el tintineo de cuchillos en la loza, y hurtan muchas miradas hacia mí o entre ellas. Eleanor, a quien han debido de servir una ración más pequeña que a nosotros, los adultos, ha vaciado ya su plato y, volviéndose, se lo tiende a la vieja gorda y con duelas en el hígado que preside la mesa, a la derecha de la niña.

—Abuela, ¿puedo tomar un poco más?

Al oírla, la rancia mole de grasa gira la cabeza hacia la niña en un gesto espeluznante, pues su cuello está tan hinchado que no parece moverse, sino que son sus facciones las que, por algún medio, han nadado a través de esa fofa cabeza para mirar hacia otro lado.

Replica con voz tan áspera y tajante que la chiquilla da un respingo y se encoge atemorizada.

—¡No soy tu abuela, condenada niña!

Ante la severidad de su respuesta se hace un silencio incómodo, que la viuda Deene rompe hábilmente, sonriendo con apuro, para excusar a su hija.

—Por supuesto que no es tu abuela, ¿verdad, tesoro mío? Solo que la buena señora nos trata tan bien que así es como la ves. ¿No es cierto, querida Nelly?

Eleanor, todavía pálida y temblando por la reprimenda, asiente en silencio sin levantar la vista del plato vacío, un gesto que parece enternecer al dragón resoplante sentado a su izquierda. El viejo Leviatán marchito se vuelve ahora a hablar con Emmy, que está a mi lado, y le ordena a la muchacha que se levante a servir una segunda ración a las bocas que lo pidan.

Por mi parte, declino de mala gana el ofrecimiento negando con la cabeza. Siento una pesadez repentina y temo haber comido ya más de la cuenta. A ver si se me pasa este letargo de tener el buche lleno, porque si no haré un mal papel con la viuda más tarde. Tal vez no tenga fuerzas para montarla, si apenas las tengo ahora para llevarme otro bocado a los labios. Ante mi negativa muda a repetir, Emmy ladea la cabeza y me mira con aire interrogante, el cucharón en una mano y la cazuela envuelta en un trapo bajo el brazo. Sus labios gruesos y rollizos se fruncen ahora en una sonrisa lasciva antes de hablar:

—Creo que el juez ya está satisfecho. Mirad cuánto le suda la frente, como si en esta habitación hiciera demasiado calor para su gusto.

Dejando la cazuela y el cucharón encima de la mesa, se inclina luego un poco, sin dejar de sonreír, acercando su cara a la mía. Las otras tres mujeres parecen observar atentamente, todas con expresiones de embeleso y, sin embargo, inescrutables, casi como miran los pájaros. Noto que las yemas de los dedos se me adormecen. Oigo un ruido distante, que creo que debe de ser mi tenedor al caerse al suelo. De cerca, veo que Emmy tiene un cutis pésimo; cabezas sebosas de puntos negros se amontonan en las comisuras de su nariz. Su voz es lenta y pastosa como la melaza.

—No os inquietéis por el calor, juez. Mi madre dice que pronto todas nos vamos a quitar la ropa para vos. Entonces nos alegraremos de haber hecho tan buen fuego.

¿Qué está diciendo? Desde el otro lado de la mesa, la viuda Deene habla con un tono de reproche que no le había oído emplear antes.

—Cuidado, Emmy. Quizá no esté tan sofocado como parece.

La muchacha no parece prestarle atención, solo ladea de nuevo la cabeza para escrutarme de cerca, como si quisiera cerciorarse antes de hablar.

—Oh, sí, ya lo creo. Vaya que sí. Además, sé un modo para comprobarlo rápidamente.

Se yergue delante de mí. Sin abandonar su sonrisa, levanta sus recios brazos y los enlaza en la nuca, y empieza a desabrocharse las presillas del blusón. Nadie habla. Reina el silencio, salvo por la respiración entrecortada de la vieja. Mi mente flota, y demasiado tarde se me ocurre que hay algo sumamente pérfido en esta estancia asfixiante.

Emmy se ha desabrochado lo justo para sacar los hombros del vestido, seguidos de un brazo y luego el otro. Finalmente, con una sonrisa triunfal, se lo baja hasta la cadera, de modo que queda desnuda de cintura para arriba. ¿Estaré soñando? Sus pechos son grandes y turgentes, y Emmy ahora abarca uno con cada mano, como sopesándolos. Unas aureolas tersas, oscuras y violáceas, coronan cada cántara, donde despuntan los pezones morados como los pulgares de un recién nacido. Da un paso hacia mí, acunando una teta en cada palma y, con una vaga ansiedad que se me antoja remota y distante, descubro que no puedo moverme. El zumbido de mis oídos cobra fuerza, aunque todavía oigo a Emmy cuando me habla, muy cerca.

—Mirad, mirad. ¿Qué os parecen? ¿No creéis que son una preciosidad? Caray, apostaría que os gustaría chuparlas, si pudierais. Eso es lo que les gusta a los caballeros, según he oído.

Ahora se inclina tan cerca de mí que el olor almizclado de su cuerpo resulta apabullante. Levantándose un pecho, lo empitona en mi boca abierta y flácida, y lo restriega despacio por mi labio inferior. El pezón se frunce, se dobla y luego se pone tieso de nuevo contra mis dientes. Intento apresar el brote resbaladizo, pero no puedo.

—¡Basta, Emmy! —exclama la viuda Deene—. Soportaré estas costumbres mientras me unan lazos matrimoniales a la familia, pero no todos queremos ser testigos de tu lascivia día y noche.

Emmy contesta contoneándose lujuriosamente, sin dejar de meter y sacar su pecho entre mis labios entumecidos, inmóviles. A la anciana sentada en la punta de la mesa parece hacerle tanta gracia que arranca una risotada de las profundidades de sus pulmones corrompidos. Como la diversión es contagiosa, a la pequeña Eleanor le asoma una sonrisa mientras lanza miradas cautas a su severa madre, la viuda Deene, como pidiéndole permiso para reír. Sin poder contenerse por más tiempo, se le escapa la risa por la nariz. La viuda, incapaz de mantener su talante ceñudo e indignado, también empieza a reír por lo bajo, hasta que por fin las cuatro estallan en carcajadas.

El jolgorio se prolonga un rato más, hasta que Emmy saca el pecho de mi boca, y una gota de baba queda colgando de un hilo de saliva, como un ahorcado. Da un paso atrás, como para observarme a sus anchas, ahora con una sonrisa desdeñosa, llena de desprecio.

—Ya no le queda mucho. Podríamos empezar a destazarlo, una vez que nos quitemos la ropa para no mancharnos.

La vieja habla en algún lugar a mi derecha. Con la cabeza colgando contra el respaldo de la silla, no tengo fuerzas para

241

mirarla, así que debo conformarme con escuchar el arpa de flemas de su voz.

—No seas boba, muchacha. ¡Mira cómo se le mueven los ojos de un lado a otro! Todavía hay vitalidad en él, y se disipará si lo descuartizamos ahora. Aguardaremos a que esté muerto. Cuando la sangre deja de circular, no se arma tanto lío.

Tengo miedo, a pesar de la bruma soporífera que parece envolverme. ¿Han dicho que van a descuartizarme? Intento protestar, pero no consigo articular más que un débil gemido. ¿Qué me ocurre?

Desde el otro lado de la mesa, Eleanor se suma a la discusión, volviéndose a la matriarca sentada en la cabecera.

—¿Ya puedo llamarte abuela?

La mujer carraspea dando su aprobación y Eleanor continúa.

—Abuela, hace tanto calor aquí dentro… ¿Puedo desvestirme, como la tía Em? Dijiste que luego lo haríamos.

Su madre, la señora Deene, se apresura a intervenir.

—Da igual lo que haga la tía Emmy. No consentiré que te críes con los modales de la familia de tu padre.

Ahora la madre de Emmy aparece en mi campo de visión, volcando la mole de su cuerpo hacia delante para plantar los codos sobre la mesa y escrutar con duro resentimiento a la viuda Deene.

—Tu Nelly está tan metida en esto como el resto de nosotras. Así lo hablamos, y así debe ser. La única razón que nos mueve a hacerlo es su padre, tu marido. El hermano de Emmy, mi hijo. El matrimonio te convierte en parte de esta familia, joven Mary: antes eras Deene, pero ahora eres una Deery. Y los Deery hacen piña.

Durante unos momentos de silencio, la mujer más joven parece retorcerse bajo la mirada indómita de la otra. Al final agacha la cabeza, acobardada, a lo que la vieja bruja continúa, dirigiéndose de nuevo a Eleanor:

—Si te apetece quitarte la ropa, como habíamos acordado, hazlo, pues así no se te salpicará ni se te manchará cuando rematemos la faena. De hecho, todas podríamos empezar a desvestirnos. Este estará despachado antes de que me quite las enaguas, ya lo veréis.

Incluso respirar se me hace ahora un suplicio. Oleadas de oscuridad rompen dentro de mí, arrastrando con cada embate los guijarros de mis pensamientos entre remolinos de espuma, y desentierran pálpitos enterrados a la luz resplandeciente. Pienso en Francis y comprendo por qué se sobresalta al menor crujido de una puerta. Pienso en Dee. Pienso en la villa de Faxton, pero no consigo evocar una imagen en mi mente. Tan solo veo calles desiertas que serpentean junto a patéticas ruinas antes incluso de que estas desaparezcan y en su lugar haya un páramo de olvido cubierto de hierba, que no señalan ni pináculo, ni cerca ni zanja.

A mi alrededor, las mujeres empiezan a despojarse de sus prendas entre murmullos y risas. Eleanor pasa brincando, sin faldas, con un cuerpo impúber que apenas permite adivinar los atributos de su sexo, y va a asistir a su abuela en el moroso desvelamiento de su masa blanca e informe: la panza cuelga en pliegues encima de las partes pudendas, prácticamente peladas, donde el poco vello que queda es gris amarillento, como sucios goterones de sebo. Emmy está desnuda en el otro extremo de la mesa, con las blancas nalgas encima de la madera oscura llena de muescas, mientras ayuda a la señora Deene a peinar su pelo rojizo. ¿Deene, se llamaba? ¿O era Dee? ¿O Deery? No logro acordarme…

Está sentada delante de mí, completamente en cueros. No aparta la mirada de mi rostro mientras Emmy empieza a trenzar su melena pelirroja. La estancia parece un horno, y observo que una perla de sudor cristalino resbala por su clavícula hasta perderse entre sus pechos. La escena me recuerda poderosamente a algo que he visto antes, mujeres empapadas que se peinan una a la otra, pero en medio de la niebla que me rodea no consigo ubicarla.

A mi derecha, la abuela de Nelly se despoja impúdicamente del refajo de las enaguas, que caen a sus pies. Ayudada por la angelical Eleanor, saca un estuche de cubertería de algún lugar encima de los fogones. Después de elegir varios cuchillos de trinchar de la bandeja, ella y la niña proceden a afilarlos en una losa del hogar; aunque no alcanzo a verlas, oigo el roce del hierro en la piedra. Siento un dolor atroz en el vientre que, sin embargo, se me antoja remoto, como si fuese otro quien lo

243

padeciera. Las ráfagas de luz y sombra que en mis ojos parecen atravesar la estancia abarrotada, llegan más rápido ahora,
como olas.

Hartas de esperar a que mi aliento ahogado se extinga de
una vez, las mujeres desnudas optan por ignorarme. Sentadas
alrededor de la mesa, charlan acerca de nimiedades, como si no
me estuviera muriendo ahí mismo. Hablan de sus achaques,
del precio del cereal y de qué harán cuando John salga de presidio. Sin ropas no parecen humanas, sino más bien un escua-
drón de extrañas hermanas; parcas o gorgonas salidas de una
leyenda. Las envuelve un halo vaporoso que parece diluirse en
una areola de colores sutiles. Hasta sus gestos más impercepti-
bles dejan una huella en el aire que las rodea, y cada brazo que
desciende parece convertirse en un ala refulgente, desplegada
y magnífica. Siguen hablando, pero ya no puedo discernir el
sentido de lo que dicen.

Sus palabras pertenecen a un glosario de luz, labios que se
mueven en silencio como más allá de la bola de cristal; en mis
oídos, el zumbido ha alcanzado una perfecta nitidez, sus giros y
sus frases resueltas al fin. Por encima del estruendo de las alturas cada sílaba extranjera es clara y resonante, dolorosamente
familiar en su críptica profundidad, un murmullo cargado de
matices que reverbera en todas las cosas. Conozco esta canción.

La conozco.

Compañeras de labor

1705 d. C.

Dentro de la cabeza de los búhos y las comadrejas hay joyas que sirven para curar la malaria, los cólicos. El rayo es la descarga de Dios que cae sobre el árbol de las cenizas, donde crecen Sus simientes, con cabezas redondeadas y tallos esbeltos, entre las raíces. Una mujer o un hombre pueden poner esas descargas en la boca, y después tener la Visión, para así arrojar todos sus pensamientos a una hoguera y viajar con el humo hacia el cielo. Aquí se encontrarán con la cigüeña o la garza que los llevará a las alturas hasta que pueda conquistarse la Gran Catedral, con las bóvedas perfectas de sus techos formadas únicamente a partir de Ley y Número. Yo he tragado mis propios orines y he visto estas cosas.

Apenas hace una hora, el señor Danks, el párroco de Todos los Santos, vino con el Libro y con alguaciles a la celda que comparto con Mary, tras lo cual nos sacaron y nos colgaron de una horca en la puerta norte del pueblo, hasta que quedamos poco menos que muertas, con el cogote machucado. Nos descolgaron y luego nos trajeron aquí atadas. Ahora llevamos las marcas de la soga como gloriosas insignias, sentadas medio inconscientes y espléndidas en este trono que no tardará en arder.

Siento el roce de la mano pequeña y tibia de Mary, atada a mi lado. No tiene más miedo que yo, aliviada por una brisa que viene de los bancales invisibles, que calma esa luz malva que empaña sus pastos de noche. Aun cuando no tuviéramos la garganta tan constreñida por el linchamiento que nos negara el habla, tampoco haría falta que mediara una sola palabra entre nosotras para saber estas cosas. Es el mismo Reino, la misma idea de Reino, donde la idea de Reino es el Reino mismo. Van a quemarme, y aún no tengo veinticinco años cumplidos.

A través de los campos fríos de marzo, los pájaros están construyendo algo delicado y terrible a partir de retahílas de sonidos, de juegos de ecos. Nosotras dos seremos las últimas personas de Inglaterra que muramos ajusticiadas en la hoguera, según nos han dicho los Diablillos y las criaturas coloridas que moran en las aldeas de las alturas, donde todos los días son uno solo, donde no hay ayeres ni tampoco mañanas. Después de esto, no más sebo humano untado en una mecha de enagua. No más blanca mejilla con el rubor de la brasa.

Ahora, levanto poco a poco mis pesados párpados hasta que consigo mantener los ojos abiertos, en el preciso instante en que Mary hace lo mismo a mi lado. La chusma reunida delante de nuestra pira ahoga gritos de asombro y retrocede un poco, con sus caras de bestias de pocilga desfiguradas por el terror. La viuda Peak, que dijo que nos había oído hablando de matar a la señora Wise, ahora se hace el signo de la cruz sobre los pechos marchitos y escupe, mientras el padre Danks empieza a leer con voz atronadora un pasaje de su libro apolillado, y sus palabras son como pavesas de ceniza empañando la mañana.

Si vosotros supierais, pencos, qué fue lo que arrojasteis a las llamas… Y no lo digo por mí, sino por Mary, que es tan hermosa como feúcha soy yo. Si pudierais ver las comisuras de sus ojos cuando está contando algo divertido, entonces la conoceríais. Si conocierais el penetrante sabor de su coño cuando aún no se ha levantado por la mañana, volveríais la vista de vergüenza y apagaríais vuestras antorchas. Prendidas en su vello, mi saliva convertida en una sarta de perlas, cada una con una mansión de homúnculos en miniatura y espléndida pintada con acuarelas. Cuando sube las escaleras es pura música, y con la menstruación puede hablar la lengua de los gatos…, pero ¿qué más da? Es como si todo eso no fuera nada. Prendedle fuego, reducidlo todo a cenizas, su pelo cobrizo, los dibujos que hace, todo…

Reconozco que habíamos tenido esa conversación sobre los nueve Duques que gobiernan el Infierno. Tras haber visto ese lugar no me depara ningún temor, pues es hermoso, y en su boca hay piedras preciosas. No es sino la cara del Cielo cuando la contemplan los engañados y temerosos, y en todos mis tratos con sus Embajadores he descubierto que son como los caballeros, igual de soberbios y con modales refinados. Belial parece un sapo de cristal maravilloso, con muchos ojos cercándole la frente. Es profundo y, sin embargo, incognoscible, mientras que Asmodeo sería más bien un exquisito dechado de filigrana alrededor de la cabeza: mordaz, fiero y ducho en las artes matemáticas. A pesar de su ira y su capricho, no son tan malos como otros con nosotras, y son más que lindos a su manera, y deberíais envidiar a quienes contemplan tales prodigios de la Naturaleza.

Un hombre de cejas pobladas al que no conozco se acerca ahora con su antorcha y la arrima a las trizas de harapos y la paja que hay en el borde de la hoguera. Cerramos los ojos y suspiramos. No falta mucho, amor mío. No tardaremos en partir. Los balcones ocultos no están tan elvados ya sobre nosotras.

Nos conocimos cuando yo tenía catorce años y vine caminando desde Cotterstock a Oundle porque mis padres querían librarse de mí. Mary era de mi misma edad, pálida y pecosa, con piernas y brazos largos. Dejó que me escondiera en el cobertizo de su papá aquellos primeros meses de frío, y algunas noches en su cuarto, si se daba el caso de que su hermana y su hermano no estaban. Paseábamos por el pueblo y nos recreábamos en nuestros juegos. Cuando caía la noche, nos desafiábamos a quedarnos dentro del pasaje adoquinado de la posada de Talbot, que llevaba hasta el oscuro patio trasero. Jurábamos oír al fantasma de la vieja reina María, que había dormido allí la noche antes de que la decapitaran, y caminaba con ella bajo el brazo por el rellano de la planta de arriba. Chillidos. Nos abrazábamos una a la otra en la penumbra.

A veces nos aventurábamos a cruzar el patio, chapoteando por las losas bañadas de orines y cerveza, hasta el callejón detrás de la posada, y nos asomábamos al pozo donde, según decían, se oyó el redoble de un tambor la noche antes de que el rey Carlos muriera, además de otras veces, como con la muerte de Cromwell. Pegábamos la oreja conteniendo la respiración, aunque nunca salió ningún sonido.

247

Corríamos por los campos entre los arbustos de lluvia de oro silvestre, y en nuestras fantasías éramos salvajes, hombres de culo azulado venidos de las Áfricas, que reptaban medio desnudos con expresiones feroces, estrafalarias en medio de los tallos adormilados que se inclinaban a nuestro paso. Nos metíamos los dedos la una a la otra, y al principio nos reíamos, pero acabábamos acaloradas y serias. Encontramos una musaraña muerta, tiesa y con un lustre como si la muerte no fuera más que una capa de barniz, y una tarde observé a Mary mientras hacía pis en las prímulas, cerré los ojos cuando salió el tembloroso espeto de oro entretejido que horadó el suelo empapado entre sus piernas, pero seguí oyendo el tintineo sin dejar de ver el chorro trenzado dentro de mis pensamientos.

Llega ahora el primer beso del humo, el casto beso de un esposo en la nariz, y como si de un esposo se tratara ambas mantenemos los ojos cerrados mientras nos besa. No tardará en meternos su lengua acre y sofocante hasta la garganta. Volutas ásperas que nos arden como ortigas en las fosas aunque arruguemos la nariz, y espero que la leña no esté verde y húmeda, y que no tarde en prender, pues, cuando se forjó nuestra alianza, el Hombre del Rostro Negro dijo que no debíamos conocer los fuegos del patíbulo. Un silencio sibilante bulle en mis oídos, como si se cerniera una presencia inconmensurable, pero enseguida se extingue, atenuado entre las crepitaciones que ahora nos rodean por todas partes. Tranquila, Mary Phillips, y no temas, pues nos han hecho una promesa, a ti y a mí.

Encontramos un modo de ganarnos la vida que me convenía, y también encontramos un cuartito en Benefield donde me alojé los diez años siguientes, aunque apenas pasaba un solo día en que no gozáramos de nuestra mutua compañía. Mientras crecíamos, la gran aventura que nos unía fue para las dos un coracle que nos transportaba en el tiempo desde aquellas tierras donde crecía la lluvia de oro, llenas de fantasmas y juegos secretos, para arrojarnos a los islotes hoscos que son los hombres.

Nos solazamos con ellos, con los hombres, algunos años, ¿a que sí, Mary? Aunque confieso que yo me solacé más, tú tampoco te quedaste corta. Canteros, sacristanes, recaudadores y matarifes con las manos todavía apestosas de sangre. Nos pagaban un vaso de cerveza en la taberna de la posada; nos ponían contra el muro del embarcadero igual que si pararan a mear en el camino por el que volvían dando tumbos a la esposa y el hogar. Por eso no solía dormir con ellos, pero cuando lo hice me sorprendí: si no están despiertos, son mucho más suaves al tacto, más como las mujeres. Es una pena que tengan que despertarse.

Pero sí que se despertaban. Estaban en pie antes que yo, se habían ido antes de que hubiera abierto los ojos como es debido; cuando los veía paseando un domingo con la familia, solo me miraban las esposas, con severidad. Si ellas me veían luego en el mercado, reunidas en sus pequeños corrillos, me gritaban «¡Ahí va la muy puta!», o enseñaban a sus chiquillos a hostigarme, chillando «¡La puta Shaw!» y «Nell, la meretriz» allá donde fuera. ¿Cómo es que algo tan sencillo y grato como acoplar una llave en su cerradura pueda provocar tanto desdén, vergüenza y sufrimiento? ¿Por qué debemos sacar la parte más dulce de nuestro ser y convertirla en otro pedernal con el que mutilarnos?

Ahora sucede algo curioso. Mientras me debato con mis ataduras, vuelvo a abrir los ojos y me encuentro con que todo se ha detenido. El mundo, el humo, las nubes, el gentío y las llamas saltarinas, todo está en calma y en suspenso. Detenido.

Qué extraño y encantador es este reino del que todo el movimiento ha huido, qué exactitud tan perfecta. Los sinuosos dragones de humo congelado, vistos con atención, poseen una belleza que escapa al ojo corriente, con crestas y flecos idénticos que florecen, como los helechos, de la voluta más grande. Y pensar que nunca me había fijado…

Al bajar la mirada, apenas me sorprende advertir que Mary y yo estamos ardiendo. Caray, estas sucias faldas nuestras nunca habían lucido tanto como ahora, radiantes de fuego, brillo y color; brocadas con llamas de rubí que no se mueven. No hay sufrimiento, ni siquiera siento el calor, aunque veo que uno de mis pies está chamuscado. Más que dolor, me embarga una pena pasajera, pues siempre he creído que los pies son la parte más bonita de mi cuerpo, aunque Mary dice que a ella le gustan mis hombros y mi cuello. Cuando estemos despojadas de

249

forma, resurgiremos desnudas de verdad de nuestras cenizas y no habrá nada en nosotras que no sea hermoso.

A pesar de que ya no puede articular palabra, puedo oír la voz de Mary en mi interior diciendo, «Elinor, oh, Elinor», e instándome a mirar en las profundidades de las llamas que de alguna manera, sin movimiento aparente, han trepado hasta mi pecho como blasones feroces.

Contemplo estos carámbanos invertidos de oro y luz, y en cada uno de ellos hay un momento, minúsculo y completo, atrapado en el ámbar resplandeciente. Aquí está mi padre, dando correazos a mi madre, doblegada sobre la mesa de la cocina dando alaridos, y es como si lo viera por la rendija de una puerta. Aquí está el sueño que tuve de pequeña, una casa interminable llena de más libros de los que hay en el mundo. Aquí es cuando me corté el hombro con un clavo, y aquí la musaraña muerta, cérea y fría.

Al pie de cada llama hay una ausencia queda, clara; un hueco misterioso entre la muerte de la sustancia y el nacimiento de la luz, con el tiempo mismo suspendido en este vacío de transformación, este hiato entre dos elementos. Ahora comprendo que siempre ha existido un solo fuego, que ardía antes de que empezara el mundo y no se apagará hasta que el mundo acabe. Veo a mis semejantes en la llama, los nonatos y los muertos. Veo al niño degollado. Veo al hombre andrajoso sentado en el interior de una calavera de hierro candente. Casi me da la impresión de conocerlos, de comprender lo que significan, como letras de un alfabeto bárbaro.

Empezó como una broma, el dibujo hecho con sangre de cerdo y la vela. No suponíamos que la cosa fuera a pasar de ahí ni que se cumpliría con una facilidad tan terrible. Se pronunciaron algunos nombres en voz alta, y al final hubo respuestas que procedían como de un lugar obscuro; de una vívida niebla descendieron a nuestros pensamientos. Eso fue en febrero del año pasado, cuando todos los estanques estaban cuajados de hielo.

Temblando desnudas, nos agachamos en mi mísero cuarto y escuchamos las singulares palabras que oíamos en nuestro interior, pero no con nuestros oídos, pues parecía más una sensación vaga o una visión que si una voz hablara. Nos contó muchas cosas.

Somos, cada uno de nosotros, los fragmentos ardientes y sangrientos de un dios que quedó hecho pedazos con el llanto primordial de la Eternidad. Cuando los días toquen a su fin, Ella, que es Novia y Madre de todos, reunirá hasta el último retazo disperso del ser en un único lugar, donde conoceremos de nuevo lo que conocimos en el principio de los tiempos, antes de aquel espantoso desmembramiento. Todo el ser está dividido entre aquello que es y aquello que no es. De ambos, predomina esto último, y tiene mayor importancia. Conocer el pensamiento es hallarse en otro país. Todo es real. Todo.

Al principio era solo una voz interior, el Hombre del Rostro Negro fue cobrando presencia poco a poco. Primero nos embargó la impresión de que había alguien sentado en la silla vacía de un rincón de mi cuarto, pero cuando nos volvimos no había nadie. Con el tiempo, ambas pudimos verlo por el rabillo del ojo, aunque, si mirábamos directamente, desaparecía.

Era alto y terrible, con el pelo y las barbas de una bestia, sus ojos de un dorado brillante y pálido como los de una cabra en el rostro tiznado. Lo envolvía una luz oscura, morada, y parecía como si su carne estuviera completamente bordada de tatuajes, en líneas retorcidas como sierpes o de una caligrafía nueva. Algo que eran ramas o astas brotaban de su cabeza por ambos lados; cuando hablaba dentro de nuestros pensamientos, su voz era tan profunda que enfriaba el aire. Nos pidió que tendiéramos las manos, pero solo yo me atreví a hacerlo, porque Mary estaba demasiado asustada.

Aguardé unos instantes con las manos tendidas, y al principio no sentí nada salvo cierto ridículo. Al final, sin embargo, noté el leve roce de algo que parecían unos dedos agarrando los míos, y muy fríos por añadidura. Cuando habló, se dirigió solo a mí, pues cuando más tarde Mary y yo comentamos lo ocurrido, confesó no haber oído nada en ese punto.

—Elinor Shaw —me dijo el hombre—, no me temas, pues soy un ser de la Creación, al igual que vosotras.

A continuación añadió algo que no comprendí y preguntó si podía tomar prestada alguna de nuestras pertenencias durante un año y dos meses. No deseaba un objeto tangible, sino algo inmaterial, así que al principio me asusté, creyendo que querría mi Alma. Me tranquilizó, asegurándome que no pedía otra cosa que la mera Idea de mí, que él destinaría a un fin que yo no podía columbrar, y que sería solo por un tiempo. Incluso ahora, en el día de mi muerte, aún soy incapaz de discernir cómo podría ser de valor la Idea de mí, o para quién.

A cambio prometió enseñarnos a invocar a los Diablillos y a gozar de su conversación y obediencia. Además, prometió que no sentiríamos las llamas del Infierno o del patíbulo.

No sé bien de dónde salió el pergamino que firmamos con nuestra sangre para sellar el pacto. Durante un tiempo pensé que lo trajo nuestro visitante, aunque no se me ocurre de dónde pudo sacarlo, puesto que iba desnudo. Ahora me parece que quizás estuviese en mi cuarto antes de que él viniera, olvidado hasta esa noche en que por azar lo encontramos. Insistió en que lo firmáramos con sangre, diciendo que cada función humana y sus fluidos poseen un formidable poder, atractivo para aquellos espíritus que carecen de corporeidad y por consiguiente hallan tal sustancia novedosa. A continuación dijo que podíamos dejar que los Diablillos que invocáramos sorbieran los jugos de nuestro sexo, pues los aplacaría, y así nos concederían su favor. Decía estas cosas sin ninguna malicia, como si para él no hubiera ninguna vergüenza en semejante acto, aunque yo me ruboricé, igual que Mary cuando se lo conté.

Qué fue lo que ocurrió después, no sabría decirlo. En mi confesión he declarado que el Hombre del Rostro Negro vino con nosotras al lecho y nos poseyó, y en verdad fue así, pero en un sentido distinto del que solemos entender. No estoy segura de que el hombre estuviera en el lecho del mismo modo que estábamos nosotras, en carne y hueso, o que las cosas que creímos que nos hizo, en realidad no nos las hiciéramos la una a la otra, a fin de cuentas. Sin embargo, ambas lo sentimos allí con nosotras en aquel torbellino de frenesí. Y la intensidad de su presencia, que en nada se parecía a un hombre, nos embestía por dentro, fría como el hielo y aun así ardiente.

Estuvimos con él fuera del tiempo. Nuestro lecho era cada lecho en el que hombre o mujer haya nacido, fornicado o muerto. Cuando Mary me lamió el trasero pudo ver una curiosa flor de luz abrirse en el interior, así que nos reímos, pero en nuestros pensamientos la voz del hombre nos dijo: «Ved esta Rosa de Poder. Hay una junto a cada una de las puertas del cuerpo», con lo que recobramos la compostura.

Cuando alcanzamos nuestra Dicha, hubo un momento sin par en el que el mundo entero desapareció, como si ni siquiera hubiera existido jamás, solo la blancura más perfecta, y éramos blancura, y ambas éramos sublimes, y no éramos nada. Después, si realmente podía haber un después de tal cosa, dormimos hasta la mañana, y al despertar nos encontramos solas las dos, con una vela apagada y un pergamino ensangrentado.

Ahora mis brazos y mis hombros están ardiendo. A mi lado, bajo las faldas de Mary, oigo el siseo y el crepitar del vello de su amor chamuscado; secreto, sagrada insignia animal de nuestra especie. Qué glorioso debe lucir, emplumado con espléndidos fuegos como una visión. Restregaría mi cara encima, empaparía mi barbilla con chispas en lugar de saliva. Lo veneraría. Lo adoraría. Aún no hay ningún dolor.

Las felonías de las que nos acusaron, de haber matado en poco más de un año a quince niños, ocho hombres y seis mujeres con nuestras artes diabólicas; de haber librado también al mundo de cuarenta cerdos, cien ovejas y treinta vacas, con lo que a ojo de buen cubero se sugiere que sacrificamos tres bestias por semana. Además de docena y media de caballos que había olvidado mencionar. En todos los alrededores de Oundle y hasta lugares tan lejanos como Benefield y Southwick, no hubo una hormiga aplastada sin que de una u otra manera nos endilgaran a nosotras la muerte del pobre bicho. Cuando por fin se quedaron sin asesinatos de los que acusarnos, empezaron a enumerar nuestros pecados más nimios, declarando que compartíamos lecho y que éramos «compañeras de labor», lo cual nos causó gran regocijo.

¿Y qué labores urdíamos, con simple cera y arcilla, con nuestros pequeños alfileres? Si soy sincera, la mayoría no eran sino pasatiempos egoístas, aunque a medida que fuimos sabiendo más del Reino Superior, nos conmovió y nos volvimos menos irreverentes. Sin embargo, seguíamos riéndonos volcadas sobre nuestra labor y arrojábamos maldiciones y encantamientos en retahílas interminables, e hilvanábamos la palabra al revés para convertirla en prodigio.

Ojalá fuésemos capaces de contar siquiera la mitad de sor-

253

tilegios, los Diablillos y las otras muchas criaturas de las esferas a los que invocábamos. Como ya he dicho, una vez que se aprende es tan fácil que da miedo. Cuatro especies de Diablillos acudían a nuestra llamada, cada una de una utilidad y color distintos. Algunos eran intrincados y encarnados, y estos conocían tanto el Arte como otras cuestiones diversas. Algunos eran pardos y conformados como anguilas guarnidas, o bien como torsos dotados de rabo, y aunque estos no parecían tan sagaces, en sus nados y destellos podíamos oír reverberar los pensamientos de la otra, y en sus ondas enviar nuestros sueños a través del mundo.

Algunos Diablillos eran negros, con una piel lustrosa donde se reflejaba el Todo de las cosas, como en un espejo. Estos tenían silueta de hombre, aunque eran más pequeños en tamaño y se empleaban para la profecía o para ver de lejos. Refulgiendo en sus frentes, vimos el tiempo oscuro ya pasado y conocimos los días que traerán lluvia de fuego escritos en sus vientres de ébano.

254 Los Diablillos blancos parecían hurones, o tal vez gatos esbeltos con garras enjutas como las manos de los ancianos, y también algo en sus rasgos recordaba las facciones de un viejo. Estos no tenían otro fin que causar dolor. No los usábamos. O al menos no muy a menudo.

El problema con los Diablillos es que hay que mantenerlos ocupados a todas horas, para que no se aburran de la compañía de los mortales y se marchen. Además hay que recompensarlos por cada tarea, así que Mary y yo les dábamos su premio, tendidas bocarriba en el círculo de tiza, con el vestido levantado y las piernas abiertas. Después siempre acabábamos cansadas. No podíamos verlos mientras nos lamían entre los muslos, y solo a veces los sentíamos, chupando nuestros capullitos.

(Aquella noche aciaga en que mandaron a Billy Boss y Jacky Southwel, una pareja de alguaciles, a buscarnos, nos examinaron. Los hombres allí presentes observaron esos capullitos nuestros donde dijimos que nos lamían los Diablillos, y todos quedaron muy asombrados, como si nunca antes hubieran visto nada igual. Al describirlos, dijeron que eran como pezones o pequeños brotes de carne viva en mitad de nuestras partes pudendas. Compadezco a sus pobres esposas, si es que las tienen.)

Además de los Diablillos, invocábamos a criaturas sumamente peculiares, una suerte de perros monstruosos, que a veces parecen potrancos. Tienen los ojos candentes y algunos son muy viejos. Viven cerca de los cruces de caminos o en los puentes, lugares de encrucijada, allá donde el velo entre lo que es y lo que no es se hace más gastado y raído, donde se desgarra fácilmente.

Tienen una especie de cachorro, mucho más pequeño y más espantoso de contemplar, pues es negro y ciego, con lenguas largas y curiosas. Su presencia hace que todo cobre un aire pavoroso, pero esa sensación se condensa en un placer exquisito y espeluznante si se los toca. A Bessy Evans le mandamos un par de ellos cuando dijo que no tenía ninguna diversión en la vida, y mira cómo nos lo agradeció.

Aún recuerdo aquella mañana, en el jardín de su casa con Mary, mientras Bessy se quejaba de que su John no la había tocado desde hacía un año y de que dormían en un cuarto aparte. Nosotras le dijimos que era tonta por llevar una vida tan miserable, a lo que nos preguntó si podíamos mandarle algún remedio que la ayudara. Juramos que haríamos cuanto estuviera en nuestra mano. A la mañana siguiente, cuando nos encontramos con ella, parecía una mujer distinta, contándonos que por la noche había soñado que una especie de topos se habían metido en su lecho y le habían chupado las partes bajas, por delante y por detrás, y nos contó que, aunque se asustó un poco, también había gozado. Después, al declarar en contra de nosotras, juró que aquellas visitas nocturnas la aterrorizaban tanto que tuvo que llamar al señor Danks, el párroco, quien varias noches subió a sus aposentos y rezaron juntos para que las criaturas se desvanecieran.

¡Cuatro noches! Según ella misma reconoció, eso fue lo que la vaca desagradecida se deleitó con nuestros dulces cachorrillos antes de que se le ocurriera llamar a un párroco, y solo porque entonces dejamos de mandárselos y quería un hombre en su alcoba que ocupara su lugar. ¡Cuatro noches!

Debo decir que, aunque los hombres de por sí me gustan poco, a veces no quiero saber nada de las mujeres. Cuando pienso en las cosas que hicimos por ellas por lástima, porque eran de nuestro mismo sexo, y en cómo luego les faltó tiempo a todas para acusarnos al ver caer el hacha… Si tenían madalenas en el horno sin estar casadas o si pensaban que su marido se encamaba con otra, entonces era otro cantar. Entonces todo era, «Nell, haz que lo pierda», o «Mary, que se ponga gorda y que mi marido vuelva conmigo». Curábamos el garrotillo a sus recién nacidos y encantábamos a los hombres infieles para que les salieran verrugas en la verga. Mandábamos gemas de luz azul con que aliviarlas de los malos calambres y les dábamos conjuros para protegerlas de los que violaban y robaban. Lanzábamos alabanzas y profecías, y leíamos el futuro en las heces.

Pero ¿de veras matamos?

Creo que sí. Por lo menos a la vieja madre Wise y, sí, quizás al muchacho de los Ireland. No puedo decir que fuese sin querer, porque sin duda hicimos los conjuros con esa intención, aunque ahora me arrepiento. La rabia, el rencor, el despecho y todos esos humores mundanos son lujos peligrosos que quienes trabajan con las Artes no pueden permitirse. Se volverán contra ti, como perros hambrientos. Y se lo comerán todo.

Con la señora Wise fue porque no quiso vendernos suero de leche, aunque la cosa no quedaba ahí. Para empezar, ella hacía migas con todas las casadas chismosas del pueblo que nos tachaban de putas, y compartía esa opinión, porque Bob Wise, su marido, me había metido mano en el pecho y me había besuqueado cuando se emborrachó el Día del Arado, no este último, sino el anterior.

Es curioso, ahora que lo pienso: para la fiesta iba vestido de Hechicero, pues todos los años alguien lleva ese atuendo. Se había pintado la cara con tizne, y llevaba en la cabeza tallos y ramas entretejidos a modo de cornamenta, como manda la tradición. Le pregunté si llevaba cuernos porque su mujer andaba revolcándose en el heno con otro, a lo que me contestó que no le importaba dónde estuviera si podía tomarme a mí, y luego me besó en la boca y me magreó las tetas. Aunque él era robusto y basto y ni mucho menos tan alto, ¿por qué no pensé en el disfraz de Bob Wise cuando conjuramos por primera vez al Hombre del Rostro Negro? ¿Cuál es el significado de esta semejanza, y por qué no se me ha ocurrido hasta ahora?

Qué más da. Cuando su mujer se negó a darnos suero de leche, y de paso me llamó de puta para arriba, me enfadé y recordé todas las veces que había paseado entre los puestos del mercado de Oundle con los gritos y las pullas de aquellas arpías silbándome en los oídos, demasiado asustada y rabiosa para chistarles siquiera. Volví a casa encolerizada y entré en la alcoba de Mary como un vendaval, tan furiosa que al principio ella no pudo entender lo que le decía. Tras calmarme un poco, preparé una efigie de cera y la atravesé con alfileres. Mary llamó a un Diablillo blanco como un armiño con manitas de bebé que atendía al nombre de Mamón o, cuando se le antojaba, Jelerasta. Aparecía, a veces hablando en inglés, pero más a menudo en una lengua que pensábamos que era griego. Bebió el néctar de la Rosa de Luz en el vientre de Mary y luego se le encomendó que infligiera aquellos dolores a mi monigote de sebo, agujereado como un mártir, su cuerpo apenas más visible entre el cúmulo de clavos y alfileres que el de un puercoespín. Eso fue por la tarde.

Aquella noche, la viuda Peak pasó a visitarnos. Aunque el apellido de su esposo era Pearce, la llaman así por el pico de viuda que le dibujaba el nacimiento del pelo en la frente, igual que a muchos hombres cuando envejecen. Vino para preguntar si le podíamos dar suerte con los hombres en el Año Nuevo, pues era la víspera de fin de año, pero después de escribirle un conjuro no se marchaba y seguía sentada con nosotras cuando nuestra puerta se abrió de golpe mientras el reloj de la iglesia daba la medianoche. Entonces entró Mamón, de vuelta de donde lo habíamos mandado, y se deslizó por el suelo hasta subir de un brinco al regazo de Mary, donde disfrutó de su tibieza y su aroma.

La viuda miró al Diablillo fascinada de terror, y luego apartó la mirada dudando de lo que veía, o incluso de si veía algo. Sonreíamos ante su desconcierto, puesto que hacía rato que abusaba de nuestra hospitalidad. Creo que Mary confiaba en acabar de aterrorizarla para que se fuese de una vez cuando dijo, señalándome:

—¡Mira, ahí está la bruja que ha matado a la pobre madre Wise, haciendo primero un monigote de cera y luego atravesándolo con alfileres!

Después, la viuda Peak no tardó en marcharse, y nosotras nos reímos de lo lindo, sin pensar que seguramente había cosas mucho más prudentes que decir.

Al día siguiente nos enteramos de que, cuando se marchó, la viuda había ido directamente a casa de la madre Wise, la primera visita del nuevo año, donde encontró a la mujer retorciéndose con tanto dolor que murió poco después de medianoche, Dios acoja su alma mezquina y defraudada. No lo lamento tanto por ella como por el pequeño Charlie Ireland, a quien creo que matamos la semana anterior.

Ambas muertes tenían algo que ver una con otra. En el caso de la señora Wise, Mary recurrió a Mamón cuando nos habría bastado solo con mi muñeco de madera y alfileres. Mary lo hizo, y gustosamente, porque así encontraba una tarea con la que contentar al Diablillo, pues es un hecho que estos seres se extravían o se ponen irascibles si están cruzados de brazos, mientras que si están ocupados se hacen más fuertes. Cuanto más fuertes, más trabajo exigen, así que es el cuento de nunca acabar. Una vez que los invocas es difícil encontrar tareas que encomendarles, cada semana.

Mary había invocado por primera vez a Mamón poco antes de Navidad, en un arranque de mal genio, igual que me ocurrió a mí con la señora Wise. Fue por culpa de Charlie Ireland, que, junto con otros chavales de su edad, rondaba por la villa de Southwick, adonde solíamos ir caminando. Mary había ido a Southwick a buscar una pierna de cerdo que pensaba cocer para la cena. Al salir de la carnicería, se vio rodeada por una pandilla de chicos, con Charlie Ireland a la cabeza. Envalentonado por sus amigotes, la llamó vieja bruja y puta, y le preguntó si se la chupaba por un cuarto de penique.

Nunca he visto a Mary de un humor tan sanguinario como cuando volvió a casa aquella noche. Sin decir palabra se encerró en su cuarto, donde primero, tras un silencio, la oí gemir como si estuviera tocándose, y luego la oí hablar en voz baja, aunque no supe con qué. Tardó un buen rato en abrir la puerta: apareció desnuda, con una especie de comadreja que susurraba en francés enroscada alrededor de sus talones, y que después salió de la casa como un relámpago, perdiéndose de vista.

No volvimos a ver al Diablillo esa noche, y Mary me dijo

que le había ordenado recorrer las calles oscuras y desiertas hasta dar con la casa de los Ireland en Southwick, donde debía hurgar en las entrañas del chiquillo para darle unos buenos retortijones. Se calmó pensando en que el niño las pasaría canutas, y ambas creímos que la cuestión quedaba zanjada, hasta que a la noche siguiente el ser con deditos de recién nacido volvió de nuevo con nosotras.

Caminaba y parloteaba en multitud de lenguas delante de la lumbre. Al principio parecía enfurruñado, pero luego se enrabió porque no le dábamos más trabajo que hacer. Nos fulminaba con los ojos llenos de odio, o nos tironeaba de las faldas con sus manitas calientes y suaves, sin dejarnos en paz por más que le suplicamos y lo instamos a que lo hiciera. A continuación soltó una sarta de reproches en inglés, diciéndonos que en adelante debíamos llamarle Jelerasta y que no nos dejaría dormir hasta que encontráramos una tarea acorde con su naturaleza.

A altas horas de la madrugada, con el alma por los suelos, le rogué a Mary que se inventara un recado para aquella bestia o, de lo contrario, me volvería loca. Flaqueando ante mi flaqueza, consintió. Mamón (o Jelerasta) fue enviado de nuevo a roer las tripas del desventurado chiquillo y, como supimos luego, lo hizo aullar como un perro. Cuando volvió a presentarse a la noche siguiente, era más grande y más tenaz, por lo que no nos dejó más opción que mandarlo de nuevo a Southwick a la casa de los Ireland.

Esta vez regresó enseguida, apenas una hora después, y parecía a un tiempo furioso y ultrajado. Nos contó, recurriendo a ratos a otras lenguas por pura exasperación, que los padres del niño, sin duda aconsejados por algún entrometido, habían llenado una vasija de piedra con el pis del chico, y luego habían echado dentro alfileres y agujas de hierro antes de enterrarla en las brasas de la lumbre. Por razones que no pudo explicarnos, esa vasija había impedido al Diablillo entrar en la casa, así que había regresado para mantenernos en vela toda la noche con espantosos pellizcos, tirones y frases extranjeras de protesta.

Al día siguiente, las dos fuimos adormiladas y contritas a ver a la madre del niño, donde confesamos nuestra fechoría. Le suplicamos que desenterrara la vasija y nos la diera, a lo que la muy boba accedió tras hacernos prometer que dejaríamos a su hijo ileso. Esa noche, Jelerasta, el Diablillo blanco, mató a Charles Ireland en su lecho mientras dormía como un recién nacido. Usamos los alfileres y las agujas que habíamos encontrado en la vasija de pis para ocuparnos de la señora Wise a la semana siguiente, tras lo cual Mamón pareció satisfecho. No hemos vuelto a verlo desde entonces.

Esos fueron nuestros crímenes. Esos los reconoceré, pero ninguno más. No matamos al pequeño de los Gorham ni dejamos coja a la viuda Broughton porque nos negara unas vainas de guisante. Tampoco abatimos al caballo de tiro de John Webb cuando nos llamó brujas, puesto que la pobre bestia murió mucho antes de nuestro encuentro con el Hombre del Rostro Negro. Entonces no éramos brujas, ni nadie nos acusaba de serlo, solo nos tachaban de putas. Además, el caballo ya era un penco viejo, ¿quién iba a molestarse en recurrir a la Hechicería para matarlo, cuando bastaba con una ráfaga de viento?

Claro que, cuando vinieron Boss y Southwel, nos confesamos culpables de todo eso y más, pues no tuvimos elección. Nos zarandearon a empujones y nos dijeron que, si no confesábamos, nos matarían; sin embargo, si reconocíamos el asesinato de Lizbeth Gorham y algunos otros, quedaríamos en libertad. A pesar de que no creímos la última parte de su promesa, creímos la primera, así que hicimos un relato completo de todas nuestras fechorías, tanto las verdaderas como las que no lo eran.

Pasado un tiempo hubo una especie de Juicio, aunque se alzó tal clamor contra nosotras, con Bob Wise y la madre de Charlie Ireland aullando desde la galería, que antes de que empezara ya se veía como iba a acabar el pleito, que se zanjó deprisa. Luego nos llevaron al presidio de Northampton para esperar a que nos quemaran.

A esas alturas, ya no teníamos ninguna razón para fingir ni para poner freno a nuestro Poder, y durante nuestro encierro maldecíamos y reíamos noche y día, y provocamos escenas de lo más escandalosas.

Hubo una tarde en que dejaron entrar a varios curiosos para visitar el presidio; para estremecerse y espeluznarse ante la desdicha de los condenados. Un tal Laxon y su esposa habían venido expresamente para ver a las célebres brujas que iban a arder en la hoguera. Se quedaron largo rato al otro lado de los barrotes, y mientras que el marido no dijo gran cosa, su mujer era un dechado de virtud. Hizo un discurso muy pío sobre cómo habíamos errado del buen camino y aseguró que nuestra situación demostraba que el Demonio nos había abandonado, como hacía con todos quienes lo seguían.

Resulta fácil imaginar que pronto me cansé del sermón de la señora Laxon, así que recurrí a la invocación de ciertos nombres y abjuraciones en la Lengua de los Ángeles, con lo que al cabo de un momento a la mujer se le levantaron las faldas y el canesú, por más que tanto ella como su marido gritaban e intentaban impedir que flotaran de esa guisa, hasta que toda la ropa se le desprendió por encima de la cabeza y quedó en cueros. Mary y yo nos reímos al verla, y le dije a la mujer que yo había demostrado que era una mentirosa.

Días después aún nos retorcíamos a carcajadas de la cara que se le quedó al señor Laxon; armamos tal revuelo que el Celador de la Cárcel vino a nuestra celda, amenazando con ponernos los grilletes. Conjuramos a Gorgo y a Mormo, tras lo cual el hombre se vio obligado a despojarse de toda la ropa y a bailar desnudo en el patio de la prisión durante más de una hora, hasta que cayó exhausto con los labios llenos de espumarajos secos.

Nos divertimos de lo lindo. Al final nos sacaron a rastras y nos quemaron hasta convertirnos en polvo. Ellos tenían una Magia más fuerte. Aunque sus libros y sus palabras carezcan de vida, sean sombríos y no tan bonitos como los nuestros, tenían una densidad mayor, así que al final acabaron por arrastrarnos. Nuestras Artes abarcan todo cuanto puede cambiar o moverse en la vida, pero con sus interminables legajos ellos pretenden detener la vida, de modo que pronto acabará sofocada, aplastada bajo sus manuscritos. Por mi parte, antes prefiero el Fuego. Por lo menos, el Fuego danza. La Pasión no le es ajena.

Al mirar a mi alrededor, veo que es tarde y que el cielo ya está oscuro, cuando no hace mucho acababa de amanecer. ¿Adónde se ha marchado todo el gentío? Mary y yo prácticamente hemos desaparecido: un resplandor mortecino, ceniciento, entre las ascuas. Mañana, las niñas bailarán entre nuestras costillas, los huesos arqueados negruzcos y amontonados como uñas rotas de gigantes mugrientos. Cantarán y levantarán nubes grises y sofocantes pisoteando nuestras cenizas, y si el viento arrastrara el polvo y empañara los ojos de alguien, acaso habría lágrimas.

Las ascuas van extinguiéndose, una por una. Pronto, se apagan. Pronto, solo la Idea de nosotras perdura. Hace diez años, en el prado donde se derrama la lluvia de oro, nos miramos a los ojos y contenemos el aliento. Un escarabajo zumba marcando el tiempo, entre la hierba. Nosotras esperamos.

El sol luce pálido en el muro

1841 d. C.

$\mathcal{M}$iércoles 17 de noviembre: Despierto en la casa mía y de Patty en Norborough muy asustado sin saber por qué o de qué —casa la llamo porque no es un hogar para mí & no se la puede llamar así— bien temprano mandé una carta al señor Reid de Alloa pidiéndole prestados algunos de sus diarios escoceses pues no habiendo leído un periódico en años apreciaría mucho algunos sucesos con los que entretenerme o novedades literarias pero no sé si tendrá la bondad de mandármelos y acompañando la carta le adjunté una Canción que está dedicada al Joven Harold aunque creo que no llega a nada y tal vez la deje fuera con este tiempo pésimo todo son nubes y tormentas que arrojan una luz melancólica por doquier así que debo hacer un esfuerzo & levantar el ánimo si no quiero sentirme tan desgraciado como cuando me encerraron en la cárcel de Mathew Allen en el Bosque di un paseo junto al viejo Arroyo por la tarde y pensé en Mary pues en Verdad no pienso en nadie más aunque mi nueva esposa Patty Turner & hijos son todos cariñosos conmigo... soy un hombre afortunado por tener dos esposas pero confieso que me preocupa no tener noticias de Mary desde hace tanto: no la he visto desde hace doce meses ni me ha contestado desde la última vez que le escribí al llegar a Northborough el julio pasado después de mi audaz fuga & travesía que según me cuentan fue de casi 80 millas temo que me haya olvidado mientras estuve en High Beech y me entristeció toparme con nuestro Lugar Escondido junto al Riachuelo donde nos

sentamos la primera vez de jóvenes y en el Manantial de la
Vida hace unos treinta años   la mata de Espino bajo la que
jugábamos está tan crecida ahora que no pude ver cuál era
& sin embargo imaginé que mi Primera Esposa podría haber perdido alguna prenda cuando los éxtasis del amor nos
estremecieron bajo el follaje oscuro hace tantos años—un
cordón o una hebilla que acaso por azar encontraba ahora si
lograba apartar las zarzas enmarañadas para echar un vistazo aunque cuando intenté lo único que conseguí fue hundirme hasta la rodilla en un frío tremedal y clavarme una
espina en el ojo que empezó a llorarme y por poco no me
quedé ciego   la Luz era tan tenue que el Sol a través de
la bruma de los campos era plateado & más parecía de la
Luna—volví renqueando al caserío con la bota empapada y
un dolor en el pie que aún me hace cojear porque llevé aquel
Zapato malo con media suela colgando en mi Caminata desde Essex   Patty había salido a sus faenas de limpieza & al
volver cansada no sintió mucha Lástima por mí y cuando
le conté que había buscado la hebilla de Mary en el Espino
junto al Arroyo & me había lastimado el ojo se enojó incapaz
de soportarlo más empezó con sus historias de que Ella era
mi única Esposa pues yo y mi dulce Mary nunca llegamos a
casarnos siquiera   dijo que no quería oír hablar del arroyo
ni de lo que Mary & yo habíamos hecho allí & si me había
lastimado el ojo era culpa mía por haber estado husmeando
entre los setos en lugar de ganando un sueldo con lo pobres que éramos   la indignación creció en mí mientras le
contaba que tiempo atrás le había escrito a Matthew Allen
preguntándole qué ocurría con el salario anual que mi hija
la reina Victoria me había prometido pues me habían dicho
que el primer trimestre había comenzado antes de la última
siega a menos que lo hubiera soñado   Patty se echó a llorar
y se desquició sin motivo como suelen hacer las Mujeres &
dijo algo detestable sobre Mary que no escribiré en estas páginas—luego dijo que no podría vivir así mucho más tiempo
& que el viernes siguiente debíamos viajar a Northampton
a ver un lugar donde ella creía me convenía más que la temporada que pasé en Essex ante cuya mención pude sentir una
pesada piedra de angustia hundiéndose en mi interior—ha-

264

bría querido seguir preguntándole pero en un arrebato de
furia se enterró en el lecho así que heme aquí solo escribiendo estas palabras a la tenue luz dorada de la Lámpara que se
derrama desde el estante encima de la mesa   así que me
van a meter de nuevo en un manicomio pues no hay ningún
otro lugar en Northampton que pudieran creer convenien-
te para mí —pues que sea así entonces & no hay modo de
evitarlo pero lo lamento cuando pienso en todo el camino a
pie que hice tras escapar de High Beech solo para descubrir
una nueva prisión aquí en casa— recuerdo aquel domingo
de julio en que me liberaron de mi encierro un rato para pasear por el bosque de Epping donde me topé con unas gentes
errantes que tomé por gitanos como aquellos con los que
viví en mi juventud pero estos eran de otra clase que vestía
pieles apestosas y cueros de vaca & sin afeitar con dibujos
bárbaros grabados en sus rostros—pensándolo ahora parece
extraño pero entonces no me lo pareció—congenié inmediatamente con estas rudas gentes & me confiaron que acaba-
ban de enterrar a una de sus mujeres en una Tumba entre
los árboles—me contaron que había estado aquejada de una
mala pata y al decir esas palabras me miraron de un modo
muy raro así que me asusté pero por ninguna razón que yo
sepa—luego me señalaron a un muchacho cetrino & infeliz
que merodeaba en los márgenes de su campamento donde
otros niños errantes lo ahuyentaban cruelmente a pedradas
y el chico lloraba y daba un alarido lastimero cada vez que
lo alcanzaban en la espinilla & mis compañeros me contaron
que aquel era el hijo bobo de la que habían entregado hacía
poco al polvo y como el muchacho no podía mantenerse ni
trabajar en pro del bien común estaba desterrado ahora que
no tenía una madre que se ocupara de él   Se me llenó el
corazón de una gran congoja por el niño pero pronto echó
a correr hasta perderse de vista entre los robles tupidos del
verano & ya no se le volvió a mencionar siguiendo el código
implacable & brutal por el que aquellas gentes se regían aunque confieso que nosotros en nuestros Pueblos y Villas no
somos tan distintos ni menos proclives a hacer de un hombre
un marginado   al parecer le caí en gracia a uno de los Gitanos y me ofreció ayudarme a escapar de la casa de locos ocul-

265

tándome allí en su campamento   la idea me pareció buena
así que estaba decidido pero le informé de que a pesar de que
no tenía dinero le pagaría cincuenta libras si me ayudaba a
huir antes del sábado siguiente a lo que accedió de buena
gana—no acierto a saber qué ocurrió después—a veces me
parece como si todos mis encuentros con el Gitano tuvieran
lugar aquella misma tarde de domingo mientras que otras
veces recuerdo que pasó una semana entera antes de que
volviese allí el viernes donde vi que mi nuevo amigo estaba
menos dispuesto a seguir adelante con nuestro propósito así
que no hablé mucho del tema & al volver dos días más tarde
encontré el campamento desierto y todos se habían ido—si
estas cosas ocurrieron a lo largo de una semana o en una
sola tarde no lo sé pero en cualquier caso era otra vez domingo cuando me hallé entre los árboles suspirantes y no
quedó más el cerco renegrido de una fogata en la hierba para
atestiguar que mis amigos Gitanos habían estado alguna vez
allí salvo un viejo sombrero de tres picos y un gorro de paja
de esos que llaman casquetes—me guardé el sombrero en el
bolsillo pensando que podía serme útil en otra oportunidad
como con la Voluntad de Dios resultó ser   ahora es tarde &
estoy cansado de tanto escribir—seguro que Patty ya se ha
dormido y si voy con cuidado de no molestarla al meterme
a la cama no habrá más riñas   Es buena conmigo a pesar
de su lengua viperina aunque al yacer a su lado desearía que
fuera Mary Clare de soltera Mary Joyce—soy un iluso & así
que a la cama

Jueves 18 de noviembre—No hice nada

Viernes 19 de noviembre—Anoche tuve un sueño donde
regresaba a Northborough y hallaba todo desierto con mi casa
vacía sin rastro de mi primera esposa Mary   Luego en el sueño estaba casado otra vez y vivía entre los cañaverales junto a
un río con mi nueva Esposa Patty Clare de soltera Patty Turner & nuestros hijos aunque de esa guisa peculiar que tienen
las cosas en los sueños era como si mi segunda esposa & hijos

266

fuesen todos patos de ojos oscuros y plumas verdes hasta que mientras dormía grité y los asusté con lo que echaron a volar y se alejaron hacia la ciénaga & al despertar tenía el rostro empañado en lágrimas   fui en un carruaje a Northampton con mi Segunda Esposa & nuestro Hijo John que con solo quince años es ya todo un hombrecito vestido muy elegante & con gesto grave—me sentí orgulloso de él y sin embargo no me hizo gracia verlo tomar a su madre del brazo cuando nos apeamos del carruaje porque hacía el papel del Marido mejor que yo— caía una llovizna amarga en el pueblo que pendía suspendida como una vieja sábana gris sobre sus campos pero aun así me encantó   Este Condado ejerce una llamada que cuando estuve lejos de aquí en la prisión del señor Allen conocía bien & oía su dulce voz cantándome a través de los campos & las millas que nos separaban y mi Corazón se conmovía   aunque he vivido en Essex y he visitado Londres en no menos de cuatro ocasiones mi hogar sigue estando aquí & no creo que nunca hallaré las Fuerzas para marcharme de nuevo ni las ganas de hacerlo— el Pueblo está muy cambiado desde que vine por última vez y no guarda muchas semejanzas con los recuerdos que atesoraba durante mi confinamiento con el Castillo Normando poco más ahora que un montón de piedras y gran parte de los alrededores tierras comunitarias fincas cercadas—las magníficas Iglesias antiguas en cambio se conservan bien pero muchos de los grotescos labrados de San Pedro se han perdido   quise subir la calle de Sheep Street para ver su magnífica iglesia redonda pero Patty estaba cansada & así me contenté con sentarme en la escalinata entre las columnas de Todos los Santos y al final fui a una Taberna a tomar pan & queso & media pinta de Cerveza cuyo nombre ahora no recuerdo pero estaba al fondo de un callejón donde había Osos enjaulados y no estaba muy lejos de la Iglesia del Santo Sepulcro—se hablaba con gran bullicio en la Taberna de un desvarío construido cerca de Kings Thorp Burgo Real donde sale la carretera a Boughton y se cavó una Mina en las entrañas de la Tierra con la esperanza de encontrar carbón—al parecer el Agrimensor era un bribón & había esparcido pedazos de Carbón por el Foso para que los hombres los encontraran y así vender luego sus participaciones con mayor Provecho—no me sorprende puesto que los Comercian-

267

tes son siempre Truhanes y Mentirosos como Edward Drury oriundo de Stamford o John Taylor quienes entre ambos me deben cerca de cincuenta libras que no he olvidado por más que digan que estoy mal de la cabeza   por la tarde cuando ya no pude postergarlo fuimos paseando hasta el Manicomio en la Carretera de Billing & debo confesar que no me causó mala impresión para tratarse de un Lugar así con paredes vetustas de piedra ocre que tienen un aire rústico & que los árboles al fondo han cubierto aunque bajo la lluvia tenía un aire sombrío   conocimos a un tal señor Knight que a mi juicio parecía un tipo serio y demostró gran simpatía a pesar de todas las preguntas que me hicieron—parecía sumamente interesado en mi Primera Esposa & preguntó cuándo la había visto por última vez a lo que contesté que habíamos estado juntos apenas un año antes en Glinton a lo que dijo Caray eso no puede ser cuando ha estado usted cuatro Años en High Beech con lo que quedé confuso y hecho un lío en mis Pensamientos así que me dejó Estar   habló con Patty un Tiempo a solas mientras John & yo paseábamos por los Jardines—nos detuvimos Juntos & nos dimos la mano y ninguno de los dos dijo Nada contemplando las tierras del manicomio hasta la cinta plateada del río Nene y todas las Aldeas Más Allá   al cabo de un rato Patty se reunió con Nosotros diciendo que estaba arreglado & que encontrarían una plaza para mí al cabo de un mes y eso me llenó de Aflicción pero hice como si me complaciera por Patty y el Chico—dicen que podré salir a pasear cuando Desee & que no me tendrán preso como en Essex así que quizá no esté tan Mal aunque ya veremos y entre tanto a encarar las cosas con todo el Valor que me conceda la Fortuna   volviendo a Northborough no hablamos demasiado y así me dediqué a mirar por la ventanilla del carruaje los campos del anochecer donde oír el graznido breve y ronco de un Arrendajo en alguna parte sobre los rastrojos quemados   pasamos por una taberna donde unos Hombres cantaban una balada lasciva & aunque Patty hizo aspavientos y regañó al pequeño John por escucharla me hizo sonreír—Cuando escapé de High Beech aquel martes de julio tomé la ruta sugerida por mi amigo el Gitano a pesar de que pronto me extravié y no hallé el sendero a la villa de Enfield así que me encontré en la Calzada Real donde topé con una Taberna muy parecida a la que el carruaje ha pasado esta noche salvo que aquella Posada era más silenciosa y más inquietante en su apariencia—primero la tomé por una Ruina deshabitada con el tejado hundido pero al acercarme pronto vi que era una Taberna tan buena como cualquiera de nuestras tierras   el nombre que se leía en el letrero colgado era Trabajo en Vano que me resultó peculiar y aquellos a quienes he preguntado después dicen que nunca han oído mencionar tal Lugar—al pasar Una persona que conocía salía por la puerta se trataba del joven muchacho Bobo que había visto expulsado del campamento Gitano   tenía una Herida fea en una rodilla que parecía como si se hubiera infectado & tan densa era su habla que no alcancé a entender la mitad de lo que decía pero cuando le pregunté cuál era el Camino a Enfield señaló y gesticuló de tal forma que entendí su significado y eché a andar lleno de júbilo y confianza—hasta que al fin llegué por el Camino de York a Stevenage antes de que cayera la noche   trepé por la verja de un redil & luego por la empalizada de un corral donde había una Barraca con haces de trébol apilado para brindarme Lecho—me tumbé con la cabeza apuntando al Norte para no perder la orientación por la mañana pero dormí intranquilo y plagado de sueños inquietos   pensé que Mi primera esposa yacía allí a mi lado con la cabeza recostada en mi brazo izquierdo y entonces pareció que durante la noche me la habían arrebatado así que me desperté angustiado al no hallarla si bien al abrir los ojos oía a alguien decir «Mary» aunque busqué por todas partes y no había nadie así que di gracias a Dios por su providencia al hallarme lecho ya que no comida & una vez más partí hacia el Norte   eran poco más de las siete cuando llegamos a nuestra morada así que estaba muy oscuro y el joven John se acostó enseguida al lado de su hermano y no pasó mucho tiempo antes de que Patty & yo nos enzarzáramos en otra riña a propósito de Mary—no la tengo en menos Estima por lo que dice pues sé bien que está cansada y que mis Barrabasadas la sacan de Quicio pero sus palabras son un sinsentido para mí—dice John no te das cuenta de que Nunca te casaste con ella sino que solo la conociste de niña y entonces Por Qué dices que es tu Esposa cuando no tienes otra más que yo & demás & demás hasta que mi pobre cabeza da vueltas y una vez más Ella se retira a la cama sin mí y me quedo sin nada más que una luz dorada y cuartillas amarillentas para solazarme pero no hay nadie   no hay nadie

Sábado 20 de noviembre—muy moroso todo el día & así hice poco salvo mirar una vez más la canción que le Envié al sr. Reid y que ahora me parece mejor que la última vez que la revisé

Pienso en vos al amanecer
& me pregunto dónde estará mi amor
& cuando caen las sombras del atardecer
oh cómo pienso en vos

Vago por la verde ribera
& entre los lirios de la ciénaga
& mi primer tierno amor
os espera de nuevo a vos

270

la canción sigue pero estoy de lo más complacido con esa apertura   debo perseverar y velar porque Joven Harold esté terminado antes de verme confinado porque no sé de qué otro modo podría acabar   por la tarde fui de nuevo a dar un paseo por el prado y bajé al riachuelo pues tan solo sabía que me pondría melancólico & recrearme más en la gran injusticia que hay en la vida donde a los Hombres se los mira mal por su humilde condición sin embargo son más vilipendiados aún si tratan de ascender por encima de ella   cuando estuve en Helpstone fue Johnny el de la Cabeza en las Nubes & cuando me creía superior a la horda vulgar por virtud de un genuino temperamento Poético se rieron de Mí por lo que llamaban mi impostura—y sin embargo cuando adquiera cierta popularidad y me inviten a Leer ante la Gentileza al acabar me mandarán a comer abajo con los Sirvientes así que al parecer no puedo estar en paz en ningún rango de la Sociedad y por tanto no me hallo en casa en ningún sitio   incluso los padres de mi Mary se pusieron en mi contra & me da la impresión de que me consideraban de cuna demasiado humilde para pasear con su hija por ser ella de mejor categoría   fingieron razones distintas para impedirme que la viera & inventaron que yo había hecho algo malo pero ahora creo que no fue más que Orgullo malicioso lo que les llevó a jurar que su Hija no volvería a verme y desde entonces nos separaron para Nunca volver a encontrarnos así que cuándo nos casamos no lo sé   me falla la Memoria & a menudo se me hace un lío en la cabeza pero ahora no voy a pensar en eso   cuando me desperté aquella Segunda mañana de mi travesía y continué hacia el norte apenas había avanzado un trecho antes de que allí en la vera izquierda del camino vi un hueco bajo el terraplén muy similar a una cueva donde había un hombre y un Muchacho durmiendo acurrucados como en el interior de una tumba abierta—los saludé a lo que despertaron como Lázaro y durante un rato pensé que el muchacho era el Medio Bobo expulsado del campamento Gitano que había visto por última vez en la Taberna del Trabajo en Vano pues en verdad ambos se parecían mucho y aun así cuanto más lo miraba menos seguro estaba así que no dije nada   el hombre era más mayor con un aspecto descuidado y cuando les pregunté el camino habló con un acento tal como el de las gentes del condado de Derby contándome que siguiendo hacia el Norte estaba Baldeck tras lo cual les di las gracias y me apuré a continuar   creí notar un tufo a quemado en aquel par de dos como si sus ropas estuvieran llenas de humo pero supongo que eran imaginaciones mías & no volví a encontrármelos más—seguí caminando un buen rato & en algún lugar del lado de Londres encontré una posada   que llamaban El Arado donde me lanzó un penique un hombre de Levita que iba a Caballo con el cual pude comprarme media pinta de cerveza—no tuve tanta suerte luego al pasar junto a dos arrieros que fueron insolentes y poco caritativos   uno de ellos tenía una panza de tinaja y ambos eran tan amenazadores en sus modales que decidí no mendigar un Penique más de nadie con quien me encontrara con lo que atravesé la Loma del Diablo donde no hay nada salvo una destilería de cerveza y cuatro casas en un monte que parecían recién construidas & vi un mojón donde decía que había más de Treinta millas a Londres—ese día ya había pasado de largo mojones pero a medida que se acercaba la noche parecían cada vez más distantes & así seguí por muchas Aldeas que no alcanzo a recordar aunque en Potton me encontré con un campesino que caminó conmigo hasta que tuve que parar a descansar en un montón de pedruscos a la vera del camino   iba

271

saltando con un pie tullido en el que la grava se me había metido en el zapato del que casi había perdido ya la Suela   aquí mi compañero tenía que tomar un coche y pronto se despidió y siguió andando hasta perderse de vista—al cabo de un rato seguí débil y hambriento con la esperanza de que pronto encontraría un lugar para dormir pero no fue así & caminé en soledad pasando las casas iluminadas que había en la oscuridad y dentro vi escenas alegres que me pusieron al borde de las lágrimas mientras pasaba de largo famélico y desamparado—pronto no supe si caminaba al Norte o al sur así que una desesperanza me embargó & a punto estaba de dar media vuelta hacia High Beech y regresar con mis carceleros hasta que a través de los árboles que bordeaban el camino atisbé una luz radiante como la luna que cuando me acerqué resultó ser un farol colgado en la garita donde se cobra el Portazgo allá en Temsford de la que salió un hombre con una vela y me observó detenidamente   me dijo que cuando pasara la Cancela tenía que seguir hacia el norte y así fue como continué con más ánimo e incluso recobré algunas de mis fuerzas de antaño tarareando la canción de Mary de las Tierras Altas y no mucho después llegué a una extraña casa solitaria y próxima a un bosque   tenía un letrero que no alcancé a leer y que curiosamente estaba dentro de una suerte de abrevadero o caño & aun así la casa misma parecía de otras tierras pues era más una cabaña monstruosa de barro y cañas de una guisa que yo no había visto nunca antes—había una especie de porche sobre la puerta por la que agotado como estaba entré casi a rastras y me alegró descubrir que podía tenderme allí con las piernas estiradas   los moradores se habían ido a reposar porque los oí removerse en los lechos mientras yo me tendía cuan largo era sobre las losas de piedra del porche & dormí profundamente hasta que se hizo de día cuando me desperté de lo más fresco & bendije a la Reina por mi Buena Fortuna como debo hacer ahora que estoy en Northborough con Patty y mis hijos aunque mi Anhelada no esté Aquí

> Pienso en vos con el alba escarchada
> & con el sol alto de la mañana
> & camino con vos—ya sin esperanza
> Bajo la luna callada

Pienso en vos pienso en el mundo
qué suerte tuvimos de ser solo uno—
El sol luce pálido en el muro
& el otoño cierra el círculo

Domingo 21 de noviembre—No hice nada

Lunes 22 de noviembre—Decidí hoy que iría caminando a Northampton por mi cuenta para averiguar si será fácil visitar a mi Segunda Esposa y familia mientras me tienen en el manicomio de allí   No pensé que planteara un gran obstáculo a alguien que como yo ha caminado tan lejos & acerté bastante aunque no había contado con esta cojera de la pierna que me hacía ir más lento   Partí con el alba antes de que Patty o los niños se levantaran y eché a andar a través de los campos que ahora están baldíos y duros con la helada y por tanto no tan mal para caminar aunque se ven oscuros y desolados   Crucé las aldeas y me emocionó ver la vida sencilla de sus gentes apenas emprenden la jornada con los colegiales corriendo en las calles & Galgos jóvenes saliendo a la caza de la Liebre allí en la espesura herbosa— en los pastos a mi Izquierda vi a algunos Gitanos aunque no parecían del tipo que había encontrado en el bosque de Epping ni de la clase que había conocido después de Aquello en la Calzada Rea   cuando me desperté aquella mañana de jueves a las afueras de Temford me levanté y me alejé unos pasos del porche de piedra que me había servido de lecho la noche antes pero cuando me volví a mirar de nuevo la extraña casa de juncos y adobe donde me había cobijado no la vi por ninguna parte ni tampoco estaba el letrero que me había Debatido por leer aunque encontré un viejo abrevadero con un agujero del que crecía un arbolillo & llegué a la conclusión de que quizás a oscuras me había parecido el poste de un letrero   cavilando sobre esto seguí por Saint Neots donde descansé media hora o más sobre un montón de Grava cuando vi a una joven gitana alta que salió por la puerta del Hospicio en lo alto del camino y luego bajó hacia

273

donde yo estaba   la muchacha tenía un semblante honesto
y casi parecía hermosa & llevaba un collar con viejas cuentas azules de una especie de Vidrio gastado y turbio   le
hice unas pocas preguntas que ella contestó al punto y con
buen humor aunque al cabo de un rato acabé por pensar que
su actitud era un poco taimada como si hubiera algo que debía ocultar—aun así caminé con ella hasta el siguiente pueblo porque siempre he tenido debilidad por la compañía de
mujeres hermosas y durante la travesía me recomendó que
enderezara mi sombrero de tres picos y en voz baja añadió
que así llamaría la atención lo cual de nuevo me hizo creer
que había algo ladino y escurridizo en ella así que no presté
atención & no contesté   al rato señaló el campanario de
una pequeña iglesia que ella llamó parroquia de Shefford y
dijo que debía ir con ella por un sendero que conocía y que
atajaba unas quince millas—A esas alturas yo había empezado a temer que quisiera Liquidarme si la seguía aunque
sin duda era solo mi desbocada Imaginación así que le di las
Gracias y dije que si me desviaba temía extraviarme y no
encontrar el Norte de nuevo & que más me valía seguir por
mi camino a lo que me deseó un buen día y entró en una
casa o venta allí a la mano izquierda   Seguí viaje y estaba
tan débil que no alcanzo a recordar nada de los lugares por
los que pasé salvo que el camino parecía por momentos tan
desnortado como yo & a menudo levantaba yo de pronto la
cabeza con Sobresalto y me hallaba caminando en Mis Sueños   el día y la Noche se volvieron una y la misma cosa
hasta el punto de que no acertaba a distinguir una & otra—
perdí la noción del Tiempo con lo que a menudo me parecía
estar en Otro lugar por entero y apenas sabía mi propio
nombre o incluso el Año que era   Iba pensando esas cosas mientras caminaba ahora a Northampton arrecido por
el frío de Noviembre—paré una sola vez para sentarme en
un murete de piedra junto a un Molino y comer un poco
de Pan & Queso que me había metido en el bolsillo para
sustentarme—con el transcurso del día el tiempo mejoró y
los nubarrones grises se abrieron y dejaron que la luz del
Sol cayera sobre el campo y durante un rato me embargó la
Felicidad hasta que Su nombre acudió de nuevo a mis labios.

Ahora no puedo esperar hallaros
Empiezan las crecidas de las lluvias
El viento suspira entre ramas desnudas
Triste como dentro de mi corazón

A cada momento pienso en vos
En primavera cuando flores veo
y en el desangelado invierno
Pienso solo en vos

saciado de esto me levanté como nuevo y seguí hacia el pueblo aunque el pie todavía me causaba molestia   no fue difícil divisar Northampton cuando apareció a lo lejos con tanto humo ondeando como banderas en la tenaz brisa otoñal   paré a beber en el Pozo de Becket donde Tomás el Mártir que fue juzgado y Sentenciado aquí se detuvo también a beber pero con más razón para la queja que yo y luego continué y entré al pueblo por la puerta Secreta   todos estamos sentenciados a nuestra Manera sin embargo para la mayoría no hay ningún Juicio y se nos juzga por medidas que no conocemos   cómo pueden aclamar a un Hombre un instante por sus Versos y al siguiente dejarlo caer como un ascua ardiendo cuando su efímera suerte lo abandona   Es un enigma que no alcanzo a descifrar & exigiría un Hombre mucho mejor que yo darle una respuesta   el tercer o cuarto día de mi travesía desde Essex no sé cuál estaba tan Famélico que comí la hierba que crecía a la vera del camino para calmar mi hambre cosa que hizo & el sabor se parecía mucho al Pan así que creí que me hacía bien y seguí adelante con mejores Ánimos que antes—al cabo de Un rato recordé que llevaba tabaco pero al estar agotada mi caja de fósforos no tenía con qué prender la pipa así que opté en cambio por mascarlo & tragarme las hebras con lo que al acabar ya no tenía hambre   seguí adelante cruzando Bugden y luego Stilton donde cojeaba tanto que me tumbé en un pretil de piedra y casi me quedé dormido & mientras tanto pude oír voces que tomé por Ángeles puesto que al principio no entendía su lengua   Uno de ellos que parecía una mujer joven dijo pobre criatura luego otro más anciano dijo Oh está fingiendo pero enseguida añadió Vaya pues no finge y Entonces me levanté y

275

seguí mi camino renqueando—Oí las voces pero no miré atrás
& no vi de dónde venían y así continué en dirección a Peterborough y mi Hogar más allá a través de los prados del estío
estoy sentado de nuevo escribiendo este Diario bajo el pórtico
de Todos los Santos en la escalinata y alcanzo a ver cuesta abajo Gold Street donde los prestamistas tienen sus negocios &
más allá la feria de Ganado & el pináculo de San Pedro hasta
donde se alzan las tristes ruinas del castillo cerca del puente—
después de entrar al Pueblo por la Puerta Secreta poco después
de mediodía deambulé un rato & al ver que era día de Mercado
decidí hacer una visita a aquel lugar no muy lejos de Drum
Lane desde la iglesia donde ahora estoy sentado escribiendo
a la luz del sol todos los mercaderes formaban una alegre estampa con listas de muchos colores en sus toldos y las frutas y
rollos de telas flamantes expuestas & ahora desearía poder recordar la mitad de las cosas que voceaban   los comercios y las
casas que están construidas alrededor de la plaza del Mercado
son en su mayoría nuevas & levantadas después del gran incendio que Tuvieron aquí cuando la plaza quedó rodeada por
las llamas & todos los lugareños emprendieron la huida por la
puerta principal de la casa galesa donde pagan a los arrieros
venidos de Gales y luego se pusieron a salvo saliendo por la
parte trasera   hay una espléndida Casa de Posta en la plaza
con trescientos años de antigüedad donde aún se ven las lenguas negras de hollín lamiendo la vieja piedra pulida & doy
gracias a Dios por su gran Providencia al salvar a todos los que
no se quemaron aquel día—cuando al cabo me cansé del jaleo
del mercado llegué al camposanto que hay detrás de esta iglesia y me demoré paseando entre las lápidas   Encontré la ins-
cripción de Mat Seyzinger el famoso cochero del Nottingham
Times a quien vi en una ocasión & que en su día tenía muchos
seguidores—ya no queda gente como esa ni el pueblo tiene ya
el humor o el temple que tenía entonces—Jem Welby volcó su
carruaje delante de esta misma iglesia y cuando le pidieron
explicaciones dijo que había sido para sacar a los pasajeros y
contarlos   Sin duda ahora lo tomarían por Loco & lo encerra-
rían como me encerrarán a mí Llegué al manicomio del camino
de Billing y no mucho antes oí que las Campanas daban las tres
donde estoy ahora sentado junto a la verja—De Camino aquí

276

mis pensamientos eran que si Mary esto & Mary lo otro &
nada más que Mary   En mi imaginación la he reprendido por
haber estado tanto tiempo lejos de mí & luego le he rogado que
tenga la bondad de perdonarme tan confundido estoy en todos
mis sentimientos   acaso tienen razón al decir que no nos Casamos— pero no puede ser pues recuerdo que aquel día pasea-
mos junto al arroyo Ella & Yo y todo se hizo como es debido &
nos unimos en matrimonio ante Dios me arrodillé con ella
bajo la enramada de Espinos donde se filtraba una luz radiante
y verdosa & dije Pues ahora esta es nuestra Iglesia   por qué
tratan de arrebatármela y me cuentan tales Historias que no es
de extrañar que me vuelva Loco   Oh Mary mary por qué no
quieres verme pues ahora no habito en ningún lugar salvo la
Desesperación   cuando vine andando aquí desde Essex
cojo & aturdido en la cabeza por falta de comida al cruzar Pe-
terborogh llegué luego a Walton & después a Werrington y
estaba en la calzada real no muy lejos ya del hogar de mi Primera Esposa por lo que mi corazón iba ligero & al ver una carreta que venía hacia mí con un hombre una mujer & un niño
montados no recelé nada sin embargo cuando llegó a mi lado
se detuvo   entonces va la mujer y salta del carromato & intenta meterme dentro diciendo Oh John john no me conoces   Pero yo no la conocía así que la creí borracha o loca como
yo—pero entonces el hombre que va con ella dice Caramba
john es tu esposa de modo que volví a mirarla y era Patty y
nuestro joven hijo John a su lado—aunque me asustó no haberla conocido me llenó de Alegría pensar que tenía una Esposa conmigo de nuevo & por lo tanto pronto quizá tuviera a las
dos & así les pedí que me llevaran hasta Northborough para
estar junto a Mary   pronto vimos a lo lejos la iglesia de Glinton pero Mary no estaba allí y tampoco pude tener noticia de
ella más allá de la vieja historia de que había muerto hacía seis
años pero no hice ningún caso a esas paparruchas pues no hacía un año siquiera que en los tabloides dijeron que yo mismo
estaba muerto y enterrado   o acaso estaban en lo cierto &
esto es el Infierno   aporreé las puertas de los vecinos & dije
pensaba que Ella estaba aquí a lo cual contestaron Pues te equi-
vocabas como el Puerco marcado por el cenizo—me senté en el
escalón de la casa de Mary en Northborough & lloré mientras

277

Patty & nuestro hijo me miraban y Decían vamos John no te
das cuenta de que no está aquí—cogí un guijarro del sendero
que quizás una vez su dulce pie había rozado & me lo metí en
la boca & todo estaba perdido y Patty me metió en la carreta   De camino a nuestra casa que la gente de los alrededores
llama el Caserío del Poeta iba Patty sentada junto a mí que iba
llorando y ella a su vez al borde de las lágrimas solo de verme
tan descompuesto & no cesaba de decirme Ay john pero qué es
lo que te lleva a decir que ella fue tu esposa Solo la conociste
cuando tenías catorce años y ella tenía diez y nunca volviste a
verla después por qué dices eso por qué por qué por qué y yo
no lo sabía y no puedo decirlo   Sentado aquí ahora junto
a la verja del manicomio observo el sol que se alarga sobre la
piedra ocre cansada sobre la que caen las ramas tan pesadas
como mi Corazón   todo se desvanece como el polvo con el
Viento & nada está a salvo—maldigo los setos que cada vez
son menos y la Tierra cercada & me desconsuela ver los prados
con tanto ladrillo—sin embargo en el Mercado y el Pueblo los
mandiles & los tenderetes de los puestos parecen flores de otra
especie & así pronto desaparecerán también   el tiempo nos
hará trizas a todos & ahora las sombras se mueven en el muro
del manicomio tan rápido que su movimiento se puede apreciar a simple vista   Me senté bajo el Espino con ella después
y dije Ahora ya estamos casados & le hice prometer que no
Contaría a nadie lo que habíamos hecho   me vuelvo y escruto la luz de poniente que inunda todo como fuego & por un
instante veo a aquella Dulce criatura allí de pie como Un ángel
pero es solo un saco de arpillera atrapado en la empalizada del
manicomio & ya nunca volveré a ser libre

> Mientras la vida respire en el globo terrestre
> Cualquiera que sea mi suerte
> Ya en libertad o prisión
> Mary pienso en vos

Viajo con ligueros

1931 d. C.

Viajo con ligueros. Vendiéndolos, ¿eh?, no es que me los ponga. Eso siempre arranca unas risas. A menudo descubres que unas risas son la mejor manera de romper el hielo, ya estés hablando con un cliente o con una señorita. O, por qué no, con un policía. A menudo, en el trayecto de ida y vuelta desde Angel Lane al juzgado, hago algún comentario, ¿saben? Bromeo un poco con ellos, vaya, lo típico. El otro día desde el coche vimos a una mujer joven por la calle y, en serio, tenía una jeta que echaba para atrás. Se la señalé al muchacho al que iba esposado y le dije: «Bueno, no hace falta mirar la repisa para atizar el fuego de la chimenea». Como supondrán, eso levantó una sonrisa. Son seres humanos igual que todos los demás.

Por el rabillo del ojo me he fijado en que justo delante del juzgado hay unos aseos públicos de señoras que dan al fondo de la gran iglesia que hay ahí en medio, la de Todos los Santos. Hay que bajar unos peldaños y solo se alcanza a ver la curva de la escalera, con azulejos blancos hasta media pared. Me gustaría saber qué se cuece ahí dentro, se lo aseguro. Imaginen, ¿eh?, poder asomarse a echar un vistazo. Cierro los ojos y es como si las viera, bajándose las bragas con sus grandes traseros. Hubo un tiempo en que soñaba, cuando era pequeño, ¿saben?, con estar en los aseos de señoras. Era un monicaco caradura incluso entonces, ya se lo imaginarán. Había una mugre verdosa creciendo entre los azulejos y solo Dios sabe cómo olería aquello. Como todos los chochos del mundo juntos, apostaría yo. Vaya una idea. Apostaría a que no podrían encontrar a un hombre al que no se le haya pasado por la cabeza al menos una vez, si es sincero.

Hay muchas mujeres que vienen al juzgado a sentarse en la galería. Se sorprenderían de las miradas que me echan algunas. Está feo que lo diga yo, pero tengo bastantes admiradoras, como si fuese todo un galán de cine, aunque a decir verdad no estoy mal plantado, tal como está el patio. Por supuesto, no debo hacer mucho por alentarlas con Lillian ahí sentada delante del banquillo cada día mirándome embobada. No estaría bien ponerme a hacerle ojitos a alguna muchacha de la última fila mientras mi propia esposa me está mirando, ¿verdad? No después del escándalo que se armó cuando los periódicos publicaron lo que le dije a la policía, que mi harén me mantiene ocupado fuera de casa…

Mi abogado, el señor Finnemore, cree que ahí metí la pata, pero hay que decir que él no es lo que se diría un hombre de mundo. A mí me parece que el público en general siente debilidad por un bribón galante, y en secreto admira a un gran mujeriego. Si se hubieran divertido la mitad que yo, ya estarían contentos. Aun así, no convendría que Lily quedara como una mártir, así que debo poner cuidado y no dejar que me pillen flirteando desde el banquillo. Hay una morenita pechugona que a veces viene a la hora del almuerzo y se queda de pie, mirándome desde un rincón. Me gustaría que llevara puestos los ligueros de la empresa que represento, y puesto que no está muy lejos, en Leicester, hay bastantes posibilidades de que los lleve. Visto así, prácticamente estoy entre sus faldas. ¿Qué les parece eso?

Lillian ya ha recibido muchas muestras de compasión y le han dado trabajo en una tienda aquí en Bridge Street para poder mantenerse mientras asiste al juicio. La comisaría de Angel Lane donde me retienen está justo en el cruce con Bridge Street, así que pasamos por delante de la tienda cada mañana en el trayecto al juzgado. Casualmente es una pequeña confitería, el lugar perfecto para una chica dulce como ella. Enamorada de mí hasta los huesos, está, y siempre lo ha estado. Nunca quiere sentarse en mis rodillas, que es como más me gusta abrazar a una mujer, pero aparte de eso es en todos los sentidos la mejor esposa que he tenido.

Si me acuerdo le pediré que me traiga un cuarto de libra de caramelos de eucalipto, para ver si me suavizan un poco la garganta. Tanto hablar presentando pruebas me está pasando factura. Si no voy con cuidado, me quedaré sin voz antes de que acaben conmigo, ¿y entonces qué será de mí? Hay mucha gente que me considera el mejor barítono *amateur* que ha cantado en la Sociedad Friern Barnet de Finchley, donde mi *Trumpeter What Are You Sounding Now* siempre hace las delicias de todos. Tengo un buen juego de cañerías, y no querría que una cosa así me las fastidiara. Sé que los hombres suelen tomarla con los tipos que tienen la voz un poco más ligera, pero las señoras por lo general se enternecen. No me convendría quedarme ronco en el banquillo y estropearlo todo ahora, ¿me siguen?

Aquel desgraciado se retorcía como un arenque, golpeándose contra el parabrisas de mi Morris. No era una escena agradable, créanme, y menudo jaleo armó. Ni un gato escaldado, oigan. Cualquiera habría pensado que estando listo y tieso de frío no iba a enterarse de nada, pero fue por el fuego. Lo despertó. Si soy sincero, todavía puedo oírlo. Ni siquiera parecían palabras en cristiano, con aquel terrible barullo. En un momento dado, abrió de una patada la puerta del coche y pensé: «Bueno, se acabó, Alf. Ya está hecho, y esta vez la has liado buena». Solo que para entonces estaba achicharrándose entre las llamas y el humo, y su suerte estaba echada. Se desplomó hacia delante con una pierna fuera del coche, y no hubo nada que hacer. Claro que aquí yo estaba como un pasmarote en contra del viento, y no se me ocurrió moverme hasta que me lloraban los ojos. Qué cuadro, para vernos a los dos.

Vi la imagen de mi Morris Minor que publicaron en el *Daily Sketch* y por poco me echo a llorar. Era un sedán flamante, y no tan viejo. Estaba asegurado por ciento cincuenta libras, pero no espero que me den mucho, tal y como están las cosas. Por lo que se ve en la fotografía, no quedó mucho del bendito coche. Los guardabarros estaban todos despanzurrados como costillas y se podía ver toda la goma de las ruedas derretidas hasta que solo quedaron las llantas. Si alguna vez echo el guante a los pillos que me lo robaron…, pero, no, claro, espera, que eso no era verdad, ¿no? Me lo inventé. Menuda faena es a veces llevar la cuenta de todo.

281

Esa fue la peor parte de estar casado a la vez con dos mujeres, más allá del gasto que implica. Se me hacía un mundo recordar la historia, se lo aseguro. Todos los pequeños detalles engorrosos. A cuál le había contado qué. Con Lillian no era tan difícil, porque es bastante atolondrada por naturaleza y no suele darse cuenta de si patino, pero con Ivy, en cambio, caramba. Ese es otro cantar. Aún no hace seis meses que me casé con ella, y ya salta a la mínima tontería.

Me casé con Lil en noviembre de 1914, así que son más de dieciséis años. En todo ese tiempo, si alguna vez le han asaltado sospechas, se las ha guardado para ella. Incluso cuando ha tenido pruebas delante de las narices, como cuando le llevé al bebé que tuve con Helen —no el que murió, sino al segundo, nuestro pequeño Arthur—, incluso entonces se quedó más callada que un ratón y dijo que me perdonaba, aunque yo ni siquiera se lo había pedido. El joven Arthur tiene ya seis años y debo decir, en honor de nuestra Lillian, que lo ha criado como si fuese su propio hijo. Nunca le ha dado de lado, que yo sepa. Como digo, la tengo enamorada hasta los huesos. No me hace preguntas. Cuesta creer que hayan pasado dieciséis años. Se me pasó nuestro aniversario este año, con toda la trifulca que tuvimos. Le pediré a uno de los polizontes que vaya a llevarle un regalito, si me acuerdo. Más vale tarde que nunca, digo yo.

En cuanto a Ivy, no sé si llegaremos a cumplir dieciséis meses, ni hablar dieciséis años. Parecía una buena idea cuando nos casamos en junio, en Gellygaer, aunque cuando digo una buena idea me refiero a que ella tenía un bombo de cuatro meses y ya se le notaba mucho, como suele pasarles a las flacuchas. Pero Dios, qué tetas se les ponen. Casi merece la pena tener una boca más que alimentar mientras tengas unas tetas tan preciosas para llevarte a la tuya. Ahí está, ¿lo ven? Otra risa. Es lo que digo de la risa, lo mejor que hay para romper el hielo. Todo el mundo se siente mucho más cómodo.

Pero ahora en serio, con Ivy algo me decía desde el primer momento que me estaba equivocando. No es que haya nada de ella que me disguste, solo que de alguna manera uno sabe que se va a liar la troca. Pongamos por caso la última vez que la vi, cuando crucé hasta Gales aquella noche justo después de mi «ventolera» en las afueras de Hardingstone. Bueno, como imaginarán, yo estaba de los nervios después de haber perdido el coche. Salí por Hardingstone Lane y me quedé dando vueltas al final de la calle sin dejar de mirar atrás todo el camino para vigilar a los dos hombres que me habían visto cuando me alejaba del campo. No podía distinguirlos en la oscuridad, aunque mi Morris seguía ardiendo, al otro lado de los setos.

Ya saben lo que pasa en momentos así. Sientes que todo lo que haces parece sospechoso, aunque en realidad la mitad de las veces nadie se fija demasiado. Llegué a la carretera que va a Londres y me quedé cerca de la vieja cruz de piedra donde se detuvo el cortejo fúnebre de la reina Leonor de regreso a Londres, y no tardó en recogerme un camión que iba justamente en esa dirección. Le solté el rollo de que había llegado tarde para que me recogiera un buen amigo mío ricachón que conducía un Bentley, y el camionero enseguida picó. Me llevó hasta Tally Ho Corner, en la carretera de Barnet, y llegamos cerca de las seis, cuando empezaba a clarear.

A un tipo en la Oficina de Transportes le conté que me habían birlado el coche delante de una cafetería, porque a decir verdad entonces estaba ya amodorrado y me olvidé de la tontería esa del Bentley. Aun así tengo mano con la gente, muchos lo dicen: con aquel menda no fue la excepción. Me buscó plaza en un coche, el de las nueve y cuarto a Cardiff, así que llegué allí por la tarde y luego cogí otro autocar a Penybryn. Desde ahí pude ir andando a la casa de Ivy, en Gellygaer, y llegue cerca de las ocho de la noche.

Bueno, como digo, con Ivy siempre hay jaleo. No es que sea culpa suya, solo que siempre hay jaleo, y esa noche no fue una excepción. Primero su padre, el viejo Jenkins, me acorraló en el pasillo y me preguntó por qué había tardado tanto en volver mientras su Ivy había estado enferma a las puertas de la muerte y con mi criatura en camino. Ya saben que a un galés le gusta poner una nota de melodrama de vez en cuando, y por cómo lo pintaba casi parecía que Ivy fuese la pequeña Nell. Le expliqué que me habían birlado el coche en Northampton, y me atrevo a decir que a esas alturas hasta yo casi me lo creía, de tanto repetir el cuento. Es curioso, pero juro que, plantado en el pasillo en aquel momento, prácticamente me había olvidado de aquel pobre desgraciado y del fuego.

Después de vérmelas con el padre, me tocó lidiar con la hija. Ivy estaba recostada sobre varias almohadas con muy mala cara. Daría a luz en cualquier momento. Apenas me senté en la cama ya me estaba preguntando cuándo íbamos a mudarnos a nuestra nueva casa en Surrey. Francamente, eso me pilló con la guardia baja y la miré perplejo. Me había olvidado de todo el asunto de King-on-Thames que les había contado a ella y a su padre cuando me entrompé en el banquete de nuestra boda. Antes de que me diera tiempo a darle una buena excusa, Ivy estaba hecha un mar de lágrimas diciéndome que yo no la quería y que estaba segura de que tenía a otra. Que por qué pasaba tantas noches fuera y demás. Imaginen el resto.

Es que ellas no piensan lo que has podido pasar, ¿verdad? Cómprame esto y cómprame lo otro y vayamos a vivir a otro sitio. Quinientas libras al año me pagan ahora en Tirantes y Ligueros Leicester, y se diría que con eso puedo llevar una vida desahogada, pero no es así ni mucho menos. Se va todo en niños y mujeres mucho antes de que llegue a ver un penique. La historia de siempre.

Resulta que, aunque no se lo había mencionado a Lillian, pensaba vender la casa y los muebles que teníamos en Buxted Road, en Finchley, y usar el dinero para instalarme con Ivy cuando naciera el retoño. Vale, táchenme de lo que quieran, pero los críos siempre han sido mi punto débil. Naturalmente, iba a buscar un apaño para Lily y Arthur.

Por supuesto no podía contarle estas cosas a Ivy sin que se enterara de lo de Lily y mi tinglado en Finchley, así que me hice el ofendido y armé mucho alboroto con eso de que me habían robado el coche en la puerta de la cafetería y las dieciocho horas que había tardado en llegar a Gellygaer. Por experiencia sé que cuando alguien se disgusta, un buen truco es hacer como que estás más disgustado aún. Si eres un tipo listo como yo, nunca falla: Ivy enseguida me dijo que sentía haberla tomado conmigo y que era por los nervios, con un bebé en puertas y ella tan pachucha.

«Tranquila, Ivy, préndete a mí como la hiedra», le dije, y cuando lo hizo deslicé una mano por el escote de su camisón y palpé un poco. Su teta estaba dura y pesada, con la punta tiesa como el taco de una bota de balompié. Esa noche dormí en la habitación libre de la casa y solo de recordarlo me empalmé, incluso después del mal rato que pasé durante la cena, con aquella vecina y su maldito periódico.

En honor a la verdad, ese es mi mayor defecto: el sexo. Les digo que la mitad del tiempo no pienso en otra cosa, y cuando uno pasa mucho tiempo solo, como yo, conduciendo de un sitio para el otro, todavía es peor. Uno sueña despierto a todas horas, yendo de arriba abajo por las carreteras. A veces tengo que parar en un apartadero a meneármela y así poder pensar un par de horas en otra cosa que no sean chochos. Llevo en el coche el catálogo de lencería de la empresa, con fotografías de modelos. Son imágenes pequeñas, cuatro por página, y solo se ve la franja de la tripita y el nacimiento del muslo de las mujeres. Pensarán que estoy chiflado, pero a mí me parece que cada una tiene su personalidad, y algo en su postura te dice qué clase de chica es. Con algunas simplemente sabes que te entenderías y que son majas.

Hay una a la que llamo Monica. Si miras de cerca la fotografía, alcanzas a verle una pelusilla en las piernas, así que me la imagino rubia. Una de esas chicas que podrías encontrarte frente al mostrador de una estafeta de correos, con el pelo como se lleva ahora, bien liso por arriba y rizado por detrás. Seguro que el azul celeste le sienta de maravilla. Su ombligo es de esos más alargados que anchos, así que parece el pequeño ojo de una cerradura en un melocotón. Luce uno de los corsés más en boga, de una sola pieza, que parecen favorecer a las mujeres estrechas de cadera, lo cual a mi juicio es una sabia elección y demuestra que es reflexiva y se preocupa mucho por escoger bien la ropa. Con solo mirar su piel, sabes que no puede tener mucho más de veinte años.

Créanme, esa es la edad en que están cansadas y hartas de los jovenzuelos y empiezan a ver el encanto de los tipos maduros. Si Monica me oyera cantar «La canción del zapatero remendón», de *Chu Chin Chow*, conseguiría bajarle los calzones en un santiamén. De todo mi harén, ¿pueden creer que a veces Monica es mi favorita? No me cuesta un penique ni me mete en líos. Simplemente me corro en el pañuelo, cierro el catálogo y arranco el coche.

No siempre fui así con las mujeres. Pregúntenle a mi Lily

y ella se lo dirá: cuando me conoció, antes de la guerra, apenas me atrevía a dar un beso de buenas noches, de tímido que era. Hasta que me alisté en el Ejército Territorial de la reina no me atreví a acercarme a una chica e invitarla a salir. El uniforme, ya ven. Marcaba la diferencia; pueden reírse, pero es la verdad. A veces he oído a mujeres hablar sin parar de qué terrible es que los hombres luchen, pero en cuanto ven las botas y los galones se te echan encima. Se despiden de ti y luego se quedan en casa y mandan plumas blancas a los objetores de conciencia. La mitad de los muchachos de las trincheras ni siquiera hubiesen ido al frente de no ser por el embeleso con que los miran sus novias cuando están vestidos para la guerra. Niéguenlo, si pueden.

Pará ser sincero, Lily fue la primera chica con quien salí, aunque yo ya rondaba los veinte. Cuando me llevó a la cama por primera vez, era tan pazguato que me monté encima de ella abriendo las piernas, ¡yo!, y tardé un rato en entender qué era lo que se tenía que hacer. En honor de la verdad, no salí muy airoso. Bueno, es que no podía meterla y acabé sintiéndome fatal conmigo mismo, y cuando Lil dijo que no importaba fue aún peor. No conseguimos hacerlo como está mandado hasta una semana después de casarnos. Vaya, que nos restregábamos y nos besábamos, pero nada más, y cuando por fin lo conseguimos, acabé en un visto y no visto, aunque con el tiempo fui mejorando. Dicho esto, aunque en la cama no fuese ningún hacha, creo que entonces éramos más felices, mi Lillian y yo. Fue una pena que Dios nunca nos bendijera con un hijo, a pesar de que desde entonces he compensado esa carencia.

Cuatro meses juntos, llevábamos Lily y yo, y ya nos dábamos candela a las mil maravillas. Estábamos de lo más enamorados, y entonces, en marzo de 1915, me despacharon para Francia. Dios mío, fue un horror. No lo sabes hasta que lo has vivido. Vives en el barro y por todas partes hay muchachos apenas mayores que tú con la mitad de la mandíbula reventada, y renuncias a todo salvo a lo que te ordenan. He visto un caballo sin patas tiritando moribundo en una zanja como una foca ensangrentada. He visto hombres quemados vivos.

Solo llevaba en Francia dos meses cuando me alcanzó la metralla en Givenchy. La cabeza y la pierna. La cabeza fue lo peor, al parecer, aunque aquí el menda no recuerda nada de nada. Ni el momento en que ocurrió ni la mañana anterior, ni de después tampoco mucho. Se fue. Una laguna. Recobré la conciencia en mitad de la cena en el hospital. Al levantar la cuchara con un puré grumoso, lo miré y recordé que me llamaba Alf Rouse. Fue una sensación de lo más peculiar, se lo aseguro.

No tengo estudios para explicarlo como es debido, pero el mundo me pareció distinto después de aquello. No pretendo decir que la guerra me abriera los ojos, como he oído decir a otros muchachos. Me refiero a que el mundo parecía distinto, como si realmente fuese otro mundo, un sucedáneo del mundo de verdad. ¿Cómo puedo explicarlo? Todo parecía del revés. No del revés, sino ensamblado con prisas, como si fuera a desmoronarse en cualquier momento. La mejor comparación que se me ocurre es como cuando haces dibujo en el colegio, y la señorita primero te da una hoja de papel donde puedes probar y hacer un estropicio, porque no es el trabajo definitivo y da lo mismo. Cuando me desperté en aquel hospital, fue como despertar dentro del borrador lleno de garabatos, no en el dibujo de verdad. No importaba nada. Podías borrarlo todo y empezar de nuevo. Si lo pienso, creo que así es como me he sentido desde entonces, aunque ahora ya me he acostumbrado.

Fue en ese punto cuando empezó mi «tema» con el sexo débil. Claro que por un lado se terciaba, con tantas enfermeras que rondaban cerca. A algunas de ellas no se te ocurría mirarlas, pero allí se cocía más de lo que parecía a simple vista. A efectos prácticos, eran las únicas mujeres que había allí, y tenían donde elegir. Uno habría imaginado que no les apetecería mucho, viendo todo el día a chavales hechos picadillo, pero podría contarles un par de historias, créanme. Bueno, por supuesto que yo de vez en cuando sentía una punzada de culpa pensando en Lillian, pero nada que me quitara el sueño. Como digo, entonces todo se había vuelto difuso y nada de lo que yo pensara o hiciera parecía relevante. Vaya, sé que existen el bien y el mal, pero a veces llegas a un punto en que, sinceramente, no te importa demasiado.

Una vez una enfermera bajita y regordeta me hizo una mamada mientras había un pobre desgraciado sin manos deliran-

287

do en el catre de al lado. Yo le seguí el juego, pero la verdad es que no estaba mucho por la labor, aunque no lo crean. Había algo raro en aquella enfermera que me desconcertó, la forma en que se comportaba. Se había vuelto un poco loca, creo. Veías muchas cosas así.

Cuando me licenciaron al año siguiente y volví a casa, en el frente femenino no aflojé ni pizca. Más bien fue a peor. Era por la herida, saben. La lesión que sufrí. Eso que he contado de que las chicas se pirraban por los muchachos de uniforme no era nada en comparación con cómo se ponían si volvías herido o con un vendaje. Incluso cuando te quitaban las vendas, bastaba con mencionarles cómo te habían herido. Me apartaba el pelo hacia un lado y les dejaba tocar la cicatriz. Me las levantaba al cabo de diez minutos. Se morían de ganas. Son unas criaturas prodigiosas, las mujeres. No consigo entenderlas, por muchas que haya conocido de primera mano. Debo de haberme beneficiado a setenta u ochenta desde que empecé como viajante al volver del frente, pero siguen siendo un misterio para mí. Y, vaya, espero que siempre lo sean.

No diré que la pequeña Helen fuese la primera chica que me llevé a la cama durante mis viajes. A fin de cuentas ya llevaba cinco años en la carretera, pero fue Helen a la que le tomé más cariño. Quería cuidarla. Era una chiquilla, en definitiva, así que necesitaba que alguien la cuidara. Cualquiera con un poco de corazón habría hecho lo mismo.

Era una chiquilla escocesa, Helen. Una criada. Me la tiraba en el asiento trasero del Morris. Había un montón de recuerdos en ese asiento trasero. Lamento que desapareciera. Supongo que, bien mirado, Helen era tirando a jovencita. Catorce años nada más, pero ya saben cómo son las chicas hoy en día. Muy maduras y bien desarrolladas. Si tienen edad de sangrar, tienen edad para el matadero, ese es mi lema. Bueno, ¿eh? Lo oí por primera vez cuando estaba en las fuerzas armadas, y me pareció la monda.

La dejé preñada, pero el bebé murió poco después de nacer, y menudo disgusto fue... Ya les digo, me enternecen los niños. La cuestión es que seguí viéndola y, dos años después, cuando tenía dieciséis, se quedó de nuevo encinta. Y bueno, Helen era joven, pero podía ser muy cabezota, y esta vez se plantó. Dijo que debíamos casarnos, por el crío, y qué le iba a decir yo. Claro, como le había contado que Lily y yo estábamos divorciados, no pude escudarme en que ya estaba casado para escurrir el bulto. Fue un lío padre, se lo aseguro.

Así que no me quedó otra que montar una boda de paripé, solo para contentarla, y luego la puse con el bebé en un piso bonito en Islington donde pudiéramos vivir como marido y mujer. Le dejé claro que pasaría mucho tiempo lejos de casa, en la carretera. Por supuesto a Lily le dije lo mismo al volver a Finchley, así que durante un tiempo todo funcionó a pedir de boca. Pero Helen no era boba, y al final sospechó que yo tenía una aventura con otra, aunque desde luego lo que no sabía era que con quien tenía la aventura era con ella.

Al final todo acabó por descubrirse y, Dios mío, qué escándalo se armó. No sé dónde estaría yo ahora si Lily no hubiera sido tan comprensiva. Ella siempre ha dicho que no es culpa mía lo de ser un maníaco sexual, que fue por culpa de la guerra. Las dos, ella y Helen, accedieron a verse cuando las cosas se calmaron, y zanjaron el asunto tomando unas magdalenas en el salón de té de Joe Lyons. Acordaron que era mejor que el bebé de Helen, el pequeño Arthur, se criara en un hogar decente, así que Lily y yo nos lo llevamos a vivir con nosotros en Buxted Road. Dirán lo que quieran, pero no creo que haya muchas mujeres dispuestas a hacer algo así por su maromo, ¿no les parece? ¿Meter en su propia casa al hijo de otra y alimentarlo?

Una entre un millón, esa es mi Lily. Recuerdo la noche antes de que estallara todo esto, la última vez que pasé por Buxted Road. Nos habíamos sentado en la sala de estar con las luces apagadas, yo, Lilian y el pequeño Arthur, a ver los cohetes y las bengalas que lanzaban justo arriba de la calle, pues era la Noche de las Hogueras. La había avisado de que tenía que ir por negocios a Leicester con la gente de los tirantes y los ligueros, así que no le importó que me marchara justo después de las siete para coger la Gran Carretera del Norte, que atraviesa la región central. La obsequié con uno de mis besos extraespeciales a modo de despedida, pues me sentía mal por cómo iban las cosas entre nosotros y pensaba dejarla.

Saliendo por Buxted Road, fui directo a la casa de Nellie

Tucker. Me avergüenza decir que no había pasado por allí desde que había dado a luz la semana antes, así que puede decirse que ya tocaba. Ahora no me acuerdo, ¿les he hablado de Nellie? Me enredé con ella en 1925, durante la mala racha entre Helen y nuestra Lily. Me sentía bajo mucha presión en ese momento, como podrán imaginar, y recurrí a Nellie más que nada porque necesitaba hablar con alguien. Naturalmente, una cosa llevó a la otra, ya se sabe, y no pasó mucho tiempo antes de que tuviéramos un bebé. Lily me hubiera matado, así que me callé y le pagaba cinco libras a Nelly cada mes por la manutención. Estuvo bien hasta que volvió a quedarse preñada, esta última vez. Parió a finales de octubre, el 29, si no me equivoco.

Fui a verla después de dejar a Lil esa noche, y llegué allí poco después de las siete. Tanto el crío mayor como el bebé estaban ya en la cama, así que pudimos echar uno rapidito en el sofá. Luego me quedé un poco melancólico, como a veces pasa, y empecé a desahogarme con ella, contándole todos los problemas y las deudas en que me había metido. Nellie es muy buena escuchando. Siempre lo ha sido.

A veces me veo como el tipo de aquella película, *Una novia en cada puerto*, Victor MacLaglan. ¿Saben cuál les digo? Ese sí que era un rompecorazones. Fui el año pasado al cine con mi Lily, y vaya elenco de mujeres actuaba. Myrna Loy, que está bien. Y Louise Brooks, aunque para ser sincero no me gusta ni la mitad, con ese pelo que lleva. Demasiado hombruna, no sé si me explico. La verdadera estrella, sin embargo, para mí era Sally Rand. Seguro que conocen a Sally Rand. ¿La «chica de las burbujas»? Bailaba con abanicos y unas burbujas enormes, y debo decir que hay mucho arte en lo que hace. No lleva ni un pedacito de ropa dentro de esas burbujas, pero nunca se le ve nada. Cantaba *Estoy siempre haciendo pompas*, cómo no. Una chica preciosa.

Pasé una media hora en casa de Nellie y me marché justo después de las ocho. Debería haber meado antes de irme, pero no lo hice, así que cuando crucé Enfield y salí a la carretera de St. Albans, estaba a punto de reventar. Entonces vi aquella taberna un poco apartada del camino y pensé: «Bueno, me da tiempo a tomar una y entonarme para el viaje». Y además aprovecharía para ir al baño. Es curioso, he pasado antes por esa misma ruta y, aunque conozco la mayoría de las tabernas de por allí, aquella era nueva para mí. Creo que es porque te la encuentras de pronto, en una curva. La vi de refilón cuando los faros la iluminaron al girar, y primero me pareció medio abandonada. Deberían arreglarla un poco, en mi opinión. Sería dinero bien invertido, porque apuesto a que, apartada de la carretera como está, la mayoría de la gente pasa de largo. Tenía un nombre curioso, si mal no recuerdo, aunque ahora mismo no me viene a la cabeza. Ya me acordaré, seguro.

Aparqué el carro en la parte de atrás y entré, parando antes de nada en el servicio. Dios, ni la Liberación de Mafeking. Fue una de esas veces en que parece que el chorro dura horas. Bueno, estoy exagerando, pero ya captan la idea. Salí del aseo y entré en el bar, y apenas había nadie. Más muerto que un cementerio.

Trabajo en Vano. Ahí está, ¿qué les había dicho? Sabía que tenía un nombre curioso. Acodado en la barra había un viejo buhonero, con un sombrero tieso y raro. Si les soy sincero, no me dio buena espina, así que no me acerqué a él. Le pedí a la chica de la barra un brandy y miré alrededor buscando un sitio donde sentarme. En un rincón había un tipo desaliñado que hablaba con un chiquillo de unos diez años. A bote pronto pensé que era su hijo, pero entonces el chico le dijo algo al hombre y salió de la taberna. No volvió, así que tal vez ni siquiera conocía a aquel sujeto, solo dio la casualidad de que estaba sentado a su lado cuando miré. Me apetecía charlar cinco minutos con otro compinche después de haber aguantado el cotorreo de las mujeres todo el día, así que, cuando el muchachito se levantó y se fue, me senté en la mesa contigua a la del tipo desaliñado.

Pegamos la hebra enseguida, y vi que se quedó impresionado cuando le mostré mi tarjeta de visita. Resultó que él también iba hacia el norte. Era oriundo del condado de Derby, dijo, cosa que no me sorprendió porque tenía un acento muy marcado. Me contó que antes había trabajado allí en las minas, pero quiso probar suerte en Londres, como tantos otros, y se fue al sur. No les asombrará saber que la cosa no salió como él esperaba, así que ahora volvía de nuevo a Derby, confiando en recuperar su antiguo trabajo de minero.

Me han preguntado por qué me ofrecí a llevarlo en mi coche, como si se necesitara un motivo, y no me creen cuando digo que en ese momento, al principio, no tenía ni idea de lo que iba a hacer. Le dije que lo llevaría hasta Leicester porque el tipo me dio lástima, y sanseacabó. Se empeñó en invitarme a otra copa antes de irnos, en agradecimiento, y de paso él también se tomó una que, a decir verdad, estaba de más. A juzgar por su estado, había tomado unas cuantas antes de que yo llegara, y una vez que nos montamos en el coche no saqué mucho en claro de lo que me dijo. Se pasó casi todo el rato durmiendo y roncando.

Quizás habría sido otra historia si me hubiera dado un poco de conversación, como yo quería, solo para quitarme los problemas de la cabeza. En cambio, mi acompañante estaba demasiado perjudicado para hablar, así que no me quedó más remedio que conducir y seguir rumiando mis cosas, mientras detrás el otro resollaba como un aserradero. Mi indignación crecía por momentos. Caray, yo acosado de problemas como estaba, con el bebé de Nellie nacido hacía una semana y el de Ivy en puertas, y aquel tipo roncando a pierna suelta, babeándome la tapicería. No digo que ahora sienta animadversión hacia él, claro que no, pero así me sentía entonces.

Seguimos por la carretera romana hacia el condado de Northhampton, a donde llegamos pasando por Towcester. Son increíbles los derroteros de la memoria, pero recuerdo lo que iba pensando cuando a la izquierda dejamos atrás el pináculo de la iglesia de Greens Norton. No sé por qué, pero me acordé de cuando era un chiquillo y vivíamos en el barrio de Herne Hill, justo en la calle que subía de la taberna Half Moon. De pequeño era curioso, como son los niños. Quería saberlo todo. Un día, no debía de tener más de siete años, recuerdo que le pregunté a mi madre de dónde venía el nombre de Herne Hill. Me dijo que no lo sabía, pero que si tanto me interesaba podía buscarlo en la *Enciclopedia Pears,* así que lo hice.

¿Alguna vez abrieron un libro, de pequeños, y vieron una imagen tan espeluznante que lo cerraron de golpe y nunca más se atrevieron a abrirlo? Bueno, pues eso me pasó a mí. Abrí la enciclopedia por la página que quería, en la H, y ahí estaba aquel antiguo grabado al buril, donde aparecía un tipo extraño al que le crecían unas astas en la cabeza, como las de un ciervo. Sé que ahora no suena muy aterrador, pero a mí me aterrorizó. En mi corta vida nunca había visto una imagen que me impresionara tanto, y ni siquiera puedo decir por qué.

Cerré el libro y fui a esconderlo debajo del ropero del dormitorio de mis padres, bajo algunos ejemplares de *Reveille* que habían acabado ahí. Quería enterrarlo, ya ven, de tan asustado como estaba. No tengo ni idea de qué me hizo pensar en aquel espantajo con cuernos mientras pasaba por delante de la iglesia de Greens Norton, pero así fue. La mente es un misterio. La mitad de las veces no sabes ni por qué haces las cosas, o al menos yo no lo sé.

Pongamos por caso lo que dije aquella noche cuando llegué a la casa de Ivy en Gales, justo después de entrar en su cuarto y magrearla. Sus padres habían tenido la consideración de ofrecerme una generosa loncha de jamón cocido con patatas para cenar, y estaba comiendo cuando alguien llamó a la puerta. Los Jenkins tenían una vecina que vivía un par de casas más abajo y que parecía estar al corriente de todos sus avatares, entre otras cosas mi relación con Ivy, y de pronto apareció en la puerta con un ejemplar del periódico local. ¿Habíamos visto, dijo, la fotografía del coche quemado en Northampton? Bueno, en los pueblos las cosas van así, todo el mundo se mete en los asuntos de los demás. Apenas llevaba en Gellygaer un par de horas y ya había alguien que sabía la historia del coche robado que yo acababa de contarle al padre de Ivy. Resultó que lo peor estaba por venir.

La invitaron a pasar y empezó a enseñar el periódico a toda la familia. Cuando lo vi, estaba masticando un bocado de jamón cocido. Créanme, fue un milagro que no me atragantara. Había una fotografía de mi Morris Minor calcinado, en medio de aquel campo en Hardingstone. En la columna se leía que había aparecido un cadáver entre los restos del siniestro. Bueno, como les dije, la mitad del tiempo uno no sabe por qué dice las cosas, pero al ver la fotografía, sin pensarlo dos veces solté: «Ese no es mi coche». Y luego murmuré que no me parecía que hubiera que armar tanto escándalo en los periódicos por cosas así.

Fue una estupidez, lo reconozco. Caray, era mi maldito coche,

293

no cabía ninguna duda. Se podía leer la matrícula, MU 1468, más claro imposible. Era lo único que no se había quemado. Negando que fuera mi coche solo conseguí parecer esquivo y levantar las sospechas de todos. Me zafé como mejor pude diciendo que estaba cansado y me fui a acostar al cuarto de invitados, donde me puse a pensar en las tetas de Ivy y le di rápido al manubrio para ahuyentar las preocupaciones.

Normalmente, en cuanto me alivio, me quedo dormido como un tronco, pero esa noche no. Ah, no. Apenas pegué ojo, descartando alguna que otra cabezada, y para colmo con unos sueños horribles que me despertaban tan pronto me adormecía. En ese momento me dejaron una vívida impresión, aunque ahora no puedo recordar nada, salvo que me metieron el miedo en el cuerpo y me tuvieron en vela hasta que la luz del alba se deslizó por el papel estampado de lirios en la pared del fondo.

Cuando me levanté, había llegado el periódico de la mañana. Era el *Daily Sketch*. Publicaban la misma foto de mi Morris quemado, solo que esta vez daban también mi nombre, cosa que me pareció una tremenda desfachatez. Y, claro, eso me dejó en pelotas delante de los padres de Ivy. Solo se me ocurrió decir que debía tratarse de un lamentable malentendido y que me volvía a Londres enseguida para solucionarlo. Los Jenkins tenían otro vecino, un tal Brownhill, que tenía un pequeño negocio de automóviles en Cardiff. Metió su cuchara y se ofreció a dejarme allí de camino al trabajo, para que pudiera coger un autocar a Hammersmith. No pude negarme, así que me despedí de Ivy y le dije lo que quería oír, que pronto viviríamos juntos en King-on-Thames. Su padre me estrechó la mano, aunque no sin que la madre de Ivy rezongara por lo bajo, y luego nos marchamos.

Era un trayecto largo hasta Cardiff, y no sé si me atacó los nervios o qué, pero por una u otra razón vi que no podía parar de hablar, como si me fuera la vida en ello. Seguí dale que dale con el asunto de mi coche y con que me lo habían robado en la puerta de una cafetería, y el tal Brownhill se limitaba a mirar la carretera, y solo de vez en cuando murmuraba: «¿Ah, sí?», «¿No me diga?». Pero aparte de eso costaba sudor y lágrimas arrancarle una palabra. Cuando llegamos a Cardiff, insistió en acompañarme a la estación, donde esperó a que me subiera al autocar que iba a Hammersmith.

Por supuesto, luego me he enterado de que fue directo a la policía en cuanto se cercioró de que me subía al autocar. Les contó que iba de camino y que algunas de las cosas que yo le había dicho sonaban sospechosas. Para mí que aquel tipo solo quería participar en el cotarro. Siempre pasa con esa gente de pueblo, nada les gusta más que un poco de escándalo. Aun así, a veces me he preguntado si no sería el padre de Ivy quien lo metió en el ajo, tramando que me llevara a Cardiff con esa idea *in mente*. La idea no me hace ninguna gracia, pero tampoco me extrañaría. Nunca me ha tenido en gran estima, el padre. Cree que su hija abandonó una buena carrera de enfermería por un muchacho que no le llegaba ni a la suela del zapato, como si cualquier pelagatos de Gellygaer hubiera ganado alguna vez quinientas libras al año.

Supongo que, si he de ser completamente sincero conmigo mismo, de entrada fue el uniforme de enfermera lo que más me atrajo de Ivy. Es un «vicio» que tengo, y no puedo evitar pensar que también guarda alguna relación con la guerra. Los hospitales y tal. A veces, incluso el olor de una pomada o del éter quirúrgico me pone más que un buen libro guarro. Ivy tenía un aire pícaro, con aquella cofia blanca y las medias negras de lana. Por desgracia, no se ha podido enfundar el uniforme de enfermera desde que estaba de cinco meses, y de eso ya hace tiempo.

¿Saben qué? Hace mucho frío para ser enero, aquí en Angel Lane. ¿Y saben? No he visto a muchos ángeles por el callejón en este par de meses, solo a un montón de polizontes, todos con una jeta como el culo de un autobús. Tampoco sé si reconocería a un ángel cuando lo viera… Mujeres en pelotas, así es como me imagino a los ángeles. Caray, no estaría mal tenerlas revoloteando alrededor al estirar la pata, ¿eh? ¿Todas desnudas? Así es como me gustaría irme de este mundo. Hay maneras muchísimo peores, créanme.

El fulano aquel que recogí en la taberna, a las afueras de St. Albans, seguía durmiendo como un tronco cuando vi el primer indicador a Hardingstone. Bill, creo que me dijo que se llamaba Bill. Aún estaba roncando mientras yo me debatía por un lado con el pánico de cómo pagar todas las facturas y mantener a mis esposas e hijos, y por el otro seguía pensando en aquel espantajo con cornamenta de reno que aparecía en la *Enciclopedia Pears*. No tengo ni idea de por qué. Ya digo, la mente puede ser de lo más curiosa a veces.

En medio de todo ese torbellino, de pronto se me ocurrió que debía tomar el desvío a Hardingstone cuando llegara. Lo que ocurrió después todavía me resulta confuso. He contado tantas historias que no sé cuáles son ciertas y cuáles me he inventado. ¿A ustedes les pasa alguna vez? ¿No?

Hice una declaración de todo lo sucedido ante los caballeros de la comisaría de Hammersmith, que me estaban esperando cuando llegué en el autocar de Cardiff, gracias a que el entrometido del señor Brownhill metió baza. A decir verdad, quedé como un auténtico memo cuando al bajar me topé con los tres agentes aguardándome. No me lo esperaba, supongo que debería habérmelo olido, pero no fue así. Me cogió tan desprevenido que dije lo primero que me vino a la cabeza. Dije que me alegraba de que todo hubiera acabado y les conté que no había pegado ojo en toda la noche. Dije que iba a entregarme en Scotland Yard sin pérdida de tiempo. Todo eso ya hubiera bastado, pero antes de poder contenerme seguí hablando y confesé que era responsable. No dije de qué, pero igualmente me miraron de una manera... Es para darme de cabeza contra la pared..., el embrollo en el que me he metido desde entonces.

No sé si se lo he dicho, pero hoy en el juicio intentaron liarme. Menos mal que soy inteligente y no he picado. Hay un dicho en Finchley: «Has de madrugar mucho para pillar a Alfie Rouse». El procurador, el señor Birkett, me estaba preguntando por qué había tardado casi dos días en dar parte a la policía de lo ocurrido, y al principio me desconcertó, aunque reaccioné enseguida.

—Bueno —dije—, tengo muy poca fe en los agentes que uno encuentra en una pequeña comisaría de pueblo, así que pensé ir directo a los de arriba. ¿Acaso no dije que iba camino a Scotland Yard cuando me detuvieron en Hammersmith?

Me di cuenta de que a Birkett no le gustó un pelo que escurriera el bulto, así que volvió a la carga.

—¿Ah, sí? ¿No se declaró también responsable? ¿Qué quiso decir con eso, señor mío? —me dijo. Como ellos hablan, ya saben.

En ese momento, me sentía bastante gallito, así que contesté rápido como un látigo.

—Bueno, desde el punto de vista de la policía, pensé que el dueño de un coche era responsable de cualquier cosa que sucediera en su vehículo. Corríjame si me equivoco.

Enarqué una ceja cuando hice este último comentario, el «Corríjame si me equivoco», para que el jurado y las chicas de la galería pudieran ver que estaba jugando con él, y me pareció que un par de ellas se reían con disimulo, a menos que fueran imaginaciones mías. Están de mi lado, se nota. En el jurado, la mayoría son mujeres, así que seguro que salgo bien parado. He cruzado miradas con una o dos de ellas, y veo a cuáles les hago tilín. Si me atengo a lo que he dicho, no habrá disgustos.

Cuando me recibieron al bajar del autocar en Hammersmith Bridge Road, me llevaron a la comisaría local, donde les conté como mejor pude lo que había ocurrido aquella madrugada del día seis. Dije que había recogido al tipo en la Gran Carretera del Norte, a las afueras de St. Albans, que era la verdad, y que cuando nos acercábamos a Hardingstone me pareció ver que metía mano al maletín de mi muestrario, que guardaba en el asiento trasero del coche, donde él se había sentado. Luego empecé a adormilarme frente al volante, y más tarde oí que el motor se ahogaba y tonteaba como si se estuviera quedando sin gasolina, así que decidí parar en un campo justo al lado de la carretera principal y me adentré un poco en el camino. Además necesitaba aliviarme, pues había sido un tirón largo desde St. Albans.

El tipo se despertó cuando paré en el campo y le dije que iba a refrescarme un poco. Le dije que, si quería echarme una mano, podía sacar la lata de gasolina del asiento trasero y llenar el depósito, porque parecía que no quedaba mucha. Levanté el capó y le enseñé dónde ponerla, y me preguntó si podía gorronearme un cigarrillo. Ya le había dado unos cuantos, así que le dije que no tenía más, y entonces me alejé del coche un trecho para poder aliviarme a mis anchas. Me había apartado bastante de la carretera y tenía los pantalones bajados cuando oí un

297

estruendo y vi el resplandor del fuego a mis espaldas. Me subí los pantalones y corrí hacia el coche, pero era demasiado tarde. Vi que el hombre estaba dentro, pero no pude hacer nada. El pobre idiota debía de haber encendido el cigarrillo sentado al lado de la lata de gasolina. Qué cosas hace la gente.

Vieron que llevaba mi maletín y preguntaron si había vuelto para sacarlo del coche en llamas, pero esa respuesta la tenía preparada. Como había visto al tipo echar mano al maletín y temía que me lo robara, me lo llevé cuando salí del vehículo. Les expliqué que me entró el pánico al ver el coche en llamas, como es natural, y corrí hacia la carretera donde aquellos dos gamberros me vieron atravesar el seto. Dije que desde entonces estaba desesperado y sin saber qué hacer, lo cual no era más que la pura verdad.

Luego vinieron a Hammersmith policías del condado de Northampton para hablar conmigo, y después me trajeron aquí, a Angel Lane. Pregunté si podía ver a Lillian, y cuando me dijeron que un poco más adelante podría, me avergüenza confesar que me dejé llevar por los sentimientos, supongo que por el cansancio, y les conté qué gran mujer era Lily y que era demasiado buena conmigo y que me cuidaba entre algodones y demás. Mencioné que no quería sentarse en mis rodillas, pero aparte de esa pega era todo lo que un hombre podía desear.

Si me hubiera quedado ahí, me habría ido bien, pero estaba con ganas de fanfarronear y ansioso por impresionarlos, así que me fui de la lengua contándoles que tenía muchas amigas por la región y que mi harén me obligaba a viajar mucho, así que apenas paraba por casa. De alguna manera, eso salió en los periódicos, aunque como ya he señalado, creo que jugará más a mi favor que en mi contra, a pesar de lo que piense el señor Finnemore. Es solo un abogado. No tiene la menor idea de mujeres.

Aquel pobre tipo, aún puedo verlo cuando nos detuvimos en aquel campo, sentado en el asiento de atrás, dormido como un tronco. Yo solo podía pensar en facturas y bebés y en que el mundo se me venía encima. Me bajé del coche con todo el sigilo que pude y abrí el maletero, para ver si podía encontrar la maza que llevaba ahí desde que Lil y yo fuimos a Devon de campamento, hacía varios años. Supongo que la llevaba por si las moscas: cuando pasas tanto tiempo como yo en la carretera, puedes encontrarte con gente rara. Supongo que mientras rebuscaba ahí atrás, debí de hacer un poco de ruido, y probablemente eso lo despertó.

La cuestión es que de pronto oigo que la puerta de atrás se abre y el tipo sale. Me asomo por un lado desde el maletero abierto y ahí lo veo, dándome la espalda, intentando desabrocharse los pantalones, y al parecer dispuesto a hacer aguas menores en el neumático de mi coche. Pensé en Lil y en el crío en Finchley, en cómo se lo tomarían cuando vendiera la casa y los muebles, y en Nellie, ahora con otro bebé que alimentar, y en Ivy y el maldito Kingston-on-Thames, y en que mi vida era una pesadilla, peor que cualquier imagen delirante sacada de un libro. Ojalá hubiera sido un libro, porque entonces habría podido cerrarlo de golpe y dejar de pensar en ello. Mientras estas cosas me daban en la cabeza, debí de dar por fin con la maza.

De hecho, son bien bonitos los campos a las afueras de Hardingstone. Apenas pude verlos aquella noche, con la oscuridad, pero por las fotografías del *Sketch* parecían prados de verdad, como los que había alrededor de Londres cuando nuestro padre era niño. Un poco silvestres y con pastos crecidos en los márgenes, no como esos parques de ahora. En los parques todo son setos, formas y arriates de flores. No hay aventura, y creo que son afeminados. Caray, un chaval lo que quiere es arrastrarse por los matorrales como un indígena o encontrar una pequeña guarida o algo entre el carrizo donde sentarse un rato a su aire y no salir de ahí hasta que vienen a llamarlo.

299

Se dio la vuelta justo cuando yo descargaba la maza, así que en lugar de atizarle en la nuca como pretendía, lo alcancé en la sien: se desplomó hacia un lado como una vaca en el matadero. Cayó encima del Morris y resbaló hasta quedar de bruces en la hierba. Hizo un ruido, un único estertor amorrado en el barro, pero no se movió. Estuve allí mirándolo no sé cuánto tiempo, jadeando como cuando acabas de echar un polvo. No había pensado realmente en lo que iba a hacer, hasta ese momento. Quiero decir que la idea ni siquiera se me había ocurrido antes de que llegáramos a Towcester. Lo miré, allí tieso bajo el débil resplandor que salía de mi coche, de la luz del techo, y supe que más me valía pensar en algo rápido.

Debo decir que como vendedor, o viajante de comercio, como prefiero llamarme, juego con mucha ventaja en eso de improvisar. Mi ramo exige a un hombre habituado a pensar sobre la marcha. Les daré un ejemplo. Hay una empresa en el norte que visito una vez por trimestre, donde hace años que conozco al cliente, un vejete simpático con debilidad por las mujeres jóvenes y que tiene dinero de sobra para su colección de amiguitas. Con los años, le he dado jabón obsequiándolo de vez en cuando con algunos de los ligueros más subidos de tono, de esos con muchos volantes, para que se los pueda regalar a su damisela favorita. Bueno, la cuestión es que un día entré en su despacho con un puñado de los ligueros más descarados que ustedes hayan visto, como si hubiera desvalijado un burdel.

Lo que yo no sabía es que al vejete lo habían despedido un mes después de nuestro último encuentro por meter mano en la caja, y en su lugar estaba esa vieja bruja con cara de vinagre y de capa caída, con unas tetas como dos cerdos en una hamaca. Al verla me quedé de piedra, y luego miré las prendas de lencería que llevaba en la mano. Rápido como un rayo, reaccioné. Mirándola a los ojos, con gestos efusivos, tiré diez chelines de los mejores ligueros a la papelera del despacho, entre sobres rasgados y demás. Me miró como si me hubiera vuelto loco.

—Discúlpeme, señora —le dije con mi mejor voz—. Al saber que ahora una dama estaba a cargo de este departamento, había pensado congraciarme con ella ofreciéndole unas prendas que realzaran su atractivo, pero ahora veo que no hace ninguna falta.

Habría podido añadir que veía que eso era completamente imposible, pero mantuve la cortesía y la jugada me salió redonda. Desde entonces ha sido una de mis mejores clientas. Con esto pretendía explicar que la inventiva para un viajante de comercio es casi el aire que respira.

Me agaché y lo agarré por la barriga para levantarlo, e intenté arrastrarlo hacia el morro del coche. Verán, al principio mi idea era colocarlo en el asiento del conductor. Como no se me ocurrió intentar meterlo con el volante en medio, lo acarreé dando toda la vuelta por delante del coche hasta la otra puerta, de manera que tuve que pasearlo por delante de los faros, aún encendidos. Dios mío, daba miedo, así arrastrado a través de los haces de luz. A esas alturas le salía sangre de una oreja; por lo que se veía, le había machacado el pómulo con la maza. Seré sincero con ustedes: de verdad creí que estaba muerto.

Pensarán que debería poder distinguir a un vivo de un muerto, pero los jóvenes ven las cosas de otra manera, no es lo mismo cuando has combatido en una guerra. Es un terreno resbaladizo, en mi opinión, la distinción entre la vida y la muerte. Ves a un muchacho con la cara hundida en el barro y solo medio brazo, y sí, puede que esté vivo, pero al cabo de una o dos horas estará muerto, así que la verdad, ¿para qué molestarse? Quizá suene duro, pero uno se acostumbra, como a tantas otras cosas. Fui un héroe de guerra, vaya si lo fui. Me llevé una medalla, así como una cicatriz cerca de la coronilla. ¿Se la he enseñado?

Tuve que dejar al tipo en el suelo para meterme un poco en el coche y abrir la puerta del copiloto, que como norma siempre llevo cerrada con el seguro, por miedo a los ladrones. Después volví al otro lado y lo levanté de nuevo hasta que lo puse boca abajo en el asiento delantero, aunque parecía un monigote, con una pierna espachurrada bajo su peso. Me acordé de sacar el maletín del muestrario, junto al asiento del conductor. Dentro estaba el catálogo, ¿saben? No quería que Monica acabara mal.

A continuación tanteé en el asiento de atrás hasta dar con la lata de gasolina que siempre llevo y empecé a rociar el interior del coche, empapando bien el bulto que había delante. En esas estaba, preguntándome qué había sido de la maza, pues no recordaba dónde la había dejado, cuando de pronto el tipo hizo un ruido. Parecía murmurar algo, pero en una lengua que yo no había oído nunca. Se me puso la piel de gallina, créanme. Cerré todas las puertas, dejando un reguero de gasolina desde el coche, y entonces se me ocurrió remover un poco debajo del capó para aflojar la junta y quitar la tapa del carburador. Sé de coches, ya ven, por mi trabajo. Fue un toque ingenioso, para que pareciera un accidente.

Busqué un poco más por allí, pero no encontré la maza, así que volví donde había dejado la lata de gasolina para señalar el final de mi recorrido, y encendí una cerilla. Las llamas corrieron por la hierba como una hilera de hormigas, y luego se oyó un ruido, como un gran suspiro, y se propagaron por el coche. Mi pequeño Morris Minor.

Más o menos fue entonces cuando el pobre desgraciado se despertó y empezó a chillar y a retorcerse hasta que consiguió abrir la puerta del coche de una patada, pero a esas alturas, como he dicho antes, ya la había espichado. Les diré qué fue lo peor: le asomaba una pierna del coche, y me quedé allí mirando no sé cuánto tiempo mientras se calcinaba. Al final se desprendió y quedó allí tirada, en la hierba. De verdad que nunca he visto nada igual.

En la más estricta confianza, les diré que el detalle que a todo el mundo le parece más inteligente de la operación fue algo en lo que yo ni siquiera había caído hasta que la hazaña estuvo consumada. Según la prensa, creen que actué la Noche de Guy Fawkes para que el fuego no llamara la atención, y debo reconocer que es muy astuto. Ojalá se me hubiera ocurrido antes de actuar. La verdad es que fue justo entonces cuando se me ocurrió la idea, aquella noche, en medio de aquel campo. Me asaltó como un relámpago, de buenas a primeras. Así ocurre a veces, supongo. Mientras contemplaba las llamas, pensé que era la Noche de las Hogueras. Pensé: «Vaya, que ni pintado».

Al cabo de un buen rato, cuando me lloraban los ojos por el humo, se me ocurrió que valía más ir tirando. Crucé los campos hasta un hueco en los setos que desembocaban en Hardingstone Lane. Quiso la suerte que, justo cuando salía al sendero, me topara de frente con aquellos dos tipos, que parecían bien mamados y supongo que volvían a casa de alguna jarana en el ateneo local. «Salon de Danse», creo que lo llaman. Al acercarme, me di cuenta de que los dos podían ver el coche ardiendo en medio del campo, y me parece que los oí mencionarlo.

Creí que lo mejor era echarle cara y marcarme un farol, así que dije: «Parece que alguien ha hecho una buena hoguera», o algo por el estilo, ahora que me había venido la idea de Guy Fawkes. Los dos me miraron sin decir nada, así que apreté el paso hacia la carretera principal.

Era una noche clara. Fría de cojones. La luna había salido y resplandecía muy brillante sobre la cruz de la reina muerta que hay junto a la carretera de Londres. En el aire se respiraba emoción, miedo, el olor del humo y la pólvora como en una guerra. Me picaba la cicatriz, así que me quedé ahí rascándome la cabeza como un chiflado. En una mano llevaba un maletín de prendas íntimas, y en la otra, una caja de cerillas England's Glory. Era otro hombre, con toda la vida por delante, y estaba muerto de miedo pero exultante.

No saben las ganas que tengo de salir de aquí. Voy a celebrarlo a lo grande. Voy a llenar el mundo de criaturas, canciones y lencería preciosa. Le regalaré a mi Lily un sombrero nuevo y me acostaré con chicas feas por compasión. No soy un mal tipo, en el fondo, y creo que el jurado lo sabe. Oh, un pícaro a veces, desde luego, vivo como pocos y no tengo un pelo de tonto, pero soy un tipo de carácter, un hombre con un corazón romántico que a veces le trae problemas. Los observo desde el banquillo y, por cómo me miran, sé que ya he metido un pie en su puerta. Mi instinto me lo dice. Siempre se nota cuando dudan, ¿saben?

Se lo están tragando.

303

La salida de incendios de Phipps

1995 d. C.

*S*e lo están tragando.

Las últimas palabras del capítulo anterior, escritas en luz gris, permanecen en el escenario oscuro del monitor, debajo del menú de Ayuda que aparece en el arco del proscenio. El cursor parpadea, un aplauso visible y lento en la platea negra, desierta.

El acto final: se acabaron los simulacros. Se acabaron las voces impostadas o los trajes de época. Habrá que barrer las pelucas y los pellizos y las casacas que hay por el suelo. Máscaras ya retiradas y rostros descascarillados por la muerte, se han devuelto a utilería y cuelgan de nuevo en sus ganchos. La calavera de Frances Tresham, comida por las larvas, cuelga junto a la careta en cera de John Clare, de frente abombada y mandíbula robusta. Un molde de Nelly Shaw, los labios en una mueca de espanto por la agonía de la hoguera, choca con el moflete de cartón piedra de Alfie Rouse, un beso imprevisto.

Sobre las tablas, aunque el escenario es el mismo, el decorado ha cambiado ligeramente. Algunos de los edificios del telón de fondo que recrea los años treinta se han borrado y se han añadido algunos nuevos; la silueta de Caligari se perfila contra el cielo plomizo de noviembre. Es 1995. Las luces se atenúan. Las butacas vacías aguardan el monólogo final.

Apártate ahora de la pantalla, del texto, del cursor y de su hipnótico pulso de ritmo trance. Toma conciencia del escozor de los ojos, del escritorio desbordante. El cenicero hueco en forma de rana bostezando, una burda cascada de colillas y ceniza acre mana de su garganta de porcelana. El dedo índice de la mano derecha, suspendido sobre las teclas. El autor teclea las palabras «el autor teclea las palabras».

Ponte de pie y siente la energía que inunda la habitación, una corriente que refluye a través del tiempo desde todas esas lecturas futuras, toda esa otra gente y los diversos grados de abstracción, su conciencia medio sumergida en el texto y medio desvinculada del momento, de la continuidad, y por eso accesible. Respira hondo y absórbela, sintiendo el ardor y la energía vibrante. Todo parece exacto y poderoso. Todo está ocurriendo como debe ser.

Alrededor, los libros de consulta relacionados con la ciudad se amontonan en torres; devienen una reproducción a pequeña escala de la propia ciudad. Está *Witchcraft in Northamptonshire - Six rare and curious tracts dating from 1612*, y la antología poética de John Clare. Los coritanos, los cruzados, las crónicas de asesinatos y las vidas de santos en una topografía de la historia solidificada, acantilados de palabras de unos cuarenta siglos de profundidad que deben surcarse para alcanzar la puerta, las escaleras que hay más allá, sin moqueta y atronadoras. Bájalas como una avalancha sobremedicada hacia la sala de estar; el televisor y los sillones.

La historia es un ardor, opresivo y sofocante. Déjate caer en el precario diván, una reliquia de familia, e intenta localizar el mando a distancia solo por el tacto, palpando entre el hielo perpetuo de revistas y tazas vacías que ocultan la alfombra, por su propio bien. Sería mucho más sencillo mirar, desde luego, pero más deprimente. Los dedos agarran el aparato, una tableta de chocolate y frutos secos tal como la imaginaría una forma de vida basada en la silicona, y encontrar el botón necesario. Un latigazo vago en dirección sur enciende las noticias de Channel Four. La historia es un ardor. Zeinab Badawi cada noche sostiene en alto el crisol renegrido para que lo examinemos.

La conferencia del alto al fuego en los Balcanes cortada en bocados de siete segundos por una cámara maternal y solícita, para evitar que nos atragantemos. Representantes de ambos bandos aparecen con cara de circunstancias, deslumbrados por los flashes. Matones de patio de colegio obligados a disculparse

305

delante de la clase y darse un apretón de manos con un rencor en los ojos y en la voz que anuncia un ajuste de cuentas a la salida. No hablemos más de campos de violación o limpieza étnica. Volved a vuestros pupitres.

Se espera que las próximas visitas del presidente Clinton a Irlanda del Norte centren la atención en un proceso de paz que rápidamente se está convirtiendo en un proceso de embalsamamiento. Clinton, discípulo de Kennedy en términos de pelo y mamadas, ha anunciado que no vendrá a Irlanda simplemente a encender las luces de Navidad, aunque si para entonces el Congreso ha cortado los teléfonos y la luz en la Casa Blanca, quizá se lo piense mejor. Dos familias de Clinton irlandeses, una de cada lado de la frontera, compiten por el honor de contar en su árbol genealógico con la sangre presidencial, pero con suerte no habrá un estallido de violencia sectaria.

Un análisis de los presupuestos, que se dieron a conocer anoche, concluye que el efecto más probable de esta coyuntura es que al diez por ciento de los más ricos les irá mejor, mientras que a los más pobres les irá mejor estando muertos. El Gobierno de Nigeria ha linchado a Ken Saro-Wiwa por protestar contra la sodomía medioambiental infligida en una tierra traumatizada por el aventurerismo de las petroquímicas; bombardeada por la Shell. Blancura momentánea bajo las lagunas de Mururoa.

Viejos ejemplares del *Mercury & Herald* local del siglo XVII enumeran muertes entonces recientes en el condado de Northampton por causas que hace mucho se dan por imposibles: luces que se elevan en el cielo, las púrpuras. Aquí aparece un hombre «tocado por los astros». Con la boca abierta frente al aura catódica de este Armagedón fotogénico, la frase parece llegar tarde para una reposición. El embate de esta imaginería alucinante erosiona sin tregua nuestros paisajes interiores, un bombardeo de saturación sobre la mente. El lenguaje del mundo, que nos abruma. No transmite nada, salvo un sentido subyacente de paisaje en su mayor grado de inestabilidad, tan maleable como la sudorosa gelignita. La historia es un ardor, un fuego lento donde el planeta está justo ahora en el punto de ebullición, nuestra cultura pasando de un estado fluido a uno vaporoso entre los hervores violentos y caóticos de la fase de transición. Aquí, en el vaho que asciende, un proceso avanza hacia su punto crítico, interrumpido solo por una pausa para la publicidad.

Por asombroso que parezca, en medio de la lista de temblores, vertidos y extinciones globales modulados con hermosas cadencias, viene una inusitada mención a Northampton: los inquilinos de las viviendas de protección oficial de Pembroke Road cuyos jardines dan a las vías del ferrocarril intentan llamar la atención sobre un nuevo repunte de leucemia en la zona. Se alcanza a oír el chirrido espectral y el murmullo del mercancías nocturno en la otra punta de la ciudad cuando hay viento del oeste. El hermano Mike, que es más guapo, y a veces más divertido, pero francamente ni de lejos tan carismático, vive con su mujer y los chavales justo al lado de Pembroke Road. Quieren mudarse, pero enseñar la casa con trajes y cascos de protección química a los posibles compradores no les va a facilitar las cosas.

Hay que reconocer que toda la extensión de urbanizaciones desde Spencer a King's Heath tiene una apariencia posnuclear desde los sesenta. Apenas una década antes, King's Heath había ganado premios por su diseño, que se veía como el perfecto modelo para una Inglaterra futura que, por desgracia, se hizo realidad. En 1970 incluso la tienda de chucherías tenía persianas de acero, y los perros abandonados se unieron en aterradoras manadas de caza medievales. El antro nocturno parecía decorado por un escaparatista esquizofrénico que hubiera pisado el cine por última vez para ver *Barbarella*, o *Repulsión*, con maniquíes escuálidas que se asomaban anoréxicas y conmocionadas de la pared y la columna a un espectáculo de luces eméticas. Los jóvenes de King's Heath encienden las cerillas en los pezones de escayola, pasándose el paquete de diez cigarrillos Sovereign y bebiendo hasta la amnesia o la bronca bajo las luces giratorias color biriani de una rueda defectuosa de laca de uñas, para acabar en el trullo o con un bombo, según su sexo. La ciudad, a fuerza de asistir a su propia decadencia física, no se inmuta: tampoco es que esperara algo mejor.

Apaga la televisión, momentáneamente derrotado. Medio escondido por tres semanas de *New Scientist* sin leer y envol-

307

torios de galletas vacíos, hay un borrador del capítulo anterior. Aún no muy seguro de si la tienda de Bridge Street que le ofreció un empleo a Lily Rouse era una confitería, decidiendo al final dejarlo para que primaran los procesos narrativos sobre los procesos históricos, menos sustanciales. Lily se queda entre los tarros empañados por el azúcar, proclama la inocencia de su esposo con una lealtad estremecedora mientras pesa las perlas de colores. Lo sacan de la cárcel de Bedford, el segundo hogar de Bunyan, y va a la horca, liguero póstumo, con el nombre de Lillian en los labios, proeza no menor de la memoria si pensamos en todas las mujeres y coprogenitoras que podría haber invocado. Al fin y al cabo, Alfie, ¿qué es lo que queda?

Bunyan: el primero en sondear la tierra del espíritu y la imaginación que yace debajo del corazón de Inglaterra, trazando el mapa de su reino alegórico a partir de los viajes reales en suelo firme. Asimismo, parece que la intención de su obra era despertar la percepción de un paisaje visionario bajo de las calles y los campos subyugados; prender un sueño incendiario para que la materia tosca y pesada de los condados y los municipios arda con nueva relevancia, y se transforme. Septiembre de 1681 vio abolir por el conde de Peterborough un nuevo fuero para Northampton, y estas escenas se recogieron en *La Guerra Santa* de Bunyan al año siguiente, aunque situadas en la ciudad alegórica de Alma Humana. Bajo ese alias, el sentido del peso mítico y la trascendencia que encarnan el lugar y sus habitantes se realzan, se confirma la enorme e invisible centralidad de la ciudad.

Una gran ventaja que *El progreso del peregrino* posee como narración sobre la presente obra es su estructura, puesto que el peregrinaje avanza hasta culminar en la necesaria redención. Aquí, en cambio, no se llega a una conclusión tan redonda. El territorio es el mismo, pero no tenemos a un único peregrino, salvo acaso el autor o el lector, y solo un progreso incierto. A pesar de que la redención no queda excluida, a lo sumo sería una posibilidad remota. Hasta ahora apenas ha sido un tema relevante.

La clave es este capítulo final. Comprometido con un relato en presente y en primera persona, no parece haber más alternativa que una aparición personal, que a su vez exige un enfoque estrictamente documental: no bastaría con inventar sin más. Esto es un relato de ficción, no una mentira.

Claro que así la responsabilidad de acabar la novela tiende a recaer sobre la ciudad misma. Si todos sus temas, motivos y especulaciones han de llegar a una resolución, la encontrarán en sus propias carnes y ladrillos. La confianza en el proceso de la ficción, en la urdimbre oculta entre el texto y los sucesos, debe ser inquebrantable y absoluta. Este es el lugar mágico, delirante, en la brecha donde surge la chispa entre palabra y mundo. Todas las energías sutiles pasan por aquí en su camino hacia la forma. Dirigidas como es debido, ofrecerán los cierres que exige la narración: vendrán los terribles perros negros. Habrá hogueras y cabezas cercenadas, y se hablará la lengua de los ángeles. Una improbable armonía de incidente y artificio es precisa, y puede requerir algunas indagaciones. No hay más remedio que dar un paseo.

Fuera, la lluvia arrecia sobre la Salida de Incendios de Phipps, una interferencia ambarina constante a través del resplandor Lucozade de las farolas de sodio. Todo este barrio fue levantado por el cervecero e industrial Pickering Phipps hacia finales del siglo pasado, en un intento desesperado por alcanzar la salvación espiritual. Difícil, por lo que se ve.

309

Plantó una fundición en la colina de Hunsbury desde donde dominar la ciudad y arrasó los restos del poblado adyacente de la Edad del Hierro en busca de mena para construir el ferrocarril. La mayor parte del salario de sus empleados lo recuperaría en las barras de las tabernas de su propiedad la noche de los viernes, apenas les pagaba. Northampton tenía un montón de pubs en esa época. Podías empezar en lo alto de Bridge Street y, con solo media pinta de cerveza amarga en cada parada del camino, no llegar nunca al Plough Hotel del final, que a esas alturas se perdía ya en el infinito.

Phipps pensó que sus tugurios podían percibirse como una tentación en el sendero recto de los justos y que, si no miraba el asunto con buenos ojos, el Todopoderoso sin duda lo condenaría a las llamas. Su única opción, tal como lo veía él, era ganarse el favor del Creador construyendo un barrio que tuviera cuatro iglesias, pero ni una sola taberna. Dándole este modesto soborno a Dios, entendido como el máximo representante del municipio de Northampton, el cervecero creyó evitar así un infierno que le parecía más espantoso que el que había erigido en la colina de Hunsbury. Aunque, en los documentos oficiales, el lugar constaba como «Phippsville», la opinión pública pronto lo rebautizó como «la Salida de Incendios de Phipps», por donde pretendía escapar del fuego eterno. Hogar desde hace ya una década, en una casa u otra.

Parece existir cierta predilección local por expresar los contornos del mundo espiritual en términos de piedra y mortero, la materia en su forma más densa, más duradera. Phipps construye un laberinto seco y austero, y sus calles de casas adosadas devienen los peldaños de su ascensión al Paraíso. Simon de Senlis construye su iglesia redonda como un glifo templario para señalar el martirio y la resurrección. Thomas Tresham codifica la proscrita Santa Trinidad en su lunático pabellón de tres caras. Esos testamentos de ladrillo son recios párrafos escritos sobre el mundo mismo, y por tanto solo legibles para Dios. El resto de nosotros, que no edificamos, expresamos los secretos arcanos del alma en caligrafías más efímeras, más inmediatas a nuestro instante humano: derrochando conjuros o palabrería de viajante. La carta delatora. Prosa o violencia.

Escrutando la oscuridad entre la llovizna, gira desde Cedar Road a Collingwood, el aguacero ahora un chispeo constante de platino mate sobre las losas irregulares del pavimento. Pasa de largo las hileras de pequeñas tiendas dudosas, con una sucursal de correos tantas veces asaltada que se ha establecido un culto de seguidores entre la audiencia de *Crimewatch*, en su mayoría criminales que la sintonizan para ponerse al día de las noticias y los chismes del gremio. Más adelante, pasa las largas bocacalles oscuras como gaznates, los charcos temblorosos en las alcantarillas y los badenes de adoquines centenarios, el musgo iridiscente entre las piedras grises gastadas. Aquí ha habido violaciones y colegiales estrangulados, por más que estos miserables y patéticos corredores ni siquiera merezcan un paseo en la guía local. Nuestros verdaderos callejeros, y los más precisos, son los que hay trazados solo en la memoria y la imaginación.

Un giro a la derecha, por Abington Avenue, el frío azote del viento cruzado y las ráfagas de lluvia. Al otro lado de la calle se alza la iglesia de la Reforma Unida, uno de los cuatro pilares que sostienen el golpe que Phipps dio a ciegas hacia la redención. Francis Crick venía aquí a catequesis allá por la década de los veinte, y tanto debieron de impresionarlo las historias de la Biblia sobre los siete días de la Creación que llegó a descubrir el ADN. El doble flujo helicoidal del intercambio humano se enrosca en espiral alrededor del edificio, recientemente remodelado: peleas a la hora del cierre y copulaciones. Amor y nacimiento y asesinato en su torbellino habitual.

Kettering Road y los emporios de chatarra estancada que han recogido los afluentes de la ciudad, donde viejos relojes de pared y máscaras antigás flotan como algas. El Palacio de Combate Láser abandonado y con las ventanas enjabonadas, donde el futuro cerró pronto por falta de entusiasmo local. Más abajo, varado entre el tráfico de Abington Square en el borde del casco antiguo, se erige la estatua de Charles Bradlaugh, el dedo en alto apuntando con decisión al oeste, hacia los campos más allá de los suburbios, ayudando a los domingueros que van de compras y han olvidado cómo llegar al Toys'R'Us.

Charles Bradlaugh fue el primer parlamentario laborista de Northampton y el primer ateo al que permitieron entrar en Westminster, aunque no sin polémica. La noche en que se decidió su admisión en la Cámara de los Comunes, hubo una manifestación en Market Square a la que enviaron a los antidisturbios para administrar el azote de un gobierno firme. Nunca ajeno a la controversia, Bradlaugh cumplió condena con la teósofa y agitadora incendiaria Annie Besant por la distribución de una «publicación obscena», pues la información sobre los anticonceptivos se solía considerar inapropiada para las señoras casadas o las sirvientas. Entre los políticos locales tiene poca competencia, salvo quizá Spencer Perceval, primer ministro británico, único por haber sido, en primer lugar, del condado de Northampton, y, en segundo, por haber muerto asesinado. Bradlaugh preside la loma cubierta de césped y señala acusadoramente Abington Street, la avenida de las tiendas, en los últimos coletazos del siglo XX.

Abington Street, peatonalizada hace unos años, tiene cestos de flores balanceándose en las horcas de las farolas, facsímiles con efecto Dickens, mientras una estética subportuaria londinense invade gradualmente las fachadas. Es como si cuando la democracia y la revolución llegaron por fin a Trumpton, el antiguo régimen corrupto del alcalde y del Consejo Municipal se hubieran aerotransportado con ayuda de la CIA y reasentado aquí, para imponer brutalmente los valores de su ciudad de juguete en esta vía pública, antes seductora.

Cincuenta años atrás, esto era el «corre que te pillo», el chacra sexual de la ciudad, donde las chicas risueñas de las fábricas chillaban y se tambaleaban en medio de los envites bienintencionados de la testosterona del barrio. Ahora, en 1995, la alegre picardía ha cuajado en malicia y frecuentes palizas, una violencia que se manifiesta en la propia arquitectura de la calle e inevitablemente acaba calando hasta encontrar su vía de escape a escala humana. Primero demolieron el suntuoso y exhuberante New Theatre, en 1959. Ecos lejanos de George Robey, Gracie Fields y Anna Neagle languidecen entre los tristes escombros. Después fue el turno de Notre Dame, un colegio de monjas de ladrillo rojo, durante noventa años receptáculo gótico de los anhelos de los chicos, y por último el pasaje *art déco* de la Sociedad Cooperativa: una hermosa reliquia amarilleante con un vago aire egipcio y una rampa central que parecía diseñada para hacer rodar la última piedra que emparedaría vivos a aquellos esclavos sorprendidos husmeando en el Centro de Asistencia Social.

Aquí, desenmascarado, un proceso que distingue este lugar tal como se encarnó en la era industrial. Los únicos rasgos permanentes en las colecciones fotográficas de interés local son los montones de ladrillo; el perfil de las grúas en el cielo. Como un Saturno que va picoteando hasta quedarse sin jóvenes, la ciudad se devora a sí misma. Toda la grandiosidad de otros tiempos, la hicimos pedazos. Nuestros castillos, nuestros emporios, nuestras brujas y nuestros gloriosos poetas. Destruidos, condenados a la hoguera o al puto manicomio. Por el amor de Dios.

Al final de la calle, la plaza del Mercado fantasmal y desierta se abre a la derecha, mientras que a la izquierda se alza imponente la vetusta mole patricia de Todos los Santos, apenas iluminada. Una hilera de taxis negros se cobija junto al flanco de la iglesia, agazapados bajo la lluvia y relucientes, como cuervos. Los escaparates de las tiendas al otro lado, en Mercer's Row, invitan a otra lectura de la ciudad: solo las plantas bajas se han modernizado, como si el momento actual fuese una calima de sucesos tumultuosos que acabara a quince pies sobre el nivel de la calle, dejando los pisos más altos en arriendo a siglos anteriores. Subid las escaleras de la carnicería de Sergeants, y el Geisha Café seguirá abierto, con camareras espectrales deslizándose entre las mesas murmurantes, vacías, llevando sándwiches, triangulares y sublimes. Bram Stoker compartiendo té para dos con Errol Flyn en el intermedio de las matinés del Teatro de Repertorio.

Chapotea entre los charcos rodeando el frontispicio de Todos los Santos, con su pórtico protector. Aquí está la placa dedicada a la memoria de John Bailles, un fabricante de botones de los siglos XVI, XVII y XVIII, el mejor intento del condado hasta la fecha por encarnar una inmortalidad sólida, eficiente. Ciento treinta años: mucho tiempo para dedicarse a hacer botones. Solo las cremalleras y el velcro lo mataron.

La iglesia mira con impávido desdén anglicano la angosta brecha de Gold Street; el pétreo resentimiento protestante se dirige a cualquier sombra semítica que perdure en esta antigua guarida de prestamistas. En el siglo XIII fue de aquí de donde se llevaron a los judíos y los lapidaron, acusados de sacrificar a recién nacidos cristianos durante arcanos ritos cabalísticos. Ese fue uno de los primeros incidentes violentos de antisemitismo europeo que se reconocieron como tales, la ciudad tan entusiasta y precoz en sus pogromos como reticente a abandonar la quema de brujas.

Durante la Segunda Guerra Mundial, un bombardero se estrelló donde empieza la calle, un gran ángel de hojalata con el pecho agujereado caído desde el Juicio Final. Fue atraído inexorablemente por rayos abductores de magia empática que emanaban del antro clandestino que había en el sótano de la panadería Adam's, detrás de la iglesia, un maravilloso espacio olvidado que se diseñó para reproducir la forma y los asientos de un avión enterrado. Zumbido imaginario de motores sobre las estelas frías de la piedra, los estratocúmulos de arcilla, como reclamos afines, arrastrando al bombardero que los sobrevolaba a una inevitable y extasiada caída en picado. Un ciclista

313

solitario con el brazo roto después, a quien el impacto tiró del sillín; por lo demás, no hubo víctimas. Estas calles muestran de nuevo su sorprendente y caprichosa piedad. Uno por uno, los parroquianos salen en fila por la Casa de Gales desde la plaza del mercado en llamas. El ciclista se levanta aturdido y magullado del siniestro, y mira perplejo a Jane Russell, pintada con un mohín en los restos del fuselaje.

Desde Gold Street, por el doble carril de Horsemarket, ahora con más caballos de potencia en estampida que nunca, donde un giro a la izquierda conduciría hacia la fábrica de cerveza Calsberg, un horror al puro estilo Fritz Lang. Fue en la sede central de Copenhague donde el físico Niels Bohr formuló por primera vez el axioma de que todas nuestras observaciones del universo solo pueden considerarse, en última instancia, observaciones de nosotros mismos y de nuestros propios procesos. Una idea inquietante, difícil de achacar a unas cervezas de más, y tan válida en relación con las observaciones de una ciudad como con las del cosmos o los fenómenos cuánticos ocultos.

Cruza Horsemarket hasta Marefair, dejando el implacable mausoleo de la Central de Control de Crédito Barclaycard a nuestra derecha. Con cara de póquer, su mirada velada por ventanales oscuros opacos no delata nada. Northampton, antaño capital del comercio de botas y zapatos, que se cebó durante la guerra y vio en la larga y desesperada travesía de John Clare la ocasión para vender otro par más, es ahora la sede de Barclaycard y Calsberg, iconos perfectos de los años de la Thatcher para reflejar nuestras nuevas líneas de exportación: el gamberrismo cervecero y las víctimas del crédito. Allá vamos, allá vamos. Allá vamos.

Al otro lado de la calle están las oficinas municipales donde según se dice Cromwell durmió y soñó la noche de 1645, antes de cabalgar a Naseby y asistir en el truculento parto de nalgas de nuestra actual democracia parlamentaria, cuya forma adulta sigue visiblemente deforme y traumatizada por ese atroz alumbramiento. Después hicieron marchar a los reos monárquicos desde Ecton y los hacinaron en un redil junto al Globe Inn a pasar la noche antes de marchar hasta Londres, a la espera de juicio, cárcel o ejecución. Muchos de los heridos murieron allí, en el campo cercado tras la posada. Un siglo más tarde, William Hogarth, cliente asiduo, se ofreció a diseñar y pintar un nuevo rótulo para el Globe, en el que cambió el nombre por World's End, con la correspondiente ilustración de un planeta estallando en llamas. Los rótulos de las tabernas del condado son una baraja secreta del tarot, y esta es la carta más funesta, el motivo local del fuego reivindicado en su faceta definitiva y aterradora.

Más adelante, la iglesia de San Pedro se alza bañada de luz, dorada bajo las últimas ráfagas de lluvia, un edificio sajón reconstruido tras la conquista normanda. Aquí se celebró el funeral del tío Chick, un tipo largo en más de un sentido: el contrabandista de la familia, perdió una pierna ya de mayor, pero no su humor de cascarrabias empedernido ni su mirada pícara de sapo divino con diamantes en la frente. El párroco lo elogió como un hombre honesto, respetuoso de la ley, decente en todos los sentidos. Papá y la tía Lou no dejaban de mirarse asombrados durante la misa, sin tener ni idea de quién demonios hablaba.

Aquí, también, la visión del joven medio lelo y la pordiosera tullida junto al portal. Los huesos de Ragener, exhumados bajo una luz sobrenatural. Los hermanos santos, Ragener y Edmund; sus remotas tumbas de noviembre y sus respectivos milagros.

Encontraron la cabeza de Edmund custodiada por un perro negro feroz que no dejaba acercarse a nadie. Las encías rosadas fruncidas, levantadas en torno a los dientes amarillentos; el santo asesinado con la mirada turbia, la boca llena de hojas muertas, su pelo enjambrado de hormigas: estos son los iconos de una heráldica local secreta, los palos crípticos que marcan la baraja de Northampton: llamas, iglesias, cabezas y perros.

Baja por Black Lion Hill, aún en la senda sugerida por el dedo de Charles Bradlaugh, hasta el cruce y el puente que hay más allá, el antiguo corazón de la comunidad, donde empezó todo. Según el folclore local, criaturas espectrales que a veces se representan como potros y otras como grandes canes, suelen aparecerse en los cruces de caminos o en los puentes de los ríos, los lugares donde más ralea el tejido que separa nuestro mundo del que hay oculto debajo. La ciudad, por supuesto, ha

315

cristalizado alrededor de estos mismos elementos, y en consecuencia no recibe más de lo que merece.

Desde aquí, St Peter's Way traza una curva hacia el sur, y hacia el norte se extiende St Andrew's Road, domicilio de la infancia y límite occidental del arrabal, el barrio más viejo y extraño de esta localidad, que nació donde el camino neolítico de la Senda Jurásica que iba desde Glastonbury hasta Lincoln cruzaba el río Nene. El castillo de Simon de Senlis se alzó aquí una vez junto al puente, donde Thomas Becket fue juzgado y condenado; el propio castillo corrió una suerte parecida no mucho después. Ahora aquí está Castle Station, donde la antigua poterna es el único vestigio de la estructura original, como la oreja de un muerto que el asesino guardara de recuerdo.

En la esquina está el Railway Club, destino de esta noche. Desde la muerte de mamá hace cuatro meses, se ha convertido en el lugar de encuentro para una reunión semanal con el hermano; punto de contacto, ahora que la mesa de la comida del domingo ha dejado de serlo. Al otro lado de la puerta de doble hoja por la que se accede desde la calle hay un salón amplio, de techo bajo, iluminado como una sala de neurocirugía. Una tarima al fondo, donde a veces se instala un tipo con el bombo del bingo, imbuido del halo de misterio y la autoridad de su profesión, mientras el público escucha casi sin respirar cada sílaba que pronuncia como si oyeran a un profeta, un numerólogo.

Aparte de los niños, es raro descubrir aquí a nadie que tenga menos de cincuenta años. La atmósfera está cargada, y de pronto se ilumina con la descarga estática de una risa curtida. Reina un clima estable, plácido y familiar. Esta es gente que siempre ha estado aquí, junto al castillo desvanecido, junto al puente. Las palabras han cambiado, pero no la voz, ni tampoco la mayor parte de sus quejas.

El hermano ya está aquí, en la mesa de costumbre con su hijo Jake, de seis años, que a veces parece poseído por una paz absoluta, y otras, poseído a secas. Se piden las bebidas, y la conversación, cómoda como unos zapatos viejos, vira hacia las novedades de la semana. Mike, después de cinco años, ha descubierto dónde acabaron las cenizas de papá; dónde irán ahora las de mamá. No es que nadie las haya estado buscando todo este tiempo, por descontado. Solo que en el crematorio nadie parecía tener la menor idea de cómo encontrar la Rosaleda B; llegó a decirse, aunque por error, que la Rosaleda B no existía. Eso había dado pie a una serie de sospechas inquietantes: Soylent Verde se hace con restos humanos. Por suerte, el asunto quedó aclarado y la placa paterna apareció casi al azar entre los senderos de rosas, hileras de hombres y mujeres prodigiosamente transformados en pétalos, aromas y espinas.

Tras concluir su relato, el hermano toma un trago y se limpia la espuma de las antípodas del labio superior antes de hablar de nuevo.

—¿Y tú qué has estado haciendo?

—De lleno con el libro.

—Te refieres al libro de Northampton, ¿no?

Gesto de asentimiento, seguido de una somera descripción del proyecto, antes de que se impongan los imperativos profesionales y empiece la inevitable criba en busca de material; extraer a tajo abierto una palabra en cada conversación, escamotear un dato o una frase. Mike se ve sometido a una letanía cansina de ropavejero: ¿cuántos años tiene ahora el Railway Club? ¿Quién lo construyó? ¿Alguna anécdota? ¿Algún asesinato de antaño, viejas glorias, chatarra de cualquier clase? Con un ojo puesto en su hijo mayor, que está al otro lado del bar organizando a otros niños en escuadrones de Power Rangers, reflexiona.

—El tío Chick una vez se llevó una caja de cerveza de la trastienda, que da a Andrew's Road. La arrastró por St Peter's Way hasta casa de la nana, en lo alto de Green Street. Era la noche de Navidad. Todo nevado. Si no hubiera ido tan borracho, lo habría pensado mejor. Los polizontes solo tuvieron que seguir las huellas hasta la puerta de su casa. Fue la única vez que la ley fue a buscar a Chick a Green Street. Desde entonces fue con más cuidado.

La mención de Green Street detona una cadena de asociaciones. Hogar de la abuela paterna, la nana, la casa olía a humedad y vejez y a manzanas marchitas. La familia de mamá también empezó ahí, antes de que el Ayuntamiento los trasladara a Andrew's Road. La cuesta verde que baja por detrás de la iglesia de San Pedro hacia las casas adosadas que se amontonan

317

al fondo, una barricada contra la industria y el asfalto que se extendían más allá. Todas las casas ya han desaparecido. No hay nada en pie que separe la parcela de césped desangelada y menguante de los bloques de oficinas que silenciosa y educadamente se ciernen cada vez más cerca, carroñeros haciendo gala de sus mejores modales.

Hace treinta años, Jeremy Seabrook escribió su influyente tratado sobre la pobreza en Gran Bretaña, titulado *The Unprivileged*, que atinadamente se centró solo en una articulación de lo que era Green Street y lo que significaba: la suma de vidas, incidentes y carencias. Green Street se convirtió en el emblema de una clase desposeída; en un apasionado alegato de que tanto la calle como la gente debían ser rehabilitadas. La respuesta, en ambos casos, fue la demolición.

Sería poco menos que imposible formular siquiera ese alegato hoy en día, los emblemas y los arquetipos han quedado reducidos hace mucho al cliché y la parodia. ¿Cómo vamos a hablar, sin que se nos escape la risa, de la ramera del pueblo que se levantó a un cliente para que la nana pudiera comprar pastillas para el caldo de los niños? Cuentos lacrimógenos de Northampton, todas las furcias con buen corazón y aquello de «éramos tan pobres que el raquitismo era un lujo». Y, aun así, una chica cuyo nombre no ha pasado a la historia, dejaba que un desconocido se la tirara en un callejón por los niños de su vecina… ¿Cómo es que ya no tenemos un lenguaje para contener esas cosas?

De vuelta en el Railway Club, la conversación adopta un patrón de espera que orbita en torno a la masa jupiterina del tío Chick, una gravedad que la falta de sustancia corpórea no ha menoscabado. Mike recuerda la primera vez que fue a tomar algo con Chick después de que le amputaran la pierna. Habían ido con papá y el tío Gord a Silver Cornet, y pararon en el camino de vuelta a comprar el periódico dominical en el quiosco. Mike se quedó en el coche con Chick, preguntándose apurado cómo abordar la cuestión de la pierna ausente de su tío, que apuntalaba el muñón junto al cambio de marchas.

Mientras esperaban allí en silencio, repararon en una figura solitaria que se acercaba a ellos con penosa lentitud desde la otra punta de la calle, que al aproximarse resultó ser un pobre hombre, cojo y con una prominente joroba. Chick observó al tipo hasta que pasó de largo y, entornando los ojos en el hojaldre medio crudo de sus cuencas, finalmente salió de su mutismo para dirigirse al hermano. «Eh, Mick. Ve y dile a ese hijo de puta si quiere pelea.»

Risas. Una ronda más. Al final, la charla da una vuelta completa al circuito y vuelve a la parrilla de salida.

—Bueno, ¿y de qué dices que va el libro?

Va del mensaje vital que persiste en los labios rígidos de los decapitados; del testamento de perros negros espectrales que marcan territorio en nuestros malos sueños. Va de levantar a los muertos para que nos cuenten lo que saben. Es un puente, una encrucijada, una franja raída en el telón que separa nuestro mundo y el inframundo, el mortero y el mito, el hecho y la invención, una gasa deshilachada apenas más gruesa que el papel. Va del poderoso don de lenguas de las brujas y su revisión mágica de los textos en los que vivimos. Nada que se pueda expresar con palabras.

Mejor optar por la evasiva y la mirada de tritón.

—Es difícil de explicar hasta que esté terminado.

Apura el vaso. Jake se queda quieto muy serio mientras lo ayudan a ponerse el abrigo, el ritual de vestir a un cardenal enano. Fuera, caminando hacia la explanada de la estación en busca de un taxi, se detiene junto a la poterna del castillo, insiste en que el letrero se lea en voz alta. Según su padre, muestra indicios precoces de una preocupante obsesión por las localizaciones y sus antecedentes. La ciudad es un virus hereditario. Las calles condenadas y los antiguos patios vienen implícitos en la sangre.

Una carrera de taxi bajando por St Andrew's Road hasta casa de la novia. El arrabal sube desde aquí hasta Mayorhold, un recinto triangular donde los vecinos antaño celebraban unas elecciones de pega y nombraban alcalde del barrio a algún borracho local o a un chalado, un gesto de desdén anual dirigido a una participación cívica que los excluía. Mayorhold es ahora un nudo de tráfico, inhóspito y feo; el puesto de alcalde lleva vacante varios años, y la tapa de hojalata que servía de insignia se perdió hace tiempo, olvidada. Bastaría con encontrarla para que una ciudad con más solera surgiera, resplande-

319

ciente de sentido, de aquellas cenizas, de aquellos tristes desfiles.

Baja en Semilong, una especie de índice del arrabal, compilado más tarde. Despedida apresurada con Mike y Jake antes de que el taxi arranque de nuevo para llevarlos a King's Heath. La cuesta de Baker Street se pierde hacia el rumor intermitente de Andrew's Road, hacia Paddy's Meadow y el Nene, los apartaderos de los trenes de carga alineados más allá. El prado toma su nombre de Paddy Moore, exsoldado irlandés y socorrista en la zona de baño que hay allí, en el río lento y fauno. Niños, culebras de agua y a veces nutrias que venían de río arriba, Paddy los vigilaba a todos por igual. Daba clases de natación a manadas de chiquillos desnudos, sin duda alentados por la vara que llevaba siempre bajo el brazo y sus alardes esporádicos de violencia física con el último chaval que saliera del agua. Cuando cerraron el balneario y lo pusieron a barrer las calles, se le rompió el corazón: eso lo mató. Estos recintos son el coral formado pacientemente con los posos de aquellos días y aquellas vidas.

320

Junto a la carretera, al final de la calle, está el sitio donde un conocido remoto murió desangrado el año pasado en el umbral de una casa, después de que lo apuñalaran. Fred, *el Fiero*, que conocía mejor a la víctima, andaba por el barrio remodelando el desván de la novia y fue detenido por la Brigada de Homicidios, alumnos aventajados para la próxima producción de Lynda LaPlante. Le preguntaron si era «la conexión de Ámsterdam». A él le sonó a chino; simplemente estaba cerca del lugar del asesinato el día que ocurrió. Cuando vives aquí, la atrocidad aparece tarde o temprano a la vuelta de la esquina.

Aquí, en el punto más alejado del mar, el ombligo de la nación, se junta toda la mala sangre, con estallidos nada infrecuentes, y hay más crímenes violentos per cápita que en ciudades de mucha más notoriedad. Estas máculas sangrientas parecen motivadas solo por las fluctuaciones del campo magnético de la ciudad: un turista sexual recién llegado de Milton Keynes, degollado por un par de chaperos. Lo llevaron en coche durante horas con el pretexto de ir buscando un hospital mientras su identidad empapaba la tapicería trasera. ¿Móvil? El robo, según los tribunales: un mechero Ronson, tres libras con cuarenta peniques. Un crío mutilado, quemado y en parte devorado apareció en un garaje hace quince años. Un chico retrasado al que su madre tenía encerrado en un cobertizo por vergüenza, como a un perro, hasta que él la mató con un cuchillo del pan.

Oscuridad oculta tras los visillos. Locura. Maldad. Incluso echando un simple vistazo al lienzo de Northampton, esos son los tonos que dominan. El prodigio y la melancolía y un humor mordaz están presentes, sin duda, pero es la sangre lo que capta la atención. ¿Por qué aquí? ¿Por qué tanta? ¿Acaso hay algún episodio primigenio, perdido en el pasado prehistórico de este condado, una plantilla para tantos sucesos posteriores? «La Meca del Asesinato de la región central», la llama el padrino del gótico Dave J, que vive arriba de la entrada norte de la ciudad entre las cabezas de los traidores y las cenizas de mujeres quemadas.

Entre tanto, de nuevo en Baker Street, la novia está en casa. Melinda Gebbie, ilustradora *underground* nacida en Sausolito, California: antigua modelo de *bondage* recientemente transformada en púgil peso cuark. Igual que tantos otros, ha sido succionada por este agujero negro urbano, completamente invisible a la televisión, solo evidente en su ausencia, por el modo en que lo esquivan los focos mediáticos; por la devastación que rodea su perímetro. Melinda se desvió y se acercó demasiado a este horizonte final, donde convergen las líneas de la A45, y quedó absorbida. Aunque su percepción del mundo sigue siendo frenética, a los observadores situados en una hipotética ubicación fuera de la ciudad les parecería que permanece inmóvil, congelada para siempre en el borde de esta singularidad devoradora. Nada sale de aquí que no vuelva a ser abducido. La mera velocidad de fuga requerida es casi imposible de alcanzar, contraviene las leyes especiales de la relatividad que rigen en este lugar.

Es una gravedad a la que los estadounidenses parecen más susceptibles, acaso respondiendo a la llamada atávica de este, su barro primigenio. Las familias Washington y Franklin emigraron de Sulgrave y del fin del mundo en Ecton, probablemente huyendo de los estragos de la guerra civil. El blasón de Sulgrave, pentáculo y barra, rayas y estrellas, resucitó en la bandera de las colonias advenedizas. Ese vínculo provoca el siniestro espejismo de enormes rascacielos con caras de vidrio alzándose sobre los caseríos dormidos, taxis amarillos disputándose un sitio en las calles adoquinadas. Este paisaje es la placenta perdida de América, desechada pero aún oscura y resbaladiza, cargada de nutrientes. Atraídos por el rastro ancestral, los hijos pródigos del condado oyen el reclamo y vienen saltando a contracorriente las olas del Atlántico hasta su tierra de desove.

Tras unos momentos temblando en los escalones del portal, la llamada obtiene respuesta. Invitado a pasar, entra en un universo fauvista de bolsillo y a todo color, lleno de materiales de dibujo, con una desquiciada proliferación de recuerdos peculiares, ornamentos y un juego de lápices espectromáticos que desafían la imaginación, algunos solo visibles para los perros o las abejas. Arriba, un retablo pornográfico de Action Men transexuales y Barbies descarriadas, aumentadas quirúrgicamente gracias al uso imaginativo de la plastilina. El hermano Mike vino una vez a regar las plantas; se llevó un susto de muerte con una figura de cartón tamaño natural de la señora Doubtfire y un perro que parecía disecado en el dormitorio; desde entonces no ha vuelto por aquí.

Siéntate, un Gulliver alucinado entre los robots liliputienses, troles y mutantes. Goza de la paz instantánea; en casa. Toma té y llénale el salón de humo. Dile cosas aborrecibles y espantosas a su adorado gatito cuando ella no está presente. Olvida la novela un momento, aunque no más que eso.

Me dice que ha tenido sueños con perros: en uno, había un cachorro negro calvo y ciego en su cama; en otro, aparecía desenterrada la enorme calavera de un perro espectral, reconocible por las cuencas profundas, monstruosas. En la mente tienen espacio para retozar y no necesitan un patio más amplio donde dejar su rastro. Aunque sometida a interminables y tediosas recapitulaciones de cada obra en proceso, esto es lo único con lo que Melinda sueña, los gigantescos canes negros que solo ladran en sueños y se manifiestan en los márgenes de esta ficción, portentos aún por resolver.

Después de una hora o dos, taxi de vuelta a casa. Sube por la escalera de mano hasta el dormitorio del desván, verde mar veteado de oro. Hay un altar en el hueco de ladrillo acristalado de la chimenea, atestado de estatuillas de sapos y deidades foráneas; una imagen del bello dios-serpiente del románico tardío, que aquí es objeto de adoración actualmente. El tufo a mirra. Una luz verdosa infecta los lomos prietos de los libros sobre chamanismo y cábala, Austin Osman Spare y Crowley, el doctor Dee y la hueste enoquiana, claves del mundo crucial de lo irreal. Hace cinco años, esta narración empezó con leyendas locales de brujos astados, sin que nada anunciara la implicación personal en la tarea futura. El texto, como cabía esperar, se funde con los acontecimientos. El muchacho primitivo, su madre muerta recientemente. El crematorio y sus rosaledas esquivas, apenas a media milla de los campos de la quema de la Edad del Bronce. Despertar y notar con la lengua un diente que se ha caído.

Aunque desconcertante a veces, esa fue siempre la intención, borrar la línea que separa lo incontrovertible de lo inventado. La historia, incesantemente revisada y reinterpretada, al examinarse deviene meramente otra clase de ficción; se vuelve terreno pantanoso cuando pretende hallarse más allá de cualquier verdad intrínseca. Aun así, es una ficción que debemos habitar. A falta de un territorio que no sea subjetivo, solo podemos vivir en el mapa. Solo queda por dilucidar qué mapa elegimos, si vivimos dentro de los insistentes textos del mundo, o bien los reemplazamos con un lenguaje propio más fuerte.

323

La tarea no es inconcebible. Existen puntos débiles en los límites de la realidad y la imaginación, pasos fronterizos donde el velo entre lo que es y lo que no es se rasga con facilidad. Ve al cruce de caminos y traza las líneas necesarias. Haz conjuros y recita nombres bárbaros; Gorgo y Mormo. Llama a los perros, los animales del espíritu, y prende fuegos imaginarios. Atraviesa los muros y adéntrate en el paisaje de las palabras, conviértete en un personaje más en primera persona, dentro de la estrafalaria procesión del relato. Haz la verdad historia, y la historia, verdad, el retrato debatiéndose para devorar a su modelo.

Evidentemente es una opción no exenta de peligros, este intento de casar el lenguaje y la vida, este rollo vudú. Siempre amenaza el riesgo de que un giro inesperado acabe con un billete al hospital psiquiátrico de St. Andrew's; un declive lento, doloroso en compañía de la sombra desolada de John Clare.

La asociación con Clare toca una fibra sensible. Hay un pub

en la ciudad donde en otros tiempos solían reunirse los artistas de la región, los bohemios, los colgados por las sustancias químicas, que recientemente se remodeló y rebautizó como Wig&Pen, «Peluca y Pluma», con la esperanza de atraer a una afluencia de picapleitos y magistrados que por alguna razón nunca llegó a materializarse. El dueño del bar encargó una pintura decorativa estilo Capilla Sixtina para el techo, con selectas personalidades locales entre abogados y jueces. En una esquina superior del mural aparece el autor de la presente en animada conversación con John Clare. ¿Qué consejo le está ofreciendo? ¿«No cargues las tintas en la cuestión de la clase obrera», tal vez? O probablemente: «Dedícate a otra cosa».

La cama es cómoda y el cuarto del desván transmite serenidad, otra reforma de Fred, *el Fiero*. John Weston, *el Ganso*, se curró las juntas de los ladrillos, y tan orgulloso estaba que firmó su creación con un cincel abajo a la derecha, encima del zócalo. Weston, antiguo yonqui, y con posterioridad, antiguo bípedo, es una anomalía peligrosa puesta en este planeta solo para joder el registro de los restos fósiles: encofrador epiléptico; otrora ladrón especialista en claraboyas. Lo habían avisado de que acabaría mal. Se rompió las dos piernas al entrar por el tejado de un almacén, y resultó que la puerta de abajo ni siquiera estaba cerrada con llave. Cuando cayó de cabeza desde la azotea de un edificio de tres pisos mientras sufría un ataque, tuvo suerte y su cráneo estaba ahí para amortiguar la caída.

La peor parte se la llevó la pierna, la primera vez. Las venas se colapsan, se encogen ante la aguja y falla la circulación. La extremidad se hinchó hasta parecer un juguete inflable agonizante, absorbiendo sustancia del cuerpo a medida que lo hacía, hasta que Weston era el esqueleto de un ángel gigantesco debatiéndose por salir de una bolsa de papel de estraza. Las visitas al hospital eran desgarradoras. Su tolerancia a los opiáceos hacía imposible encontrar una dosis lo bastante fuerte para calmar el dolor sin matarlo al mismo tiempo. Se las arregló para sobrevivir con todos los miembros intactos y se desenganchó. Estuvo limpio un mes o dos, y luego se ofreció a cuidar del botiquín farmacológico de un amigo. La primera noticia que tuvo su mujer, Rene, de que había vuelto a caer fue cuando con el colocón se cayó de morros durante la cena y empezó a echar espumarajos en el puré. Dijo que solo se sentía un poco cansado últimamente.

Cuando le falló la circulación otra vez, a principios de este año, no pudieron salvarle la pierna. Ha ido a desintoxicarse y a rehabilitación desde entonces, pataleando mientras quede algo con lo que patalear, y los indicios parecen prometedores. Espera poder surfear en Internet algún día. Con un solo pie.

La curiosa proliferación en el texto en curso de piernas tanto tullidas como amputadas surgió espontáneamente, igual que la obsesión con el mes de noviembre, de las propias historias. La monja impedida, Alfgiva, y el cruzado cojo, Simon; el pie dolorido de Clare en la travesía desde Essex, y la pierna calcinada asomando del coche de Alf Rouse. Al cabo de un tiempo, uno advierte en esta ciudad de zapatos y botas el amplio espectro de señales y carteles que representan una pierna o un pie desprendido del contexto del cuerpo. Esos miembros perdidos o perjudicados se pueden leer como jeroglíficos de advertencia en el pergamino del lugar, como las marcas en clave que hacen los vagabundos para señalar los escollos y peligros del camino.

325

Las cabezas cercenadas son más difíciles de resolver; un motivo más truculento e insistente, reiterado con mayor frecuencia. La cabeza de Diocleciano acuñada en la cara de la moneda o la de Mary Tudor en toda su sustancia. Francis Tresham, el capitán Pouch, y la misteriosa cabeza venerada por los caballeros del Temple. Ragener y Edmund con un Cerbero negro y amenazante para llevarlo de una oreja al inframundo. Las cabezas son los huevos blandos y de mirada fija que nacen al romper el cascarón del cráneo. Son los emblemas sangrientos de una información, definitiva y ctónica, que exige un precio. Cuando Odín pidió extraer sabiduría de la cabeza de Mimir, pagó con un ojo: el conocimiento comporta una mutilación de la percepción, o al menos una merma. Se pierde la profundidad de campo.

El tiempo pasa, una continuidad interrumpida a trompicones en la vida y el manuscrito. La hija mayor, aunque la de menor estatura, baja del tren de Liverpool por Navidad, en un estado de embriaguez diversa para cuando llega a Castle Station. Anillas de lata ahora en ceja, orejas, nariz, labio inferior, como si su gran cabeza rapada estuviera llena de compartimentos ocultos. Leah. A todo el mundo le pareció un nombre precioso. Significa «vaca» en hebreo. Dentro de un par de días llegará su hermana menor, Amber, la más alta, una gótica de catorce años y cincuenta pies de altura, cuyas influencias más notorias son Morticia Adams y el World Trade Center. Dejó los estudios hace seis meses, e hizo bajar la mirada a varios representantes de servicios sociales hasta que se doblegaron a su espantosa voluntad y la dejaron ir a clases nocturnas. Qué privilegio esta compañía de mujeres preciosas y turbadoras.

Atrapado en la sesión de trance de este último capítulo en busca de un desenlace, una escapatoria, una salida de incendios, parece que una expedición final es inevitable, necesaria. Fred, *el Fiero*, está trincado como chófer; Leah se acopla. Salida al caer la tarde hacia el parque de Hunsbury con el suelo nevado, en el último arrebato de optimismo de Fred. Diplomado en una escuela de mecánica halal, destazó personalmente todos sus anteriores coches, una carnicería de libro. Tatuado y con pendientes, con ojos como botones de Broadmoor bajo las cejas pelirrojas de demonio de pantomima, es un esperpento inventado por la clase media para aterrorizar a sus hijos. Risa como la de Pig Bodine en *El arcoíris de gravedad*: «Jo, jo, jo». Está dotado del valor y de la sutileza de sus principios, excepcionales en ambos casos.

Fred controlaba la puerta la noche en que Iain Sinclair y su fascinante gólem Brian Catling hicieron la lectura en la iglesia redonda del Santo Sepulcro. Era llamar al mal tiempo, la verdad, esa conjunción deliberada de dos presencias chamánicas cargadas de energía en este sitio aún por explotar. Hacia mitad de la lectura de Catling de *The Stumbling Block*, hubo una interrupción, un colgado que forma parte de la fauna local, y que a veces se pone sanguinario, la lio. Es hincha de la poesía. Tras desalojarlo rápidamente, Fred se lo llevó a un bar cercano donde le ofrecieron un trago para que se calmara. A continuación, el estallido. Vidrios rotos. Arremetió sacando espumarajos por la boca contra la yugular de Fred. Saltaron dos dientes, sangre por todas partes. Cuando lo echaron del bar siguiendo la estela de su agresor, en la calle, Fred se vio encañonado con una pistola y sin ningunas ganas de morir allí, entre el Labour Exchange y la Inland Revenue, víctima de la especialidad local:

el tiro al transeúnte. De alguna manera, consiguió salir ileso. Esa noche durmió en la planta baja con una espada, absorbido inconscientemente por el aura de Cruzada que desencadenaron la iglesia y el episodio.

Esos arrebatos violentos, las mareas que se agitan en la mente subterránea de Northampton, afloran en sucesos truculentos a la menor provocación, como fuerzas ocultas que existen debajo de la superficie, cubiertas por la capa de pensamiento y racionalidad de la vigilia. La ciudad es como una mente expresada en cemento, su subconsciente enterrado en las honduras donde se acumulan los miedos y los sueños. Este inframundo es literal, aunque oculto: tramas de túneles surcan la tierra sobre la que yace el asentamiento, madrigueras que se remontan hasta sus primeros tiempos. Se cree que así es como están conectadas las iglesias más importantes, y corren rumores de que hay un pasadizo que va por debajo del río hasta la abadía de Delapré.

Aunque entrevista en la memoria viva, con las entradas tapiadas a los sótanos de la infancia, este dominio subterráneo y diáfano está relegado ahora a la leyenda, gracias a los desmentidos que publica el Ayuntamiento negando que tales catacumbas existan. Una vez más, la brecha entre los hechos y la sabiduría popular: un estrato vital y oculto de la psique de la ciudad se suprime, se niega.

El afán de las autoridades por eliminar este subtexto secreto de la narrativa del condado resulta sospechoso... y exacerbado: se conoce la existencia de la cripta bajo la iglesia redonda del Santo Sepulcro con la que De Senlis quiso representar la tumba de Jesucristo en Getsemaní, aunque no exista un acceso y nadie la haya visto desde su fundación, hace siglos. Cuando unos peones que hacían obras allí cerca, en Church Street, atravesaron la pared de la zanja y hallaron un foso amplio con corrientes de aire, no cupo duda de que habían dado con la cripta olvidada. El párroco, vivamente entusiasmado, fue sin pérdida de tiempo a Church Street a la mañana siguiente, pero solo descubrió que una cuadrilla del Ayuntamiento había trabajado toda la noche para tapar el agujero con hormigón.

La ciudad del subsuelo está vetada. El espacio sagrado ha sido requisado por las contingencias de defensa civil: búnkeres para burócratas exonerados de la hecatombe nuclear, los camerinos donde avalarán el Apocalipsis. Ya no volveremos a retirar las losas de piedra para exhumar los cadáveres de los santos asesinados, huesos con tuétanos de una luz atroz. La fría certeza sustituye la especulación visionaria. Desterrada, pues, el alma secreta del paisaje se desplaza a otro lugar, replegándose a una posición que pueda defenderse con éxito. El misterio se bate en retirada tras sus baluartes más antiguos; busca el terreno más elevado.

En el barrio de Briar Hill, justo al pie de la colina de Hunsbury, se descubrieron restos neolíticos, anteriores a los vestigios de las edades del Bronce y del Hierro hallados en lo alto de la colina. El vehículo de Fred, vagamente sospechoso, repta por las carreteras estrechas que serpentean entre los bloques de viviendas; evitando las áreas donde más abundan las pegatinas de «vigilancia vecinal», aparca en una calle sin salida, silenciosa.

A pie a través de la finca hacia el antiguo asentamiento de la Edad del Hierro, Leah delante, surcando la nieve a grandes zancadas, su cara castañeteando y tintineando, música triste en la penumbra. Habla de un sueño que tuvo hace unas semanas en el que encontraba su cuarto ocupado por un perro colosal, negro como la pez, su silueta caballuna desplomada en una cama demasiado pequeña para su estatura, resollando y debatiéndose en el trance de dar a luz, y al mismo tiempo demasiado débil para lograrlo. Leah tuvo que palparle las entrañas para sacar a los monstruosos cachorros del vientre de la bestia parda, y entonces el sueño mutó y se vio en el hospital, donde ella misma acababa de parir a aquellos espantos ciegos, que, sin embargo, la llenaban de orgullo maternal y de amor por sus criaturas repulsivas. Se las mostraba a los visitantes, que levantaban la vista de la cuna, mudos de consternación. Muerte súbita. Sus cachorrillos negros recién nacidos yacían todos tiesos y fríos. Se despertó sacudida por el llanto impotente de la pérdida.

Los perros negros rondan por la periferia del libro, husmeando en las pesadillas de los más allegados al autor mientras el texto y sus canes espectrales se acercan a los márgenes de la realidad. Esas proles oscuras rara vez se ven en estos tiempos fuera de los sueños. Una aparición aislada en los años setenta:

un motorista en la A45 encontró a un inmenso perro tenebroso, grande como un caballo de tiro, corriendo por los campos junto a la carretera, tan rápido como su vehículo. Desde entonces, sin embargo, ni rastro. Quizá solo sea real en parte, o cobre solidez intermitente, una criatura salida del bestiario de Borges que vaga por los páramos movedizos al filo de la corporeidad, con ascuas perpetuas en sus ojos llameantes.

Las casas de Briar Hill son un laberinto mientras cae la oscuridad, y adquieren un aire de extrañeza con la nieve. Por fin, el enorme círculo blanco de la mina a cielo abierto se presenta, rodeado por una zanja y fresnos imponentes, lúgubres a la luz mortecina. Un silencio inquietante. Nada se mueve en las viviendas apiñadas más allá de la hilera de árboles. Quizá todo el mundo se haya ido.

¿Por qué los habitantes de la Edad del Hierro abandonaron este lugar, tan aprisa que ni siquiera se llevaron sus morteros nuevos para moler el maíz? No fue por el fuego. No fue por una plaga, ni por una inundación, ni por el ataque de bestias salvajes. No fue por los romanos. Aquí sucedió algo. Un asentamiento de una sesentena de personas cayó de la historia para entrar en el mito, más víctimas de los territorios fronterizos, tan endebles, que separan ambos estados.

Lejos, a la luz del crepúsculo, hay unos hombres riendo. Algo baja corriendo desde el borde de la zanja elevada y se sienta en la nieve, en el campamento desierto.

Atisba con ojos miopes y vuélvete a Fred.

—¿Qué es eso?

Fred frunce el ceño, aguzando la vista en la penumbra, y sus cejas pelirrojas se entretejen.

—Un perro.

—¿De qué color?

Más escrutinio de la silueta sentada al acecho e inmóvil, que ni ladra ni gruñe.

—Negro, diría yo.

Dos hombres aparecen de detrás de los árboles y entre risas bajan corriendo la cuesta, hacia donde la figura espera sin moverse. Uno de ellos la recoge y se echa al hombro el peso inerte y lánguido del animal, como un saco. Después los dos cruzan a la carrera el campamento helado sin dejar de reír y, engullidos

329

por las sombras del fondo, desaparecen de vista. ¿Eso era un perro? Si no, ¿cómo bajó corriendo la colina y recorrió treinta pies de la explanada? A veces, una cosa cambia y se convierte en otra. Aquí, en esta tierra de nadie crepuscular que divide la noche y el día, se abre el abismo entre lo que ocurrió y lo que nunca existió. Las certezas de la historia caen al vacío, engullidas. Solo la anécdota, solo el relato pervive.

Al final nos marchamos en fila india, perplejos. Más allá de los árboles, una panorámica clásica de la ciudad yacente, vista desde el lugar donde se hicieron los primeros grabados al buril, aunque el tema cambiara mucho entre una y otra sesión. Entonces, los pináculos de las iglesias dominaban un pequeño grupo de edificaciones bajas. Ahora, un campo de estrellas color Pernod, una constelación sin suerte lastrada por un clima inclemente.

Hacia el oeste luce el resplandor de las urbanizaciones nuevas que han doblado el tamaño y la población de Northampton en quince años. Blackthorn y Maidencastle, barrios con nombres que recuerdan nostálgicamente el rasgo del paisaje que se asfaltó para construirlas. Bellinge, Rectory Farm y Ecton Brook. Un antiguo Bloque Oriental cargado ahora de perversión: crac, y armas, y coches quemados.

Hacia el oeste, el halo ictérico del epicentro de Northampton, del foco de donde los grandes anillos de ladrillo y mortero se expandieron lentamente. Todo es visible desde aquí. Levanta las manos y podrás abarcar la ciudad, las luces tendidas como los hilos del juego del cordel entre los dedos. Pubs y terrazas. Cines abandonados, adaptados y transformados. El tráfico se mueve, una toxina constante, a través de las arterias sobrecargadas. El corazón frío y reluciente desfallece, coágulos de neón acumulados en las válvulas, pero sigue latiendo, evitando la trombosis por el momento, aunque sea solo una tregua.

De vuelta a casa. Acomódate para escribir aquí, en la salida de incendios de Phipps. Hace cinco años que se empezó el libro. Fue cuando mandaron la sonda *Galileo* a Júpiter, y las primeras imágenes emitidas llegan justo ahora a nuestras pantallas: he aquí fenómenos nunca vistos del gas sometido a una gravedad monstruosa. Atractivas cicatrices de cometas. El paisaje, anhelado tanto tiempo, se revela al fin.

Varios capítulos atrás, la idea de un chamán con la aldea tatuada en la piel, los límites y los meandros serpenteantes del río devienen parte de su ser, de manera que él pueda devenir a su vez la aldea, una fusión mágica con el objeto cifrado en las líneas que lo representan: líneas de tinta o líneas de texto, da lo mismo. El impulso es idéntico, cifrar el territorio en palabras o símbolos. Perro y fuego y fin del mundo, hombres y mujeres cojos o decapitados, monumento y túmulo. Este es nuestro vocabulario, un alfabeto espeluznante para formular el ensalmo: conjurar el mundo perdido y los pobladores invisibles. Recomponer el esqueleto fracturado de la leyenda, nigromancia desesperada que se alza de los edificios podridos para desfilar y hablar, plagada por las voces de los muertos resucitados. Nuestros mitos están pálidos y enfermos. Esto es un cuenco lleno de sangre para alimentarlos.

El Tiempo del Sueño de cada pueblo o ciudad constituye la esencia que precede a la forma. El entramado de bromas, recuerdos e historias es una infraestructura vital sobre la que se sostiene el plano sólido y material. Una ciudad de idea pura, erigida solo en la mente de la población, aunque sea nuestro único cimiento verdadero. Dejad que la visión se desvanezca, o pase hambre o se deteriore, y los ladrillos y el mortero reales se descompondrán rápidamente, como demuestra la fría y perenne lección de estos quince años: el legado de la Virgen de Hierro. Basta con restaurar la canción, la senda de los sueños, y el tejido del mundo se recompondrá alrededor.

Impasible, este sitio se levanta el cuello del abrigo ante la primera brisa del próximo milenio, procurando restar importancia a sus angustias. La población se hincha, se derrama en cajas de cartón y umbrales con rastros de meadas. Las cámaras de vigilancia en cada esquina son un registro duro y objetivo de la realidad de la ciudad, admisibles como prueba. Si pretendemos refutar esta continuidad brutal y simplista, hace falta una ficción más feroz, más convincente, arrebatada a los muertos que conocían este lugar y dejaron sus huellas en la piedra.

John Merrick, pintando junto al lago en Fawsley, la monstruosa cabeza de feto angelical perfilada sobre las aguas plateadas que resplandecen de fondo. Hawksmoor en Easton Neston, encorvado, trazando líneas de tinta con su teodolito; todo se alinea con el pináculo de la iglesia de Greens Norton, aunque nadie sabe bien por qué. Charles Wright, el hijo predilecto de Bell Barn, conmoviendo a todo el mundo hasta las lágrimas con su recital de poesía en el Salón por el Progreso Común. Los ladrones, las putas y otras víctimas ateridas en la cuneta. Brujo, regidor y loco, magistrado y santo. Pululamos de las fábricas demolidas de zapatillas y las galerías comerciales para reunirnos en las calles de Faxton, en las aldeas que desaparecieron sin más. Nos ponemos en pie y recitamos nuestro papel cuando nos toca, mientras a nuestro alrededor los fuegos del tiempo y del cambio se propagan fuera de control. Las palabras se encienden en nuestros labios, y apenas pronunciadas son ceniza.

Es la última noche de noviembre y hemos dejado atrás la larga y fría estela de humo, pólvora y señales celestes. Ha llegado la hora de concluir y sellar esta obra: de completar la senda de la historia con la inmersión absoluta del narrador, un compromiso y un sacrificio. El momento del rito final llega, anunciándose con un cambio de luz y del estado de ánimo, una sensación de posibilidad sin forma. En el brumoso paisaje marino del espacio del desván, hay un anillo litúrgico de velas encendidas que gotean sebo. En el balbuceo de resplandor y sombra, los márgenes del lugar se hacen ambiguos, distendiendo un poco más el mundo. La información, bajo esta luz trémula, es la de un siglo cualquiera.

El rito es sencillo, al uso, destinado solo a ser un punto de fuga, una plataforma conceptual sobre la que apoyarse en medio del remolino y del movimiento de este terreno engañoso: serpientes imaginarias se colocan en los cuadrantes de la brújula para protegerse de las trampas mentales que simbolizan esos puntos cardinales, a la vez que se invocan virtudes igualmente simbólicas. La idea es la única moneda en estos dominios, y todas las ideas son ideas reales. Se engendra un lenguaje denso que sirve para fijar estas imágenes, como boyas en el interior de la mente. El conjuro y la novela avanzan a la par hacia el silencio preñado de sentido y suspense de su culminación. Así es como hacemos aquí las cosas, como siempre se han hecho.

Vino y pasionaria y otras sustancias de la tierra. Siluetas pintadas con dedos crispados sobre el espacio vacío. Delirantes, desde luego, pero el delirio es la clave. Expresa el deseo en términos a la vez lúcidos y transparentes. Ponlo por escrito para que no se olvide cuando llegue el espasmo. En el fondo del estómago se siente ya el cosquilleo de éxtasis horrorosos. Una invocación y una llamada, y luego silencio. Fracaso. No ocurre nada, y de pronto sube, aunque de otra manera. Pérdida de calor repentina y convulsión. Precipitadamente, navegando con el rostro lívido por los travesaños del desván convertidos en una escalera de Escher, consigue llegar al cuarto de baño iluminado con fluorescentes ultravioletas justo a tiempo para que la cascada de veneno se pierda en la porcelana insondable.

Temblando y alucinando, con un hechizo opalescente que ha caído incluso sobre los hilillos de bilis sepia. Culebras pálidas de luz nadan entre el pelo enmarañado. Barba perlada con vómito, y los ojos en blanco, parpadeantes. Una necesidad de escupir, de beber y lavar los ácidos corrosivos de la garganta castigada.

Abajo hay una atmósfera enrarecida, con una presencia que se hace más densa a medida que se acercan los párrafos finales de la conjura. Esas palabras, aunque no escritas todavía, afloran ya en el aire cargado. La televisión está encendida. Vagando por la ventana luminosa e insistente de la pantalla, una imagen del nuevo Tribunal de la Corona, en Campbell Square, detrás de la iglesia redonda de De Senlis, penetra el resplandor y el delirio. El veredicto de un juicio por asesinato, un crimen que ocurrió hace meses cuando un residente de Corby fue fatalmente asaltado en su casa; todos los detalles eran secreto de sumario hasta ahora. El vello de la nuca se eriza. La estancia se hace más fría a medida que se empieza a rasgar el velo. Hay algo que pugna por traspasarlo.

Imágenes de los parientes, compungidos y desencajados a la salida del juzgado. Algo sobre la cabeza de la víctima: no pudieron encontrarla en la escena del crimen. Perdida durante semanas hasta que la descubrieron debajo de unos setos. Hallada por un perro negro. Arrastrada por el césped y el pavimento, por las calles crepusculares de Corby, las fauces oscuras encajadas en el pliegue de carne cérea de la mejilla. La imaginería ha surgido, fría y resplandeciente, como un rocío. Uno de los ojos del trofeo está mustio, medio cerrado, el pelo canoso apelmazado

333

por el barro. El aliento del perro labrador, un susurro cálido y urgente en la oreja rígida, sorda. Los labios del chacal negro se repliegan, imparten la sabiduría hostil de Anubis, información de viaje para los que acaban de morir. La cabeza rebota en la escoria de la alcantarilla, afirmando solemnemente ese siniestro mensaje, y sabe lo que saben los santos. Redonda y ensangrentada, un punto y aparte escrito por una mano más grande.

Un océano de interferencias se levanta, rugiendo en la mente. Manos en alto, alarmadas, en el campo de visión. Contempla personajes incoherentes y palabras que parecen reptar por la piel desnuda, una poesía epidérmica. La luz de la lámpara es oscura y velada, como si se filtrara a través del humo. Falta el aire.

Cruza la cocina tambaleante hasta la puerta trasera y el patio más allá, adentrándote a trompicones por la hierba a la luz de las estrellas, recobrando poco a poco la serenidad con la brisa limpia de la noche, bajo los engranajes lentos y distantes de las constelaciones. Esas luces antiguas, idénticas. Su continuidad perfecta y sombría. Quédate balanceándote aquí, en la salida de incendios de Phipps, el santuario prometido del siglo que vendrá, un balcón precario e incierto ahí arriba que no queda tan lejos, ahora. A través de nubes turbulentas, los rellanos de los días desaparecidos quedan abajo, todos esos pisos inferiores perdidos en la chispa o el pánico, y ya devorados. Largos harapos de cirros cuelgan en el arco de la noche, un atisbo esporádico de gracia a través de los velos de contaminación y hollín.

Así son los tiempos que tememos y que ansiamos. El murmullo de nuestro pasado incandescente cobra fuerza a nuestras espaldas, con una cadencia más nítida. Casi inteligible ahora, sus sílabas se revelan. El mundo se prende. Mana la canción, de una luz devoradora.